日月神话文论集

吴晓东 主编

日月神话丛书

学苑出版社

图书在版编目（CIP）数据

日月神话文论集/吴晓东主编.-- 北京：学苑出版社,2021.10（2022.10重印）
ISBN 978-7-5077-6322-5

Ⅰ.①日 Ⅱ.①吴 Ⅲ.①神话—中国—文集
Ⅳ.① B932.2-53

中国版本图书馆 CIP 数据核字（2021）第 256391 号

责任编辑：陈 佳
出版发行：学苑出版社
社　　址：北京市丰台区南方庄 2 号院 1 号楼
邮政编码：100079
网　　址：www.book001.com
电子邮箱：xueyuanpress@163.com
联系电话：010-67601101（营销部）、010-67603091（总编室）
印　刷　厂：英格拉姆印刷(固安)有限公司
开本尺寸：880×1230　1/32
印　　张：14.5
字　　数：347 千字
版　　次：2021 年 10 月第 1 版
印　　次：2021 年 10 月第 1 次印刷　2022 年 10 月第 3 次印刷
定　　价：68.00 元

总　序

日月神话是神话中比较重要的一个范畴，不仅数量多，分布也广。日月神话不是一个单一的故事类型，它至少包括了日月起源、日月现象、射日月、日月神生活等常见的神话故事。除此之外，还有一些由日月神话变异而成的故事类型。

日月起源的神话几乎在每个民族里都存在，解释日月起源的说法多种多样，最为普遍的是神创、生育与变化。神创说比较多，中国的阿昌、布依、蒙古、苗、侗、哈萨克、珞巴、满、畲、土家、彝、瑶、壮等诸多民族中皆有出现，比如阿昌族创世史诗《遮帕麻和遮米麻》中提到天公遮帕麻捏金沙银沙为日月，而壮族神话里有用火来造日月的。生育说即日月是生出来的，比如《山海经》里就有羲和生十日、常羲生十二月的神话。变化说最主要的说法是眼睛变为日月，比如汉族有盘古"左眼为日，右眼为月"的说法，彝族创世史诗《梅葛》中说日月是老虎的眼睛变成的；这种说法在世界都很普遍，比如新西兰土著神话说日月是天神马威的眼睛变的，日耳曼人的神话则说日月是大神沃旦的眼睛变的。

日月现象神话主要是解释日月运行、日食月食等现象的,比如解释为什么太阳白天出来而月亮晚上运行。在中国,流传最广的说法是太阳是女的,月亮是男的,女太阳胆小只能白天出来,男月亮胆大就夜里出来。关于日食月食,在中国有天狗、蟾蜍、金乌、乌龟吃日月的神话,印度有罗睺吃日月的神话,加勒比海沿岸土著有巨龙吃日月的神话,阿根廷有虎吞食日月的神话,而西伯利亚则有吸血蝙蝠吞食日月的神话,等等。

射日月神话主要分布在中国,东南亚一些国家因受到中国射日月神话的影响,也有一些。其他洲只有零星出现,比如美国俄勒冈州的印第安人便有一则《棕色兔射太阳》的神话。这一类型神话大多与失序有关,说原来天上有多个日月,造成干旱,民不聊生,直到有某个英雄将日月射下来,才恢复往日的正常秩序。影响最大最为人们熟知的,当是汉族的后羿射日。

除了以上这些日月神话类型,还有一些关于日月神生活的神话,比如太阳与月亮的爱情故事,苗族的《仰阿莎》就是这样的一则神话。日月关系,以及日月与其他天体关系的神话,也属于这一范畴。还有一类神话,是由日月神话变异演化而成的,这类神话有的已经难以看出其日月原型的影子。汉族神话中,比较明显的有伏羲女娲神话、东王公西王母神话等等,壮族的布洛陀、姆六甲也是日月神话的变异,只是时间比较久远,后人难以察觉,但通过仔细分析,仍然可以找到它们与日月的一些关联。

日月神话在神话中占有重要的地位,对日月神话的起源、流变、类型、功能、当代价值与运用等诸方面进行深入的研究,具有重要的学术与现实意义。日月神话的研究依赖于中国神话学的发展水平,自从西学东渐以来，中国神话学作为一门独立学科，得到了长足发展。就研究对象而言，学者们不仅从古文献里梳理出了大量的文本，同时也通过几次大规模的搜集工作，从民间搜集整理出了大量的活态神话，特别是少数民族地区流传的活态神话。就方法论而言，学者们引进了西方各学派的理论方法，包括历史地理学派、仪式学派、心理学派、功能学派等等，对本学科的研究无疑起到了非常重要的作用。学者们在此领域已经做出了很多努力，取得了丰硕的成果。

2017年，中国社会科学院启动了学科建设的"登峰战略"，此学科建设计划分为优势学科、重点学科与特殊学科三类，民族文学研究所承担的重点学科为"中国神话学"。学术团队由吴晓东、王宪昭、毛巧晖、周翔、李斯颖等五人组成，2020年，杨杰宏加入该研究小组，形成六人研究团队。

神话范畴很广，怎样切入进行研究才会对中国神话学起到一定的推动作用？无论如何，研究的进行总是要从某一个点入手，经过再三讨论，学术团队决定从影响大且颇具特色的盘瓠神话切入，切实解决一些问题，同时也希望以个案的研究来带动方法的探索。之所以要在同一时间段做同一领域的研究，是因为这样更有利于解决问题和提高研究的水平，因为大家研究的是同一对象，有共同的话题，更便于分享资料与观点，相互启发，相互纠正错误。经过几年的努力，团队取得了一定的成果，除了发表诸多学术论文外，还出版了一套盘瓠神话丛书。这套丛书包括周翔的《盘瓠神话资料汇编》、吴晓东的《盘瓠神话溯源研究》、王宪昭的《盘瓠神话母题数据目录》、毛巧晖的《盘瓠神话研究学术史》、李斯颖的《盘瓠神话的活态传承与文化学考察》（待出版），以及会议论文集《盘瓠神话文论集》。盘瓠神话的研究远没有结束，但研究总是有阶段性的，因此学术团队在多次讨论之后，决定接下来进入另一研究领域,即日月神话的研究。

虽然中国神话学已经取得丰硕成果,但专门以日月神话作为研究对象的成果却并不理想,相关专著只有台湾学者刘惠萍的《图像与神话:日月神话研究》等少数几种,其他成果多散见于论著的各个章节之中,大多成果都是学术论文。另外,许多难题依然没有得到很好的解决,比如夸父为什么追日,后羿为什么射日,目前依然聚讼纷纭。研究难点最大的,其实是以日月为原型的那些神话。研究日月神话的代表性人物可首推麦克斯·缪勒,他是神话理论中太阳学说的代表人物,其代表作为《比较神话学》。他的学说主要是从语言入手,将很多神话阐释为来源于日月,虽然拥有许多追随者,但也受到诸多争议。正因为以上几项原因,我们认为日月神话具有深挖的空间,在研究转向的同时,拟推出一套日月神话丛书,使研究落到实处。

与盘瓠神话丛书一样,日月神话丛书也将从资料汇编、学术史梳理、文本分析、相关民俗等几个方面进行编辑与撰写,以构建出日月神话研究的小型"专题库",希望对中国神话学,特别是日月神话方面的研究,起到一定的推动作用。

神话的研究离不开资料的积累,完整的或有代表性的资料,无疑是一切研究的基石,编撰资料集是本套丛书不可或缺的工作。日月神话的文本资料远比盘瓠神话的数量要大得多,不仅在中国几乎每个民族都有存在,在世界各大洲也有分布,而且类型也要丰富很多。所以,我们的资料汇编将以中国各民族的文本资料为主,尽可能完整地收集进来,并有代表性地选取一些国外的文本,以便学者们在研究中加以利用。

任何一方面的研究,在拥有足够的资料前提下,还需要厘清其学术史，日月神话的研究也不例外。要了解前人在哪些方面提出了问题，尚有什么领域没有涉及，在试图解决这些问题时提出了什么样的观点，这些观点是否已经解决了问题，如果没有解决，缺陷在哪里，应该做怎样的修补。只有做到了这些，才能清楚自己的研究目标与可拓展空间。为此，这套丛书也将为学界提供必要的日月神话研究学术史。

神话是一种叙事，它是故事性的、文学性的，因此文本分析一直是神话研究的核心内容。纵观神话学史，无论是为了解释某一神话的起源、流变，抑或别的目的，都离不开神话文本的分析。文本分析促成了许多学派的产生，比如芬兰的历史地理学派，此学派广泛搜集故事异文，通过比较研究故事情节之差异，从地理上确定这些故事最初的发源地和传播路线，同时根据故事情节由简到繁的变化，探寻其原型。此学派造就了诸如阿尔奈（Antti Aarne）、汤普森（Stith Thompson）这样的一些民间文艺学大师。再比如以列维-斯特劳斯（Claude Levi-Stauss）为代表的结构主义学派，此学派通过文本分析，发现规律与秩序，在神话研究中取得了十分显著的成绩。日月神话诸多问题的深入探索，仍然依赖细致的文本分析。

日月神话目前依然在诸多民族中流传，是活态神话。在流传的过程中，有许多与之相随相伴的民俗事项，比如云南西畴壮族的寻日仪式，贵州黄平苗族的祭日仪式。神话文本与相关民俗互为表里，往往是同一内容的不同表述，对相关民俗的研究可以使神话内涵的阐释更为完善。以弗雷泽（James George Frazer）为代表的仪式学派透过仪式来理解神话，将神话的起源、意义、本质与仪式紧密地联系在一起，深入透彻地解释了诸多神话的谜团。显然，在日月神话的研究中，与日月神话相关的民俗事项，特别是仪式，也是研究的重要范畴。

本学术团队的研究力量是有限的，希望在本套丛书的推出过程中，通过以会议论文集的编撰等其他方式来团结本学界的研究力量,让更多的学者参与进来,在丰富丛书成果的同时,起到交流与合作的作用,不断提升中国神话学的研究水平。

吴晓东

2021 年 8 月于北京

目 录

白族的日月神话与日月崇拜 / 董秀团　杨识余　　001

纳西族日月崇拜研究 / 杨杰宏　　021

创世构件、时间感与宇宙秩序
——佤族日月神话研究 / 高　健　　041

云南彝族日月神话变异形态论析 / 刘建波　　056

景颇族日月神话的仪式与日常生活实践 / 罗　瑛　　070

傣族日月神话概说 / 屈永仙　　095

嫦娥神话的历史考察与文化反思 / 毛巧晖　　119

日本的太阳神神话研究 / 张正军　　138

月中蟾蜍地位衰落的原因探析 / 陈慢慢　　151

论南阳汉画像石中日月神话的象征与隐喻 / 汪保忠　　184

百鸟朝凤：阳鸟神话的形象合流 / 孟琳峰　　197

中国日食月食神话转变及流传分析 / 张柯欣　　214

日月星辰：当代中国航天叙事中的神话宇宙 / 张　多　　230

数据视域下的日月神话研究趋势与知识图谱分析
——以1620篇中国知网论文为例 / 王 京　　244

射日月神话的母题结构与解读 / 王宪昭　　261

论射日神话中的女性英雄形象及其性别秩序隐喻
——以壮侗语族民族与台湾少数民族为例 / 周 翔　　277

母题学视角下的"羿射九日"神话研究 / 李 鹏 于 璇　　290

从革命到革命：十日神话与射日神话的文化解读 / 袁咏心　　308

侗台语民族创世史诗演述中的"寻日"母题辨析
——以中国壮族布傣支系与越南岱族为例 / 李斯颖　　327

俗语"癞蛤蟆想吃天鹅肉"的月神话缘由探析 / 吴晓东　　344

论汉画像"日月神话"图像的时间观 / 朱存明　　359

神话记忆中的"日中无影"与"天下之中" / 张 云　　385

关于少昊为日神若干问题的讨论 / 孙宇飞　　402

天狗食日月与盘瓠型神话的共同意识 / 王 晴　　430

后　记　　451

白族的日月神话与日月崇拜

董秀团　杨识余 *

幽幽天地，广袤宇宙之中，日月总是相互交替、此升彼落。太阳光芒耀眼，为大地带来了光辉与温暖，月亮则在夜晚出现，为夜晚平添了一份静谧与柔和。面对日月周而复始、进退有常的运行规律，以及对人类生活的重要影响，人类发挥丰富的想象力，把日月当作如自身一样有灵性、有生命的事物，并对它们的关系做出了种种天真浪漫的解释。这些关于日月起源、日月运行，以及日月存在状态的解释与讲述，构成了异彩纷呈的神话中不可或缺的组成部分。

在学界，已有诸多学者围绕日月神话进行了深入研究。吴晓东曾撰文多篇，从日月神话的文本演变等角度展开论述。在《中原日月神话的语言基因变异》[①]一文中，通过对日月神话人物名称演变的系统梳

---

* 作者简介：董秀团，云南大理人，现为云南大学文学院教授，研究方向为少数民族民间文学、云南少数民族说唱文学、白族文化。杨识余，云南大理人，现为云南大学文学院中国少数民族语言文学专业博士研究生，研究方向为云南少数民族民间文学。

① 吴晓东：《中原日月神话的语言基因变异》，《民族文学研究》2014年第3期。

理，指出羿与嫦娥、娥皇与女英、河伯与宓妃、伏羲与女娲等多组神话的演变脉络。在《论蚕神话与日月神话的融合》①一文中，指出蚕马神话与西王母神话本来是两个不相干的故事系统，是人物名称的相同造成了两个故事系统的融合。此外，还有学者从日月神话的象征原型、文化意蕴、发展演变等方面展开研究。中国各少数民族亦流传着丰富的日月神话，针对少数民族的日月神话，有的学者从母题角度进行讨论，如王宪昭的《论母题方法在神话研究中的运用——以两篇布依族"人化生日月"神话为例》②、李鹏的《神话母题与平行比较研究的范式探索——以中国少数民族射日月神话母题为例》③。部分学者分析了少数民族日月神话中日月的起源、特征和关系，④或是就少数民族日月神话中日月的性别及其文化意义展开论述⑤。此外，也有学者对某个民族的日月神话进行了探析，如壮族、侗族、彝族、苗族的日月神话均有相应的研究成果。

　　白族日月神话的文本较为丰富，日月崇拜在其文化系统中也较为突出。但是，学界关于白族日月神话的研究成果却较为欠缺。就目前所见的文献资料来看，仅有张明曾的《白族的太阳崇拜》⑥和张锡禄

---

① 吴晓东：《论蚕神话与日月神话的融合》，《贵州民族大学学报》（哲学社会科学版）2018年第3期。

② 王宪昭：《论母题方法在神话研究中的运用——以两篇布依族"人化生日月"神话为例》，《贵州民族大学学报》（哲学社会科学版）2018年第3期。

③ 李鹏：《神话母题与平行比较研究的范式探索——以中国少数民族射日月神话母题为例》，《广西民族师范学院学报》2015年第1期。

④ 张竹筠、周颖：《中国少数民族日月神话传说述评》，《沧州师范专科学校学报》2010年第1期。

⑤ 张紫云：《我国少数民族日月神话的性别文化内涵》，《神州》2013年第1期。

⑥ 张明曾：《白族的太阳崇拜》，《大理文化》2007年第5期。

的《试谈白族古童谣〈白弥哇〉与白族对月亮的原始崇拜》①分别讨论了白族的日月崇拜问题。除此之外，笔者尚未见到白族日月神话研究的更多成果。白族民间流传着较丰富的日月神话文本，民俗活动中也保留着大量日月崇拜的文化因子，其间有较多问题值得进一步关注和探索。

本文拟梳理白族日月神话的基本类型，分析其中的主要母题和表现特色，探索白族日月崇拜的民俗表征，对白族的日月神话与日月崇拜进行初步探究。通过检索国内外公开发行的故事集成、各地文化部门编印的地方性资料集成，以及学术期刊中学者使用的神话文本，笔者共寻得白族日月神话文本25篇。②这些日月神话文本的讲述地域遍及大理州境内的大理市、洱源县、剑川县、鹤庆县、云龙县，以及怒江州兰坪白族普米族自治县等多个地区。

一、白族日月神话的基本类型

在民间故事的研究中，学者们多将涵盖类似情节的故事文本合称为一个"类型"（type）。面对各地日月神话内容与叙事的多样性，对日月神话的类型划分是研究的基础性工作。"母题作为神话叙事中可解构的表意单位和可分析元素，在具体神话的类型研究以及同类型间的比较研究中具有重要作用。"③基于流传在白族居住区域的25篇日

---

① 张锡禄：《试谈白族古童谣〈白弥哇〉与白族对月亮的原始崇拜》，《张锡禄学术文选——南诏与白族文化》，云南人民出版社，2015年，第209-220页。

② 在文本的统计中，笔者对内容重复，以及篇名不同、内容相同的白族日月神话进行了合并。

③ 王宪昭：《论母题方法在神话研究中的运用——以两篇布依族"人化生日月"神话为例》，《贵州民族大学学报》（哲学社会科学版）2018年第3期。

月神话文本,结合学界对日月神话母题的相关研究,笔者对白族日月神话的母题进行了细分与对比,并按核心母题将其划分为四种类型,即:日月起源、射日月、救日月、日月盗走不死药。

(一)日月起源

日月起源神话普遍存在于世界各民族的神话讲述中。各地关于日月起源的神话文本繁简不一,但均围绕日月的形成问题展开讲述。王宪昭在《中国神话母题W编目》中,将日月的形成分为如下五种方式:(1)日月源于某个地方或自然存在;(2)日月是造出来的(造日月),包括特定的神、神性人物、人、造日月;(3)日月是生育产生的(生日月),包括特定的神、神性人物、人、动植物或无生命物生育日月;(4)日月是变化产生的(变化产生日月);(5)日月产生的其他方式。① 王宪昭归纳的五种日月产生方式对白族日月起源神话的亚型划分具有参考意义。

在白族日月神话中,日月多是由人的身体部位化生而成,且化生部位又以眼睛为主。白族史诗《创世纪》②中讲道,木十伟左眼变太阳,右眼变月亮,睁眼是白天,闭眼是黑夜。《开天辟地》中的盘古死去以后横躺在观音寺内,左眼变为日,右眼变成月。在盘古化生日月的过程中,较为特殊的是有观音的介入。"观音的手指到哪里,他(盘古)

---

① 王宪昭:《中国神话母题W编目》,中国社会科学出版社,2013年,第314—331页。

② 杨亮才、李缵绪选编:《白族民间叙事诗集》,中国民间文艺出版社,1984年,第14页。

就变到哪里。"① 在《地母化生》中,地母化成了整个世界,地母的左眼化为太阳,右眼化为月亮。

除了人的身体部位变化产生日月之外,还有人造物、特定物变为日月的神话文本。白族日月神话中流传着饼、镜子等人造物变为日月的讲述。在《日月从哪里来》中,日月是老妈妈抛到天上的两张饼。神性人物白发奶奶送给妇女两个饼,嘱托她在遇到大灾大难时才能使用。在人间失去光亮、漫天阴雨中,老妈妈想起白发奶奶的嘱托,从破衣中取出饼:

> 老妈妈捞出一个饼,这个饼就飞到天上去了,发出耀眼的光,老妈妈捞出另一个饼,另一个饼又飞到天上去了,发出明晃晃的光。人们把第一个饼叫作太阳,把第二个饼叫作月亮。②

饼的圆形特征与日月的形状相似,使得人们将饼与日月联系起来。除了圆形状的饼变为日月外,还有"镜子变为太阳"③的说法,这同样是以相似的圆形作为联系的基点。

在月亮的起源上,白族地区流传着神性人物或是特定物变为月的讲述。在《洱海金月亮》④中,月亮由神性人物月宫七公主变化而来。除了神性人物变为月的讲述,还有特定物变为月的说法。收录在《白族神话传说集成》中的《石明月》中说:"很早以前,天上只有太阳,

---

① 云南省民间文学集成办公室编:《白族神话传说集成》,中国民间文艺出版社,1986年,第15页。
② 同上书,第25页。
③ 王宪昭:《中国神话母题W编目》,中国社会科学出版社,2013年,第325页。
④ 施珍华、何显耀主编:《中国民间故事全书 云南·大理卷》,知识产权出版社,2005年,第106页。

没有月亮。"① 因太阳没有长大，散发的光照与时长不足，不仅夜晚没有光，白天的早晚两时也是昏昏暗暗的。后来山下来了一条月亮龙，它吐出龙珠，安放于石崖半腰，照亮了黑夜。后来有人前去偷盗龙珠，龙珠从他手中滑脱后，向天空升去，天上便有了月亮。在这个文本中，月亮由龙珠升天变成，并且先有太阳后有月亮。在《洱海月》②中，月亮由金盆变化而来。观音老母见洱海里大黑妖龙时时掀起恶浪，便从空中掷下金盆子，将其镇在海底。金盆在洱海里变成了定海明珠——金月亮。后来，财迷试图捞出金月亮。观音老母便拿出金针银线织成花手帕，将月亮盖住。从此，金月亮只映照海底，不再亮出海面了。

此外，在少量的日月起源神话中，日月的起源为自然存在。《劳谷劳泰》（又名《人类和万物的起源》）中讲道，滚烫的海水把天冲开了一个大洞，潮落后，天洞里冒出了一大一小两个太阳来。"两个太阳在天上撞呀，碰呀，小太阳的外壳被撞破了，脱落下来，钉在天上变成了月亮。"③ 在这则神话的讲述中，一大一小两个自然存在的太阳，在碰撞的过程中，大太阳变为太阳，小太阳脱落的外壳变为月亮。

由上可知，在白族日月起源神话中，日月产生的方式多以变化产生为主，人的身体部位、人造物、特定物、神性人物都可变化为日月。还有少量文本强调日月乃自然生成。

---

① 云南省民间文学集成办公室编：《白族神话传说集成》，中国民间文艺出版社，1986年，第21页。

② 《中国民间文学集成·云南卷》编辑委员会编：《中国民间故事集成 云南卷（上册）》，中国ISBN中心，2003年，第661页。

③ 杨诚森主编：《中国民间故事全书 云南·鹤庆卷》，知识产权出版社，2013年，第3页。

（二）射日月

日月相互交替、此升彼落，影响着人们的生产和生活。射日月的原因多为数日并出。太阳炙烤大地，庄稼无法生长，人类无法生存。流传在剑川县石龙村的《射太阳》[①]中讲道，以前天上有九个太阳，不管是什么东西都会被晒死，后来有位仙人赠予神射手八支箭，神射手便用这八支箭射掉了空中的八个太阳，留下了一个太阳，使得人们的生活恢复了正常。

《日月甲马》[②]中说，天地刚分开之际，天上有十个太阳，一个月亮。月亮英比做了十个太阳的妻子后，同十个太阳生育了人类。除英娃之外的九个太阳发现自己的子女逃到大地之上生儿育女，便九日并出，想毁掉大地上的人类和万物。太阳英娃与月亮英比的儿子蟾用九支梭镖刺死了九个凶恶的太阳，留下了英娃与英比。在这一则神话中，多日并出缘于太阳神的惩罚，射日的行为承担者是日月之子——蟾。与上文《射太阳》相比，《日月甲马》中还有找日月的情节，作为射日月的延续行为。英娃和英比看到蟾追杀太阳神，怕遭到蟾的误伤，躲进天眼洞中。蟾同弟弟鸡一起寻找英娃与英比。蟾看到自己的父母后，跑进洞去。"左手托起英娃阿爹，右手托起英比阿妈，把两位老人高高地举起。"[③]

---

① 董秀团、朱刚、段铃玲编著：《野有蔓草——大理石龙民间故事集》，商务印书馆，2019年，第50—51页。

② 杨诚森主编：《中国民间故事全书 云南·鹤庆卷》，知识产权出版社，2013年，第108—110页。

③ 同上书，第109页。

（三）救日月

救日月神话的讲述起点往往是日月受到了伤害，需要神性人物或是人去解救受困的日月，恢复天地间的光明与秩序。在《太阳神》[①]中，天狼咬住了太阳，大地一片漆黑，草木皆枯，庄稼难以生长，蛇精虎怪趁机作乱。阿光外出寻找太阳，睡梦中得到白胡子老人的指点，前去寻找太阳神，太阳神得知天狼吞吃太阳以及阿光找寻太阳的经历，便用神箭射跑了天狼用神枝驱散了乌云。村民得到太阳神的庇护，便将其奉为本主。待阿光死后，村民又在太阳神的旁边加上了他的塑像，也尊称他为本主。收录在《中国民间故事全书 云南·大理卷》中的《太阳神——大理市喜洲镇阁洞滂村本主》，《野有蔓草——大理石龙民间故事集》中的《找太阳》，以及张明曾在《白族的太阳崇拜》一文中使用的《太阳神的故事》，三个文本均为同类型的救日月神话。太阳失而复得，鉴于对神性人物太阳神、炎帝，以及英雄人物阿光、阁洞滂青年等做出的贡献，村民便将其奉为本主。此类关于太阳神的讲述，是为日月神话与本主崇拜的结合。相较于《太阳神》《找太阳》等文本，《太阳神的故事》这一文本的讲述削减了救日月行为承担者的神性色彩，强化了人解决困难的能力。

流传在鹤庆、丽江一带的《朝石硪山的由来》[②]，张氏兄妹为了寻找太阳和粮食牺牲了性命。其中，关于救太阳是这样讲述的：太阳被老虎吞入肚中，天地之间失去光明，张氏兄妹决定前去解救太阳。最终，张勤跳进老虎肚中，用大刀砍开了老虎的肚皮，并举着太阳爬了出来，

[①] 大理市文化局编：《白族本主神话》，中国民间文艺出版社，1988年，第1-2页。

[②] 杨诚森主编：《中国民间故事全书 云南·鹤庆卷》，知识产权出版社，2013年，第93-97页。

所到之处出现了光明和温暖。讲述寻找光明类型的神话,还有收录在《兰坪白族普米族自治县民间文学选集》中的《寻找光明》①,讲述的是三兄弟中的老三历经磨难寻找光明神,最终拿到光明神的光明珠,黑暗世界一片光明。

除了上述文本,收录在《兰坪民间故事集成》中的《拴太阳》②讲道:拾智阁在农忙栽秧期间,口念咒语,身在原地,魂飞天上,用随身带的绳子拴住太阳。待栽秧的人们栽完了拾智阁家的全部水田,回家休息之后,拾智阁才把拴太阳的绳子解了,太阳才落下山去,黑夜来临。这则神话虽不是严格意义上的救日月,但也是通过人力留住太阳、延长太阳日照时间,所以也放在此处一并介绍。

(四)日月盗走不死药

能够治愈世间一切疾病的仙草,是为不死药的一种类型。在《天狗追仙草》③中,太阳盗走了仙草,又把仙草借给了月亮。男子决意带着狗一齐上天去,向太阳和月亮要回这根仙草。男子栽了一棵百节参天树,借其到达天宫,不想树倒人亡。黑狗见主人从空中跌落,为了救活它的主人就拼命去咬太阳和月亮,想要讨回仙草。

类似的文本是《一棵小草》④,讲述猎人阿寿将发霉的仙草拿出来

---

① 兰坪白族普米族自治县成立庆典编写组:《兰坪白族普米族自治县民间文学选集》,1990年,第8-13页。

② 兰坪白族普米族自治县文化局编:《兰坪民间故事集成》,云南民族出版社,1994年,第248-249页。

③ 大理白族自治州文化局编:《白族民间故事选》,上海文艺出版社,1984年,第103-105页。

④ 李勇主编:《中国民间故事全书·云南·云龙卷》,知识产权出版社,2005年,第200 201页。

晾晒，太阳却将仙草偷去。阿寿和狗拿梯子上天，天梯塌下后，狗失去了主人。太阳掏出绣花针来戳狗的眼睛，狗发怒后咬住了不归还仙草的太阳。

这两个文本中狗是共同的，种百节树和长梯具有宇宙树、天梯树的意味。并且，天梯倒塌均有缘由。在《天狗追仙草》中，男子妻子的行为引发了百节树的倒塌，她用淘米水浇树，致使百节树烂根倒塌。而在《一棵小草》中，破坏长梯的行为承担者是动物蚂蚁，蚂蚁弄松了梯子脚下的泥土，使得长梯倒塌。

以上呈现的是白族日月神话的四种类型划分。神话包含着讲述者对世界的认知与理解。白族民众基于日月的形状、特征等要素，以及日食月食等特殊的自然现象，对日月的起源与存在状态进行了构想。从厘清白族日月神话文本概况的角度，笔者对白族日月神话的类型进行了划分。诚然，文中所参考的资料还不是非常完备，但从上述文本中可大致看出白族日月神话的基本面貌和内容倾向。

二、白族日月神话的叙事特色

日月神话是广泛流传于世界各民族中的一类神话。伴随着各民族的不断迁徙与分化，不同的文化因子逐渐被整合、叠加进神话文本的讲述之中，形成了同类型神话的不同形态。受白族生计模式、文化传统、宗教信仰等诸方面的影响，白族日月神话形成了自身独特的叙事特色。通过从母题、角色两方面解析白族日月神话，不难发现其中不仅保留着较为原初的阴阳意识，也融合了佛教文化、本主信仰的文化因子。

（一）关于母题：眼睛化生日月蕴含的阴阳观念

母题作为神话叙事中的分析单位，为神话类型的比较研究提供了思路。众神、神性人物、动物的眼睛化生日月的讲述普遍存在于西南地区藏缅语族各民族的日月神话中。部分白族日月起源神话涉及眼睛化生日月母题。例如，《开天辟地》中，盘古左眼变为日，右眼变成月；《地母化生》中的地母，左眼化为太阳，右眼化为月亮。在彝族、哈尼族、拉祜族等民族中，同样流传着眼睛化生日月母题的神话文本。彝族神话《阿录茵造天地》中，阿录茵取下双眼，"左眼做太阳，右眼做月亮"。拉祜族《牡帕密帕》中造物主厄莎也是用左眼做太阳，右眼做月亮。还有一些民族的神话中日月是动物的眼睛化成。哈尼族神话《开天辟地》讲道，古时候，宇宙茫茫一片，天王派来九个人造地，派来三个人造天。他们杀翻了一头山大的龙牛，牛的左眼变太阳，右眼变月亮。彝族的《梅葛》说，老虎的左眼作太阳，右眼作月亮。布朗族也说神分别用牛的左、右眼变出日月。

神话的讲述呈现出民众的叙事逻辑与文化心理。眼睛化生日月母题蕴含着初民的阴阳观念。阴阳二字原作"侌昜"或"霒昜"，其本意与日有关。《说文》释"霒"为"云覆日也"，意为太阳照不到的地方，释"昜"为"开也"，指太阳照耀着大地。可见，阴阳二字的原初意义与太阳关系密切。先民将眼睛与日月相联系的原因，既有外形相似的因素，也有规律相通之处。一方面，眼睛与日月同为圆形，两者具有形似的特征；另一方面，眼睛与日月都有光芒，眼睛给人带来光明，日月驱走了世界的黑暗。并且，眼睛的睁闭也与日月的升落交替相对应，当太阳东升，按常规就是人们该睁眼的时候，当太阳隐落，月亮升起，则到了夜晚人们该闭目休息之时。此外，此类化生型神话中眼睛的左、右与日月间的对应关系上也表现出阴阳意识。上述神话中具有同一的因子：均为左眼对应日，右眼对应月。作为一对对立的方位，左和右在我国传统中分别对应着尊—卑、阳—阴等概念。董仲舒《阴阳出入上下第五十》："阴适右，阳适左。"① 可以看出，"日—左—阳"和"月—右—阴"的模式已经固定化。

基于日月与眼睛的联系，在日月的落与升、双目的闭与睁之间，蕴含着阴、阳的辩证转化，是一种阴阳相生相长、循环交替的动态过程。此后，发端于自然界的阴晴、明暗等认知开始推演到其他方面。月亮被作为与太阳相对的一端，二者共同构拟出新型的阴阳观。从拟人化的角度，日月有性别之分。在白族日月神话的讲述中，日月多被描绘成一对夫妻或兄妹，对应着男女有别的性别分野。其中，从日月的性别角色来看，太阳多为男性，月亮多为女性。

从眼睛化生日月母题入手，不难发现白族日月神话与文化相近的西南藏缅语族民族日月神话的相似性。通过对眼睛化生日月母题的文化内涵解读，我们看到了眼睛化生日月讲述中蕴含的阴阳观念。

（二）关于角色：神性人物反映的信仰文化

伴随着民族的迁徙与分化，不同的文化因子逐渐被整合、叠加进神话文本的讲述中，同类型神话开始呈现出不同的形态。在日月神话的讲述中，各类人物的行动在一定程度上具有相似性，如射日月等行动。但是，回归到具体的文本讲述中，相同的行动往往会被分派给不同的人物，这就使我们有可能根据角色的功能来研究神话，进一步呈现不同民族日月神话的地域性与民族性。

在白族日月神话中，观音这一神性人物是较为常见的。白族神话

---

① 曾振宇、傅永聚注：《春秋繁露新注》，商务印书馆，2010年，第251页。

《开天辟地》中的日月起源，观音是创世的指引者。盘古死去以后横躺在观音寺内，观音的手指到哪里，他（盘古）就变到哪里。当观音指向盘古眼睛时，盘古的眼睛化生为日月。[①]在月亮起源的讲述中，流传着观音老母掷入洱海的金盆变为定海明珠——金月亮的神话文本。[②]观音将金盆掷入洱海，用于镇住海底的黑妖龙，见到财迷试图捞出金月亮的贪婪举动，观音老母便用花手帕盖住了月亮，使得金月亮不再亮出海面。在这一则神话文本中，月亮的形成缘于观音掷下金盆子，而月亮形态的改变也由观音促成。可以说，观音的一系列行动，直接影响着月亮的起源与存在形态。总的来看，观音作为盘古创世的指引者，作为月亮起源的参与者，在日月存在方式上扮演着重要角色。这也在一定程度上体现了观音在白族民间信仰中的重要地位。而此种现象，与白族民众对观音的高度信仰和崇拜是一致的，在白族地区，观音的地位甚至超过佛祖释迦牟尼。

此外，白族日月神话中的本主这一角色同样不可忽视。本主意为本境之主，具有庇佑一方的职能，大理白族地区都有信奉本主的传统。从大理地区的众多本主来看，本主的类别较多，来源多样，但都具有有功于民的共同特征。以救日月母题为核心的一系列太阳神话，呈现了本主诞生的历程。救日月母题主要包含了救日月的原因、救日月的行为承担者、救日月的过程，以及救日月的结局四个部分。日月受到伤害、人类无法生存，引发了神性人物或是人去解救受困日月这一行动。最终，救日月的行为承担者被村民奉为本主。前述《太阳神》中，

[①] 云南省民间文学集成办公室编：《白族神话传说集成》，中国民间文艺出版社，1986年，第15页。

[②] 《中国民间文学集成·云南卷》编辑委员会编：《中国民间故事集成 云南卷（上册）》，中国ISBN中心，2003年，第661页。

阿光得白胡子老人指点，外出寻找太阳和太阳神，最终太阳神用神箭射跑天狼，太阳失而复得，阿光死后，村民将之尊为本主。流传在阁洞滂至仁里邑一带的《太阳神的故事》[①]，救日月者变成了普通人——阁洞滂的青年。青年凭借一人之力，与恶魔展开殊死搏斗，将太阳从恶魔肚子里救了出来。最终，青年被村民奉为本主，从人转变为神。从这些文本来看，救日月的行为是较为一致的。角色的名称和标志作为人物的外部特征，是故事讲述中的可变因素。

源自不同文化背景的神性人物在救日月神话中的有机替换，充分展现了白族日月神话讲述的丰富性与变异性。白族民间文学在自身不同阶段的层累叠加，以及与多种外来文化的交汇整合，促成了白族民间文学多元观念交织共生的特质。[②]从普遍存在于各民族日月神话中的阴阳观念，到外来文化与本土文化的交汇，呈现的是白族日月神话多元叠加、有机整合的积淀历程。

三、白族日月崇拜的民俗表征

白族日月神话产生于过去，反映着初民的思想。如今，面对类型丰富的白族日月神话文本，我们依然能够通过白族日月神话的讲述，理解神话中的主人公采取行动的意义。这种跨时空交流的实现，离不开神话文本与族群文化的互构互融。与日月神话的广泛流传相呼应，白族地区也普遍存在日月崇拜的现象。时至今日，此种文化现象依然在白族的民俗文化中得以体现。

---

① 张明曾：《白族的太阳崇拜》，《大理文化》2007年第5期。
② 董秀团：《白族民间文学的多元混融特质及对边疆民族文学发展的启示》，《原生态民族文化学刊》2019年第3期。

（一）祭月与祭日的习俗

"农耕生产是西南民族根本的经济形态。"[①] 太阳作为自然天体，直接影响着农作物的生长与收成，促进了祭日习俗的延续。老奶奶扔到天上的两个饼变成了太阳与月亮，是将日月的产生与可食用的饼相联系，从神话讲述可看出农作物生产与日月的密切关联。在不少白族日月神话中，有关太阳的讲述传达出"万物生长靠太阳"的观念。前述《拴太阳》中，农忙栽秧，栽秧的人们为了赶节令幻想着太阳不要落山，拾智阁想办法拴住太阳。神话充分反映了日照对农耕生产和农作物生长的影响，而农作物的收成又直接影响着人们的生存。

白族日月神话的讲述与白族地区诸多的祭日习俗相互支撑印证。在祭日方面，大理境内很多白族地区将农历十一月十九日定为"太阳会"。相传太阳生于冬月十九午时，所以民众将冬月十九这天定为太阳生辰，并且开展祭祀太阳的活动。此日期与汉族地区十一月十九日的太阳星君诞辰日是相同的。"太阳会"当天，白族洱海地区各村各寨的莲池会、洞经会都要举办祭祀太阳的法会活动，老妈妈们要念诵《太阳经》。在《太阳经》里，太阳被称为"太阳菩萨"，经文中写道："天上无我无昼夜，地上少我无收成。"万物生长靠太阳，所以需要供奉和祭祀太阳。鹤庆、剑川等地白族民众则是在正月初一祭太阳神。鹤庆的白族还有春分日中午上螺峰山"赛会"之习俗，祭春天的太阳，赛会所赛之宝是稻谷、玉米、小麦、蚕豆和各种瓜果。此外，白族部分地区也会于九月、十月初九祭太阳神。

在祭月方面，白族有祭祀月亮形巨石，以及"太阴会"等民俗活动。在多则"石明月"的讲述中，石明月是一颗宝石或龙珠，其被人盗走

---

① 黄泽：《西南民族节日文化》，海南出版社，2008年，第164页。

期间升入天空，变为月亮。还有一种稍有差异的说法是，石明月是一颗巨大的宝石，被人盗走后的石明月不再发光，甚至都没有以前白了，人们就用石灰把它敷得白生生的。① 这些关于石明月的讲述与当地的月崇拜习俗互为支撑。大理州境内的洱源、剑川等地有不少称为"月亮石"或"石月亮"的月亮形巨石，当地民众常去进行祭祀祈祷。

在以农耕生产为主体的经济生产模式中，白族民众也在因地制宜地利用当地环境，在洱海周围形成了渔业经济。月亮的升落规律与光亮的程度对捕鱼业有着重要的影响。白族地区流传着众多月神的故事，多以捕鱼为背景来展开讲述。在《洱海金月亮》②中，月宫里的七公主化成的金月亮见渔民在黑夜捕鱼艰难，便放出金光。洱海深处金黄色的大月亮将海中的鱼群照得清清楚楚，渔民借着月光，夜夜满载而归，过上了丰衣足食的日子。月亮对捕鱼的积极影响，使得白族民众企盼得到月神的庇佑，捕获更多的鱼。大理洱海周围一些村庄的山头有被称为"月亮坪"的地方，用于祭奉月神。③ 如今，剑湖边的白族渔民每年均要前往剑川县金鸡山上的巨石——着弥哇（石月亮），用石灰浆在巨型石上绘出月亮图案，并虔诚跪拜、献香。

此外，白族地区普遍有与"太阳会"相对应的"太阴会"，其主要内容就是祭月。"太阴会"的具体时间，有的认为是正月初六，有的则是八月十五中秋节。同样的，这一天被视为月亮诞辰日，莲池会

---

① 云南省民间文学集成办公室编：《白族神话传说集成》，中国民间文艺出版社，1986年，第22页。

② 施珍华、何显耀主编：《中国民间故事全书 云南·大理卷》，知识产权出版社，2005年，第106-109页。

③ 张锡禄：《试谈白族古童谣〈白弥哇〉与白族对月亮的原始崇拜》，《张锡禄学术文选——南诏与白族文化》，云南人民出版社，2015年，第216页。

的老妈妈们要集中做会,念《太阴经》,尊月亮为"月光菩萨"。每至八月十五中秋节,白族民众也会在院落中摆上祭品祭月拜月。

(二)日月神的形象塑造

对日月神进行形象塑造,是白族民众将日月崇拜具体化、偶像化的表现。大理巍山县有建于南诏时的佛寺——等觉寺太阳宫。洱海地区有多座以太阳神为本主的神庙,大理市喜洲镇阁洞滂村的本主便是太阳神。阁洞滂村位于大理苍山沧浪峰下,徐嘉瑞在《大理古代文化史稿》中,记载了一则关于阁洞滂村本主的简短神话,其间对本主的职能进行了介绍,"村人云:沧浪峰多云雾,禾稼往往不能成熟,赖此村本主——日神——驱除云雾,才能丰收"[1]。沧浪峰的本主就是日神,其能够驱除云雾的本领契合太阳神的特质。

民间甲马纸与太阳膏是对日月神形象的图像化呈现。白族民众在祭太阳神和月神时,需要焚烧这种甲马纸。甲马纸中有太阳神和月亮神的形象。其间,甲马中太阳神形象多是大圆脸或是平常人,其周围大放光芒。月神形象则以嫦娥为代表性。在《日月甲马》中,记录了民间使用的一种日月甲马纸:

> 甲马纸的正中画的是一只伸颈啼鸣的大公鸡,旁边趴着一个大玉蟾,蟾头上顶着一个太阳和一个月亮,白族民众称其为日月神。[2]

除了甲马纸外,白族民众还使用一种装饰性手工艺品"太阳膏"。"太

---

[1] 徐嘉瑞:《大理古代文化史稿》,中华书局,1978年,第202页。
[2] 杨诚森主编:《中国民间故事全书 云南·鹤庆卷》,知识产权出版社,2005年,第108页。

阳膏"又名"太阳花",是一种用彩纸或彩布剪成的圆形太阳花饰物,直径约两厘米,接近一元硬币的大小。制作太阳膏的彩纸或彩布多以暖色为主,其中红、橙两色最为常见。太阳膏圆形内侧多有剪裁图案,圆形外周饰有代表太阳光芒的齿状装饰。在白族绕三灵期间,聚集在"佛都"(大理崇圣寺)、"神都"(大理庆洞本主庙)和"仙都"(河涘城洱河神祠)的集市上便有售卖太阳膏的民间手艺人。参加绕三灵的人们在太阳穴上贴"太阳膏",表示对太阳的敬畏,对风调雨顺的祈盼。贴"太阳膏"也是太阳崇拜的一种表现。

此外,有关月神的形象塑造,涉及服饰元素、建筑图案、歌谣等。下关者摩白族妇女的服饰,背脊处有一个直径约一尺的月亮形白细羊毛圆毡。① 沿洱海一带较古老的白族民居大门侧边墙壁上有用石灰涂抹或是大理石镶嵌的月亮形状,老人们说这是白族人家的标志。② 剑川地区流行的歌谣唱道:"白月亮啊白姐姐,脚上穿着白花鞋,漂白衣裳黑领褂,雪白绵羊皮。"张锡禄认为歌谣中描绘的白姐有可能就是"月亮神"。③

(三)以"月亮历"为代表的时间观

先民对日月本身昼夜交替、升落有序的自然规律以及由此引起的光明与黑暗、白天与黑夜等现象的观察和认识,形成了他们心目中以日出日落、月升月隐为标志的时空两分观念。白族的日月崇拜还可见于白族的"月亮历"。"月亮历"是以十三月为一年的古老历法。"一

---

① 张锡禄:《试谈白族古童谣〈白弥哇〉与白族对月亮的原始崇拜》,《张锡禄学术文选——南诏与白族文化》,云南人民出版社,2015年,第214页。
② 同上。
③ 同上。

年十三月，一月三十天。白人置闰，主要看三月。而定三月是以桃花开为准。"① 大月和小月的判断主要根据月亮的圆缺来定。"天上开始有月钩定初三，月圆是十五。因此，月大月小，不看月终有无三十日，而是看月初有无初二这一天。如初二这天，天上已出现月钩，那这天已不是初二而是初三了。无初二是小月。初二过了，初三才有月钩，那这个月有初二，是大月。"② 按照白族"月亮历"的计算方式，大月才满三十日，小月只有二十九日。月份的计算用月亮的数量表示，三月称为月亮三个，四月便是月亮四个等。计日则用十二生肖，以鼠日、牛日、虎日等方式呈现。

依托白族"月亮历"的计时方式，相应地产生了一些民俗节日与集市贸易。早年，这套按照月亮的计时方式，在怒江的白族，以及大理州境内的洱源、巍山、弥渡等地的白族皆在使用。由于按照生肖定日，许多地方的集市便用属相命名。在大理州境内的大理、巍山、弥渡、洱源等地，每种属相大多都有相对应的节期，如龙街、牛街、马街等。例如大理市喜洲镇作邑村便有龙街。此外，月圆之时，月光照亮黑夜，延长了人们活动的时间。白族有赶"月亮街""夜街子"的习俗，商贸交易于夜间进行。这些都体现了白族民众生活中对时间的把握与日月有密切关系。

结　论

人们在以世界为参照物，思考自身、探索万物的过程中，创造了众多奥妙无穷的神话，用以解释自然、延续记忆、规约仪式。白族日

---

① 张旭：《白族的古老历法》，《民族文化》1981年第2期。
② 同上。

月神话多以白族民众的生活世界为背景,融入苍山洱海间的山川、湖泊、庙宇等元素,搭建起事件发生的背景。同时,白族民众基于日月的形状、日月的运行规律,以及日食月食等特殊的自然现象,对日月的起源与存在状态进行了构想,传达出白族先民对周围世界、人与自然关系的关注与思考。白族日月神话与白族地区日月崇拜现象互构互融。一方面,日月神话的讲述,为白族日月崇拜文化提供了本土话语的解释。另一方面,白族日月崇拜风俗的延续,赋予了白族日月神话流传的生命力。

纳西族日月崇拜研究

杨杰宏*

日月崇拜是人类普遍性的文化,正如人类学家爱德华·泰勒在《原始文化》中断言,"凡是阳光照耀的地方,都有太阳崇拜的存在"[1]。日月神话是人类神话的普遍性主题,尤其在创世神话中占有重要的地位,对人类文化产生了深远的影响。日月神话在不同民族或地区有着不同的表现内容与形式,其发展形态与文化蕴涵也呈现出复杂多样化特征。深入剖析日月神话的文化共性与差异性,可以对人类文化的多样性与有机联系有个本体的认知,有利于促进不同文明间的交流互鉴,推动人类命运共同体的建构。作为中华民族大家族中一成员,纳西族日月神话与藏文化、华夏文明有着深刻的文化联系,同时也受到印度文化、两河流域文化的多重影响。纳西族日月神话研究不只是单纯的单一民族文化研究,而是通过日月神话这个横截面,来揭示其日月文

---

* 作者简介:杨杰宏,云南丽江人,中国社会科学院民族文学研究所副研究员,研究方向为南方民族史诗与神话。

[1] [英]爱德华·泰勒:《原始文化》,连树声译,广西师范大学出版社,2005年,第282页。

化的生成发展动力机制,发现其间的普遍性文化准则与所蕴含的文化内涵。

一、纳西族日月崇拜的神话叙事

纳西族日月神话主要集中在东巴古籍文献中,故事类型有三大类:一是产生日月的神话;二是射日射月神话;三是争夺日月而产生的战争。

关于日月产生的神话主要有神山产生型与蛋生型两大类。神山产生型叙述模式为:很久很久以前,太阳与月亮还没有产生,然后经过事物变化,产生了居那若罗神山,日月从神山两边出来了。东巴经书《给卢神沈神除秽经》有这样的记载:

> 在黑暗笼罩着世界、天地像簸箕般颠簸不定的时候,太阳还没有出来,月亮还没有出现。最初,有了居那若罗神山,从神山的左边升起了太阳,从神山的右边升起了月亮。太阳的光芒照耀大地,天地间从此有了光明。①

蛋生说是较为普遍的日月产生叙事模式,在涉及远古时期叙事内容时,往往与此相关联,著名的创世史诗《崇般图》、英雄史诗《董埃术埃》(又名《黑白战争》)就是典型代表。如《董埃术埃》载:"远古的时候,天和地还没有成形,日和月还没有生成,星和宿也还没有出现的时候……最早,白蛋起变化,出现了盘神的白天和白地、白日

---

① 丽江东巴文化研究所:《纳西东巴古籍译注全集》第22卷,云南人民出版社,1999年,第220页。以下简称为《全集》。

和白月、白恒星和白饶星。黑蛋起变化，出现了术部族的黑天黑地、出现了黑日和黑月、出现了黑恒星和黑饶星。"①

第二大类别的多个日月型神话与其他民族的射日射月神话相似，东巴经《镇压毒药与祸端·请日月》有这样的记载：

> 远古时代，天空有九个太阳与十个月亮，万物难以生存。盘神便射杀了多余的日月，只留下一个太阳与一个月亮。但由于受惊吓，剩余的日月不敢再出来了。世界又是一片漆黑与严寒。人们想了各种办法请日月出来。最后，由狗将太阳请了出来，由鸡把月亮请了出来。②

也有与射日射月神话不同的神话，东巴神话里多余的日月并不都是用箭射死的，而是踩死的。《向战神献饭·供养战神》载：

> 天空中有九个太阳和十个月亮，花木凋谢了，泉水干涸了。白天，人们热得不能生存；夜晚，人们冷得不能入睡。神灵们商量要去杀日月。美利术主的六个术人去杀日月。他们用脚踩太阳，用脚蹬月亮。太阳和月亮都躲藏起来了。没有日月，世间黑白不分，昼夜不明了。人们又商量要去请日月，卢神用白土捏三个白狗，白狗请来了太阳。沈神用黑土捏三只黑鸡，黑鸡请来了月亮。从此，世间又有了昼和夜、黄昏和早晨。③

与此相似的还有一个异文版本，阳神捏制了狗、鸡把太阳月亮引

---

① 《全集》第25卷，第163—184页。
② 《全集》第36卷，第262页。
③ 《全集》第31卷，第171页。

诱来了后捆绑在岩石上,最后合力杀死了多余的日月,这与下面的这则故事情节发生了倒置。

> 美利卢主用三把白土做了三只白狗,用三把黑土做了三只肥鸡,就让这三只白狗与三只肥鸡去迎请太阳与月亮,太阳是由狗动听的叫声迎请出来的;月亮是由鸡的美妙啼鸣声迎请而来的。如今,所有的太阳与月亮都已请到,被拴捆在高岩脚下,九个英勇的盘神挥舞白铁利刃,砍杀了九个太阳中的八个,只留下一个太阳;砍杀了十个月亮中的九个,只留下一个月亮。从此,人类大地的左方有一个温暖的太阳,右边有一个明亮的月亮,太阳温暖而不炎热,月亮明亮而不寒冷。①

不只是天空有九个太阳,地狱里也有九个太阳,《超度什罗仪式·开辟神路·洒沥血水》中写道:"东巴什罗曾到地狱里镇压黑鼠黑雀,地狱里有九个太阳,照得什罗无法忍受,跑到毒鬼黑海里洗澡。"②

至于九个太阳是如何产生的?东巴经《说出处》载:太阳与月亮还未出现以前,先出现了太阳和月亮的三样影子;……光彩夺目的绿松石作变化,出现了依谷阿格大神;依谷阿格作变化,变出了九个太阳。多余的太阳,变成了十一月初九日。③

第三类日月神话以英雄史诗《黑白战争》为代表。此部史诗在叙及战争起因时强调双方是为争夺神树海英宝达树,这棵神树有12片叶子、12分杈、12朵花,隐喻了这是一棵制定天文历法的神树,历法树

---

① 《全集》第37卷,第40页。
② 《全集》第71卷,第260页。
③ 《全集》第100卷,第122页。

与日月星辰关系密切,所以"董和术的争斗,是为了天地岁月时日而械斗,结仇战争的来历就从此开始"。而真正引发战争的祸端在于一场制造日月事件:黑部落的日月星辰暗淡无光,于是就重金邀请了白部落王子到黑部落境内重新制造明亮的日月星辰,但白王子收受了重金后,遵照父母嘱咐,把黑部落的日月星辰搞成歪歪斜斜,暗淡无光,并在逃回路上设下陷阱,害死了黑部落王子,由此引发黑部落大举进攻白部落的战争。整部史诗洋溢着浓郁的英雄主义色彩,情节曲折生动,人物形象栩栩如生,战争场面波澜壮阔。

需要说明的是,日月产生神话、射日月神话、争夺日月神话存在复合的情况,如上述《黑白战争》中开头的创世叙事内容中就包含了日月产生的神话叙事,而在后面黑白两大部落的战争叙事中就涉及到争夺日月之战,就是说一部神话作品里包含了两个不同的日月神话。

二、传统民俗中的日月崇拜文化

宗教是民俗的源头,民俗是退化了的宗教。纳西族日月神话源于纳西先民的原始崇拜,在不同历史时期得到发展与丰富,并在民俗活动与事象中得到表现,也就是说,日月神话的表现形式不仅仅局限于口头与书面文本,而是在广阔的丰富多彩的民间服饰、建筑、音乐、舞蹈、历法中得到更充分的展现,并通过这种富有生活气息的民俗生活得到传承与文化给养,从而体现出坚韧的文化生命力。

民族传统服饰是民族习俗,文化心理,宗教信仰的载体,承载着深厚的文化价值和生命意义,堪称传统文化的活化石。云南彝族、白族传统服饰具有鲜明民族特色,而纳西族传统服饰遗留有浓厚的日月崇拜文化色彩。羊皮服饰是代表性的纳西族传统服饰,至今仍有普遍保留。羊皮背面共有九个圆盘饰物,最上面的两个大圆盘,分别代表太阳和月亮,下面的七个小圆盘代表七星,其意为肩戴日月,背披七星,这就是纳西族被喻为"披星戴月"之民族的由来。在香格里拉藏区的三坝一带,纳西族妇女头饰戴有银饰圆盘,象征日月星辰。

东巴仪式中经常使用的木牌画、纸牌画上方有绘画日月星辰的传统,上端依次皆画笼盖四野的天、星辰、日月、饶星、云彩、和风、鹿、獐子等。

死者为大,丧葬仪式也是民族传统文化的集大成。在俄亚、三江口、无量河流域一带,当地纳西族要在棺材正面画上太阳和月亮,左侧画着狮子,右侧画着青龙,背面则画着供死者骑的冥马。其意为,死者离开人世以后,在狮子和青龙护送之下,骑着冥马去日月增辉、光彩华美的神的福地。①

棺材侧面的图画,通常上方为天、日、月、云、风,下方为香柏枝、油灯,中间为代表八宝吉祥物的净水宝瓶、雌雄白海螺三样。这一图案是与仪式中吟诵的东巴经相对应的:"这是高天笼罩的大地,是太阳高悬温暖明亮的大地,是月光皎洁照耀的大地,是星辰璀璨的大地,是白海螺的吉音萦耳的大地,祥云吉风缭绕的大地,有永远不会熄灭油灯的大地,有柏枝天香缭绕的大地,让逝者的灵魂到这样美好的祖居地去吧!"②

三江口一带的纳西族支系阮可人的棺材,正面上方画有天、祥云、日、月,下方画有手持胜利旗与开路刀的郎久敬久战神,此神专镇凶死的恶鬼,在此作为死者灵魂返回祖居地的开路神;棺材左右两边画

---

① 和发源:《和发源纳西学论集》,民族出版社,2010年,第282页。
② 根据2021年5月2日中午12:00微信访谈更布塔东巴内容整理。

供给亡灵的香、灯；棺材尾面画天、星、日、月、云、风，下方为家中五畜（牛、马、猪、绵羊、山羊）及鸡。

与神话中的九个太阳十个月亮相对应，纳西族传统观念中的日月是多元的，除了人间的日月外，还有祖先居住的冥界，以及五个不同方位世界里的日月，而那些方位属于不祥的鬼蜮，容易引诱死者灵魂。所以东巴祭司要引导死者灵魂到祖先居住的冥界去。只有到达祖居地那里，灵魂才能安息。在丧葬仪式上东巴要念诵东巴经《召回祖先的灵魂》："祖先呵，您的灵魂经不住诱惑，会到东方寿依朗巴聘居住的白天、白地、白日、白月的地方去。会到木方位（东方）寿依朗巴婢人居住的、寨头上栖着老鹰的地方去瞧热闹，您的灵魂会滞留在那个地方。"东巴祭司将逝者的灵魂招回来之后，用各种牺牲供品祭祀他们，然后把死者的灵魂一直送到祖先们居住的地方去。①

纳西族先民时期的寨门两边各绘饰有日月图案。在东巴经《禳垛鬼仪式·请求神灵帮助经》载："请求饰有太阳和月亮图案的寨子里的天上的大威力的端格神米洛构补。"②

本神以后到了端格神。天上的太阳月亮端格神，地上的萨道端格神，署神的萨道端格神，树上的萨道端格神，护佑主人这家的米施庚施端格神、聂庄铮庄端格神，污秽与洁净之间，由端格神来评判。主人要生育和繁衍，要富足和富余，要长寿和延年，都应由有威力的端格神来赐给福泽了。③床位上也饰有日月图案，"把太阳神的祭司呆麻呆支神，送往饰有太阳图案的床位上面。把月亮神的祭司敬套敬尤神，送往

---

① 和宝林：《远古流来的圣泉：东巴文化与纳西族》，云南民族出版社，2004年，第128页。

② 《全集》第22卷，第292页。

③ 《全集》第22卷，第351页。

饰有月亮图案的床位上面"①。胜利神旗帜两边分别绘有太阳与月亮。

跳东巴舞时，东巴左手持板铃，右手持刀，东巴助手敲击牛皮鼓，板铃与牛皮鼓分别象征了日月。东巴经中请东巴教教主东巴什罗下凡时经常提到这样的句子："请东巴什罗摆动着威力像太阳一样大的板铃，敲动着威力像月亮一样大的大皮鼓，率领着三百六十个弟子下来。"②有的经书则强调了东巴什罗下凡的目的所在："居住在十八层天上的东巴什罗祖师神，摆动着太阳般大的摆铃，敲击着月亮般大的牛皮鼓，随后率领着三百六十个弟子，声势犹如蓝天雷鸣、大地震动一般浩大、从高天下来，把垛鬼铎鬼往外驱。"③这个铎鬼是指使饶星吞食太阳与月亮的始作俑者，驱除了铎鬼，太阳与月亮的安全就得到了保障，天地人就没有了凶兆与不吉之事。

据石春东巴介绍，在跳东巴什罗从十八层天上降临人间时，要跳青龙舞，而从天上降临到专属于太阳的大地上时，要跳白海螺大鹏鸟舞，然后到了专属于月亮的大地上时，就跳白海螺狮子舞。④

丽江玉龙县塔城乡境内纳西族村寨流传着一种古老的民间舞蹈——勒巴舞，这一舞蹈共有32个不同的舞蹈内容，大部分为模仿飞禽走兽跳的舞蹈，其间有一个舞蹈内容是尼玛诺塔蹉——敬拜太阳舞。

男方所持手鼓（达布勒）代表太阳，女方所持手鼓（打鼓）代表月亮。女方所持长柄手鼓只能朝上端着，不能随意晃动，而男方所持短柄手鼓可以不同方向晃动。在跳勒巴舞前，专门有一段《勒巴》唱词，歌词大意："金黄的太阳出来了，照亮了天空，照暖了大地；银色的

---

① 《全集》第31卷，第74页。
② 《全集》第23卷，第149页。
③ 《全集》第24卷，第7页。
④ 根据2021年4月28日晚上21:15微信访谈石春东巴内容整理。

月亮出来了,照亮了大地。"这两面鼓代表了日月,有了神圣的宗教意味,平时收藏时必须置放于洁净处。勒巴舞中要演唱十二首歌,其中有一首叫《玛余精》,专门赞颂勒巴舞道具,其间有一句歌词:"天上的太阳法轮光华依附于阳鼓上,与月亮法轮光华依附于阴鼓上。"①

居住在泸沽湖周边的纳西族支系摩梭人至今仍保留着祭太阳神、祭月亮神的习俗。祭太阳神仪式称为"尼咪舍拉甲泽嘎拉著",即迎接太阳神舍拉甲。这一仪式一年分三次举行:冬月十五为喇嘛会,正月初五为各大村集中举行,十月二十五日在永宁扎美寺举行。在仪式前一晚喇嘛在寺内用青稞面制作多达上百个的神偶,神偶制作完毕后,喇嘛们在神偶前点油灯、念经、敲鼓打钵、吹法号举行祈福仪式。第二天太阳刚刚升起时鸣土炮三响,锣鼓声、海螺声、诵经声也随之四起,巨幅太阳神唐卡画徐徐展开,在烧天香的烟雾缭绕中,如潮而至的男女老少纷纷朝着太阳神像顶礼膜拜,喇嘛们则一面念经祷告,一面把"圣水"洒给民众,以求神灵保佑,祭祀完毕。在喇嘛寺前要跳嘛舞、"格尔舞"(骷髅舞)和"巴俄舞"(镇魔舞);村庄内则跳甲搓舞,通宵达旦,纵情欢歌。②

农历八月十五是摩梭人尝新祭月神的节日,摩梭人称"嘿咪著"。自古以来,摩梭人认为,"嘿咪嘎拉"(月神)和太阳、星辰一样,与人的生产、生活、健康、精神活动有着密切的关系,并认为精神病是与月亮神有关的。他们发现精神病人常在月缺、月圆的时候发作。因此,他们认为是月亮神在作祟。同时,八月又是地里庄稼开始成熟的时候,摩梭人就在八月十五尝新祭月亮。当天下午,他们备上盛餐,

---

① 2021年4月26日晚访谈勒巴舞传承人李学芬。
② 李达珠:《摩梭传统仪式研究》,内部资料,2020年,第194-198页。

用尝新的粮食做一个又大又圆的月饼,打开苏里玛酒,祭过祖先和灶神,用过晚餐之后,于傍晚时分,开始准备祭祀月亮神,他们在家中经堂的阳台上或院坝能见到月亮升起的地方设祭坛,祭坛上摆设各种祭供品:青烟缭绕的香笼和清油长明灯,在瓶里插上鲜花,大月饼置于中间,前面还摆着凤尾螺和白海螺。当月亮冉冉升起的时候,达巴或喇嘛念祷告经,家人开始吹海螺向月神磕头,一直到月亮高升,祭祀活动才完毕。①

三、东巴象形文字中的日月崇拜文化内涵

"太阳"的东巴象形文写为:⊕,纳西语读为[ni mei](音"尼美"),古音为[bi],也有不同的写法:☼,周边有光芒。⊗、⊙,太阳里面的十字符号为光芒。如✪ [ni mei ga ssv]字,意为正午,其形状为太阳光芒四射。

⊗ [ni mei naq],太阳光芒中加入黑点,就变成了黑太阳,以此指黑道凶日。② 在纳西先民观念中,黑色代表了不可预测的危险、凶恶。在李霖灿字典的第27字,⊕ [bi naq],这个字里黑点只有一点,也是指黑太阳,专指鬼地的太阳,东巴经里的鬼地的日月星辰皆为黑色。这个字在无量河流域的纳西族区域较为常用。

⊕ [ddaq],日落时的晚霞,下方的斜线条指斜晖。⊛ [mbaq],其形为两边的胡子,以此指霞光万道,这个字也可读为[ni mei rua baq zzeeq],意为"太阳生胡子"。晚霞的东巴文也写作:≡。

---

① 李达珠:《摩梭传统仪式研究》,内部资料,2020年,第203-206页。
② 李霖灿编:《纳西族象形标音文字字典》,云南人民出版社,2001年,第6页。

☒ 太阳被云所笼罩。

☒ 太阳被饶星所吞食时,太阳吓得惊抖起来。

☒ ☒ [bbu],光亮。其状为日月齐辉。

☒ [ni mei kee],指日光。其形状为太阳下面有脚,☒ [kee]本义为脚,与"线"[keeq]近音,此处用来作假借。

☒ [hei mei],指月亮,其形状为上弦月,古音读为[lei]。月亮的东巴象形文还有不同写法:☒、☒、☒、☒。

☒ [hal]指晚上,与上面月亮形状相倒置,也可作动词"睡觉""住宿"。

☒ [Huq],指夜晚,一般指深夜,与上面的晚上相区别。也有写成:☒ [huq ko],月亮下方的☒,意为"角",与"深""半"同音,此处作假借字,即三更半夜。

☒ [me],否定词,指没有,不,无,非。其形状为月亮细如钩,没有了光芒,后引申为无、没有、不等。

☒ [naq ful],其形状为月亮全变黑,意为月无光,指黑暗。

☒ [lei naq],月亮中有黑点,指鬼蜮中的黑月亮。

☒ [hei naq],月亮形状呈直立状,与上面横向的黑月亮相区别,月中有一黑点,指不吉利的月份。

与上述的云彩环绕、长胡子(霞光)、受惊的太阳相似,也有云彩环绕的月亮☒;长胡子的月亮☒指月出、月浇时的月光;饶星要吞食月亮时,月亮受惊的形状:☒。

日食、月食分别写为:☒、☒,其形状为日月有缺。

从以上日月的东巴象形文字形象中可察,日月形象经历了自然形象到人格形象的发展演变过程。日月形象一开始具有自然形象——有光芒,能带来光明与温暖,到后期就有了人格特征——日月都有胡须,有脚,且有喜怒哀乐的情绪。需要指出的是,纳西族的日月形象并未发展到神格阶段,日月在东巴神话里处于弱势者的地位,饶星是日月的仇敌。饶星吞食日月的东巴文写为:🐍,其字形为饶星 ⬤ 在吞食日月。饶星 ⬤ 在东巴经里当作煞神,因其吞食日月降灾祸而名,一些经书另写作:🐢。日月还受到神灵与鬼怪的追杀,如上述多日月神话中,美利术主的六个术人用脚踩日月,太阳和月亮都吓跑了。最后还是由卢神、沈神捏了狗、鸡请回来的。

另一个东巴神话叙及"九个太阳玷污了十个月亮。九个太阳出来也不温暖了,升起十个月亮也不明亮了",这里明显带有原始思维中"互渗律"特点:人们在阴天或雨天感受到阴冷,且观察到了阴天时的日月是被云雾气体(等同于秽气)所遮盖的,由此认为是日月不道德行为(秽行)导致了此类秽气的产生。原始思维中的互渗律的重要特点在于原始先民普遍认为人与外界事物之间有着部分或整体的等同,二者可通过神秘的方式来彼此参与、相互渗透,形成了独特的自然现象与社会现象。

上述的日月形象明显带有人格特征,但并未上升到神格地位,这与东巴教长期处于以自然崇拜为主的原始宗教形态有关。东巴教中大量的神灵是受后期苯教影响而产生的,而早期的原生神灵明显带有自然形态与人格形态兼容的特征,这在东巴象形文字及东巴神话里的日月形象中得到了全面的反映。

四、苯教日月崇拜文化对东巴文化的深层影响

东巴文化受藏族苯教文化影响极大,纳西族日月崇拜及日月神话里融合了大量的苯教文化内容。纳西族日月神话以英雄史诗《黑白战争》

（又名《董埃术埃》）为代表，这部史诗一开始先叙述天地自然的变化生成万物，而这种变化往往与二元论密切相关，如天与地、日与月、星与辰、好与坏、善与恶、白与黑、阴与阳、真与假等。白部落与黑部落形成了两个对立的势力，白部落的天地日月星辰山川河谷都是白色的，而黑部落的天地日月星辰山川河谷都是黑色的。白色代表了美好、善良、进步的光明、正义力量，而黑色象征着黑暗、残暴、野蛮的黑恶势力。孙林认为，纳西族东巴神话中的这种二元论受到苯教二元论的影响。"苯教中的二元论将宇宙的原始动力解释为白色与黑色两种光，这两种光是对立的，它们共同发生作用，产生宇宙的一切。而且，黑色还是愚昧、迷茫、迟钝、疯狂等一切丑恶的孳生力量。白光与黑光在宇宙创造过程中有时还以白卵与黑卵的形式出现，它们分别产生神与恶魔的传承系统。纳西族东巴教中的有关宇宙起源的神话也有类似的思想。"[①]

苯教经典《叶岸战争》与东巴史诗《黑白战争》有着惊人的相似。白庚胜认为两部作品的结构基本一致，两界性质完全一致，战争起因都是为了争夺神树，战争过程存在相对应的传承关系。[②]《叶岸战争》中神的世界叫"叶"，魔的世界叫"岸"，在两个世界间有分界线，神的世界有各种药物和花果，魔的世界则生长毒药和有毒的植物。神魔交界处生长有一棵奇特的树，叶片是丝绸，果实是黄金、珠宝。善神看护着此树。战争以神灵获胜为结束，魔王被俘获，各种占卜羊毛从此产生，各种解毒药出现，净化仪式以及世界的规范、准则也得到

[①] 孙林：《论藏族、纳西族宗教中的二元论及与摩尼教的关系》，《西藏研究》2004年第4期。

[②] 白庚胜：《〈黑白战争〉与〈叶岸战争〉的比较研究》，《民间文化》2001年第1期。

确立。①

　　当然,任何文化的传播与影响并非一成不变的生搬硬套。藏族苯教的日月崇拜文化传播到纳西族地区时,由于历史情境、地理环境、文化体系等多方面原因,其原生文化在传播过程中发生了相应的变异。

　　"卍"左旋的"雍仲"符号,是雍仲苯教的神圣符号。远古时期可能是藏地先民象征太阳的符号,"雍仲"符号极少单独存在,它更多的情况是与其他图形共存于画面之中。人们注意到在西藏岩画里,经常与"雍仲"符号相伴生的有一些日月符号,日月与宗教祭祀活动相关,如日月崇拜、祭祀活动等。后逐渐演变成代表"永恒不变"和"吉祥"的含义,与佛教的右旋雍仲符号方向相反。梵文写作 Srivatsa,旧译为"吉祥之所集"。这一符号传入中原地区,音译为"万",而鸠摩罗什和玄奘将此符译为"德",取万德庄严之意,强调佛的功德无量。雍仲符号在苯教与佛教中只是旋转方向不同,而其基本义是一致的,都是代表着永固、永恒、不变、金刚、吉祥的意愿或祝福。②藏文献《基奔》载:"什么也没有的空之中出现了什么都清楚的光,从这个光的普及中出现一个自转的光轮,光轮的自转力中出现风力飘旋,随着风力的增加,出现支撑风力,世称宝风。……风生火,火烧水,水聚尘埃。"③这说明创造万物的四大物质皆源自太阳的旋转。

　　这一源于太阳崇拜的苯教标志符号随着苯教向周边地区的传播而进入东巴文化中,但其读音及基本义发生了相应的变化。从字符形状上看,东巴字卍明显源于苯教符号卍,形状、方向相一致。纳西语读

---

①　孙林:《论藏族、纳西族宗教中的二元论及与摩尼教的关系》,《西藏研究》2004 年第 4 期。
②　剧艳光:《古老而神秘的雍仲符号》,《科技信息》2012 年第 7 期。
③　罗丹宁波:《象雄视觉下的五行》,《长者良言》2003 年总第 33 期。

为[ee]，与纳西语的"牛"同音。李霖灿编的《纳西族象形标音文字字典》中把此字归于纳西族支系若喀东巴字，卐1669号字，读为[dvq le xi siuq]，千种百样也。此字有宗教渊源，云千种百样，无不包含于此中也，有包罗万象之意。[xi]在北地（白地）一带如此，作"百"字解，盖用上字之第三音也。至丽江鲁甸一带，又改读为[ee]，乃"好"之意。① 据石春东巴介绍，在云南宁蒗县拉伯乡无量河流域，这个字也读为[yu der]，意为吉祥福地，丧葬仪式上，在棺材内、火化场放死者处皆用米粒画此雍仲符号，用来超度死者灵魂回到祖居吉祥地。三江口流域与藏区接壤，受藏文化影响极深，这一区域的藏族、普米族宗教经典中保留了大量的苯教经典，这一区域的藏族民众在举行火葬时，在死者尸身下也用檀香（香粉）画一个佛教这个符号。

纳西语[yu der]应是藏语"雍仲"的变音。而纳西族西部方言读为[yi der]。苯教的"雍仲"符号后转变为吉祥八宝之一的法轮形象，意喻法轮恒转，由此变化产生万事万物。无独有偶，东巴经典中也有源于藏族佛教文化的法轮符号❈，法轮在东巴文化中比喻一切事物产生的基座，即万事万物皆产生于此，有专门讲述法轮来历的东巴经书，另写为❈或❈，两个法轮符号中都明显有太阳形状。

这说明，原来源于太阳崇拜的雍仲符号"卐"，从自然崇拜向人文宗教发展过程中，其文化意蕴也发生了相应的变化，从太阳恒转的本义发展丰富为"吉祥如意""金刚不变""万福所集"等苯教教义，并从太阳的自然形状发展为抽象的象征符号，后又演变为法轮具象。与具有如此丰富复杂的宗教内涵相比，东巴文化中的卐仅包含了"千

---

① 李霖灿编：《纳西族象形标音文字字典》，云南人民出版社，2001年，第286页。

种百样""好"之意。这与东巴教未能从原始宗教发展为人文宗教的文化事实密切相关。

泸沽湖周边的摩梭人的太阳神祭祀仪式源自藏传佛教文化，糅合了藏族雪顿节、羌姆舞、晒佛等内容，这与当地民众普遍信仰藏传佛教有关。

五、纳西族日月崇拜文化与其他日月崇拜文化的比较研究

任何一个民族的文化都不是孤立存在的，任何文化既是立足于特定的自然环境与历史条件下创造的产物，更是在不断吸纳融合外来文化基础上创造的结果。纳西族日月神话既有自身的原生文化，也杂糅了大量的外来文化。当然，这种文化的独立性与融合性是需要辩证看待的，纳西族日月崇拜文化有些可能与外来文化很相似，但并不都意味着来自外来文化，可能更多是人类共同的文化心理所导致的。譬如就太阳形状而言，从最早的岩画到象形文字，乃至图腾符号，都不外乎以圆形为主，而太阳形状除了圆形特征外，还有光芒。就是说太阳形象的这些共性特征并不存在哪个影响哪个，而是原始先民观察到相似的太阳特征而已。

纳西族东巴文的太阳形象写为：⊕，太阳光线在里面，也有太阳光在外面的：❋，这与湖北随州西花园遗址出土的彩绘陶器上的太阳形状是相似的。太阳光在里面的：⊕、⊕，太阳光里外都有的：●、▲。西花园遗址出土的彩绘陶器属于屈家岭文化、石家河文化时期，迄今4000多年。

表 1　东巴文"日"与其他日月符号比较表

东巴文"日"	东巴文"日"	东巴文"日"	东巴文"日"
（图）	（图）	（图）	（图）
马厂类型的"卍"纹彩陶罐	马厂类型的"卍"纹彩陶罐上符号	从金沙遗址出土的太阳神鸟金饰	苯教"雍仲"符号
（图）	（图）	（图）	（图）

从国内发现的岩画、象形文字、陶器符号上的太阳旋转方向基本上以左方向旋转为主。这一文化共性特征可能与这些地区皆处于北半球，太阳从东方偏南方向升起，从坐北朝南方向观察太阳，太阳运动轨迹是从左往右方向运转的。

值得一提的是，发现于青海民和县绘有"万"字纹符号的柳湾彩陶一共有 26 件，这也是目前世界上发现最早的"卐"字纹符号。它打破了传统学术界认为的"万字纹是公元 4 世纪自印度传入中国"的观点。

至于佛教的万字福符号"卐"的旋转方向为右旋转方向，主要是因为在借用苯教"雍仲"符号时，为了表示区别而有意作了相反方向的改造，这也是抑本扬佛在文化上的反映。东巴文化中的卍则受苯教影响而沿用至今，佛教对其影响远不如苯教大。东巴神路图里的"卐"为右旋，且神灵背后皆有太阳光环，这是受藏传佛教文化及唐卡绘画风格影响的结果。藏传佛教对东巴教的影响主要是在后期，推动了东巴教文化朝人文宗教发展，但其基本特征仍保留了原始宗教文化特征，所以神路图在东巴文化中属于另类文化，与整体文化相比显得"形单影只"。

原始先民观察到太阳每天在天上循环往复地运转，认为太阳是鸟的化身，或者是鸟背着太阳在飞。《山海经》说："汤谷上有扶木，一日方至，一日方出，皆载于乌。"《淮南子》载："日中有踆乌。"高诱注："踆犹蹲也，谓三足乌。"这说明鸟与太阳本为一体，二者是相互替代的。其实，远在《山海经》成书之前的新石器时代就把太阳与鸟联系起来了。"庙底沟文化彩陶上频繁出现的太阳鸟图像，与大汶口文化和良渚文化所见的同类图形完全相同，说明当时的太阳神观念普遍存在，传播范围很广。"①

纳西族东巴神话中并未发现太阳鸟方面的内容，但有两个现象值得关注：一是太阳的古音 [bi]，与鸟禽飞翔的语音 [biq] 相近。二是太阳的读音与男性生殖器相近。太阳的纳西语读音有两个：[ni mei]、[bi]，[ni mei] 中的 [mei] 是虚词，核心词为 [ni]，[bi] 为古音，在东巴经中经常出现。[ni]、[bi] 都为太阳的读音，而男性生殖器读音有两种 [niq] 与 [niq bi]。这说明太阳与男性之间有着内在的联系。将太阳、鸟喻作是男根崇拜的象征，把陶器上的蜥蜴纹、龟纹、蛇形纹等，以及阎村陶缸彩画出现的男根纹饰，在其他一些遗址发现的陶祖和石祖等，都是男根崇拜的典型例子。②

太阳与狗也有联系。中原先民有天狗食日的神话，东巴神话中认为太阳是由狗请回来的。"太阳和月亮都躲藏起来了。没有日月，世间黑白不分，昼夜不明了。人们又商量要去请日月，卢神用白土捏三个白狗，白狗请来了太阳。沈神用黑土捏三只黑鸡，黑鸡请来了月亮。

---

① 中国社会科学院考古研究所编：《中国考古学·新石器时代卷》，中国社会科学出版社，2010年，第252页。

② 参见河南省文物考古研究所编：《汝州洪山庙》，中州古籍出版社，1995年。

从此，世间又有了昼和夜、黄昏和早晨。"① 这可能与太阳出来，天亮时狗叫的特点有关。东巴神话里卢神用土捏狗来请太阳，而河南淮阳一带至今仍传承着捏制"泥泥狗"作为祭祀伏羲的"神物"。淮阳民间仍流传着"伏羲与盘瓠"的神话，大意是有狗称"五色犬"，被扣在金钟内；变成人首狗身，即伏羲氏也。苗族、瑶族、畲族、黎族等民族中也有类似的传说，如畲族的"狗皇歌"。徐慎《说文》解析"伏"字为："伏者，伺也。臣伺事于外也。从人犬。犬，同人也，不曰大人，而曰人犬，列于人部者，尊人也。"从中反映了狗与伏羲有着深刻的文化联系。淮阳人把泥泥狗也叫陵狗，是给太昊守陵的神狗。太昊、伏羲都是太阳的化身。纳西语里"狗"读为 [kee ni]，有"守护太阳"之意。

纳西语称月亮为 [hei mei]（音"恒美"），古语为 [lei], [mei] 是虚词，[hei] 为核心词，我国古代文献中称月亮神为"姮娥"，《淮南子·览冥训》载："羿请不死之药于西王母，姮娥窃以奔月。"据说因避讳文帝刘恒，"恒"多作"常"。《说文》："恒，常也。"又"恒"通"姮"，"姮娥"即"嫦娥"。纳西语的"恒美"与汉语的"姮娥"在语音上相近，与同属汉藏语系相关，从语言学规律而言，天、地、日、月、星、辰方面词汇属于基本词汇，在整个词汇系统中属于发源较早，形态最稳定、最基本的核心词。东巴神话中并无《后羿射日》《嫦娥奔月》等故事，说明这些神话产生时，纳西族先民已经从华夏族群中脱离出来了。

与日月崇拜相关的历法树、大鹏鸟、蛇、自然神等东巴文化与苯教、印度教乃至两河流域文明、古埃及文明有着深刻复杂的文化联系，限于篇幅，不再赘述。

---

① 《全集》第 31 卷，第 171 页。

小结

　　日月崇拜内容是创世神话的重要构成，在不同的民族神话里有不同的表现内容及形式。纳西族日月神话记载在由东巴象形文字书写的东巴经书里，并且在仪式里进行演述。东巴象形文字作为原始图画文字，天然地具有图像的视觉功能。同时在东巴画、东巴法器、东巴服饰中也有不同表现形式与内涵。在特定的叙事场域里，东巴神话的图像符号系统并非单独起作用，而是与文字、口头、仪式、音乐、舞蹈等多种表现形态互构互文成为多元叙事文本。综上所述，纳西族的日月形象的产生及演变经历了从自然形象到人格化的两个阶段，并未发展到神格化阶段，这与东巴教文化长期处于原始宗教形态密切相关。纳西族日月神话的产生与发展，与其特定的自然环境、历史情境密切相关，同时与所接触过的不同民族文化有着深层复杂的关联。这些文化关联既有同根同源、同源异流的传承、传播关系，也有同流异源、异流异源的创造、互鉴关系。这说明，一个民族文化的特色与生命力是在与多民族文化交流中达成的。只有在全观的视域下，才能准确、全面地揭示民族神话研究的文化内涵及发展规律，有效拓展神话学的学术生长空间。

创世构件、时间感与宇宙秩序

——佤族日月神话研究

高 健*

    太阳神话与月亮神话普遍流传在佤族内部各支系,在神话的分类体系中,二者被归类为创世神话、天体神话、自然神话等。在具体的叙事中,二者往往相继出现,但又构成对立的范畴:太阳和月亮、白昼和黑夜、男与女、天神与地神等,有时对立双方甚至发生转换。
    过往学界关于日月神话的研究多集中在母题类型、灾难叙事、天文历法等角度,本文将以秩序为关键词,不仅仅梳理佤族神话中如何讲述日月的起源、神迹、灾难等,同时聚焦佤族人如何通过日月神话表述自然秩序、社会秩序应该是什么样的,以及应该如何去维持的观念。

---

    * 作者简介:高健,吉林辽源人,云南大学文学院副教授,硕士研究生导师,主要研究方向为佤族神话与民俗、民间文学学术史。

一、创世的构件

宇宙观的英文为 cosmology，来自古希腊文 κόσμος 与 λογία，前者意为世界（world），后者意为学问、研究（study on）。这个词指的是宇宙学这门学科，即关于宇宙的一套科学知识体系，同时又是一个族群关于空间、时间、社会、人的一套思维模式。任何一个族群在日常生活中都会或多或少对日月进行理性的观察、假设与论证，这个过程中既可能产生某些现代意义上的科学知识，也可能塑造了一个族群的宇宙观，并且通过宗教性、想象性的方式——如神话——表述出来。也就是"各个民族的神话，无不与天空、天象有格外紧密的关系，各个民族最早的理性思考，也同样与天空、天象有格外紧密的关系"①。正如列维-斯特劳斯（Claude Levi-Strauss）所说："宇宙既是满足需要的手段，同样也是供思索的对象。"② 佤族人的日月神话讲述了宇宙的形成与形态，构成了佤族宇宙观的基础与起点，这与其中的时空观念、宗教观念、科学观念、哲学观念紧密相关。

在佤族神话中，太阳和月亮是创世的标志。魏德明搜集整理的佤文版《SI MGIAN RANG MAI SI MGANG LIH》（《西念壤与司岗里》）中，第一章题为"地球的起源"，开篇就描绘创世之前宇宙的状态：

> 造天造地之初，万事万物都还没有形成。月亮和太阳也像沉睡了似的，还没有从山后露出脸来。③

也就是说，日月的缺席意味着世界的尚未形

---

① 陈嘉映：《从希腊天学到哥白尼革命》（上篇），《云南大学学报》（社会科学版）2007 年第 1 期。
② 列维-斯特劳斯：《野性的思维》，李幼蒸译，商务印书馆，1987 年，第 5 页。
③ 魏德明：《SI MGIAN RANG MAI SI MGANG LIH》（佤文），云南民族出版社，1988 年，第 14 页。

成，日月的出现则拉开了世间万物起源的序幕。

佤族神话中太阳和月亮往往都是由神创造而来，但具体创造方式在不同的文本中又有所差异：

（1）神创造了太阳和月亮，此种神话普遍流传在佤族各支系，具体并无过多情节叙述，太阳和月亮的创造过程被一带而过，只是创造世间万物活动中的一个步骤，但是，太阳和月亮却先于其他事物产生。①

（2）神把太阳和月亮安装在天上，此种神话中，太阳和月亮与其他事物一样，是创世的最初构件。②

（3）太阳和月亮是神磨出来的，此类神话比较具有佤族特色，创世之初，不仅没有太阳和月亮，天空也是不平坦的，所以，神在磨出光滑的天空后，又磨出了灿烂的太阳和月亮。③

（4）太阳和月亮由神的身体变化而成，许多族群对太阳和月亮都有着相应的信仰，将之奉为神灵而加以崇拜，佤族有的神话中讲述了两位创世大神完成创世任务后分别化作太阳和月亮。④

---

① 岩扫等讲述：《司岗里》，艾荻、诗思编：《佤族民间故事》，云南人民出版社，1990年，第1页。

② 隋嘎等讲述：《司岗里》，尚仲豪、郭思九、刘允禔编：《佤族民间故事选》，上海文艺出版社，1989年，第1页。

③ 毕登程、隋嘎编著：《司岗里——佤族创世史诗》，云南人民出版社2009年版，第8页。云南省民间文学集成编辑办公室编：《佤族民间故事集成》，云南民族出版社，1990年，第1页。

④ 达老屈等讲述：《司岗里》，中国民间文学集成全国编辑委员会、《中国民间故事集成·云南卷》编辑委员会编：《中国民间故事集成·云南卷》（上），中国ISBN中心，2003年，第96页。毕登程、隋嘎搜集整理：《司岗里——佤族创世史诗》，云南人民出版社，2009年，第8页。

（5）天神与地神结合生出了太阳和月亮，太阳和月亮作为佤族创世神话中的重要元素经常成对出现，而创造它们的神有时也是一对：天神与地神结合，地神生下了一个儿子，即今天的太阳，"但是就算太阳不停地运转去照亮宇宙，可它照不到的地方同样是黑夜，所以地神又生了一个女儿去照亮太阳照不到的地方，她就是今天的月亮"①。

（6）太阳与月亮由一对男女变成，如上一种神话，太阳和月亮进一步被视为一对范畴，由一个小伙子和一个小姑娘变化而成。②

此外，在叙述太阳和月亮形成的同时，往往还会述及星星的由来，比如讲述星星是射太阳时溅出的火星，星星是月亮的子女，等等。

宇宙起源之初，天（神）与地（神）并非完全分离的，二者往往被描述成由一根（铁）绳子连接，而并未完全分离的直观感受正是太阳（有时包括月亮）在低空照耀着大地，如沧源地区的天地分离型神话叙述天地距离很近，太阳和月亮争吵起来，比试谁的热气更大；③ 又如流传在孟连地区的神话《母猪射日》叙述大地距离很近，天上的两个太阳轮流照射大地。④ 也就是说，太阳和月亮在这里是象征着天，天地分离也就是意味着人类远离太阳和月亮。

具体的分离方式，可能是链接天地的（铁）绳子被刀或斧子砍断，

---

① 王学兵译著：《司岗里传说》，远方出版社，2004年，第5页。
② 李学宏、古河搜集整理：《太阳、月亮和星星的由来》，尚仲豪、郭思九、刘允禔编：《佤族民间故事选》，上海文艺出版社，1989年，第34—36页。
③ 李学宏搜集：《把天顶高的人》，李子贤编：《云南少数民族神话选》，云南人民出版社，1990年，第283页。
④ 岩罗讲述：《母猪射日》，孟连县民委、孟连县文化馆编：《云南民族民间文学集成·孟连佤族卷》，云南民族出版社，1993年，第9页。

天高高地升起，地低低地下降①，抑或是妇女春谷把天顶高了②。天地分离在汉族文献中被称为"绝地天通"，《圣经》中的"巴别塔"（Babel）也属于此类型神话。佤族与其他族群"绝地天通"类型神话不同之处在于，其他族群一般都是神具有主动权，将天地通道截断，使得"人神不杂"。而佤族神话中所述却是人类主动将天地隔开，甚至是人们认为天（太阳和月亮）与地离得太近给人间生活带来不便，所以才让天（太阳和月亮）升高，这里的天（太阳和月亮）并没有像一些族群的神话中代表了一种绝对权威，而只是被看作一种可以改变的自然现象。神话中天地分离一方面体现出对这一类型神话研究的传统观点——建立了人神之间的新秩序，另一方面我们还可以将其视为凿开混沌的延续，而其目的就是扩展了人类的生存空间——自然。

正如本文所做的工作，将佤族不同支系、不同时代的日月神话文本汇编到一篇文章之中，社区日常生活中的神话演述又何尝不是这样的呢？这些神话的持有者正是通过片段性的情节叙述来构筑了一个宇宙，太阳和月亮就是首要而又必须拼凑上去的构件。

二、时间感

太阳和月亮在佤族有着多重的时空意涵，如前文所说，造日造月

---

① 类似情节见于《佤族历史故事"司岗里"的传说》，《民族问题五种丛书》云南省编辑委员会、《中国少数民族社会历史调查资料丛刊》修订编辑委员会编：《佤族社会历史调查》（二），民族出版社，2009年，第154页；尚仲豪、郭思九、刘允褆编：《佤族民间故事选》，上海文艺出版社，1989年，第1页。

② 中共沧源县委宣传部、云南民族民间文艺沧源调查队编：《沧源县卡佤族长诗选》（油印本），现藏于沧源佤族自治县档案馆。

代表了创世之初、时间之初,是接下来世界起源、人类起源、文化起源的起点,笔者在田野调查的时候,也经常听到神话的演述人用"造日造月那时"来指称宇宙最初形成的时候。此外,造日造月也意味着时空的确立。

从天文历法的角度解读日月神话这一学术传统由来已久,人们通过观察太阳的周期性运动、月亮的阴晴圆缺的确会产生强烈的时间感。佤族即通过日月神话来确立时间的秩序,典型的情节是世间本无月亮,或月亮如太阳一般每日照耀着人们,给人们的生活造成麻烦,如流传在西盟地区阿佤支系的《射日》神话讲道:

> 从前,天上没有星星,也没有月亮,只有一个不会落下的太阳。那时候,大地上只有白天,没有夜晚。
>
> 有一个老奶奶要到地里去种山谷,她盛了一篾盒饭,在饭上面装了一个生鸡蛋。到了地里,她把饭盒挂在树桠杈上,然后开始种山谷。从铲地到烧草播种,不知过了多少时间,她以为时间还早,舍不得吃那盒饭,靠吃草根嚼树皮来充饥。谷种发芽、成长、开花了,结出了谷粒,挂在树桠杈上的那盒饭也已经发霉腐烂了,装在饭上面的生鸡蛋孵出了小鸡,跑到山上变成了野鸡,太阳还一动不动地挂在蓝天上。①

另一则流传在孟连地区的《母猪射日》神话也讲述了因月亮的缺席导致时间感的丧失:

---

① 岩米口述,宁默整理:《射日》,《佤族民间故事选》,上海文艺出版社,1989年,第31—32页。

那时天上有两个太阳在轮流照射,天地相隔又那样近,根本就分不出白天和黑夜。老母猪下地后,把耙子往地头一插,就不停地用它那长嘴往土地里拱啊拱,寻找自己的食物。不知时间过去了多久,地里的藤子已悄悄爬上了耙竿的顶端。直到母猪累得直起腰来喘口气时,才发现自己的耙上缠满了青藤,这才想起了自己的十头小猪。①

"人类对于时间的体验,大体可分为两类,即标度时间经验与时间之流经验。"② 由于缺乏月亮的参照,导致在神话中,人们的这两种时间体验或消失或被弱化。

流传在沧源地区布饶支系的一则神话中,娥并与三木洛这对情侣分别是月亮和太阳,但是"娥并的光芒太强烈",于是榕树用"树叶挡住月亮身",最后,"娥并带着一群星星,三木洛继续追赶娥并,他俩绕大地一圈,人间有了白天夜晚。白天出来的是三木洛,夜晚出来的是娥并,他俩轮流出现,分开了日、月、年辰。我们的树叶,我们的达杜,我们的树尖,我们的祖先,自从有了太阳,才开始计算日子;自从有了月亮,生活才美满。娥并与三木洛,人类的伴侣;太阳和月亮,幸福的源泉"。③

在佤族神话中,任何事物的产生都遵循着一个从无到有的过程,

---

① 岩罗讲述:《母猪射日》,孟连县民委、孟连县文化馆编:《云南民族民间文学集成·孟连佤族卷》,云南民族出版社,1993年,第9页。
② 王加华:《农民的时间感——以山东省淄博市聚峰村为中心》,《民俗研究》2006年第3期。
③ 刘允褆、陈学明整理:《葫芦的传说:佤族民间神话史诗》,云南人民出版社,1980年,第22-23页。

都有其自身的历史,包括时间。不落的太阳让人无法体会到时间的流逝与昼夜的转换,造日造月与日月模式的正常化使得时间感得以确立。

当然,时间与空间也是无法完全割裂开来的,太阳和月亮也意味着空间方位。在佤语日常交流中,东边/东方与西边/西方都是用太阳来区分,即 blag līh(太阳出来的方向)与 blag mglib(太阳落山的方向)。佤族的祭司在"做鬼"的时候,太阳出来与落下的方向也是要根据不同仪式具体分辨的。

三、由太阳变成的月亮

沧源崖画的族属至今仍无定论,许多学者从考古学、图像学、舞蹈学、民俗学等角度对其进行综合研究,虽不能完全确定这些崖画的创作者就是佤族人的祖先,但确有诸多证据仍然指向佤族,其中在沧源崖画第七地点4区,有一"太阳人"形象:一人双手分别持弓与箭(短兵器?),立于一圆圈之中,圆圈周围画有象征太阳光芒的线条,沧源崖画的学术发现者汪宁生认为"按此必为与太阳有关之神祇或神话人物"[1],太阳之中立一手持弓箭之人,这也难免不让人想起射日神话。

佤族的射日神话也有其独特性,首先,许多族群的射日神话都是多日并出,"射日神话根基于多日之观念,先有多日之说,然后才有射日,此为自然而然之事"[2]。比如壮族神话说是19个太阳,而苗族神话甚至认为有99个太阳。佤族的射日神话起因往往是天空中只有一个太阳,没有月亮,或者天上有两个太阳(其中一个本应为月亮),以至于人

---

[1] 汪宁生:《云南沧源崖画的发现与研究》,文物出版社,1985年,第87页。
[2] 高福进:《射日神话及其寓意再探》,《思想战线》1997年第5期。

们或动物无法正常生活。如前文讲到的《射日》，因天空只有一个不会落的太阳，种山谷的老奶奶忘记了时间，最后"金黄的山谷成熟了，老奶奶把谷子割完，打下谷粒，背回家里，才知道时间已经过了好长好长，埋怨太阳害得她舍不得吃带到地里的那盒饭，白白霉烂掉。于是，她把寨子里的小伙子叫拢来，对他们说：'小伙子们，天上这个太阳一直亮着，害得我们不知道时间。你们回去把弩箭、剽子、火筒拿来，比一比谁能把太阳射落下来。'听了老奶奶的话，大家都纷纷回家拿弩箭、剽子、火筒……"这则神话具有浓厚的生活气息与故事性。而孟连地区的《母猪射日》讲述了天上有两个太阳轮流照射，晒死了母猪的十个孩子。其次，不同于一些民族的射日者为典型的文化英雄，如汉文献记载的后羿、彝族的支格阿鲁等，这些射日英雄多为射手或力大无比之人，他们要经过一番跋涉，翻山越岭才能到达射日的地点。射日的工具或为弓或为弩，傣族《太阳的传说》[①]中，射日的弩有十万五千斤，六支弩箭是用了六年时间把六座大山磨成平地而成，基诺族《基诺人的来历》[②]中，阿麻腰百用长竹竿把太阳敲落。佤族的射日者则是没名没姓的小伙子、孤儿，甚至是动物，如母猪、大雁等。再次，射日神话中射日起因的确是天上的太阳（一个或两个）给人间带来了灾难，但是佤族的射日神话还有另一重内涵，即射日神话的潜在表述却是月亮的缺席及其重现，如上文两则射日神话或是一个太阳被射成两半，分别变成太阳和月亮，或是两个太阳中被射中的那个变

---

① 勐腊县民委、西双版纳州民委编：《西双版纳傣族民间故事集成》，云南人民出版社，1993年，第14-19页。
② 中国哲学史学会云南省分会编：《云南少数民族哲学社会思想资料选辑》（第4辑），第63页。

成了月亮,《佤山歌声》一书中收录的韵文体《射日》①也唱到傣、佤、汉、拉各民族一起射向天空中的三个太阳,一个被打碎,变成了星星,一个被射瞎眼睛,变成了月亮。

总之,佤族神话中的射日意味着月亮的诞生,也意味着前文所讨论的时间秩序的建立。

四、灾过"序"生

日月在神话中除了塑造宇宙观、建立时间感等,当然还制造了灾难,其中既有前文涉及的干旱、永昼,也包括太阳隐匿造成的永夜。前两种灾难通过射日或在月亮上种棵大树得以解决,后一种灾难从情节上看则要更为曲折。

佤族神话中,造成世界漆黑一团主要原因包括太阳自己躲了起来或被藏起来,为了重睹天日,就需要寻找太阳。

寻找太阳与射日神话有着诸多关联,射日神话经常讲到最后剩下的那个太阳被吓得躲了起来,人类或动物要将其请回来,如佤族也会讲到公鸡请出太阳的神话。但是,这并不能说寻找太阳与射日神话就为同一类型神话,一方面寻找太阳神话中并不都存在射日情节,太阳有时是被藏起来的,如佤族的神话往往讲到天神与地神争斗,某一方将太阳藏了起来;另一方面,此类神话更加强调的是黑暗带给人类的灾难,主要叙述情节也放在寻找太阳上,这倒是与夸父逐日有着一些共通之处,不仅仅是这些族群英雄前进的目标都指向太阳,更为重要的是他们都踏上了一条充满艰难险阻的奥德修斯之旅,并为此付出生

---

① 高立旗执编:《佤山歌声》(上),云南人民出版社,1995年,第18页。

命的代价。佤族《寻找太阳》①中,地神把太阳藏进山洞,导致人间一片黑暗,佤族首领分别派他的三个儿子去寻找太阳,寻日之旅充满各种考验与挑战,分别是老太婆指错方向,地神变成姑娘求婚,取得宝刀战胜巨蟒,大儿子在第一关就失败了,不知所踪;二儿子虽然走对方向,但是没有通过地神的考验,被丢在大森林里;三儿子则历经磨难,顺利通过,最后放出太阳。

暗无天日将世界重新置于宇宙起源之前的状态,世界重归混沌,"太阳被地神藏起来以后,月亮和星星也冷得躲了起来,宇宙间一下子一片黑暗,人们再也什么都看不见了"②。而此时打破混沌的不再是创世者,而是人间普通的英雄,甚至像佤族射日神话一样,驱散黑暗的英雄也可能是某个动物,如笔者搜集到的一个韵文体司岗里史诗文本,叙述了大雁将弩箭射向天空驱散黑暗,引出太阳的神话:

> 达高艾③让达格朗④展开翅膀驱散黑夜,
> 达格朗的弩弓弦上捆着金子,
> 它往天上射了箭,
> 太阳出来,
> 天亮了。
> 达格朗用带金子的弩射向天空,

---

① 王学兵译著:《司岗里传说》,远方出版社,2004年,第41-48页。《达惹罕》与此文本情节相似,参见刘新春、陈玲玲收集整理:《达惹罕》,《山茶》1984年第4期。

② 王学兵译著:《司岗里传说》,远方出版社,2004年,第41页。

③ 达高艾,佤族司岗里中的一位神。

④ 让达格朗,即大雁。

> 如果不是达格朗的大翅膀,
> 太阳就不能出来照亮我们。①

至此,我们可能还需要回答这样一个问题:佤族是否有着与这些神话相关的日月崇拜?关于太阳、月亮的神话很多,世界各地许多族群也都有自己所崇拜的太阳神与月神,麦克斯·缪勒(Max Müller)提出"一切神话均源于太阳"的观点,甚至发展出"太阳神话理论"。寻太阳神话在一些民族的确表达了人们对于太阳的崇拜,一些地方甚至仍然保留着祭祀太阳的民间信仰实践,"每年农历二月初一正午,按照云南文山西畴县上果村壮族习俗,村中18岁以上的女性要到河里沐浴更衣,着盛装到当地太阳落下的太阳山祭祀太阳神树,并由姐姐领唱《祭太阳歌》……"②而当地的《祭太阳歌》正叙述了母女二人寻找太阳的神话。就目前的民俗志、民族志材料来看,佤族并没有明确的日月信仰,但是我们从佤族的口头传统中还是能够发现对日月的崇拜。

佤族最重要的神话司岗里(si mgang līh)与太阳(si ngāix)都有一个共同的si音,而隋嘎、毕登程二人认为si有"总总的""为首的"含义③,还"经常用于佤族敬畏、崇拜的神灵的名称"④,所以,太阳可能是具有神性的,正如司岗里史诗中唱道:"古时代,哎——哎——

---

① 演述人:岩布拉;搜集整理者:高健;演述时间:2021年1月13日;演述地点:西盟县马散村。
② 李斯颖:《"太阳鸟母"神话母题演变及其文化产业开发建议》,《西部学刊》2015年第7期。
③ 毕登程、隋嘎:《司岗里文化新探》,云南大学出版社,2008年,第1页。
④ 袁娥、赵明生:《佤语地名特点研究》,《湖北民族学院学报》(哲学社会科学版)2011年第6期。

古啊古时代,哎古啊古时代。俚是太阳神,伦是月亮神,日月照大地,全照完。"① 俚、伦作为创世神,在完成创世任务后化身为日月。《谁做天下万物之王》②是一个老鼠嫁女型的故事,最开始所有动物认为月亮应该是万物之王:

> 白花说:"我看只有月亮才能顶,它舍去自己的睡眠,黑夜里给万物照明,它高尚,也一定能干,找它去吧。"大家都说对。

此外,佤族的祭词的开端也常常出现太阳和月亮:

> 月亮和太阳,
> 女鬼和男鬼
> 旧日的女鬼和男鬼。
> 老人来喝头道酒,
> 老大,老二,老大,
> 草生长了,吃大米饭,
> 草生长了,又懂得又聪明,
> 猪脚献给祖父、老天和父亲,
> 旧日的女鬼和男鬼。③

---

① 隋嘎等说唱,毕登程搜集整理:《司岗里史诗原始资料选辑》,赵秀兰佤文翻译,民族出版社,2010年,第60页。
② 尚仲豪、郭思九、刘允褆编:《佤族民间故事选》,上海文艺出版社,1989年,第23-26页。
③ 《民族问题五种丛书》云南省编辑委员会、《中国少数民族社会历史调查资料丛刊》修订编辑委员会编:《佤族社会历史调查》(二),民族出版社,2009年,第146页。

砍木鼓仪式中，要杀鸡看卦，祭词如下：

哦！赫，你是一只吃了金子的鸡，你是一只见着太阳神的鸡。你的鸡卦一定生得很好，我们要砍的大树一定长得很好。①

所以，在佤族人的观念中，日月既具有神性，又可能是灾难的发起者。现实生活中，灾难会对某一地域人类的生命、财产造成负面的影响。神话中灾难的规模往往是世界性的，受灾人群也是全人类，后果则更是毁灭性的，然而，灾难并非意味着毁灭，而是与世界的起源相关，治灾同时也是创世，灾难的产生代表着混沌、混乱、无序，而灾后则是秩序的奠定，或是恢复原来的生活，或是超越原来的生活状态，如新新人类的诞生，新文化的发明，等等。也就是说，这些大灾难所造成的毁灭性打击是为了建立一个更为美好、更具秩序性的新世界，灾过福/序生的观念深深地烙印在这类神话当中。

结　语

本文并不想通过佤族现有的日月神话复原佤族人过去的生活，而只是试图通过佤族神话中的日月讲述窥探其中所蕴含的理念——对秩序的追求。马克斯·韦伯（Max Weber）认为所谓的前现代社会"总是包含着将'世界'作为一个'宇宙秩序'的重要的宗教构想，要求这个宇宙必须是一个在某种程度上安排得有意义的整体，它的各种现象要用这个要求来衡量和评价"②。神话本身就是关于"现时世间秩序的

---

① 中国民间文学集成全国编辑委员会、《中国歌谣集成·云南卷》编辑委员会编：《中国歌谣集成·云南卷》，中国ISBN中心，2003年，第1376页。

② 马克斯·韦伯：《经济与社会》，林荣远译，商务印书馆，1997年，第506页。

最初奠定"①的叙事,大部分神话的主题都是起源,而任何起源都代表着旧秩序的消失与新秩序的产生,从神话与现实世界的关系来看,神话也正是将周遭复杂的现实世界(包括自然与社会)映射为一个有秩序的世界,进而又可以反过来表述现实世界的秩序,甚至通过信仰仪式等手段让现实世界秩序化。

在佤族的日月神话中,日月如何被创造、日月与大地的关系、日月带来的时间感、灾难后的新世界无不是在寻找与构建一种"宇宙秩序"。从叙事情节上来看,佤族日月神话叙述往往会先将世界置于一个"失序"的环境中,如日月的同时缺席、同时出现、一方隐匿、过于靠近人类等,然后通过神力、神迹,甚至是普通人或动物的力量消除这种"失序"状态。从深层结构上来看,秩序往往是在从一体到分离过程中产生的:代表着天空的日月远离大地,相同的两个太阳分化为日月,一个太阳分裂为日月,等等。

所以,佤族日月神话讲述了从"失序"到"秩序"的故事,讲述了世界应该如何的故事,神话中对日月的讲述正是对秩序的追寻,这也正如佤族司岗里神话中讲到人类为何要走出山洞:

> 路安神和利吉神又一同造了人,并把人放到一个黑咕隆咚的石洞里。
>
> 人在石洞里见不到太阳,见不到月亮,煎熬了许多年。他们想走出石洞……②

---

① 杨利慧:《神话与神话学》,北京师范大学出版社,2009年,第5页。
② 艾荻、诗恩编:《佤族民间故事》,云南人民出版社,1990年,第1页。

云南彝族日月神话变异形态论析

刘建波 *

一、学术史回顾

纵观云南彝族日月神话研究历程，19世纪末20世纪初来华传教士神话搜集整理、20世纪50年代自上而下的中国民族民间文学搜集整理、80年代各民族文学史编写，以及当下的日月神话研究，均是代表性学术研究事件。19世纪末20世纪初，法国传教士保禄·维亚尔（Paul Vial）、阿尔弗雷德·李埃达（Alfred Liétard）曾在云南石林、弥勒、宾川、昭通等彝族地区传教，他们在传教过程中搜集翻译整理了一些彝族日月神话，并做初步研究，开启云南彝族神话研究的先河，成为较早研究彝族日月神话的学者之一。当然，出于天主教传播的需要，保禄·维亚尔搜集整理的彝族日月神话是经过改编整理后的，不同于彝族传统社会流传的叙事内容，导致"日月性别""叙事内容"等方

---

* 作者简介：刘建波，云南楚雄人，现为云南师范大学文学院副教授，研究方向为民间文学、神话学。

面有别于彝族民间流传的日月神话原貌，从而未能看到云南彝族日月神话的原来面貌。新中国成立后，随着云南民族民间文学调查的展开，包括彝族神话在内的民间文学得到第一次全面搜集整理，以日月神话为叙事内容的《梅葛》《阿细的先基》等文本整理出版，为学术研究提供了珍贵的文本资料。20 世纪 80 年代以来在《云南彝族文学史》以及《云南民族民间文学史》编写中，彝族日月神话受到专门关注。主要编写者左玉堂将日月神话作为彝族神话的一种类型加以定义，"（日月星辰神话）这类神话，主要是关于日、月、星辰、风、雨、雷、电等自然现象及其变化与相互关系的神话"[①]。这种分类方法主要按题材特点来划分，突出日月神话作为自然神话组成的属性。从某种意义上而言，云南彝族日月神话不只是自然神话的一部分，其与英雄支格阿鲁射日月及人类起源叙事相联系，具有鲜明的社会神话特性，具体可从两方面来理解。其一，基于日月的光热特殊功能，对先民的农业生产和生活生存起到重要影响甚至是制约作用，日月神话在彝族农耕社会的重要性愈加凸显；其二，天神往往用增加太阳的方式来晒死心地不善良的人种，从而实现换人种的目的，太阳的重要性和神圣性进一步得到体现。由此可见，彝族民众较为重视日月神话的道德规范作用，通过世代讲述传承方式，进一步提升日月神话在彝族神话体系中的地位。应该说，在云南彝族神话的分类体系中，日月神话兼具自然神话和社会神话特点，具有较高的文化研究价值。罗曲认为，"彝语支民族民间流传的散文体日月神话很丰富，且有明显的时代烙印，一般体

---

① 左玉堂:《彝族文学史》（上），云南民族出版社，2014 年，第 12 页。

量较短小，内容较单一，口语特色鲜明，变异特点明显"①。该文基于彝语支民族的韵文体史诗和散文体神话中的日月神话类型与起源作了全貌式分析，资料较为翔实、论证严密，观点新颖。但是，综观全文发现，其对作为彝语支民族组成的云南彝族的日月神话研究还不够全面。究其原因，云南彝族是云、贵、川三省彝族中支系最复杂的，彝语六大方言区在云南全省境内均有分布，其自然地理和社会文化形态各不相同，日月神话的情节内容也有差异。换言之，云南彝族日月神话的变异性突出。笔者认为，云南彝族日月神话不仅在韵文体神话如史诗中流传，还以散文体神话方式大量流传在民众的日常生活中，且散文体日月神话的变异形态鲜明，是人类了解神话在彝族民众生活中的地位的重要线索。此外，李永祥认为："干旱神话与太阳和月亮有关，是日月神话的组成部分，换言之，导致干旱的重要原因之一就是天上有太多的太阳和月亮。"②作者更多讨论日月与灾难成因，并从中引申出动物与灾害关系研究，视角较为独特，颇具启发意义。但从论证过程看，作者侧重于从自然神话角度看待日月神话，这在一定意义上遮蔽了日月神话的社会神话意义层面的文化丰富性。

综上所述，云南彝族日月神话研究实现了从自在到自觉的研究意识转变以及从他观到自观的研究视角转移。但是，纵观以往研究成果，存在以下两个方面的不足：一是未从整体性角度全面、系统梳理云南彝族日月神话起源与变异的类型。既往的云南彝族神话类型研究笼统地涵括于彝族或彝语支民族日月神话研究之中，云南彝族日月神话类

---

① 罗曲：《彝语支民族史诗中的日月神话》，《神话研究集刊》（第一集），巴蜀书社，2019年。

② 李永祥：《从神话到现实：民族文化中的动物与灾害关系及当下意义》，《民族文学研究》2020年第6期。

型有其在地性;二是未从神话形态变异视角研究云南彝族日月神话特点,散文体日月神话更多以口耳相传形式流传于彝族社会,其形态变异过程体现日月神话从形式到内容的多层次特点。本文在前人研究基础之上,通过梳理不同支系、不同彝语方言区的云南彝族日月神话重要文本,拟讨论日月神话从神圣到世俗的叙事演进,即由神到图的变异形态。

二、日月神话变异形态表现

一般而言,按照内容来划分,神话分为自然神话和社会神话两大类。日月神话属于自然神话的一个类型,它与创世神话、人类起源神话、洪水神话和自然万物神话一起构成了人类祖先认识自然和改造自然的想象和幻想。因此,日月是如何产生成为日月神话研究需要首先回答的问题。当然,日月起源问题与社会神话中的文化起源问题还具有差异性。日月起源更多体现在物质文化层面,而文化起源则映照了人类的文明创造。

(一)神的产生

纵观云南彝族神话文本叙事,日月产生方式主要有两种:神造日月、物化日月,二者均体现出日月产生的神圣性,从而保证了日月神话叙事的权威性,维系了日月神话在彝族民众中的道德引导和规范作用。

1. 神造日月

神造日月主要表现在天神造日月。几乎所有的彝语方言区均流传的格兹天神(因各地方言称呼有所不同),在彝族民间信仰体系中是至高无上的最高统治者,统治着人类和一切事物,具有无限的权力和能力，造日造月既是神力的表现之一，也是其职责内容。因此，天神所造的日月自然也就有神性，日与月成为天神系统的组成部分，而并非普通的自然之物或宇宙现象。日月就有神格，有神的威力，有神的地位，从而具有神圣性和权威性。至此，日与月构成的日月神话成为关于太阳与月亮的神圣叙事。流传于滇南红河流域的彝语南部方言区的彝族神话"裴妥梅妮——苏嫫（祖神源流）"讲道："添直大神仙，利用清浊气，使用阴阳气，造出了太阳。……拉梅带绿色，达梅拿红色，吴波纳德山，两位太阳女，镀洗了太阳。"① 由此可见，太阳由添直神所造，拉梅、达梅是太阳女神。这则神话中太阳也由天神所造。

2. 物化日月

物化日月，是指具有某种神性的实物化生或演变为日月，并非宇宙中实物经过物理变化而形成日月，二者的本质区别在于这种特殊的实物往往是彝族人的崇拜物或图腾物，比如老虎。老虎死后化生了万物，其中就包括了日和月。流传在彝语中部方言区的口头文学《梅葛》，这部彝族史诗中的老虎是彝族人的图腾，它具有神圣而巨大无比的力量。在彝族地方性知识体系中，相传老虎因力大、威猛，被格兹天神安排转动宇宙天地②，使人类生命以及宇宙世界得以运行，从而被彝族人视为神圣的灵物。"格兹天神说：'虎眼莫要分，左眼作太阳，右

---

① 云南省少数民族古籍整理出版规划办公室编：《裴妥梅妮——苏嫫（祖神源流）》，师有福译注，阿者保濮等释读，云南民族出版社，1991年，第49页。

② 在彝族哲学思想中，先有东西南北四方，后又加入"小四方"（东北、西南、西北、东南），构成了"四方八面"的方位观，即彝族"八方观"思想。参见楚雄州彝族辞典编辑委员会编：《楚雄彝族自治州彝族辞典》，云南民族出版社，1998年，第305页。

眼作月亮。虎须莫要分,虎须作阳光。虎牙莫要分,虎牙作星星。"①在彝族民间信仰中,老虎生前是森林之王、万兽之王,为威严和力量的象征,死后身体化身为宇宙万物,成为最重要的创世神之一。

因此,不论是天神造日月,还是图腾物化为日月,二者都产生日月神。由于创造性的神性身份和神圣属性,在神话叙事中自然而然形成了日月的神性身份和地位,从而赋予日月神话的神圣性和权威性。

(二)神与人的流变

彝族人认为,太阳为世界带来光明和光热,太阳是宇宙的中心,因此太阳崇拜情结浓郁。日月产生之后,作为人间光与热的照亮者,给人间带来光明。日月与人类的关系变成了一种特殊的关系,即给予与受益,二者权益的主客体性从此产生。至此,日月神话的神圣叙事出现了这样两组特殊而重要关系:日与月的关系、日月与人类的关系。这两组关系不是简单的组合或指涉关系,而是神话主体的权力与知识建构而成的复杂关系。

纵观云南彝族彝语六大方言区的日月神话,具有类似的母题、情节内容,现简举两例。流传在彝语东部方言区楚雄禄丰的彝族神话"太阳和月亮"说:太阳和月亮是管理天地的两兄妹,哥哥因爱喝酒和睡懒觉,加之白昼时间长,便管理夜晚;妹妹生性害羞,在看管白天时候,边看管边绣花;若有人抬头看她,便用绣花针刺人的眼。②流传在滇中昆明地区的彝族神话"太阳和月亮"讲道:远古时候,没有白天,茫

---

① 云南省民族民间文学楚雄调查队搜集整理翻译:《梅葛》(彝族民间史诗),云南人民出版社,1978年,第12页。

② 李应章讲述,赵有洪记录翻译,禄丰县文联编:《禄丰县民间故事选》(上),内部资料,2007年,第3页。

茫黑夜，天上的女神派自己的两个女儿用身上的光照亮世界。为了不让人们看到女儿光着身子在天空行走的模样，大女儿带着绣花针，有人偷看，就用针刺他的眼，从此有了太阳。大女儿走累回家休息的时候，小女儿身披薄云，手牵猴子做伴，替姐行游，天神有了月亮，世间从此有了白天和黑夜。① 由此可见，在云南彝族日月神话中，日神与月神的关系可细分为：夫妻关系、兄妹关系、姐妹关系；日与月的三组关系，指涉不同的人物社会地位和权力；日月与人类的关系，则可进一步分为射日月、找日月两类关系。射日月的前提则是日月太多导致人间大灾，从而产生了彝族英雄人物射日月，支格阿鲁射日月神话就是典型；找日月起于夜猫精做坏，彝族女性挺身而出，为人类寻求光明而不辞辛苦寻找太阳。这以"三女找太阳"为著名。

> 远古的时候，天上有七个太阳，大地十分温暖，庄稼一年七熟，人们过着丰衣足食的生活。后来出了一个夜猫精，它生性喜欢黑暗，便拔下身上的翎毛当箭射太阳，一连射落了六个太阳，第七个太阳害怕就躲起来不敢出来了。于是，人们只好生活在黑暗之中。很多人去找太阳都没有找到。这时有三个彝族姑娘挺身而出，让大家扎起火把点起火，烧死了夜猫精。然后她们历尽千辛万苦，遭受了许多磨难，找到了躲着的太阳。太阳出来后，人们重新获得了光明和温暖。三个姑娘因衰弱不堪而死去，化成了三座陡峭的山峰。②

---

① 汉国英讲述、矣培贵记录，中国民间文艺家协会组织编写：《中国民间故事丛书·云南昆明·西山卷》，知识产权出版社，2016年，第3页。

② 转引自普学旺主编：《云南民族口传非物质文化遗产总目提要·神话传说卷（上卷）》，云南教育出版社，2008年，第18页。

这两组关系中均出现了"人",一个是彝族男性英雄阿鲁举热,具有半神半人性格的母题,兼具神性和人性;另一个是彝族女性,则是以普通彝族妇女的身份出现,在寻找日月的神圣叙事中增加了世俗实践,某种意义上递减神话的神圣性叙事,体现出彝族日月神话向世俗性转向。这种转向现象是彝族民众对日月神话认识及反思水平进一步提升的表现。具体而言:

第一,社会生产力的进步,人类认识和改造自然的能力不断提升,神话作为经过人类的幻想而用一种不自觉的艺术方式加工过的自然和社会形式本身,经历神话主角的地位和功能的变化,人的主观能动性和创造力得到加强。日月神话中的日与月的神性、神秘性和权威性减弱,而支格阿鲁射日月的非凡功绩、三个彝族女性找太阳的巨大功劳得到全体民众的称赞,从而对日月神的权威转移到人的非凡功能的权威性上来,实现了从神到神人共生的流变。

第二,彝族独特的女性意识。云南彝族日月神话叙事中出现了日与月的关系,尤其以性别意识为突出。其一,日月是夫妻关系,他们可以像普通人类一样生儿育女。这一点正反映了云南彝族神话中人神共生、交流互鉴的独特性叙事。从彝族神话内容看,人与神原同居大地,属于同类,相互通婚。日月出现了拟人化,这是日月神话性别意识得以产生的第一步。其二,日月是兄妹关系。大部分云南彝族日月神话讲"哥哥比较懒,不愿意早出工作,爱睡懒觉,所以夜里出来活动;妹妹勤快,就承担起照管白天的事务,但因为生性害羞,所以用绣花针戳偷看她的人眼睛。"太阳被赋予勤快、能干、吃苦、耐劳的形象。其三,日月是姐妹关系。通常而言,大女儿为太阳,小女儿为月亮,姐妹关系和谐融洽。从夫妻关系、兄妹关系到姐妹关系,太阳始终是女性性别角色,这不仅是太阳女神文化因子的遗传,更是彝族女性意识的映射，体现出彝族人民对女性的尊重、女性地位的凸显以及特殊社会话语权力。这是一种自然而然传承于彝族神话传统中的女性文化，并非中国近代以来甚至西方社会经过社会运动而争取而来的女性权利。这一点在当下建构和谐社会中具有现实意义，提供了历史和文化根基。

第三，彝族独特审美理想。肖远平基于彝族支嘎阿鲁射日神话分析，认为彝族日月神话蕴含民族生态和谐的审美理想。① 日月神话是自然神话，其本质是对人与自然关系的曲折幻想及反思。从彝族日月神话的类型分类、日月神产生、日月神中的女性性别文化三个维度来看，日与月在彝族先民认识和改造自然中发挥过重要的作用。从为人类带来光明、给地上庄稼成长提供阳光、为选留人种做准备等目的来看，追求善良、铲除邪恶是其传递的价值观念，日月神话叙事的终极旨在建构人与自然的和谐关系，即人与自然命运共同体。

（三）服饰图案范型

彝族日月神话在流变过程中，进一步体现为两个转变，即鸡鸣日出和佩戴鸡冠帽头饰。一个与动物叙事相关，另一个是实物化的图案叙事。如果将二者联系起来整体性思考，我们不难发现，这种转变现象是彝族日月神话走向世俗化的表征，也是日月神话融入彝族民众生活的主要方式之一。

在云南省内，尤其是彝族地区广泛流传着"金马碧鸡"神话。关于该神话的研究观点较多，大部分学者聚焦碧鸡从何而来的问题。笔者则拟通过该神话来讨论日月神话与碧鸡的关系。通常而言，在彝族

---

① 肖远平：《神话的超越——彝族支嘎阿鲁射日神话的审美追求》，《贵州民族学院学报》（哲学社会科学版）2009年第2期。

神话中讲到日月躲藏以后，人间想尽一切办法去请出太阳，但均无果，唯独公鸡请出了太阳。至此，公鸡与日月神话叙事情节勾连在一起，同时也把太阳的产生与鸡鸣因果关系相联系。公鸡是彝族民间普通的家禽类之一，鸡在彝族文化史上也是彝族人的图腾崇拜物。"彝族妇女在婚前喜鸡配饰各种形状如鸡的鸡冠帽，意为象征吉祥。"[①] 随着时间的推移，日月神话中的鸡鸣日出的叙事内容，也被彝族人刺绣到了民族服饰上，在楚雄彝族的鸡冠帽服饰，就是较为典型的例子。彝族服饰被视为穿戴在身上的历史，其将彝族的公鸡图腾崇拜与日月神话叙事融汇在一起，既强化了彝族公鸡崇拜的历史记忆，将日月神话与鸡鸣日出的神话情节联系在一起也丰富了日月神话的叙事内容。同时，日月神话作为神圣叙事，从天神造日发展到三女找太阳再到家鸡鸣日出，这个逐一递进的过程，反映出日神的神圣性锐减而世俗性增强，预示着云南彝族日月神话已向着生活化和世俗化方向发展。

此外，在日月神话世俗化发展过程中，日食与月食的产生也是一个例证。太阳神或月亮神偷吃某种天宫中的东西，天神给予惩罚，从而让天狗咬了一般的太阳或月亮，至此形成了日食和月食。从某种意义上而言，这是对日神和月神的挑战和威胁，一定程度上削弱了神的地位，为日月神话走向世俗化提供了前提条件。

三、日月与植物叙事

从文本内容看，日月叙事往往与植物叙事联系在一起，是云南彝

[①] 张纯德、朱琚元、龙倮贵：《彝族原始宗教研究》，云南民族出版社，2008年，第77页。

族日月神话中较为独特之处。云南彝族先民曾长期处于农耕社会，山高谷深，森林茂密，植物众多。在生产生活中，彝族人对日月起源和动植物起源形成了诸多神奇性和幻想性的解释。他们将日月、动植物视为自己的朋友、亲属甚至构拟和崇拜为民族的祖先，从而形成云南彝族起源神话的独特部分，即日月起源与植物叙事关系。

《查姆》讲道：

> 派龙王罗阿玛，去到太空中，种活一棵梭罗树，树生四枝杈，一杈生四叶，四匹叶上四朵花。这棵梭罗树，是树木的祖先。白天不开花，夜晚白花鲜。……派撒赛萨若埃，到一千重天上，种棵梭罗树，一杈生四叶，四匹叶上四朵花。……白天、黑夜两朵花，轮流开在太空间，白天开花是太阳，夜晚开花是月亮。①

这则彝族神话将日月起源与植物起源联系在一起。日、月、植物始祖梭罗树均是格兹天神派出诸神创造而成，显示出神性起源。日月来源则是四朵花开花的结果，白天开的花是太阳，夜晚开的花是月亮。这与其他彝族地区关于日月起源则有不同。杨利慧、张成福的《中国神话母题索引》中记载了部分四川彝族关于太阳起源的神话母题。②

432.1.2　太阳的母亲是始祖（彝族，攀枝花市）
432.2.3　太阳的父亲是始祖（彝族，攀枝花市）
433.3　　神造出九十九个太阳（彝族，凉山州）

---

① 云南省民族民间文学楚雄、红河调查队搜集，郭思九、陶学良整理：《查姆》，云南人民出版社，1981年，第7-8页。
② 杨利慧、张成福编著：《中国神话母题索引》，陕西师范大学出版社，2013年，第205-207页。

四川彝族地区关于太阳的起源与始祖神有关（月亮的起源与太阳类似）。罗曲把彝语支民族神话中的日月起源分为"日月起源于女始祖神""神与日月起源""物质变化形成日月""作为工具或物件的日月"四个类型。[①] 从起源神话的讲述逻辑来看，始祖孕育了神，神创造了太阳。因此可以说，神和太阳均由始祖所生。而《梅葛》中的太阳起源则是神造始祖树，树木开花成太阳。当然，从神话的演进逻辑来看，二者具有相似性，均与神造万物的母题相关。云南彝族日月起源的独特性在于日月起源与植物始祖梭罗树相关。"梭罗树"，常见于毕摩经籍文献，是一种生命力极其旺盛的树木。在彝族社区，这种树被称为"马桑树"，生长能力较强，枝干较高，被彝族人视为神树。在毕摩神话中，它是人神沟通的桥梁，毕摩通过爬此树上天，从而履行上传民意，下达神令的职责。天神种植梭罗树，树开花变日月，一方面说明了日月和植物起源的神造特性，突出了神的意志和能力。另一方面，说明彝族人对始祖的崇拜。从大母神的母性生育到植物始祖的造物，均体现出对生命的敬畏，以及对生殖能力的崇拜。此外，植物起源中，马樱花树与彝族始祖关系密切。楚雄州武定县禄丰县彝族乃苏人流传着这样的神话叙事：例一，祖先阿普笃慕死后变成了一棵马樱花树。例二，阿普笃慕兄妹结婚后，生下了一个形似葫芦的东西，用刀砍开后甩在马樱花树上，走出了子子孙孙。因此，彝族人将马樱花视为祖先。每年冬春之际，在彝族地区的山林满山遍野地盛开着红彤彤的马樱花，被彝族人誉为吉祥树。马樱花树，彝语中部方言称为"麻西"，意为吉祥之树。马樱花树的吉祥意涵来源于祖先意义，彝族祖先崇拜信仰的核心就是将祖先视为保护神，保佑后人平安，故取吉祥

[①] 罗曲：《彝语支民族史诗中的日月神话》，《神话研究集刊》（第二集），2019年。

之意。

因此，云南彝族日月和植物起源作为宇宙和万物起源神话的类型，是以神造日月和植物为中心的神圣叙事，突出了祖先神的地位和作用，有力建构了彝族祖先崇拜的信仰体系。具体而言，日、月起源与动、植物起源均通过天神，尤其是祖先的神性创造力得以实现，从而证实了云南彝族日月和植物起源与祖先崇拜的根本关联。换言之，云南彝族日月神话并非日与月作为天体事物的简单叙事，而是关涉祖先崇拜为文化核心的彝族文化，这一点是云南彝族甚至是西南彝族日月神话最为重要的文化意涵。因此，从这个意义上讲，云南彝族日月神话划归为自然神话并不是恰当的神话分类思路。相反，将其作为社会神话的重要组成部分，深入探析蕴含其间的文化意义，是今后学界努力的方向。

四、结语

综上所论，我们通过梳理和分析云南彝族日月神话的形态变异历程，可归纳出云南彝族日月神话形态变异过程为天神造日月—三女找太阳—鸡冠帽服饰图案，日月神话中太阳的性别演进过程是女神—男神—普通人—动物。主体神的形态变异与神的性别变化，是日月神话演变的重要标志。神话是以神为主角具有神圣性和权威性的传统叙事，一旦作为主角和主体的日神的地位受到冲击，日月神话的神圣性和权威性就逐渐减弱，也就意味着走向了世俗化历程。

诚然，本文并非仅限于讨论神话的世俗化问题，而是想通过世俗化实践这个视角来研究云南彝族日月神话的形态变异特点，尤其是其在世俗化流变过程中，是如何逐一演进的。同时，我们看到云南彝族日月神话的产生、流变和生活化走向。这是一种以毕摩和歌手为传承主体的人为主观建构变异，并有着深厚的社会文化土壤，即彝族英雄祖先崇拜和自然崇拜的文化遗存。在其变异过程中，深刻体现出彝族独特思维意识和审美理想，这是神话得以在现代社会存续的重要持续力之一，也是其社会功能和现实作用的表现。

景颇族日月神话的仪式与日常生活实践＊

罗　瑛＊＊

日月神话通常蕴藏在各民族宏大磅礴的创世神话和史诗当中，在有关宇宙起源、万物来源的叙事文本里，天地日月都是不可缺少的表述对象。尽管各民族的自然环境和社会文化千差万别，由于都生活在同一个星球上，接受着同一轮太阳和月亮的照耀，因此人类对日月的崇拜现象极为广泛。李子贤认为，自古以来，云南各少数民族及其先民创造的文化及神话，就已参与并融入中华民族多元一体文化逐步形成的进程之中。[①] 同时，因云南民族的神话群落、神话母题及神话语境的多源性和多样性，使日月神话也呈现鲜明的民族特色，展现了各族历史社会中的集体表象、宗教信仰、亲属制度和文化象征等内容。

　　＊　本文为云南省哲学社会科学研究基地项目"景颇族史诗与汉文化元素研究"（项目编号 JD2018YB22）阶段性成果。

　　＊＊　作者简介：罗瑛，云南大学文学院副教授，研究方向为民俗学，民族艺术及民间文学。

　　①　李子贤：《神话王国诸相——对云南少数民族神话总体特征及存续的解读》，《云南师范大学学报》（哲学社会科学版）2010 年第 6 期，第 67 页。

景颇族神话中专门以日月为叙事主体的文本数量不多，但在创世史诗、历史文化传说中，日月在参与创造宇宙、创造景颇族文化的过程中有着异彩纷呈的形象。在景颇族全族仪式"目瑙纵歌"的相关神话中，日月则成为故事表述的重要对象，有时是神灵，有时是时空，有时则是神幻混同的拟人主体。"神话的意义是什么？就是将意义转变为形式。"①神话的意义因此蕴含于各民族文化的存续中，包括在仪式、日常生活中的各方面，展开其转变形式后的诸种存在。在景颇族的"目瑙纵歌"大型综合仪式上，日月神话的演绎包括神话的口头吟唱、演述、象征图示转化、舞蹈表演等实践活动。在日常生活中，日月神话的转化形式则蕴藏在建筑、装饰和日常器物当中。

一、日月神话与目瑙纵歌的形成

　　神话与仪式关系密切，仪式学派一般认为：神话是作为仪式部分的叙事；神话是在仪式中叙述的事件；仪式中既讲述神话又实施仪式；神话可以间接讲述或伴随着仪式讲述。②仪式和神话到底谁先谁后学界有争议，但神话与仪式之间复杂的相互依赖关系揭示两者有着共同的心理和情感基础，并且神话从她产生之时起就成为潜在的宗教。

　　景颇族目瑙纵歌于2006年被列入第一批国家级非物质文化遗产名录，在景颇族社会文化生活中，目瑙纵歌的文化艺术展演效用巨大，族群凝聚功能无可替代，既是聚拢全族的大型综合民俗仪式，也是景

---

① 罗兰·巴特（Roland Barthes）：《神话学》，许蔷蔷、许绮玲译，城邦文化出版公司，2019年，第351页。
② 孟慧英：《西方民俗学史》，中国社会科学出版社，2006年，第165页。

颇族最盛大的法定节日庆典。"目瑙"为景颇支系语,意为"大家","纵歌"为载瓦支系语,意为"跳舞",合起来的意思是"大伙跳舞"。该节庆仪式属于综合的艺术形式,集史诗吟唱、歌、乐、舞、宗教、仪式和视觉表演于一体,其历史渊源深厚悠久,艺术囊括领域宽广,已成为景颇族最为核心的文化形式。目瑙纵歌的起源要追溯到景颇族的口传神话,目瑙纵歌的艺术形式的生成则与神话中的日月关系密切。神话不仅是一种陈述,而且是一种作为。① 目瑙纵歌的神话一直伴随目瑙纵歌的庆典仪式发展,不断被演绎和表述。《勒包斋瓦》里说:

> 从前世上初安定,人间初太平,目瑙盛会谁先开,目瑙祭典谁先办?据说在太阳宫里,先把目瑙盛会开,在月亮宫里,先把目瑙祭典办。太阳神占娃宁桑,夫人温布颇囊,打算办目瑙,召集众天神商量。目瑙主谁当?"太阳神占娃宁桑。"主持人由谁做?"太阳神占娃宁桑。"木代天神·大天官景塔:"我把经师做。"知识文化神省拉·贡潘莱戛:"我把目瑙领舞当。"谁当副领舞?"天神毛浪。"……
>
> 共把目瑙盛会进,同把目瑙祭奠举行。给苍天神献金,给上界诸神献银,给太阳神献金,给吉卡神献银;给木代神献金,给众天神献银。②

在神话中,明确了目瑙纵歌的起源地在太阳宫和月亮宫,原初活

---

① 罗伯特·A.西格尔:《神话理论》,刘象愚译,外语教学与研究出版社,2008年,第228页。

② 萧家成译著:《勒包斋娃 景颇族创世史诗》,民族出版社,1992年,第389—392页。

动是盛会和祭典,其目的是广邀嘉宾,聚拢各方人群;祭典则是与民族原生信仰相关的祭祀礼仪法度。太阳和月亮在此代表了神灵和空间,即太阳神及其居住的宫殿和月亮神及其居住的宫殿。不仅表明了景颇族的日月崇拜信仰,也反映了景颇族先民们的宇宙观念:在神幻时期,天上诸神灵和人类不分彼此和谐共处。高福进认为,日月神话本身及其二元对应关系集中体现了自然生态和社会哲理的阴阳对称与对立统一的辩证联系。[①]神话解释了目瑙纵歌举行有祭祀、献鬼之目的,那么,太阳宫和月亮宫里的目瑙纵歌是如何被人类所传承的呢?

有许多不同的故事讲述了目瑙纵歌的演化历程,其中,以太阳宫为目瑙起源的神话则广为接受。虽然该传说异文颇多,细节部分各有特点,但在公认的口传神话中所叙述的目瑙纵歌演变是:太阳宫目瑙—鸟类目瑙—传统目瑙—现代目瑙。神话里这样叙述:

> 远古,有了新的天,有了新的地,在太阳出来的地方先竖起目瑙桩,月亮出来的地方先跳目瑙舞。由天神占瓦能桑主持目瑙盛会。
>
> 在太阳宫举行目瑙盛会时,邀请大地上的百鸟前去参加,鸟类参加了天上的目瑙,返回大地上时,在格昂崩地方有一棵果树,上面结满黄果……用树干做目瑙柱,用树枝做横档,用树梢做舞场,所有的鸟都跳起来,所有的鸟都唱起来,庆祝鸟类的第一次目瑙盛会。……孙瓦木都和干占肯努看到了鸟类的目瑙,也要举办大地上的目瑙盛会,他们举办目瑙选在正月中,竖起高搭的目瑙桩,

---

① 高福进:《日月神话及其寓意探析——原始神话的世界性透视》,《思想战线》2001年第5期。

设好祭献太阳神的祭坛。①

  在神话中的远古时期,人、动植物和天神都能对话和交流,大地上的每一种生物都拥有拟人格。鸟则是众生物中比较特别的生物,因为它们翱翔在天空中,而天空是高高在上无所不能的天神们之居所,鸟拥有上天入地的本领,使得鸟具有与神灵沟通的资格和能力,在各族神话传说中,鸟经常成为人神之间的媒介或神使。鸟崇拜在世界各民族中普遍存在,在中国文化中,太阳与鸟经常合体为鸟日崇拜。《淮南子·精神训》有:"日中有踆乌,而月中有蟾蜍。"②人们认为太阳中有一只不同寻常的三足大黑鸟,鸟天然地与太阳合为一体,上古时期鸟图腾部落的崇拜物通常是太阳,而月亮里面有兽(蟾蜍),兽图腾部落通常崇拜月亮。历史上的商王朝曾经是最大的鸟图腾部落,其祖先为玄鸟,故崇拜太阳神,但就世界范围而言,鸟日一体崇拜也是一种广泛的现象。景颇族关于目瑙纵歌的众多传说中,常以一句"传说景颇族是太阳神的子孙"③开场,可见景颇族与太阳还有亲缘关系,目瑙纵歌的首任举办者是太阳神,首次举办地点是太阳宫,是百鸟从太阳宫返回人间后把目瑙纵歌传给景颇族先民,鸟是景颇族人和太阳神之间的使者。神话中还叙述了鸟曾为迁徙途中的景颇族祖先指路,为英雄宁贯杜报信,给予景颇族妇女织出五彩筒裙启示等等,可见鸟在景颇族人的叙事中拥有不少丰功伟绩,景颇族祖先还认为大地上的

---

① 石锐、刘更生主编:《景颇族民间故事选》,德宏民族出版社,1994年,第52—53页。
② 〔汉〕刘安著,陈广忠译注:《淮南子》,中华书局,2012年,第339页。
③ 中国民间文学集成全国编辑委员会、《中国民间故事集成·云南卷》编辑委员会编:《中国民间故事集成·云南卷(下)》,中国ISBN中心,2003年,第844页。

鸟都从太阳神那里飞来。

目瑙纵歌神话传说的版本虽多，但综合起来以太阳宫目瑙起源说的传播比较广泛。公认的口传神话中所叙述的目瑙纵歌演变是：太阳宫目瑙—鸟类目瑙—传统目瑙—现代目瑙。神话中说，远古时候，突然有一天天上出现了九个太阳，万物的生存朝不保夕，于是景颇族祖先召集动物、植物和水等开会，大家商议派出代表去找太阳神要求减掉八个太阳，最后派出了犀鸟和孔雀去太阳宫找到太阳神，太阳神同意了它俩的请求，决定只留下一个太阳给地球。圆满完成任务后的犀鸟和孔雀被太阳神邀请参加太阳宫目瑙舞蹈盛会，太阳神同时还邀请了大地上的万物生灵们来参加，这个舞蹈盛会，应该是天地间各种群、各生灵们欢聚一堂的盛会，因人类和其他动物皆无翅膀而不能到达太阳宫，最后只有成千上万种鸟类去参加了这个盛会。后来犀鸟和孔雀带着鸟们回来，经过一个叫康圣洋坝（也说康星洋河）的地方，该地黄果树（原型为榕树，景颇族称之为母亲树）上结满红艳艳的果实，鸟儿们饱食之后为了感激果树，庆贺丰盛果实带来的欢愉，便想起在太阳宫里的目瑙舞蹈，于是推举犀鸟做总指挥，孔雀做领舞，跳起了大地上最早的目瑙纵歌。景颇族祖先经过了鸟类跳目瑙舞的地方，被它们美妙的舞姿和欢快的氛围所感染，留下了不可磨灭的记忆，于是将学习到的目瑙舞带给人类，开始了举办目瑙舞的历史。为了感念鸟类目瑙中做总指挥的犀鸟和领舞孔雀，至今瑙双瑙巴所戴冠帽由醒目的犀鸟嘴和两种羽毛组成，其中最绚丽的羽毛是孔雀羽毛，帽子两边还有野猪獠牙，这是目瑙纵歌仪式上非常鲜活的形象特征。

没有太阳神、太阳宫和百鸟的目瑙，就不会有景颇族的目瑙，月亮在该神话中以太阳的二元对立形象出现，意在表征时空和阴阳对应与平衡，阐释了自然界万物的交互对应和连贯性。神话向人们阐释人

图 1　目瑙纵歌中的领舞者装饰（作者摄于瑞丽　2014 年）

图 2　目瑙示栋与日月（作者摄于芒市　2014 年）

本身及周围世界，以期维系现有秩序；而在定期重演的仪典中使神话再现，则是上述维系赖以实现的、行之有效的手段之一。①目瑙纵歌仪式是神话的互文，也是维系景颇族神话世界观的另一个有效途径。

二、仪式上的日月图像与神话意象

目瑙纵歌被称为"天堂之舞""万人狂欢舞"，因其规模宏大、舞步欢乐、节奏明快，号称是世界上最大型的民族舞蹈。景颇族的目瑙纵歌历史一直靠口传记录，晚近以前的举办情况鲜有文献可查，大部分文献均提到目瑙纵歌仪式举行的核心缘由为祭祀太阳神。景颇族学者勒佗·宫斓督早坚曾在其著作中指出，景颇族首次举办目瑙纵歌是公元300年的西晋时期，②该论点是否为考证有据所得尚未可知。根据景颇族学者岳品荣《景颇族目瑙纵歌历史文化》③中的叙述，近代有明确记载的目瑙纵歌举办时间是清朝乾隆二十五年（1760年），此次目瑙纵歌属于"苏定亭拴目瑙"（定居招财进宝贺新房目瑙）。景颇族传统的目瑙仪式有多种，大致分为：招财庆丰收目瑙、分家分寨分别离异目瑙、祭祀太阳神目瑙、出征或庆祝胜利目瑙、有威望的人去世时的安息目瑙、进新房目瑙、结姻嫁娶目瑙、庆丰收及弘扬民族文化目瑙、重大节日或事件的纪念目瑙……随着社会历史的发展，现代目瑙整合了历史上主要的传统仪式内容和艺术形式，集弘扬本族文化、

---

① ［俄］叶·莫·梅列金斯基：《神话的诗学》，魏庆征译，商务印书馆，2009年，第180页。

② 勒佗·宫斓督早坚：《景颇族创世史话》，德宏民族出版社，2001年，第184页。

③ 岳品荣：《景颇族目瑙纵歌历史文化》，德宏民族出版社，2009年，第15页。

旅游、娱乐、商贸、消费和文化交流于一体，兼具招财庆丰收、欢庆纪念、祭祀天神、促进文化交流和经济发展、吸引中外游客等民俗功能，由原来琐碎细化的小型庆典变为聚拢全族的大型庆典，调整因祭祀和信仰而举行的单一初衷而变成综合性质的节假日大型庆典，成为景颇族巨大的文化资源系统，也是文化象征符号生产重构的主要途径。

当代目瑙纵歌的演变，包括"目瑙示栋"图画符号、"示栋"形式结构及舞场标志设计、"瑙双""瑙巴"服饰和舞蹈动作、图谱的名称与规范、音乐、舞蹈组成、服饰等细节都曾被不断地调整和更新过，其目的是提升民族文化影响力、促进社会经济发展、凝聚民族发展力量、塑造和提升景颇族的民族自信和自豪感，一切都围绕"团结、发展"来设计实施。何翠萍认为，景颇族目瑙纵歌的当代演变有三个时期：1980年以来的"改革创新目瑙"；1990年代中期以来应云南旅游政策发展起来的观赏性、表演性目瑙纵歌；2000年代中期以来民族文化产业政策及全国非物质文化遗产项目下的全球化、地方化与产业化的表演性目瑙纵歌。[①] 目瑙纵歌的文化展演流变过程为了突出"可看性""可观赏性"而进行革新，在重塑中也重视传统与当代需求的互动，以文化认同和族群认同为主要诉求。仪式虽然不再强调鬼灵信仰及其祭祀，但有关日月的信仰观念和符号标识却不曾改变，历次图案符号调整均保留着日月刀剑等核心造型，由此可见日月符号在景颇族艺术中的重要性。

目瑙纵歌仪式场地有专属的被划定的区域，在这个区域的视觉图

[①] 何翠萍：《文化产业中的"文化"：从景颇族目瑙纵歌谈起》，本文在2016年2月20日举办的"2016中国·德宏景颇族国际目瑙纵歌节景颇文化传承与创新发展暨景颇文创制120周年学术研讨会"上，由台湾"中央研究院"何翠萍研究员发言演述全文，本处引用根据何老师发言录音和发言提纲整理而得。

像呈现中，日月的图像一方面表述了神话意象，一方面参与构建景颇族的价值规范和文化理想，体现为图腾崇拜。王怀义认为，神话图像是初民社会核心的叙述方式和思考方式，构成完整自足的意义和情感空间，是形象与主体之间的圆融统一，是原始先民以视觉经验为核心的生命活动的结晶，在人类的物质精神活动中具有本体性价值。① 目瑙纵歌艺术文化展示中，日月图像与神话互文表征有以下几处：

（一）目瑙示栋上的日月图像

目瑙示栋可谓景颇族的图腾柱，一般为四根或六根，皆为双数，一半是太阳柱也叫雄柱，一半是月亮柱也叫雌柱，雄柱顶端雕绘太阳图像，雌柱顶端雕绘月亮图像，有些绘月亮和星星，有些示栋顶端的太阳月亮下还有大山图像，那就是传说中的祖先发源地日月山。目瑙示栋不管是四根还是六根，都以中间两根最高，四根立柱中高的两根为太阳柱，矮的两根为月亮柱，六根立柱中则有三根太阳柱和三根月亮柱，以两根高柱中间为界。尽管目瑙示栋上的标志和图像因景颇族聚居地区和支系差异而有所不同，至今芒市、陇川、瑞丽等各县和乡镇仍然没有完全一致的目瑙示栋图案，但却都在太阳和月亮图像上达成了统一。有些地区还借鉴了缅甸样式，在立柱上加二根至四根交叉斜柱，象征鬼灵祭祀所用的剽牛架。目瑙示栋实际上是景颇族物质活动和精神活动的结合体，包含了景颇族人的认知、信仰、艺术、追求等最本质的生命经验。犀鸟、五谷杂粮、三牲六畜、乳房雕刻、刀剑、雷云纹、方形回纹、星芒和蕨茎形纹、三角波浪纹、分合纹、交织纹等，

---

① 王怀义：《道境与诗艺——中国早期神话意象演变研究》，商务印书馆，2019 年，第 58 页。

图 3　参照缅甸的六根目瑙示栋（作者摄于芒市　2016 年）

图 4　四根目瑙示栋（跑阳干翁 供图）

这些刻绘布满目瑙示栋的横柱和立柱的表面,也是景颇族的艺术象征符号和神话意象。目瑙示栋上的月亮和太阳分别为男女、阴阳的表征,阴阳乃衍生万物之哲学基础。

(二)领舞者及其服饰上的日月图像

目瑙纵歌领舞者通常为二对瑙双(有祭祀资格的神职人员、总领舞者),一对瑙巴(群众领舞者),瑙双穿的服饰叫日尊服,瑙巴穿的服饰叫月老服。跟在瑙双瑙巴身后还需有一对太阳老人(男性)和一对月亮老人(女性),两位男长者是太阳的象征性角色,手持长刀,两位女长者是月亮的象征性角色,身穿传统景颇族服饰,手持祭品米酒竹筒,内盛米酒,标识承接雨水。[①]日尊服颜色以黄、红为尊,上绘百鸟飞向太阳、天梯、芋头、谷子及乳房、牛头等图案;月老服以绿色为主,上绘鱼类目瑙纵歌、双龙、海浪、月女织布等图案。瑙双瑙巴服饰在明清时期便受汉族龙袍影响而一直呈长袍形式,自1949年后,随着景颇族经济社会发展水平的提高而不断改良,材质、做工和图案纹样在各地区有细节上的差异,图案与长袍结合的形式则一直未变。景颇族五个支系对瑙双瑙巴服饰的

图5 日尊服与月老服
(作者摄于陇川 2014年)

---

① 闵建国、石木苗编著:《景颇族目瑙纵歌》,云南人民出版社,2016年,第44页。

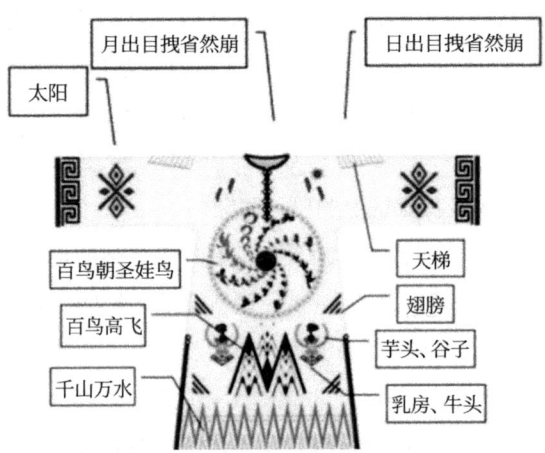

图 6 日尊服图解 来自"景颇之声"公众号 2017 年 8 月 22 日推送
（日尊服以红黄为尊，各地制作有差异）

理解也有所不同，但太阳、月亮、鸟的具体纹样在各地区却是统一的。日尊服和月老服实际上是仪式庆典上使用的文化物品，也是有力地表征神话意象的神圣物品。

（三）舞蹈图谱及仪式场地中的日月图像

在目瑙纵歌仪式舞蹈表演当中，瑙双瑙巴的舞蹈路线既相互独立又密切配合，在一个圆形的场地里带领队伍绕来绕去跳成图谱的艺术形式，几支队伍不能相撞或不顺畅，否则很不吉利，这就需要一套十分严谨的舞蹈路线图谱。其中瑙巴两男或四男，分成左右两支队伍，一支队伍代表太阳，另一支队伍代表月亮，需要带领队伍不断变化队形。

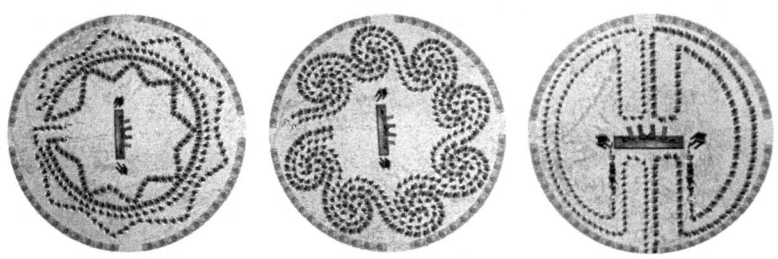

图 7　日月图像的目瑙纵歌舞蹈图谱示例
（选自何勒崩《景颇族目瑙纵歌图谱》）

图 8　芒市景颇族目瑙纵歌文化园入口处的日月图像（作者摄于 2016 年）

图 9　现实中的目瑙纵歌舞蹈图形（朱边勇摄）

根据何勒崩整理的《景颇族目瑙纵歌图谱》①，瑙双和瑙巴能实践的舞蹈图谱多达 30 余种，每一个程序和每一种祈愿所跳出来的舞蹈图形均不同。在整个舞蹈进行时，群众舞者可以随意离开和加入，唯有瑙双瑙巴不能离开，他们必须在每一场舞蹈中跳完程序规范的路线，带领群众舞者完成所有音乐节奏要求的舞蹈。仪式场地的周边建筑，也通常用日月图像进行装饰，整体营造神话中的日月信仰氛围。

意象是中国古典诗学中很重要的哲学范畴，由诗人主观表达的"意"与客观言说对象的"象"互为依存，也就是情感形式与物质形象的融合。有学者将意象分成比喻性意象、象征性意象和描述性意象。② 神话意象是由创作者所赋予的主观情感与直观物象结合之外还存在的观念或事象，更多地属于象征性意象。目瑙示栋上的日月，除了是人类世界中必不可少的自然天体，其意象则主要体现为如神话中所言作为太阳子孙所带来的那种祖先崇拜的情感，以及日月所象征的阴阳世界观、信仰内容与景颇族人的图腾崇拜。简·布洛克指出，历史上每一种宗教仪式开始时都只是一种简单、随便的身体活动，对这种活动逐渐会有一种象征的解释，随着时光流逝，活动就逐渐由实在性变为象征性的了。③ 在神话的观照下产生的仪式艺术，主要是为其信仰和宗教而效劳，一切艺术形式都不具有独立的审美生命，因此目瑙纵歌仪式上的日月图像，其象征作用大于审美作用。

目瑙示栋与原始社会时期人类普遍的柱式崇拜和祈雨巫术有关，立柱在普遍的原生宗教信仰中是沟通人神的法器。目瑙示栋是典型的

---

① 何勒崩：《景颇族目瑙纵歌图谱》，德宏民族出版社，2013年。
② 徐有富：《诗学原理》，北京大学出版社，2021年，第102页。
③ [美]简·布洛克：《原始艺术哲学》，沈波、张安平译，朱立元校，上海人民出版社，1991年，第213页。

中心之柱，高大精美，通身雕绘彩色图案和符号，高 20 余米，在圆形广场中心异常耀眼夺目。柱子根部矗立大地，柱身昂首空中，柱梢的日月图案接近天空，成为连接天地的礼器，具有通天、通地、通人的媒介功能，也是整合三者的灵物。柱在许多文化中也有生殖崇拜的内涵，柱的象征意识蕴含了原始宇宙空间观、生殖崇拜观和中心意识。伴舞音乐是人们所敲响以模仿雷鸣的鼓声，演示了人们希望日月神控制干旱，将清洁雨水洒向人间的祈求场景，因此，景颇族的目瑙示栋是名副其实的象征之柱。涂尔干论述过，仪式往往通过以之为原型的神话得到说明，尤其是在仪式的意义已经不再清楚的时候。另外，信仰也只有通过表达它的仪式，才能够清楚地表露出来。① 目瑙示栋上的图像本身已成为神话的现实载体，太阳是光和热的源头，带给大地温暖，赋予万物生长能量。神话中曾言景颇族祖先遭受过太阳炙烤，遇到旱灾和生物面临绝境的情况，鸟类作为人类使者带上山珍海味和金银财宝飞向太阳宫，恳求太阳神收敛酷热，并祈求天降甘霖，鸟和太阳都带给景颇族巨大的恩惠。

　　神话里说鸟们在大黄果树下跳过目瑙之后，森林里的树木结果更多，天地之间更加生机勃勃；人类跳了目瑙以后，大地上万物繁茂，风调雨顺、五谷丰登，人类的财富和人丁都更加繁荣，跳目瑙预示能给人类带来更美好的生活。仪式上的日月图像，既是需要祭祀的神灵，也是展示阴阳和谐，进行生殖崇拜的对象，同时还是时间和空间的宇宙观念表征，太阳主宰白昼，月亮和星星统领夜晚，一同照亮景颇族先民南迁的路途。时空划分支撑着人类的生命繁衍，具有神圣性，因

---

① ［法］涂尔干:《宗教生活的基本形式》，渠东、汲喆译，商务印书馆，2011 年，第 131 页。

此日月在仪典时期被展示为全族人的"徽识",也是阐释景颇族神话意象的关键图像符号。

美学学者埃伦提到,每一个人类社会为了处理重大的、有情绪意味的、原型性的事物而产生的庆典都是用艺术手段来加以表现的。[①] 成为仪式中视觉符号的日月,不仅是神话中的意象呈现,更是重构艺术情境的文本符号。日月作为共同体图像,在目瑙纵歌仪式上阐释了景颇族祖先所理解的天人关系和自然秩序。日月是天体,便是"天"的一部分,景颇族神话中的天体和人类之间的亲缘关系隔着两代。云团神和雾露神生下太阳和月亮、生下白昼神和黑夜神,白昼和黑夜两位神生下了创世之祖彭干吉嫩和造物之母木占威纯,后两者经过数次返老还童,最终生下人类。在景颇族创世神话中,天人之间是浑朴合一的,人神和谐为一体,故日月在仪式上的图像表征着天人和谐的自然世界。

三、生活中的日月崇拜及符号体系

景颇族源自上古氐羌部落集团支系,原本生活在蒙甘或青藏高原一带天气寒冷的地方,在历史上相当长时期内,由于政治、军事特别是经济等生存原因,景颇族处于逐步分散地向南迁移过程中。根据《景颇族简史》[②]的推断,直到三国两晋南北朝时期,景颇族祖先(一部分还属于阿昌族)才在隶属永昌郡(东汉时建)或其附近的一些地区定居下来,至唐代才大致能划分其分布地区是澜沧江以西至缅甸克钦邦

---

① [美]埃伦·迪萨纳亚克:《审美的人》,户晓辉译,商务印书馆,2004年,第101页。

② 《景颇族简史》编写组编写:《景颇族简史》,民族出版社,2008年,第12—16页。

境内，及过去的"中缅北段未定界"一带。也就是说，元明之前的景颇族仍然在南下德宏定居的路上，保山、大理等都有景颇族的祖先足迹，大约明代初期以后才定居于德宏。

景颇族人亡故后亲属要为之举行送魂仪式，将鬼魂送到遥远的北方。传说中祖先的发源地是日月山，因为那里是祖先鬼魂所在的世界，一个与现实世界平行但能让亡魂继续正常生活的地方。神话《创世纪》里说："传说，造物主宁贯娃原来是居住在高高的太阳山上。"① 宁贯娃在神话中有多种身份，有时是造物主，有时是景颇族的祖先，更多的时候是英雄神话的主角，其居住的太阳山就是目瑙示栋上刻绘的日月山。景颇族崇尚"万物有灵"，认为万事万物都有灵魂驻守，灵魂观念是原生宗教中最重要、最基本的观念，也是全世界的宗教信仰中最为普遍的信条。灵魂观念的进一步发展是精灵、鬼、神概念的产生，但景颇族人没有很明确地区分灵魂和鬼两者的区别，他们认为对生活有较大影响的各种现象和事物会转变成精灵——以"鬼"（景颇语称Nat，也可译为神）的概念命名，"鬼""神"概念在日常生活和信仰中并无区分，可谓两者合一。② 在景颇族人的生活中，有确定名称的"鬼灵"数量多达130余种。自然界的生物和现象都有灵魂，风雨雷电、山水草木、虫鱼鸟兽等都是景颇族人生活中密切观照的自然精灵。由于遍布自然界的鬼灵在景颇族人的生活中承担了形态万千的功用，这使得景颇人从出生到生命逝去的整个历程中布满无数大小不同的仪式。这些仪式除了村寨或家族组织的公共仪式，还有数量不少的家庭或私

---

① 李子贤编：《云南少数民族神话选》，云南人民出版社，1990年，第387页。
② 据田野调查和相关文献，本文中"鬼""神"概念混用不分，如同景颇族人现实生活中所使用情况一样。

下举行的日常仪式。除了一年一度的目瑙纵歌仪式上的日月崇拜之外，还有生产生活中的日月崇拜仪式。景颇族日常生活中日月崇拜相关的仪式和艺术活动有以下几个方面：

（一）村寨"能尚"或其他公共仪式中的太阳神祭祀

大部分景颇族聚居村寨均有一个被称为"能尚"（译为官庙）的全村祭祀活动中心，此处供奉的是太阳神、山鬼、谷神、祖先鬼、大地鬼、菜地鬼等村寨公共鬼灵，也有辖区内村寨大姓家族所供奉的大鬼；山官制度时期，还包括山官家的祖先鬼。能尚里供奉的鬼神大部分与村寨的农业耕种有关，祭祀目的是希望神灵们护佑村寨五谷丰登、人畜兴旺，每年献祭多在春种前或秋收后，各村寨祭献时间和物品由董萨打卦决定。太阳神在村寨中的职能是主管人寿年丰、牲畜繁盛和风调雨顺。在祭祀较大的其他鬼灵比如地鬼、风鬼、天鬼等公共仪式当中，如果董萨打卦显示需要祭祀太阳神，就需要制作太阳神祭祀架用以单独祭祀太阳神。

（二）谷物收割期间的太阳神祭祀

谷物收割之前举行的祭献太阳鬼是一种较大的宗教祭典活动，祭献太阳鬼的目的是"不让它下雨或天阴，所有谷物都能顺利收割完毕"[①]。这种祭祀全村寨男女老少都参加，历史上由山官或村寨头人组织，现在则由村里有威望的老人组织，董萨参与即可举行，规模可大可小。

---

① 祁德川：《景颇族原始宗教文化研究》，德宏民族出版社，2015年，第154页。

图 10　左：太阳神祭祀架　右上：能尚大门　右下：村寨寨门
（跑阳干翁　供图）

（三）民居建筑等日常生活器物中的日月图腾形象

在景颇族日常生活中，会不断地生产和使用本民族的艺术物品诸如服饰、舞蹈、建筑、器物等，其中很多艺术物都会有一些属于本民族的标识，而日月形象就是其中比较重要的一种符号标识。在景颇族村落的寨门、民居建筑、用于仪式上的器物比如鼓、铓等文化空间中，日月图像直观地被塑造和表现，民间的说法是辟邪。实际上，太阳和月亮被景颇人用直觉的、感性的甚至是神秘的图腾形象充满其日常生活中，展示了景颇族人的信仰和宗教，反复表述祖先来自日月山的情感，以及作为太阳神子孙对祖先的追忆和对日月的崇拜心理。日月就是景颇族社会生活中一种自然性的装饰。台湾学者刘其伟在谈论人们因宗教崇拜活动而制作几何或抽象艺术时，艺术生产的冲动源于他们需要一种偶像，需要一种面具，需要一种图腾，一种非写实的，但却是象征性的东西。[①] 社会生活中对人群的划分，通常以观看和感受不同形式的艺术和物品来进行，如果一个族群总是重复地展示视觉上的某些主题形象或符号，那么这些主题形象便是该族群的文化标识与认同标记，日月图腾是景颇族重要的文化载体之一。

关于符号的定义很多，有学者认为，符号是把自己展现在意义之前，并且除自身之外还给精神指示出别的内容的那种东西，能让我们超越它自己在我们感官上产生的印象而联想到别的事物。[②] 日月图腾形象在景颇族人日常生活中实际上构成了一系列符号体系：在仪式上承担了娱神和娱人的媒介；在建筑民居、寨门等空间中展示了信仰观念，包括辟邪求吉的心理；在其他器物如铓、鼓等生活中体现的是文化标

---

① 刘其伟编著：《艺术人类学》，雄狮图书股份有限公司，2005年，第50页。
② ［法］茨维坦·托多罗夫（Tzvetan Todorov）：《象征理论》，王国卿译，商务印书馆，2004年，第31、37页。

图 11 窗户、房屋、门上的日月（作者摄于陇川 2014—2017 年）

识。当然，即便是不同场景下的日月，符号所表征的意义可能独立呈现，也可能三者含混不清或兼而有之。简·艾伦·哈里森在《古代艺术与仪式》中论述过：艺术源于一种为艺术和仪式所共有的冲动，即通过表演、造型、行为、装饰等手段，展现大自然的生命力必将死而复生这样的激情和渴望，这样的情感导致艺术和仪式在一开始的时候混融不分。① 日月崇拜反映了人们希望大自然生命力永久持续、永远富有朝气，祈求日月能给人类带来的是积极有益的力量，使人类远离灾害。

　　日月在景颇族神话中的形象也是多元的。除了带给人们福祉的太阳月亮之外，还有九个太阳炙烤大地的"捂太阳"神话，神话中说天上出现了九个太阳，补天补地的两个兄弟商量后，由补天的哥哥用白云彩捂住了其中的六个太阳，用黑云彩捂住了一个太阳，跑掉的一个太阳因为是公的，变成了月亮，和剩下的一个母太阳一起照耀大地。② 这个神话与各族射日神话不同之处在于没有英雄和神箭，月亮却是太阳变的，昭示了日月一体，雌性可以变成雄性，可见景颇族日月神话包含的阴阳观念相反相成，也表明了景颇族对多余的太阳要温和得多，用云彩把太阳捂住的想象力充满了温情。民间故事中还有人类因为失误丢失了太阳神的药草，惹太阳神不高兴而把药草收回太阳宫保存，导致景颇族没有药材，所以生病或受伤都要祭拜太阳神，向太阳神求药以治愈人类。③ 另有一则神话讲述了日月稳固天地的无上功绩，不仅说明了日月所构建的阴阳和谐空间，更暗示日月所承担白昼黑夜分工

---

　　① ［英］哈里森：《古代艺术与仪式》，刘宗迪译，生活·读书·新知三联书店，2008年，第13页。

　　② 李子贤编：《云南少数民族神话选》，云南人民出版社，1990年，第373—374页。

　　③ 石木苗搜集整理，管国芳、李木汤主编，德宏州民族宗教事务局编：《德宏景颇族民间故事》，云南民族出版社，2005年，第35页。

的时间管理职能,赋予景颇族人把握世界、感知时空的启示。

> 能万拉的创造,能木占的繁衍,有了最初的月亮,有了最初的太阳,最初的月亮不够明,最初的太阳不够热。照潘瓦能桑遮瓦能章说的话,把月亮往冷水槽里一浸,把太阳往热水槽里一淬,月亮够明了,太阳够热了。
>
> ……远古,能万拉的创造,能木占的繁衍,有了朦胧的一片,有了圆圆一团。这是什么呀?潘瓦能桑遮瓦能章,给它们取了名字:"朦胧的是天空,圆圆的是大地。"天不够稳定,地不够坚实,天不停地摇摆,地不停地晃动。按潘瓦能桑遮瓦能章说的话,让太阳稳定了天,让月亮坚固了地。①

神话中的日月原本与原始宗教不可分割,但在景颇族人的现实生活中被艺术符号化了。建筑、门窗装饰、祭祀架、神话演述器物铓和鼓上的日月图像符号,所揭示的是一种形象与信仰意义的互动结构,这样的结构系统可称为符号象征。黑格尔认为,象征首先是一种符号,他在讨论"神话和艺术中象征表现方式的暧昧性"这个问题时,指出:宗教的源泉在于心灵,心灵探索着它的真理,隐约窥见它,于是用多少与这真理内容有些关联的形象把它看成认识的对象。② 故而,人类的心灵通过理性的探索,将神话中的观念创造出了对应的图形和形象。景颇族人日常生活中的日月符号体系,既是一个具有物质属性的思维对象,也是一个心灵的观念。

---

① 云南省少数民族古籍整理出版规划办公室编:《云南少数民族古典史诗全集 中》,云南教育出版社,2009年,第214-215页。
② [德]黑格尔:《美学》第2卷,朱光潜译,商务印书馆,2019年,第17页。

四、结语

  神话兼有理论和艺术创造的要素,日月神话在景颇族人仪式和生活中的实践,是发现神话隐匿在各种仪式、图像和符号中诸种意义的过程。在世界各民族文化系统中,尽管神话难以作为纯粹逻辑分析的对象,但神话解释却可以适用所有的自然现象和生活现象。景颇族作为山地农耕民族,对日月的崇拜和其他农业民族一样具有必然性。学者们早就讨论过天体崇拜对农业部落的重要性,因为一年四季物候天象之变化,会直接影响农作物是否丰收,进而影响到人的生活和生存,农作物生长必须依靠太阳光照和夜晚调节,这需要求日月神护佑。神话则仿佛具有一副双重面目,一方面向我们展示一个概念的结构;另一方面又展示一个感性的结构,它并非一团无组织的混乱观念,而是依赖于一定的感知方式。① 神话在仪式中的图像化表述和现实生活中的符号体系展示,就是通过不同的方式对神话及其观念所进行的感知探索,也是对人类文化源头的诗性追溯。

---

  ① [德]恩斯特·卡西尔:《人论》,甘阳译,上海译文出版社,2013年,第128页。

傣族日月神话概说

屈永仙[*]

新中国成立至改革开放期间,我国民间文艺协会在政府的支持下多次组织各地的民间故事搜集,西双版纳、德宏这两个主要傣族聚居区以及其他傣族地方的神话故事也纷纷被搜集和记录下来。在《中国少数民族神话》《中国各民族宗教与神话大词典》《云南少数民族神话选》《西双版纳傣族民间故事集成》等资料集中都可以看到傣族日月神话。然而,后期的相关研究并不多见,傣族的日月神话研究还存在空白。本文基于这些资料,首先在本土话语体系中辨析日月神的称谓及其与中原日月神话"羲和"(yi-wo)的语音对应关系。其次介绍傣族地区流传的日月起源神话,日食和月食神话,多日和射日神话。通过文本分析,可以发现傣族的日月神话是植根于中华文明的土壤中,又受到了印度文明的影响,是多元文化交织而成的结果。

---

* 作者简介:屈永仙,傣族,云南德宏人,中国社科院民族文学研究所副研究员,研究方向为南方民族文学。

一、傣族日月神的语音辨析

傣语称太阳为"达宛"[ta³³wan⁵⁵],"达"是眼睛,"宛"是天、日、太阳,直译就是天之眼;日常对话中可简称太阳为"宛"。壮侗语族民族普遍把太阳视为"天之眼","'太阳'为'天的眼睛'是古南岛文化的遗存,黎、壮、傣、水语普遍采用南岛语'天的眼睛'语义构词。"[①] 吴晓东认为"眼"与"日月"之间有着最初且根本性的同源关系,在它们之间,有第一人称语音作为重要的关联点。"伏羲女娲、后羿嫦娥、大禹女娲(涂山)、娥皇女英(匽)等配偶或姊妹神名都能与 yi 与 wo 这两个音对应,而 yi 和 wo 都是第一人称代词的读音……这就意味着这些神名的语音与汉语第一人称代词是重合的,是同一个系统。"[②] 如表 1 所示:

表 1 日月神与第一人称语音关系

日月神	后羿 yi	嫦娥 wo	禹 yu	女英(匽)yan	伏羲 yi	女娲 wo,gua
第一人称	台 yi	我 wo	余 yu	言 yan	台 yi	我 wo 寡 gua

这些第一人称又分为三个系列:[ŋ] 系列的,含我、吾、言等,[l] 音系列的含余、予、舍、身、朕、台等;[k] 系列的含孤、寡。吴晓东在《月亮里有兔、蟾蜍、桂而太阳里有乌的神话起源》中详细论证了这三个

---

① 鄢卓、曾晓渝:《壮语"太阳"的地理语言学分析》,《民族语文》2019 年第 4 期。

② 吴晓东:《月亮里有兔、蟾蜍、桂而太阳里有乌的神话起源》,《中原文化研究》2021 年第 2 期。

系列也具有同源性，不仅如此，"第一人称代词的共同来源应当与这些日月神名的共同来源是一样的"①，它们的共同源头就是"眼"。"'眼'的语音在不断的演变过程中，形成了'日''月'等不同的词汇，日月也慢慢地被区分开了。"②

傣语"达宛"的"宛"（wan）语音又与 yiwo 有什么关系呢？从语言学角度来考证，傣语的"宛"与汉语的"日"也是同源的。傣语属于汉藏语系壮侗语族壮傣语支，傣语与亲属语言、汉语之间必定有着渊源关系。吴晓东在《中原日月神话的语言基因变异》中论证了"羲和"[yi-wo] 演变成 [ji] 和 [wo] 两个音系的过程。③大羿与嫦娥、女英与娥皇、伏羲与女娲等多组对偶神祇名称都能和 yi-wo 语音对应上。中原部分地区如河北南部大名县、魏县，山西临汾等地还把太阳称为"爷

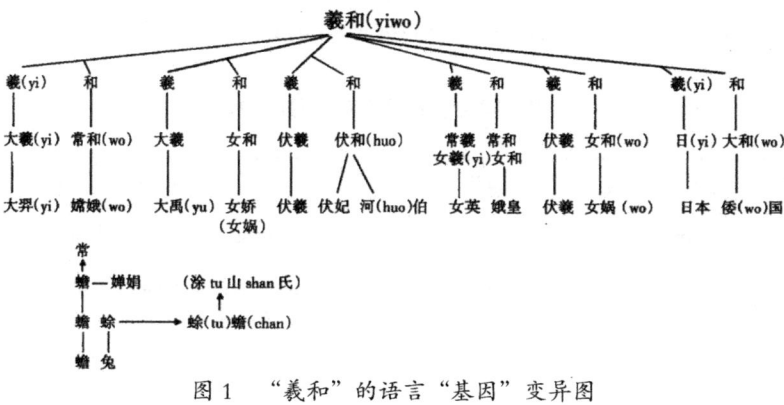

图 1　"羲和"的语言"基因"变异图

---

① 吴晓东:《月亮里有兔、蟾蜍、桂而太阳里有乌的神话起源》，《中原文化研究》2021 年第 2 期。

② 同上。

③ 吴晓东:《中原日月神话的语言基因变异》，《民族文学研究》2014 年第 3 期。

窝"（yɛwo）。在日本，"羲和"演变成了"日（yi）"和"大和（wo）"，又演变成"日本"和"倭（wo）国"。"'和'以'禾'为声符，这个字在汉语西南官话读wo。"①

在漫长的岁月中人类不断迁徙和分化，早期曾经共用的语音也不断分化成不同的民族语言和方言。在同一个语系、语族内的同源民族，即使现今指代日月的语音有所差异，也可以通过比较语言学的方法寻找蛛丝马迹与之对话。如果说太阳（yi-wo）分化成了"yi"音和"wo"音两大集团，那么壮侗语族民族大多都是采用了wo音系。文山州西畴县的汤果村，当地壮语意为"太阳躲藏的地方"。那里流传着古老的"乜星射日"神话，也传承着古老的"女子太阳祭祀"仪式。他们崇拜的太阳鸟母神，壮语称"乜汤婉"，"乜"是指母亲，"汤婉"意为太阳。②这里的"汤婉"与上文所说的傣语"达宛"是同音异写。壮侗语族的其他民族成员，他们的太阳都与wo语音系统有关，参看表2：③

表2 侗台语族民族对日月的称谓

	壮语	西傣语	德傣语	侗语	黎语	泰语	老语
日	taŋ^{55}von^{51}	ta^{55}van^{51}	ta^{33}van^{51}	ta^{35}man^{55}	tsha^{55}hwan^{55}	ta^{55}wan^{51}	ta^{55}ven^{51}
月	dɯən^{55}	dɯn^{55}	lən^{33}	ŋan^{55}	ŋuan^{55}	dɯ:an^{51}	dɯ:an^{55}

---

① 吴晓东：《月亮里有兔、蟾蜍、桂而太阳里有乌的神话起源》，《中原文化研究》2021年第2期。
② 笔者曾经在2015年前往文山西畴亲自参观了"女子太阳节"仪式。
③ 这些语音资料参考来源：《中国少数民族语言简志》编委会：《中国少数民族语言简志丛书 卷3》，民族出版社，2009年，第371页；杨光远：《十三世纪傣泰语言的语音系统研究》，民族出版社，2007年，第230页。

正如表2所示，侗台语民族大多称月亮为[lən]或[dɯɯn]，在声母上有清浊之分，韵母变化不大，它们与汉语的"月"语音也是一脉相承的。"'月'的上古音构拟为[ŋod]，'嫦娥'的'娥'上古音构拟为[ŋa:l]，两者读音很接近，'娥'的声符'我'目前在川方言依然保留[ŋo]的读音，与'月'的上古音更为接近，很容易看出嫦娥的名称'娥'原来就是月亮的名称。"① 壮语的dɯɯn，侗语的ŋan仍与ŋod接近，德宏傣语的lən轻音化了，但仍符合清浊语音规律。实际上，我们可以找到很多这类的语音证据。例如，傣语称人为[kon⁵⁵]，与古汉语的"君"有渊源，其上古音拟为[klun]，傣语的我发音是"羔"[kau³³]可归入第一人称的[k]系列，与汉语的孤、寡同源。诸如此类的语音例证很丰富，这也说明了傣族是中华民族大家庭中的成员之一，继承了中原日月神话的语音。

除了继承了wo语音系统外，傣语中也有"羲和"（yi-wo）的yi语音系统的太阳神。西双版纳傣族创世神"英叭"与太阳有关，创世史诗《巴塔麻嘎捧尚罗》中描述的英叭是太空中第一位出现的巨人天神。他体重一亿斤，身高十万约扎拿（眼程），他用污垢造了一辆如凤凰一样的飞车，然后乘坐飞车翱翔和观察宇宙，这正是太阳神的形象，与汉族"羲和驾驭太阳车"的形象，以及印度科纳拉克太阳神庙所表现的"苏利耶驾驶战车"的形象相似。

"英叭"一词有本土词汇和外来词汇两种解释。傣族章哈演唱创世史诗《捧尚罗》②根据唱歌所需要押韵的情况，歌手有时采用全称"英

---

① 吴晓东：《月亮里有兔、蟾蜍、桂而太阳里有鸟的神话起源》，《中原文化研究》2021年第2期。

② 2016—2019年笔者承担"中国史诗百部工程"子课题即"傣族创世史诗《捧尚罗》"，并录制到口头演唱版的文本。该文本是上文《巴塔麻嘎捧尚罗》的缩减本。

叭叶练召",有时采用简称"英叭""英叭叶"或"叭叶练召"。如下这些诗行中出现的"英叭":①

ᥢ ᥑ ᥜᥩᥒ ᥝᥬᥴᥛ ᥏ᥒᥚ ᥑᥬᥝ ᥑᥫᥒᥰ ᥙ ᥐᥐᥬᥒ ᥏ᥙᥥ,
na³³ka³³hɔŋ¹³xoŋ⁵¹fa:¹¹ʔin⁵⁵pha³³jɛt³³ tsau¹³

ᥑᥫᥒᥰ ᥙ ᥐᥐᥬᥙ ᥐᥐᥩᥴᥥ ᥏ᥙᥥ ᥑᥬᥛᥰ ᥑᥬᥥ,
ʔin⁵⁵pha³³jɛp³³ dɛt³⁵tsau¹³ tsum⁵¹nan¹¹

ᥘᥬᥭ ᥐᥐᥪᥴᥥ ᥙᥚᥥ ᥏ᥒ ᥘᥬ ᥑᥩ ᥏ᥙᥥ ᥘᥬ ᥑᥫᥰ ᥑᥫᥒᥰ ᥙ ᥐᥐᥬᥙ。
kai⁵⁵ kət³⁵pin⁵⁵ ho:⁵⁵ta:⁵⁵da:⁵⁵tsau¹³la⁵¹tsa:⁵¹ʔin⁵⁵pha³³jɛp³³

全称写作 ᥑᥫᥒᥰ ᥙ ᥐᥐᥬᥙ ᥐᥐᥩᥴᥥ ᥏ᥙᥥ[ʔin⁵⁵pha³³jɛp³³dɛt³⁵tsau¹³],音译写为"英叭叶练召",详细解释的话,"英"[ʔin⁵⁵]指天神名,"叭"[pha⁵⁵]指气浪或者光波,"叶"[jɛp³³]有阳光闪烁的既视感,后面的"练"[dɛt³⁵]是指阳光、光线,"召"[tsau¹³]是王、神。因此,"英叭"总体来说就是气浪或光波之神。这种解释也与前人学者、史诗《巴塔麻嘎捧尚罗》的译者所做的注释一样。②因此,英叭的"英"[ʔin]可以和yi(羿、羲)对应上。因此,可以将傣语里的太阳(神)和汉语的"羲和"之间对应如下:

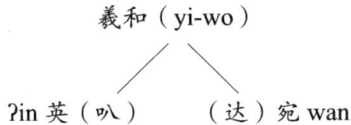

——————

① 语音资料来自笔者承担的项目,即文化部"中国史诗百部工程"的子项目"傣族创始史诗《捧尚罗》"(2014—2019)口头演述文本。

② 西双版纳州民委:《巴塔麻嘎捧尚罗》,岩温扁译,云南人民出版社,1989年,第4页。

另一方面，也有学者将"英叭"一词与印度语的"Indra"关联起来，此为外来说。例如，刘红认为"从语言学的角度对傣族神话加以分析，指出'英叭''叭英''帕雅英'等这些神名都源于巴利语，是印度神名，与印度文化中的因陀罗神相关"①。Indra 即因陀罗，他最初是雷霆之神，后提升成为婆罗门教中的诸神之王。佛教产生后将之吸收为护法神，称之为"天帝释""帝释天"等，尊为创造世界万物的最高神。笔者认为，傣族本土原来有太阳神格的英叭，后来南传佛教传入对傣族文化产生了全方位的影响，外来的 Indra 与本土的太阳神极有可能融合在一起了。

在一些神话中，日月神的名称很显然是来自印度语，也带着印度日月神话的元素。流传在德宏傣族地区的日食和月食神话说，从前有三兄弟，老大叫苏占达，老二叫苏利亚，老三叫苏令。其爷爷在金光寺当佛爷，他很疼爱苏令。一次苏令去看望爷爷，爷爷送给他一颗长生不老丹。回来时苏令到苏利亚哥哥家休息，苏利亚趁他睡着时偷走了仙丹，并把它藏在了大哥苏占达家里。苏令发现后便去追赶苏利亚，不料遮住了太阳，天空顿时变黑了。二哥苏利亚又推说仙丹在大哥苏占达家，苏令又去找苏占达，不小心又遮住了月亮。这就是我们现在常说的日食和月食。一到这个时候，傣族人民便敲锣打鼓、鸣枪、吹牛角②。

该叙事中的"苏利亚"是太阳神，是印度语 Surya 的音译，"苏占达"是月亮神，源自印度语 Chandra，在"占达"前加了"苏"字，以便和"苏利亚"相对称。那么"苏令"又对应什么角色呢？它可能源于 Rohu 一词。

---

① 刘红：《傣泰民族民间故事研究》，云南人民出版社，2017年，第127页。
② 方正湘、孟尚贤讲述，孟成信抄录，杨荣芳翻译：《傣族民间故事》第4辑，云南民族出版社，1986年。

若要和其他两个词对应，按理应该称之为"Su rohu"，但傣语通常省略尾音，简读成"Suro"，又在记录的过程中异写成"苏令"。Rohu一词通常在汉语里译为"罗睺"，是印度搅乳海神话中偷食不死甘露的恶神。为了获得甘露，他乔装打扮混在天神之中分饮甘露，被太阳神苏利耶和月亮神旃陀罗发现并揭穿了他的伪装。天神毗湿奴急忙砍下罗睺的头，但是罗睺已经喝下了甘露，他的头得以不死。为了报仇，他的头经常咬啮或吞食日月，但由于罗睺没有身子，他吃掉的日月又从后面出来了。① 实际上，信奉佛教的一些民族也流传着这则神话。蒙古族的日食月食神话中说，"魔鬼拉呼（Rahu，旧译罗睺）是太阳和月亮的天敌，他总是追逐日月，有时能追上，并吞噬日月，从而发生日食月食。据考察，该神话深受印度神话影响，而这种影响是伴随佛教的流传而实现的。"② 这则神话传到傣族地区后发生了一些改变，苏令与青蛙神融合在一起了。

德宏傣族的史诗《甘琶甘帕》也记载了日月神话：天神将巨火轮放在顶天柱山顶上，顿时照亮了人间大地，傣语称"肃万腊"，译成汉语就是既有光和热的太阳。但是每当这个火轮被另一座大山挡住的时候，人间又进入了黑暗。人们又协商一番，他们共同祈祷，请求诸神再赐给一件有亮光的物体，让这个物体也能照亮人间。他们的祈祷感动了脚踏巨银轮的天神，他将巨银轮赐给了祈祷者，傣语称"恩占大"，译成汉语就是太阴（月亮），每当太阳被另一座大山遮住（落山）的时候，这个银轮的光就播洒到人间③。《甘琶甘帕》诗行中的"肃万腊"一词

---

① 吴晓东：《印度日月神话的田野考察》，《民族艺术》2016 年第 6 期。
② 那木吉拉：《中国阿尔泰语系诸民族神话比较研究》，学习出版社，2010 年，第 201 页。
③ 岳小保、朗妹喊译：《甘琶甘帕》，德宏民族出版社，2020 年，第 11–12 页。

来自梵语 Suvarṇa，意思是黄金，或指金灿灿、黄色发光的物体，如太阳。月亮神"恩占达"的"恩"是傣语"艮"[ŋən⁵⁵]，这里是指银子或发着银白光的物体，如月亮。"占大"依然是 Chandra 的音译。

综上所述，傣族既继承了中原日月神话的语言基因，也受到南传佛教文化和印度文化的影响，因此傣语体系中产生了两套日月神，如表3所示：

表3　两个话语系统的日月神

	本土话语	外来话语
日	达宛 [ta⁵⁵wan⁵¹]，宛 [wan⁵¹]，朗宛 [laŋ⁵⁵wan⁵¹]（太阳女神）	阿底 [ʔa⁵¹tit⁵⁵]（日、星期），帕阿底 [pha³³ʔa51tit⁵⁵]，苏利亚 [su⁵⁵li11ja³¹]（太阳神），肃万那（Suvarṇa）（太阳、黄金）
月	嫩 [dən⁵⁵]，楞 [lən³³]，混楞 [xun³⁵lən³³]（月亮男神）	阿金 [ʔa⁵¹tsin⁵⁵]，娟 [tsɛn⁵⁵]，帕娟 [pha³³tsɛn⁵⁵]，苏占达 [su⁵⁵tsan¹¹ta³¹]，召章达 [tsau³¹ tsan¹¹ta³¹]

苏令得到了不死仙药，被苏利亚（或苏占达）抢走，这导致苏令去追扑日月，从而挡住了日月造成了日食和月食的现象。傣语称"顾金宛"[kop¹¹kin³³wan⁵⁵]即蛤蟆食日，"顾金楞"[kop¹¹kin³³lən³³]即蛤蟆食月。傣语中并无"顾金苏利亚""顾金占达"这样的词语，可见尽管外来语逐渐被吸纳到傣族的神话叙事中，但没法做到全部更替相关的表述。

中原有后羿—嫦娥—逢蒙围绕着不死丹药的神话；印度有苏利耶、旃陀罗和罗睺争夺不死甘露的神话；傣族有苏利亚、苏占达和苏令（青蛙）争夺不死仙丹的神话；他们的叙事结构是一样的，都形成了相似的三角形关系。不死药（丹药、仙药、甘露）原本是天神（王母娘娘、天神爷爷、毗湿奴)所拥有,青蛙(逢蒙、苏令、罗睺)暂时获得,后来被日神和月神掠夺,从而导致了它的报复行为,或吞噬或追扑或遮挡其光芒,这种报复性的行为就导致了日食和月食。它们的三角关系可以勾勒如下:

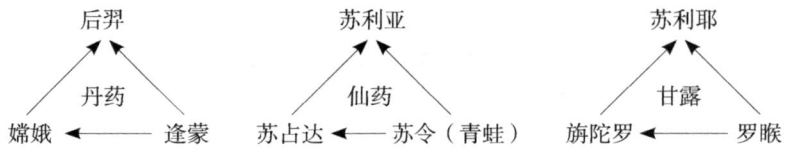

二、傣族日月神话的叙事与母题

日月神话是一个自成体系的神话系统,含日月起源、多日月,射日月和寻(救)日月等母题。下文将分三个部分来介绍傣族日月神话中的这些母题。

(一)日月的起源

综合大多数日月起源神话来看,类型可以分为五类:一是"自生说",即天地混沌之初就有日月;二是"婚生说",即天神结合生下日月;三是"化生说",有人体化日月和物体化日月两类,其中又以目化日月数量最多;四是"创造说",天神或人的祖先神、英雄造出了日月;五是"人变说",有姐弟、兄弟、姐妹或夫妻变成的日月。总体来说,流传在傣族地区的日月起源神话以创造说和人变说类型数量较多,目前还没搜集到自生说和婚生说的文本。

傣族的化生日月神话主要是物体化生类型。在德宏傣族地区流传着蜘蛛蛋化为日月的神话:从前没有太阳和月亮,普天之下一片黑暗。佛祖告诉天神说天下面有一枚蜘蛛蛋,天神下凡来把它放在石头上,用回生药擦一遍,立即光芒四射。天神用刀把它剖成两半,一半成了太阳,一半成了月亮。太阳照白天,月亮照夜间。从此,白天黑夜都有光。① 在西双版纳流传的《布尚改雅尚改》说老夫妇布尚改和雅尚改二人携带着仙葫芦到地球上创造了人类和宇宙。他们将葫芦籽撒向天空,天空顿时布满繁星,日月光亮。② 这里是葫芦籽化生为日月。

创造说也称铸造说,天神造日月的材料有黄泥、石头、金银等。西双版纳傣族地区流传:"天神用六个召勐(君王)捏成太阳,用十五个召勐的女儿捏成了月亮。"③ 这里用的"捏成"一词,不禁使人联想到祖先神布桑该雅桑该捏黄泥人、药果人的母题,所以这里不妨将造日月的材料视为一种泥,而非人。在史诗《巴塔麻嘎捧尚罗》中说有七个太阳神,"他们的父亲,是石山底的火神,终年镕石,终年炼铁,镕石十万年,炼铁十万年,石水铁水混杂了,生出七个火少年……七兄弟是七团火,七兄弟是七个太阳神"④。这里铸造日月的材料是石头。在史诗《甘琵甘帕》中说:"天神将巨火轮放在顶天柱山顶上,顿时照亮了人间大地,傣语称肃万腊,译成汉语就是既有光和热的太阳……他将巨银轮赐给了祈祷者,傣语称恩占大,译成汉语就是太阴(月亮)。"⑤ 这里造日月的材料是火轮和银轮。从黄泥、石头到金银,反

---

① 佚名讲述,刀干相搜集,岳小保翻译。稿存德宏傣族景颇族自治州民语委。
② 岩温扁、征鹏编译:《傣族民间传说》,中国旅游出版社,1983年,第1页。
③ 佚名讲述,佚名记录翻译。西双版纳州民委、勐腊县民委编:《西双版纳傣族民间故事集成》,云南人民出版社,1993年。
④ 西双版纳州民委:《巴塔麻嘎捧尚罗》,云南人民出版社,1989年,第118页。
⑤ 岳小保、朗妹喊译:《甘琵甘帕》,德宏民族出版社,2020年,第12页。

映了人类在生产技术上不断取得的发展。

在傣族日月起源神话中属于"人变说"类型的数量最多,其中又有姐弟、姐妹、兄弟、兄妹、夫妻变日月多种。傣语有"混楞朗宛"[xun^{35}lən^{33}laŋ^{55}van^{55}]一词,即太阳女神和月亮男神。这里的"混"意思是男子、君主、主人、王,与汉语的"君"对应,是男性的尊称。"朗"的意思是女子、公主、妇女等,是对女性的尊称,与汉语的"孃"对应。从"混楞朗宛"这个词可以看出,在傣族的日月神话中,月亮是男性,太阳是女性。壮族的日月神话说,躲起来的太阳不肯出来。"我是一个女人,没有衣服,光着身子怎么能出现在人们的眼前?"于是布洛陀叫太阳带上金针、银针上天,谁看她就用针戳他的眼睛。按照布洛陀的办法,太阳同意带着针上天了,从此有了白天和黑夜。人们想偷看太阳女神那美丽的胴体,她就会用针戳眼睛。[①] 笔者认为日月神的性别或许反映了各民族的婚姻习俗。傣族传统上有从妻居习俗,婚后男子要到女方家住一段时间,之后可以自立门户,也可以回男方家,通常认为这是母权社会的遗迹。持有相同婚俗的壮侗民族多将太阳视为女性,对女性给予最重要的地位。景谷县傣族地区流传的日月神皆为女性:在远古的时候,天和地是一对亲兄弟,天是哥,地是弟。后来他俩闹翻了,距离越来越远,隔阂也越来越深。太阳、月亮是姊妹俩,常在天地间串来串去。天看她俩长得好看就起了邪心,想霸占她俩,不许她俩下地。地想请太阳、月亮出来照照,天不准许。[②] 德宏傣族认为日月是兄妹,哥哥是月亮,他胆子大所以晚上出来;妹妹是太

---

① 王明富:《那文化探源——云南壮族稻作文化田野调查》,云南民族出版社,2008年,第86页。

② 刀二婼讲述,岩南隆记录整理。参见景谷傣族彝族自治县民间文学集成领导小组编辑室:《云南民间文学集成·景谷民间故事(一)》,1989年,第2页。

阳，胆子小，所以白天出来，但是她害羞怕人们看她。于是哥哥给她一把金针，每当人们盯着她看的时候她就洒出针一样的光芒刺痛眼睛。西双版纳傣族地区也流传着兄妹型日月神话：太阳和月亮是两兄妹，太阳哥哥热情，月亮妹妹害羞。太阳哥哥乘一辆金车，车前有一盏光亮无比的大灯，每天白天在天上从东到西走一趟，把光亮带给人间；月亮妹妹乘一辆银车，车前也有一盏光亮无比的大灯，每天晚上从西到东走一趟，把银光洒向大地。太阳哥哥热情大胆，所以他的光亮天天都一样。月亮妹妹美丽又害羞，总是躲闪闪的，每个月只有十四、十五、十六这几天才肯露出脸来。①西双版纳流传的《蛙王衔日、蛙王衔月》则是夫妻型日月神话：在最古老的时候，有两夫妻雇了一个长丁，长丁被虐待死了，变成蛙王。这对夫妻死后，妻子变成月亮，丈夫变成太阳。后来蛙王知道了，见了月亮追月亮，见了太阳追太阳。如果哪个被追到，蛙王就将它衔在口里，表示羞辱一番给世人看，然后又放掉。②

一般认为，日月皆为女性的神话先出现，日月为异性的神话次之，而日月皆为男性的神话是较晚出现的，而且通常有更加丰富的故事情节。例如，流传于西双版纳傣族地区的这则已经不属于神话，而应该归入民间故事的范畴。远古的时候，天王派下一个神来，做了三年官后，生得两个男孩。大儿子是个麻子，名叫岩底；二儿子长很好看，名叫岩尖。父亲死后岩底做了首领，每逢关门节，他都要到天上去拜访天王。有时一去就是半年，不管人民的生活，人民对他很不满。有一年，

---

① 李子贤编：《云南少数民族神话选》，云南人民出版社，1990年。
② 张承源：《傣族、缅族日食月食传说、古歌之比较》，中国民间文艺研究会云南分会等编：《云南民间文艺源流新探》，1986年，第251页。

发生了战争,他躲在天上不下来领导人民抵抗敌人。岩尖就率领人民与敌人奋勇斗争,打败了敌人的进攻。这样,人民就选岩尖为首领。结果岩底被人们捉住烧死了……岩底死后变成太阳,每年七八月间,太阳特别热。这是因为岩底不甘心,还想害人。岩尖做了首领后,人民的生活一天比一天好,敌人也不敢来侵犯了。可是不久,岩尖病死了。他死后变成月亮,人民送给他的花儿变成了星星。每当晚上月亮出来,星星也出来。月亮是好官变成的,所以它发出来的光也很凉快。① 在这则叙事中,"岩底"与前文表3中的"阿底"[ʔa^{51}tit^{55}](日、星期)一样,是太阳神;"岩尖"对应的是表中的"阿金"[ʔa^{51}tsin^{55}]或"娟"[tsɛn^{55}],是月亮神。故事中他们降格成了傣族的氏族首领。故事情节也很丰富,出现了部落的矛盾与战争,已经带上了封建社会的色彩。

综上所述,傣族民间流传着种类多样的日月起源神话。与其他民族一样,傣族的原生信仰是祖先崇拜和万物有灵观,这种原始思维方式使人有天真的想象,将自然万物人格化,认为人与自然是相互生成的,并以人类社会关系来解释自然现象。同时,这些日月神话也一定程度地反映了傣族社会的发展轨迹,从化生日月到用双手创造日月,折射了一种人类的能动性。造日月的物质从泥、石到金银,反映了人类从石器时代到冶炼时代的发展。

(二)日食和月食

傣族的日食、月食神话基本都与蛤蟆、青蛙有关,较少和犬类(包括狼)、鸟类和其他猛兽有关。傣语称蛤蟆为顾 [kop^{11}],称日食为"顾

---

① 佚名讲述,波鸿杰搜集。参见谷德明编:《中国少数民族神话》(上),中国民间文艺出版社,1987年。

金宛"[kop¹¹kin³³wan⁵⁵]即蛤蟆吃太阳,称月食为"顾金楞"[kop¹¹kin³³lən³³],即蛤蟆吃月亮。傣语的这个kop音也与中原语音对应。在屈原的《天问》里有"夜光何德,死则又育?厥利维何,而顾兔在腹?"其中这个"顾"就是蛙的古音记录,"顾"即"蛙"。①

在傣族的日月神话中蛤蟆(青蛙)具有重要的地位。在一些神话中,蛤蟆(青蛙)与日月是三兄弟,不仅享有相同的地位,而且其本领更加高强。有的说蛤蟆是老大,日月是老二和老三。流传于西双版纳傣族地区的传说,顾神、日神、月神原是三兄弟。顾是老大,日是老二,月是老三。三兄弟原本相处得很好但后来因比武产生了怨恨。比武那天,日神很傲慢,看不起大哥顾神,抢先说:"在我们兄弟中,我的本领最大,能把整个地都照亮!"月神也不相让,抢着说:"二哥呀,你的光只能照亮白天,我的光却能照亮夜晚,还是我的本领大!"大哥顾神认为两个兄弟太傲慢了,劝它们不能这样目中无人。但日神的性情最暴躁,没听完大哥的话,它便动手打了大哥一巴掌。顾神又气又羞,对日神说:"你胆敢在众神面前这般无礼,让我蒙受耻辱,没脸见人。"其实,大哥顾神的本领比日神和月神都强。从此,大哥顾神每年都要张开一次它的巨口,将太阳含在嘴里,让太阳蒙受一次羞辱,然后再把它吐出来。顾神将太阳含在嘴里的时候,即是"顾京宛"(顾神吃太阳),也就是日食。②

青蛙后来降级成了三兄弟的"老三",不过他仍然有很大的威力,也最得天神的宠爱。在德宏、保山一带流传的"青蛙吞日月"神话说:金蜘蛛的蛋生出了三个好神,一位叫树里亚,他就是太阳神;一位叫

---

① 吴晓东:《印度日月神话的田野考察》,《民族艺术》2016年第6期。
② 佚名讲述,岩峰、王松采录整理。参见本书编委会编:《中国各民族宗教与神话大词典》,学苑出版社,1993年。

召章达,他就是月亮神;一位叫南达树亮,他就是大青蛙神,天上的神仙和地上的人都佩服他。当他们三个从蛋壳里出来时就已经是英俊的小伙子了。漂亮有福的南达树亮大青蛙虽然排行老三,但是他能力最大,最受天神混西迦的宠爱。他被派去驻守天柱山,住在洞穴里。天神赐给他长生不老的仙草,却被月亮神偷去并藏在太阳神那里。丢失仙草的青蛙神暴跳如雷,上天去找两个哥哥算账:"为什么要偷我的宝丹仙草呢?看我南达树亮不把他月亮神砍成碎片。"说完就离开大哥太阳神去找二哥月亮神去。当时正是傣历五月十七,金色的月光亮汪汪地照亮天下,四面八方都一样的明亮。这时南达树亮跳过去右手抓住月亮车不放,他紧握拳头,瞪大双眼,张着大嘴,好像要把整个月亮吞下去。左手拉着面巾把月亮神的脸盖住,右脚踩着月亮车,因为南达树亮力大无比,1000匹马拉月亮车无法使力,只好在原地站立不动。[1] 从这段描述来看,青蛙神威力无比,日月虽然是大哥二哥,却都惧怕他,挡不住青蛙的威力。

再到后来,青蛙神逐渐沦为日月的追求者,其地位再次下降。西双版纳傣族地区流传:聪明美丽的姐姐芭阿底和妹妹芭阿娟,修行得道后飞上天空,变成太阳和月亮。她们俩的男用人帕拉呼,因向姐妹俩求婚不成,也修炼成一只天上的青蛙戈发,想抓住太阳和月亮姐妹俩。每当戈发伸出手去抓太阳时,遮住了太阳的金光,就出现日食现象。去抓月亮时,则挡住了银光,就出现月食现象。为了不让太阳和月亮被戈发抓走,每当戈发抓太阳和月亮时,人们便会敲锣打铓、放枪吓唬戈发。由于人们的保护,戈发始终抓不到太阳和月亮,太阳和月亮

---

[1] 保山市傣学研究会编:《保山傣族民间故事 第1辑》,云南民族出版社,2012年,第20页。

轮流着向人们放射出亮光。① 这则神话中说的"阿底"和"阿娟"即上文表 3 中的"阿底"[ʔa^{51}tit^{55}]和"阿金（娟）"[ʔa^{51}tsen^{33}]，追求两姐妹的男用人"帕拉呼"的"帕"是尊称，意思是神王，"拉呼"[la^{33}hu^{33}]即罗睺（Rohu）的音译转写。"戈发"即"顾发"，发是天，戈发就是天上的青蛙（蛤蟆）。

　　再后来，青蛙不仅地位卑微，其相貌形象也趋于丑陋，逐渐形成了人们意想中想吃天鹅肉的"癞蛤蟆"。流传于西双版纳傣族地区的月食传说：太阳和月亮是两兄妹，天宫里有一只金青蛙，它爱上了月亮妹妹。可它自己相貌丑陋，怕人家讥笑，又怕太阳哥哥责骂总不敢亲近月亮妹妹。后来，青蛙有了好主意，在月亮妹妹完全露面的那天接近了她。所以，每当十四、十五、十六这几天，月亮妹妹露出脸来时，青蛙就来找她了。人们为了让月亮妹妹的银光普照大地，每逢这种时候就敲锣打鼓弄出各种响声，直到把青蛙赶走月亮重放光明为止。人们说，在青蛙和月亮妹妹相会的时刻，凡是发出过响声的地方，就会五谷丰登，六畜兴旺，人人安康。② 流传于德宏地区的"青蛙恋月亮"神话说：太阳和月亮是两兄妹，与金青蛙一起住在天宫里。太阳哥哥热情奔放，每天都驾着一辆金车从东到西，将自己的金色阳光送给人间。月亮妹妹容貌俊美但很腼腆，要到晚上才骑着银车出来，将自己的银光送给人间。金青蛙早就爱上了月亮，但他一来感到自己的容貌太丑，怕众神讥笑；二来又怕月亮的哥哥太阳责骂，因而不敢去接近月亮，只是悄悄爱恋。后来，金青蛙终于想出了一个办法，即月亮全部露出

---

　　① 杨胜能：《西双版纳傣族民间故事集成》，云南人民出版社，1993 年。
　　② 佚名讲述，艾宗升搜集整理。参见李子贤编：《云南少数民族神话选》，云南人民出版社，1990 年。

她的容貌时用手遮住月亮的银光，悄悄地躲在月亮身边，跟月亮谈情说爱。但怕哥哥太阳看见，谈了一会儿他就走开了。金青蛙用手遮住月亮的时候，就是月食。所以，傣族称月食为青蛙遮月亮或青蛙抱月亮。①

与其他民族相比，傣族的日食月食神话有一个特点，即蛤蟆（青蛙）及其化名的苏令、召南达树亮、帕拉呼等并不是真要去吃日月，而只是为了报仇、羞辱、教训日月，青蛙扑日月的过程中，挡住了日月的光芒造成的日食月食现象。德宏方言区的（滇西北）傣族，西双版纳方言区的（滇南）傣族，以及分布在红－金方言区的（滇东）傣族，他们都广泛流传着"顾金宛"和"顾金楞"的神话，可见日月神话是各地傣族共有的古老文化记忆。

（三）多日、射日与救日

各民族的多日神话都有着不一样的数量偏好，汉族有"十日并出"，苗族则是"十二日"，壮族是"十一日"，纳西族是"九日"，而傣族无论是散体叙事还是韵文叙事都以"七日"为主。景谷傣族地区流传的射日神话说：上古时候，天上有七个太阳，它们是七兄弟，每天闹得大地不分白昼黑夜。太阳把大地上的动物、植物都烧焦、烧死，大小湖水都沸腾了。天神无奈就给大地抛下一把避火伞。后来，这把伞变成一棵大菩提树，幸存的人都逃到树下躲凉。大火烧了一万五千年，人们巴望有个能人来收拾太阳。终于有一猎人为射太阳制作了一张十万斤重的大弩，磨平了七座大山才磨出一捆锋利的石箭。他一口气射下六个太阳。剩下一个太阳它吓得求饶，表示肯听猎人的话。猎

---

① 佚名讲述，岩峰、王松采录整理。参见本书编委会编：《中国各民族宗教与神话大词典》，学苑出版社，1993年。

人要求太阳一天出来半天，晚上别露面。从此，太阳规矩了，大地恢复了常态。① 流传于西双版纳傣族地区的多日神话说的是：风雨云雾之王皮扎祸为使天地永远黑暗，把太阳、月亮和星星吞下肚。火神王的七个儿子战胜了皮扎祸神后，变成七个太阳挂在天空。七个太阳发出的热量烫死了不少人。英叭神便投下一把伞变成一棵菩提树，救助了部分人。其中一个青年用六支石箭射落了六个太阳，只留下最小的一个太阳挂在天上，让它每天只准出来半天。射落的六个太阳流出的血和滚烫的脑汁烫死了不少的人。英叭神就连降大雨冷却了六个太阳的血和脑汁才使地球恢复了原状。②

傣族的"七日"偏好或许是受到了佛教文化、印度文化的影响。佛教经典中常用八万四千（7×12000）表示极多之意。在印度神话中，也经常见到"七个母亲""七个大洋""太阳的七匹马"以及这个数字的其他组合。印度婆罗门教神话中有"七重世界"，世界分"七大洲"，这些都和七的崇拜有关。③

此外，傣族的射日英雄基本是男性，使用的工具以弓箭、弓弩为主，情节与后羿射日神话基本相似。创世史诗《巴塔麻嘎捧尚罗》中记载的"神射太阳"说：火神七兄弟变成七个太阳后，烤得大地万物无法生长。英叭神为了拯救罗宗补大地，请来射箭能手惟鲁塔。惟鲁塔是身材高大的巨人，胸宽可以遮天，手臂粗得像树干，力大无比。英叭神叫他去射日，他答应了。他做了一把十万斤重的神弓，又从山

---

① 刀二婼讲述，岩南隆记录整理。参见景谷傣族彝族自治县民间文学集成领导小组编辑室：《云南民间文学集成·景谷民间故事》（一），1989年。

② 波岩少讲述，岩温扁记录整理。参见西双版纳州民委、勐腊县民委编：《西双版纳傣族民间故事集成》，云南人民出版社，1993年。

③ 刘学堂：《新疆史前宗教研究》，民族出版社，2009年，第100页。

里取来七块最坚硬的岩石,准备磨成箭。他天天磨箭,海水被他舀干了一半,大山被他磨平了六座。其中一支箭被折断,扔下变成两个大石山。他两脚跨在石山上,拉开神弓搭上石箭,瞄准太阳一连射了六个。惟鲁塔正要射最后一个太阳时,发现箭已用完。他举起神弓大吼一声,吓得最后那个太阳惊慌躲进黑山底,从此天地黑漆漆。英叭神叫太阳出来让他绕着定天柱行走,也唤来月亮,吩咐他们一个白天出来一个夜晚出来。从此,大地有了光明。① 射日神话的主题无一不是表现人类对抗旱灾的强烈愿望。

许多民族的射日神话后紧跟着寻日、救日母题,其中又以"公鸡请太阳"最普遍。傣族民间也有这样的神话,流传于景谷傣族地区"雄鸡医治"太阳神话说的是:勐巴拉娜西各部落的大小头人商量约定,集中所有的大弩,让强悍的小伙子把太阳射落。后来太阳被射落了,但大地一片漆黑,人类也无法生活和劳动。大家又想办法让地上所有生物来唤醒太阳。结果人和野兽、百鸟的声音都无法将太阳叫出来。最后是公鸡叫出了一个太阳,地上才开始风调雨顺。从此,早晨雄鸡鸣叫,天就慢慢亮了,下午鸡入窝巢,星夜就来临了。② 除了公鸡请太阳外,还有一些是"英叭请太阳",尤其是史诗中的记载主要以这类为主。在史诗中的神祇群体已经高度系统化,公鸡的角色或许被天神取代,这也是加强第一天神威信力的一种方式。除了鸡救日外,壮侗民族中还有独特的"鸭驮鸡寻日,鸡为鸭孵蛋"的母题。是"洪水"、"寻日"与"鸡唤日"组合起来的复合体。

---

① 西双版纳州民委改编:《巴塔麻嘎捧尚罗》,岩温扁译,学苑出版社,1990年,第134-148页。

② 周福生讲述,周德福采集,徐昱整理。参见景谷傣族彝族自治县民间文学集成领导小组编辑室:《云南民间文学集成·景谷民间故事》(一),1989年。

三、傣族日月神话是多元文化交融的结果

百越族系是从夏代开始就分布于我国长江以南广大地区的一个古老族群,因地区习俗的差异分为"杨越""干越""闽越""南越""瓯越""骆越""滇越"等,百越的后裔民族有云南的傣族、广西的壮族、贵州的布依族、水族、湖南的侗族、海南的黎族等。① 历史上傣族沿着澜沧江、怒江逐步向中南半岛及南亚次大陆迁徙,现在傣族所居住的地方正是多民族杂居、多元文化交融的区域,北面的中华文明与南面的印度文明在这里碰头。

傣族不仅和国内许多民族有共同的族源关系,而且还和东南亚掸族、泰族、老族等有着同源异流的渊源关系和共同的文化特征。史诗《甘琵甘帕》中叙述完日月起源神话后附有这样的一段注释:"这是佛祖留下的金言玉语,原来记录在《甘帕露弄(远劫巨鼠)》的经典里,后来译成哼傣语和润傣语(两个傣族支系),就是还没有傣勒的语言(北方傣族)。所以为了照顾到所有傣勒群体,我就翻译成傣勒的语言。"② 也就是说,这部史诗原本流传在傣痕、傣润两个支系中,经过佚名抄写者转写成了傣那文版本并传到德宏地区。

傣族的日月神话也反映了这种多元文化交融的历史。西双版纳傣族地区流传的"太阳、月亮、五星"说道:相传天神用六个召勐(君王)捏成太阳,用十五个召勐的女儿捏成了月亮;用八个军事大臣、十七个召勐的管家、十九个高僧、二十一个老侍女、十个船长分别捏成了火星、水星、木星、金星、土星等诸星。由于水星向太阳王揭穿了月

---

① 王懿之:《云南上古文化史》,云南人民出版社,2013年,第120页。
② 岳小保、朗妹喊译:《甘琵甘帕》,德宏民族出版社,2020年,第12页。

亮神与火星的私情，从此，太阳与月亮不和，太阳王、水星与火星结下了仇怨。土星和金星向木星学艺时，因向师傅争宠，相互损伤了身体，土星与金星也结下仇怨。太阳、月亮和诸星辰之间的宿怨波及人间，导致五星的运行影响到人类的生活与健康。[1]这则叙事中，日月与星宿被人格化，产生了复杂的人际关系，与印度流传的"月神与二十八宿"神话有某些相似的地方：苏摩娶了仙人达克沙的二十七位女儿为妻。苏摩对其中的罗希妮最为宠爱，而其他的二十六位妻子则几乎被遗忘。这些遭冷落的妻子们到父亲那里去告状，但达克沙对苏摩的规劝毫无作用。达克沙大发脾气，诅咒了苏摩，使他病魔缠身。苏摩越来越消瘦，日益虚弱，月光变得苍白，夜晚比以前更为黑暗。这使天神们惶恐起来，他们央求达克沙，说如果苏摩如此消瘦下去，万事万物都将枯萎。达克沙听从了天神的劝告，减轻了对苏摩的惩罚。从此，苏摩每个月有一半的时间将逐渐消瘦，而后在另半个月再逐渐丰满起来，这便是月亮有圆有缺的原因。"月亮与二十八宿关系的神话，目前在中国文献中没有见到。"[2]上面这两则神话虽然内容不尽相同，但讲的都是日月与星宿之间的恩怨，还有损害身体、结下仇怨等相似的情节。目前缺乏相关的资料，难以深入探讨其源流问题。但从中我们能看到傣族受到印度文化中星座知识的影响。

西南丝绸之路最重要的地段就是我国与缅甸相接的"永昌道"，永昌道贯穿今保山和德宏地区，一直是傣族、阿昌族、德昂族、景颇族等民族生息的地方。正是通过这些跨境而居的民族，中华文明得以

---

[1] 云南省少数民族古籍整理出版规划办公室编：《云南民族口传非物质文化遗产总目提要 神话传说卷（上卷）》，2008年，第356页。
[2] 吴晓东：《印度日月神话的田野考察》，《民族艺术》2016年第6期。

向外传播，印度文明得以传入。在滇西北的保山傣族地区的佛经抄本中记载着"蜘蛛王创世"神话，其中关于"太阳与月亮"佛祖对神仙们讲述：传说到了第 32 世纪后，就是火山爆发地球爆炸的时候，那太阳车和月亮车是重新创造的。蜘蛛蛋的蛋壳日日夜夜放着光芒，那时神仙们拿来锯子，把蛋壳剖成两半，每一半宽一个眼程，一半蜘蛛蛋变成了太阳，另一半成了月亮。为了让蜘蛛蛋发光，就用珠宝金银镶在蛋壳上，其中有一种叫巴坦玛丽拉的钻石，它的光亮度可达 9 南 9 亿 8 万 4 千个眼程。太阳车有八面，每面都用地沙、钻石在上面镶上 9 层，使珠宝钻石发出来的光更加明亮，所以太阳车经过时，大家都不能用眼睛对着它看。月亮蛋是用白色的珠宝钻石来镶嵌的，它的亮度只有 9 南 9 亿 9 万个眼程，就像个四方的大明镜，银光闪闪，明亮得像白宝石一样，发出白色的银光。① 从上面这段叙事来看，佛祖叙事、8 万 4 千、巴坦玛丽拉的钻石等等都体现了它们与佛教文化有千丝万缕的关系。

结　语

综上所述，本文基于本土话语体系来辨析傣族的日月神名，发现傣语的太阳"宛"（wan）与汉语的日月神"羲和"（yi-wo）的 wo 音系相对应；创世史诗中的第一神"英叭"的英（ʔin）与"羲和"（yi-wo）的 yi 音系相对应；傣语的月亮"楞"（lən），也与汉语月的上古音 ŋod 对应，因此说傣族继承了中原日月神话的语言基因。同时，因傣族受到南传佛教的影响，出现了印度语的日月神名，也吸收了一些

---

①　保山市傣学研究会编：《保山傣族民间故事》第 1 辑，云南民族出版社，2012 年，第 15-16 页。

外来的故事情节和文化元素。

　　傣族的日月起源以物体化生、神造日月和人变日月三种类型为主。在性别上，日月有姐妹、兄妹、兄弟、夫妻几种类型，其中又以"日女月男"较为普遍，这与傣族是一个偏女性主导的社会现实相呼应。化生日月的神话中以蜘蛛蛋和葫芦籽化生为常见母题。日食、月食神话中蛤蟆（青蛙）具有重要的角色，体现了傣族的稻作文化底蕴。多日神话中以"七日"最为普遍，这是受到了印度"尚七"文化的影响。

　　总体来说，属于百越民族后裔的傣族，其文化根植在中华文明土壤中，继承了中原的日月神话基因；因南迁至多民族汇集、多元文化交织的西南边陲区域，傣族不仅与周边兄弟民族有文化上的交流，同时也受到印度文化的影响，傣族的日月神话体现出了多元色彩。傣族的日月神话绝非一座封闭的文化孤岛，而是多元文化交流、交融的结果。

嫦娥神话的历史考察与文化反思

毛巧晖*

　　嫦娥奔月在民众中广泛流传，嫦娥也成为中秋佳节的重要文化符号，在文人作品中嫦娥意象蕴含着月亮、团圆等文化因子。嫦娥形象也是样态各异，偷吃仙药、背弃丈夫在月宫受罚的女子，汉画像石、敦煌飞天的仙女，到了科技时代，她又成为探月工程中国文化的象征。对于嫦娥神话，最初学者更关注其与后羿神话的联系，往往将其视为"羿神话的一部分"[①]。后来随着《归藏》的出土及原型批评、女性主义等对神话的关注，嫦娥神话的母题、意象，进而其文本演化引起了学界的相关讨论。但嫦娥形象、神话主题和情节的演进中，什么因素起着关键作用？在嫦娥神话符号化过程里，技术与媒介又是如何参与对其建构的？本文将围绕这两个问题呈现嫦娥神话文本的变迁脉络及它在民众日常生活中的影响。

---

　　* 作者简介：毛巧晖，山西襄汾人，中国社会科学院民族文学研究所研究员，研究方向为中国民间文学学术史、民俗学。

　　① 袁珂：《嫦娥奔月神话初探》，《神话论文集》，上海古籍出版社，1982年，第165页。

一、人—仙—俗神：文献中嫦娥形象的变迁

嫦娥神话最早见于战国时期的卜筮书《归藏》①。谢希逸《月赋》引《归藏》云："昔常娥以不死之药奔月"②，王僧达《祭颜光禄文》亦云："昔常娥以西王母不死之药服之，遂奔月，为月精。"③ 西汉刘安所撰《淮南子·览冥训》④中记载嫦娥神话较为完整，已有"不死药""窃药""奔月"等情节。⑤ 东汉张衡《灵宪》亦记载："羿请无死之药于西王母，姮娥窃之以奔月……姮娥遂托身于月，是为蟾

---

① 1993年，荆州博物馆在湖北江陵荆州镇邱北村王家台发掘了秦汉墓葬共16座，其中的15号秦墓出土了一批竹简，共计813枚。简文内容有《归藏》《效律》《政事之常》《日书》和《灾异占》（参见荆州地区博物馆：《江陵王家台15号秦墓》，《文物》1995年第1期）。王家台"《归藏》编号者164支，未编号的残简230支，共计394支，总字数约4000余字。由于残缺过甚，至今尚未拼出一支整简，顺序也难以排定"（朱渊清：《王家台〈归藏〉与〈穆天子传〉》，《周易研究》2002年第6期）。整理者认为《归藏》"文字形体最古，接近楚简文字，应为战国末年的抄本"（王明钦：《王家台秦墓竹简概述》，艾兰、邢文编：《新出简帛研究》，文物出版社，2004年，第28页）。

② 〔梁〕萧统编，〔唐〕李善注：《文选》，上海古籍出版社，1986年，第600页。《归藏》中嫦娥作常娥，宋朝史绳祖《学斋占毕》卷三"常仪常娥之辨"中认为"月中嫦娥，其说始于《淮南》及张衡《灵宪》，其实因常仪占月而误也"。明代杨慎《丹铅总录笺证》卷十三"订讹类""月中嫦娥"即引此"条节"。清代袁枚在《随园随笔》卷十七"辨讹类""嫦娥奔月之讹"中亦认为"嫦娥之始，其实因常仪占月而讹也"。

③ 〔梁〕萧统编，〔唐〕李善注：《文选》，上海古籍出版社，1986年，第2609页。

④ 作"姮娥"，取《诗经》"日升月恒"之义。

⑤ "羿请不死之药于西王母，姮娥窃以奔月，怅然有丧，无以续之。"参见刘文典：《淮南鸿烈集解》，中华书局，1989年，第217页。

蜍。"① 唐朝韩愈《毛颖传》中"窃姮娥骑蟾蜍入月"②的记载亦受嫦娥化形之说的影响。"奔月""不死药"和"蟾蜍",其叙事的深层结构都是异形幻化、死而复生母题,这是秦汉时期人们长生不死、羽化升仙思想的彰显与承袭。

  随着后世神仙思想的兴起与神仙信仰的树立,嫦娥神话逐渐"仙话化"③,如唐代蒋防《姮娥奔月赋》开篇即提到"昔姮娥服仙药于俄顷",作者感叹她"超然绝俗"之姿,"玉貌和光"之容,篇末感叹"湘波之妃,洛浦之神,曾不足继其芳尘"。宋末元初,隆兴府奉新县浮云山万年宫道士赵道一的《历世真仙体道通鉴后集》④卷二《姮娥》记载嫦娥之事迹,确认其作为道教月仙的崇高地位。⑤元代伊世珍《琅嬛记》引《三余贴》:"嫦娥奔月之后,羿昼夜思惟成疾",其后嫦娥遣童子见羿,"复为夫妇如初"。"道者方士"之言突出了在神仙思想盛行之时,人们对"长生不死"的追求,同时我们在《琅嬛记》中也看到了民众现世情爱观

---

  ① 〔清〕严可均校辑:《全上古三代秦汉三国六朝文·全后汉文》,河北教育出版社,1997年,第533页。

  ② 〔唐〕韩愈:《毛颖传》,参见《旧小说·乙集》第二册,商务印书馆,1914年,第141页。

  ③ 仙话是一种以记叙神仙活动为主要内容,以追求长生不死和人的自由为中心主题,情节结构曲折离奇,反映人类渴求生命永恒和幸福美满生活愿望的一种叙事文学作品。它虽然有不少出自方士、道士的编造,但在民间广泛流传后,经过了广大民众的修改、锤炼,加入了民众的思想和情感,因此很大部分是民间民众的作品。参见郑土有:《中国仙话与仙人信仰研究》,上海人民出版社,2016年,第16页。

  ④ 其版本问题参见罗争鸣:《赵道一〈历世真仙体道通鉴〉的编撰、刊刻与流传论考》,《宗教学研究》2018年第3期。

  ⑤ 赵红:《"嫦娥奔月"神话的仙话化与道教月仙的确立》,《宗教学研究》2009年第4期。

的融入。道教思想推动了嫦娥神话叙事的"仙话化",但其中并不乏民众的生活逻辑。这样,在道教的影响下,嫦娥神话中先民对天体运行的认知及日月崇拜渐趋褪色,"奔月""不死药"成为其主题,在文人作品的演绎中则既有对嫦娥抛夫的指责,如李商隐"嫦娥应悔偷灵药,碧海青天夜夜心",也有追求自由的浪漫,还有就是对"人情""人性"的增添,这些都被世人所喜见。

另外,在虚幻迷离的神仙世界中,嫦娥神话叙事越来越丰盈。嫦娥神话文本从最初寥寥数语的"偷药""抛夫"之轶事逐渐建构起曲折离奇的情节。"吴刚伐桂"①"玉兔捣药"②"月下老人"③等逐渐融入嫦娥神话,并不断发生变形。以"玉兔捣药"为例,早在《楚辞·天问》中就有"月中有蟾或兔"④;两汉时期,月中"蟾蜍"形象逐渐淡化,如汉乐府《相和歌辞·董逃行》有诗句:"采取神药若木端,白兔长跪捣成虾蟆丸。"⑤此处的"虾蟆丸"为白兔所捣之神药,而"捣药玉兔"逐渐与月中"顾菟"融合,长驻月宫。唐

---

① "月中有桂,有蟾蜍,故异书言月桂高五百丈,下有一人旧言常斫之,树创随合。人姓吴名刚,西河人,学仙有过,谪令伐树。"参见〔唐〕段成式:《酉阳杂俎》,杜聪校点,齐鲁书社,2007年。

② 新莽时期的偃师辛村汉墓壁画,此图中西王母右侧为玉兔捣药,"玉兔背生双翼,双腿直立作持杵捣药状"。参见刘惠萍:《汉画像中的"玉兔捣药":兼论神话传说的借用与复合现象》,《中国俗文化研究》(第五辑),四川出版集团·巴蜀社,2009年,第244页。

③ 出自唐代李复言撰《续幽怪录》"月下老人"一则。

④ "夜光何德,死则又育?厥利维何,而顾菟在腹?"参见〔战国〕屈原、宋玉著,廖晨星注译:《楚辞》,崇文书局,2017年,第73页。

⑤ 曹胜高、岳洋峰辑注:《汉乐府全集:汇校汇注汇评》,崇文书局,2018年,第81页。

代李白有诗句"白兔捣药秋复春,嫦娥孤栖与谁邻"①;宋代画作《仙女乘鸾图》②更是于方寸天地中描摹了"嫦娥奔月""吴刚伐桂""玉兔捣药"等神话。到了明代,《西游记》将《大唐西域记》以后直至宋元之际的诸多传奇、画本、传记、杂剧等进行了整合。③ 在《西游记》中,现世流传的嫦娥神话基本定型。如第十九回"云栈洞悟空收八戒 浮屠山玄奘受心经"记叙八戒"酒醉意昏沉"之际,误入广寒宫,见一"容貌挟人魂"仙子,"旧日凡心"又起,"扯住嫦娥要陪歇",犯下大错。第九十五回"假合真形擒玉兔 真阴归正会灵元"中"玉兔"化形为天竺国公主,后被识破,持捣药杵与孙悟空缠斗,后化真身玉兔,重返月宫。

　　从明代周游《开辟演义》的"平羿之妻",到钟惺《有夏志传》中的"色绝天下"的"夏羿之妻",再到假托李卓吾所写《七十二朝四书人物演义》中"河伯之宓妃"及清朝徐道《历代神仙通鉴》中"河伯之妹",嫦娥神话在一次次重述中发生着"裂变"与"再生",嫦娥形象亦逐渐丰富,如《有夏志传》中嫦娥"色绝天下",夏朝太康得知后,愿以幽州之地与后羿换取嫦娥。嫦娥"内恶太康之鸠拙",外恨"后羿贪地忘情",不得已才窃取羿"不死之药""不饥之珠"。这就改变了以往道德伦理中对嫦娥的谴责,有了一定女性意识的表达。《七十二朝四书人物演义》卷十三《羿善射》中嫦娥为河伯之宓妃,为"名列上清",再嫁于羿,偷食仙丹之后,"无所不通,无念不遂",

---

① 出自唐朝李白的《把酒问月·故人贾淳令予问之》。
② 参见故宫博物院,https://www.dpm.org.cn/collection/paint/228710.html。
③ 刘瑶:《论中国神话中月中灵兽形象的产生、兴盛与流变》,《河南社会科学》2016年第8期。

终为天界上仙。①

清代蒲松龄《聊斋志异》卷八《嫦娥》②中记叙太原宗子美遇一女，殊色，小字嫦娥，宗子美一见为之倾心，数次分离后，与此女结为婚姻。然此女为"嫦娥被谪"，于这"浮沉俗间，期限已满"，故托为寇劫，以期"绝君望"，然宗子美用情至深，竟"解带自缢"，后嫦娥感其情深，重返其家，但性情却与往日不同，"不轻谐笑"，后于左胁生出一男，右胁生出一女。此故事中的嫦娥形象颇为奇幻，她对于宗子美移情"西山之狐"颠当之事毫不在意，对颠当的态度也颇戏谑，有"小鬼头陷人不浅"之调笑，并以"广寒十一姑不日下嫁，须绣枕百幅、履百双，可从我去，相共操作"作为惩罚。而颠当对嫦娥颇为爱重，曾言"妾于娘子一肢一体，无不亲爱；爱之极，不觉媚之甚"。文末蒲松龄借异史氏之口，表达"然室有仙人，幸能极我之乐，消我之灾，长我之生，而不我之死"之幻想。嫦娥在虚幻迷离的神鬼故事中，不仅"多情缱绻"且"持家有方"，更是同"西山之狐"颠当一起替宗子美排遣忧愁，

---

① 《开辟演义》所述第四十回"平羿夫妻入月宫"写尧统治时期的平羿"射九日""缴大风""除兽害"之后，归家发现妻子嫦娥手持药丸"光焰闪烁，香气袭人"，此药丸为西王母暂存于此，"约至半月后到此取讨"。平羿劝其妻"吞之"，欲求长生，他"紧揽其衣""随之而去"，结果变为了月宫中的蟾蜍。《有夏志传》中的羿为夏朝之羿，故名"后羿"。在这个故事中，夏朝太康得知后羿之妻"色绝天下"，愿以幽州之地换取嫦娥，"后羿受地而遣嫦娥"。嫦娥"内恶太康之鸠拙"，外恨"后羿贪地忘情"，不得已才窃取羿"不死之药""不饥之珠"。后遇一"人身豹尾"的妇人，言及"我教羿采不死之药，正助汝今日成仙之资"。《七十二朝四书人物演义》卷十三《羿善射》中的嫦娥为河伯之宓妃，故事强调嫦娥"名列上清"的欲念，偷食仙丹之后，"无所不通，无念不遂"，终为天界上仙。羿追逐三天三夜，终得一见，欲用箭射之，嫦娥倏忽不见。《历代神仙通鉴》（卷三第二和第三节）中"姮娥"为河伯之妹，吞食金丹后"飞入月宫"，羿受"东华帝君指点"，赐赤苓糕，居日宫，手持太阴玄符，到月宫与嫦娥相会。

② 〔清〕蒲松龄：《聊斋志异》，岳麓书社，2019年，第366-369页。

生儿育女。这体现了妇德、子嗣思想影响下嫦娥形象、叙事情节的变迁。

　　嫦娥神话在典籍中的记载始于战国初期。它在与西王母神话、羲和神话、后羿神话等融合的过程中,经历了漫长的"育成过程"①。嫦娥形象在典籍的记载中,先民早期的历法思想、自然崇拜等渐趋被道教文化所演绎的"长生""仙化"所代替;自唐至清,伴随着嫦娥神话的"仙话化",嫦娥的形象经历了一个由人到仙再到俗神的演化过程,人们对月宫的描绘与渲染,嫦娥形象的丰富与重塑,使嫦娥神话在流变中呈现出世俗化趋势。

二、现代民族—国家观念变迁中嫦娥神话主题的演化

　　19、20 世纪之交,随着现代启蒙运动及对人之个性的重视,神话被视为需要"详其意谊,辨其特性,又发挥而光大之,并以辅翼教育"②的重要文化(文学)资源在文学实践中被广泛借鉴。③从"五四"开始,民间叙事因其"洋溢着浓郁的民间气息,其文学史上的合法席位在现代得到认可"④。神话大量出现在新文学著述中。嫦娥神话服膺于"反封建"和"女性意识"主题,其中蕴含的"妇女解放""爱情自由"等被凸显,如《红杂志》1922 年第 9 期发表《嫦娥自述》⑤,文章以

---

　　① 孙怡村:《关于汉画〈嫦娥奔月〉图的几点看法》,《南都学坛》(人文社会科学学报)2006 年第 5 期。
　　② 鲁迅:《拟播布美术意见书》,《鲁迅全集》第 8 卷,人民文学出版社,2005 年,第 54 页。
　　③ 具体参见毛巧晖:《神话资源现代转换的话语实践——以葛翠琳 1949—1966 年的儿童文学创作为中心的讨论》,《文化遗产》2021 年第 2 期。
　　④ 王轻鸿:《中国传统故事诗学的现代重构》,《文学评论》2021 年第 4 期。
　　⑤ 老谈:《嫦娥自述》,《红杂志》1922 年第 9 期。

现代人文意识来观照现世的女性,将嫦娥当作"最可尊敬""最可亲爱"的女神。1927年,鲁迅在《莽原》第2卷第2期发表《奔月》①一文,将"后羿射日""嫦娥奔月""逢蒙杀羿"等"富有拯救意味"②的神话重新编排,以"民族神话史的追忆"③表现了对现实的深刻洞悉与批判。鲁迅并未描写后羿射日的英姿,而是表现射日之后后羿与嫦娥寡淡无味的凡俗生活,《奔月》中嫦娥的"飞升"隐喻了"五四"时期女性勇敢挣脱旧式家庭的束缚④。郭沫若童话剧《广寒宫》⑤中的嫦娥为了追求爱情与自由,设计让张果老去砍倒月宫中的永生不死的桂花树,以摆脱枯燥刻板的书院生活,表现了对封建教育的厌恶与对自由生活的向往,具有浓厚的个性解放意味。⑥

这一时期,神话在儿童教育方面的价值问题亦引发了众多讨论⑦,

---

① 鲁迅:《奔月》,《莽原》1927年第2卷第2期。后收入《故事新编》(上海:文化生活出版社,1935)一书,此书共收入《补天》《奔月》《理水》《采薇》《铸剑》《出关》《非攻》《起死》8篇小说。

② 对于鲁迅来说,拯救是一种发自内心的神圣责任。他的拯救不是追求外在的国泰民安,而是改造国民的灵魂。具体参见胡志毅:《"五四"新文学的神话意识及其流变》,《中国现代文学研究丛刊》1992年第3期。

③ 王昭鼎:《〈奔月〉:鲁迅自我疗救的文学追忆之作》,《中国现代文学研究丛刊》2020年第3期。

④ 从《娜拉走后怎样》到《伤逝》再到《奔月》,鲁迅对女性和女性问题、婚姻问题等两性关系进行了深入思考与探索。

⑤ 郭沫若:《广寒宫》(童话剧),《创造季刊》1922年第1卷第2期。

⑥ 胡志毅:《"五四"新文学的神话意识及其流变》,《中国现代文学研究丛刊》1992年第3期。

⑦ 关于这一点,详见笔者拙文《神话资源现代转换的话语实践——以葛翠琳1949—1966年的儿童文学创作为中心的讨论》,《文化遗产》2021年第2期。

学人在国语教材编纂及通俗文艺创作①中对神话资源的挖掘与转化也愈加深入，重塑着现代民族国家理想和人民主体形象。如高季琳编辑的"小学校国语科补充读物"《粉蝶儿的故事》②中收录《嫦娥和后羿》，故事里的后羿暴虐无道，嫦娥虽屡屡规劝，但无济于事。后来，后羿得到了长生不死的仙丹，他本打算香汤沐浴后服食，岂料嫦娥听从了神仙的劝告，吞食了仙丹，飞升成仙。与以往嫦娥神话不同的是，这里的嫦娥偷食仙丹并非为了一己私欲，而是担心作恶多端的后羿为祸人间，故舍弃人世红尘，以一己之身保全百姓的快乐生活。陆嘉亮所编《端午·中秋》的《嫦娥奔月》③故事与之类似，歌颂了嫦娥牺牲自己，保全民众安稳幸福生活的奉献精神。

抗日战争胜利后，关于两种命运、两个前途的选择摆在中国人民的面前。④1947年，吴祖光在其神话剧《嫦娥奔月》⑤的创作中，开

---

① 如楚水一龙：《传记：阳历除夕嫦娥归宁记》，《余兴》1915年第11期；生生：《玛利圣女郎新嫦娥奔月图》，《新世界画报》1926年3月；正秋：《西洋派嫦娥奔月》，《新世界画报》1926年3月；胡寄尘：《嫦娥把快乐给人（儿歌）》，《儿童世界》1927年第9期；波得：《连环漫画："嫦娥失月"》，《生活星期刊》1936年第17期；黎朔：《漫画："自古嫦娥爱少年"》，《实报半月刊》1936年第24期；施承权：《嫦娥（童话）》，《国立东北中山中学校刊》1937年第7期；铁炉：《新天方夜谭：嫦娥失踪》，《泰山》1947年第3期；远方：《嫦娥的爱及其他》，《妇女》1947年第3期。

② 高季琳编辑：《粉蝶儿的故事》，新中国书局，1933年，第33-35页。

③ 《嫦娥奔月》，陆嘉亮编：《端午·中秋》，中华书局，1938年，第15-17页。

④ 在中国占统治地位的国民党从优势转变为劣势，在内战战场上从进攻转变为被动挨打，由强者变为弱者；反过来，中国共产党却从劣势转变为优势，在战场上从防御转变为进攻，由弱者变为强者。双方力量对比在一年内发生的这种巨大变化直接影响并支配着此后中国的走向。参见金冲及：《转折年代：中国的1947年》，生活·读书·新知三联书店，2002年，前言第1-2页。

⑤ 吴祖光：《嫦娥奔月》，开明书店，1947年。

创性地将后羿的形象"由人民英雄转变为大独裁者",逢蒙刚正耿直却被厌弃,吴刚屠杀成性却得到重用。嫦娥痛恨后羿的残暴又无可奈何,最终偷吃灵丹飞升而去。后羿最终在众叛亲离中被武装的人民包围,死在代表人民利益的逢蒙的箭下。此剧作实为一个"借题发挥"的故事,影射了1947年国内形势发生历史性转折的根本原因——"人心向背",这才是最终能左右一切的决定性力量。剧本中不仅添加了"嫦娥的父亲及三个姊姊以及受灾与饥饿的人们"以代表那些"善良的,无辜的,能忍耐的亦终于能反抗的广大人民"①,还安排"正义战胜邪恶"的光明结局,让后羿被逢蒙射杀,吴刚被罚一生伐桂,嫦娥独居幽宫,饱受灾难和饥饿之苦的百姓则奋起反抗,推翻暴政。吴祖光在神话剧《嫦娥奔月》"序言"及"后记"中特别提出当今是"人民的世纪",他只是在这里用神话描写"现实"——"多行不义的天夺其魄",所谓"天",即是"人民的力量","射日"与"奔月"神话并不是"无稽"的,而是"几千年来从正义的人民的生活经验里留下来的历史上的真实的教训"②,"'射日'是抗暴的象征,'奔月'是争自由的象征"。③

中华人民共和国成立之后,"为人民大众"的文艺样式与实践活动在全国范围内推广④,嫦娥神话等民间文学资源亦被纳入"革命中国"

---

① 吴祖光:《嫦娥奔月》,开明书店,1947年,序言第3页。
② 同上书,序言第5页。
③ 吴祖光:《〈嫦娥奔月〉后记》,《吴祖光论剧》,中国戏剧出版社,1981年,第59页。
④ 毛巧晖:《民研会:1949—1966年民间文艺学重构的导引与规范》,《中央民族大学学报》(哲学社会科学版)2019年第1期。

的构建中①，按照"社会主义"意识形态和"阶级分析"的标准、原则进行"提纯"和"重组"②，突出其"革命性""人民性"特征。如《大跃进民歌选一百首》中收录《唱得嫦娥想家乡》③："棉花白，稻谷香，车来人往收获忙，社员齐把丰收唱，唱得嫦娥想家乡。"这首民歌凸显了嫦娥对新时代人间景物的欣羡。再如1957年冬至1958年春的"淮北河网化"工程中，劳动人民开创了"遍地都是稻花香，难辨淮北与江南"的美景，人们"幸福歌儿唱不完"，他们憧憬着"淮北河网化"后的幸福生活，"月里嫦娥思下凡，永住人间不上天"。④1957年10月4日，随着苏联人造卫星的发射成功，嫦娥神话以其本身就具备的"人类摆脱地球引力，向往月球的超越性"⑤成为科技活动的重要表述资源。臧克家在《科学、神话、诗：为第一颗人造卫星的飞行而歌唱》一诗中谈道：

> 我们读过"月球旅行记"一类的神话故事，
> 那不过是一些天外奇谭；

---

① 如随着城乡社会主义教育运动的开展以及识字运动的逐步深入，民众有了接触现代知识、科技的机会，1956年通俗读物出版社出版阮其的《月亮的故事》，以汉字注音符号标注汉字；1958年《汉语拼音方案》公布后，文字改革出版社以汉语拼音重新标注了《月亮的故事》一书。

② 刘大先：《革命中国和声与少数民族"人民"话语》，《中外文化与文论》2013年第2期。

③ 诗刊社编：《大跃进民歌选一百首》，中国青年出版社，1958年，第66页。

④ 《月里嫦娥思下凡》，阜阳专署水利电力局编：《淮北河网化歌谣》，上海文艺出版社，1959年，第28-29页。

⑤ 张多：《宇宙科技、宇宙观与神话重述——从嫦娥奔月神话到探月科技传播》，《民间文化论坛》2018年第2期。

> 我们读过"欲上青天揽明月",
> 这也仅仅是诗人幻想的花朵。
>
> 图式104、洲际导弹,人造卫星:
> 已经架起了登天的三级天梯,
> 苏联人民成功地掌握了科学,
> 科学、神话、诗已经是"三位一体"。①

20世纪50年代末,随着科学技术的迅猛发展,神话中"开天辟地""移山造海""飞升天界"的神异观念得以实现。科技实际上搭建了一个通往上古神话世界的桥梁,人们通过科技能够认知"内心深处的本性在整个宇宙中放大的映射"。②1958年,中国京剧团创作了《红色卫星闹天宫》③神话剧本,使人造卫星"人格化","试图通过人造卫星在天空的神话想象,反映社会主义建设的伟大成就"。④人格化的卫星上天后,与嫦娥、织女等神话人物相见,为她们在天宫中不幸遭遇打抱不平,感慨嫦娥"守月宫耐寂寞广寒凄凉",叹息织女"遭坎坷有目共仰"。当卫星男、卫星女与孙悟空一同解救嫦娥和织女时,孙悟空询问:"请问二位是哪路星宿?"红卫星女答:"我姐弟乃人间红卫星是也,只因造福人类,特来探索天空奥妙。"红卫星男答:"可

---

① 臧克家:《科学、神话、诗:为第一颗人造卫星的飞行而歌唱》,《诗刊》1957年第10期。
② [美]约瑟夫·坎贝尔:《指引生命的神话:永续生存的力量》,张洪友、李瑶、祖晓伟译,浙江人民出版社,2013年,第234页。
③ 马少波、石天、秦志扬编:《红色卫星闹天宫》,北京宝文堂书店,1958年。
④ 同上书,前言。

恨玉帝无礼，惹恼了我姐弟，就是这一场厮杀也！"①《红色卫星闹天宫》借助京剧形式展现了强烈的神话色彩与民族风格，这并非一场"新奇的热闹"，而是在"真实"与"幻想"的结合中，展现了中国传统的浪漫主义与乐观主义精神。宇宙科技的发展为神话开辟了新的阐释空间，如1959年《韶山谣 新儿歌》中收录《嫦娥姐姐莫伤心》，其中提到"嫦娥姐姐你莫哭，人造卫星接你回娘屋；嫦娥姐姐莫伤心，人造卫星接你会亲人"②。同年，中央音乐学院编写的少年儿童歌曲集收录《飞到月宫接嫦娥》，里面多次提到"老大哥"发射卫星，制造飞船。我们要"飞到天上去摘仙桃，飞到月宫去接嫦娥"③。这一时期，嫦娥作为连接人世与月宫的象征，"奔月"的核心母题依旧延续，嫦娥偷食仙丹飞往月宫变为一种"前叙事"，在神话的讲述中，人们借助科技奔向月宫解救嫦娥。此时，"奔月"的主体发生了一种转换，这种转换不仅承载着中国人的宇宙观与月神信仰④，亦彰显了人们对于未知宇宙的探索精神。

从19、20世纪之交，嫦娥神话叙事逐步被纳入现代民族—国家建构的宏大叙事，嫦娥形象再次回到"人"，在人性自由、爱情自由的叙事中，嫦娥神话的母题也被时代赋能，特别是20世纪50年代以后被科技赋能，"接嫦娥""回人间"逐渐凸显，当然，这与中国传统的"天人合一""羽化成仙""长生不死"等观念之间存在一种内在精神的契合，看似奇幻无稽的想象使神话在观照"生活真实"的同时，其奇幻性、

---

① 马少波、石天、秦志扬编：《红色卫星闹天宫》，北京宝文堂书店，第22—23页。
② 唐海波编写：《韶山谣》，湖南人民出版社，1959年，第15页。
③ 中央音乐学院编：《飞到月宫接嫦娥》，上海文艺出版社，1959年，第1页。
④ 张多：《宇宙科技、宇宙观与神话重述——从嫦娥奔月神话到探月科技传播》，《民间文化论坛》2018年第2期。

超越性及虚构意味更加突出。

三、传播媒介变迁与嫦娥神话的资源转化

随着科技发展，媒介发生了重大变革。人类认识世界的方式不再只偏重文字和线性结构，随着神话与媒介的多重融合，一个全方位视觉感知系统的神话世界正在逐步形成。从"符号的互应"到"意符的再现"再到"信息的模拟"，神话与媒介之间形成一种相互依存与转化的耦合机制。

20世纪80年代以来，围绕民间文学三套集成的编撰，收录嫦娥神话的故事集、连环画、资料汇编等陆续出版[①]，如《嫦娥奔月》《后羿与嫦娥》等。其中《壮族神话集成》等故事集中，对后羿与嫦娥、嫦娥奔月过程的叙事其故事性增强，嫦娥与后羿的夫妻关系也更加生活化。[②]《苏州民间故事》《沧州民间故事》《岳阳楼的传说》等都收录了后羿、吴刚伐桂等神话，其中也涉及嫦娥。这些叙事大多将嫦娥神话与地方风物或少数民族习俗、信仰文化结合，在唤起演述者与听众（读者）共同"地方感"的同时，又为80年代神话剧的出现提供了独特的民间叙事与文化想象。

[①] 如蒲松龄原著，白藻改编，牛双印绘画：《嫦娥》，天津人民美术出版社，1982年；肖甘牛：《嫦娥传》，新蕾出版社，1984年；郑万泽译著：《嫦娥——聊斋爱情故事新编》，海峡文艺出版社，1987年；尚庆夫：《嫦娥怨　尚庆夫剧作选》，山东文艺出版社，1990年；涂石、涂殷康编著：《十大传说》，上海古籍出版社，1991年；等等。

[②] 农冠品编注：《壮族神话集成》，广西民族出版社，2007年，第193-196页。

此外，随着彩色电视的生产与逐渐普及①，电视作为一种"具有强大生命力的、复杂的、矛盾的统一体"融入日常生活，占据了人们日常生活的重要位置。②从1982年的《西游记》到1985年的《八仙过海》《济公》，再到1986年的《聊斋》和1990年的《封神榜》等，这一时期涉及嫦娥神话的影视剧，大多是传统嫦娥奔月、嫦娥居住月宫及蒲松龄撰写的《嫦娥》文本的电视剧改编。影视剧一定程度改变了民间叙事传播的范围和速度，但同时也改变了其叙事的地域性特质，在影视传播中凸显的是"标准化"故事情节的传播，"地方性"知识渐趋隐匿。21世纪初期开始，随着文化产业、文化消费的发展，去中心化、不确定性及多元化等理念在神话人物的塑造及故事的讲述上得以凸显。如神话剧《春光灿烂猪八戒》③（2000）中的嫦娥依旧美丽善良，但却游走于后羿和吴刚的爱情中无法做出取舍；面对猪八戒对自己的爱恋与痴迷，她表现出了戏谑嘲讽的态度。这里并非简单的故事"改编"，而是"地地道道的重新写作"④。嫦娥对世俗生活及真挚爱情的热烈追求以一种幽默风趣的叙事风格展开，不再是神话剧中一个充当"背景板"

---

① 1978年，国家批准原上海电视机厂即现在的上广电集团从国外引进第一条彩电生产线，并于1982年竣工投产。随着生活条件的改善，购买彩色电视机的城乡居民也越来越多，从此，彩色电视在中国进入了普及阶段。

② ［英］罗杰·西尔弗斯通：《电视与日常生活》，陶庆梅译，江苏人民出版社，2004年，第2页。

③ 1998年，苏州福纳文化科技股份有限公司出品了神话剧《春光灿烂猪八戒》。该剧一经推出，即在荧屏上产生轰动，其单集收视率最高达23.42%。借着广大观众的热烈追捧，时隔四年，福纳公司又推出续集《福星高照猪八戒》《喜气洋洋猪八戒》。

④ 曾静生：《浅议传统神话题材电视剧的改编创作》，《当代电视》2006年第7期。

的女神形象，她逐渐血肉丰盈，有了自己的喜怒哀乐，悲欢离合。① 嫦娥神话在影像化实践中穿越不同媒介场景与媒介文本，在视觉表层之下铺陈了文化表达与文化想象的深层意蕴，意义指向与结构形态不断发生着裂变和重组，这种文化实践本身即是对嫦娥神话的重新发现与建构。

相较于嫦娥神话的"在地化"演化与影像化实践，近年来网络游戏在数字技术的支撑下完成对神话世界"意象"式的文化生产，以沉浸交互文本叙事、完整世界观、鲜活角色形象等推动了新兴艺术形式与神话资源的融合，形塑着独特的神话体验。如《赛尔号》（2009）、《女神联盟》（2013）、《王者荣耀》（2015）、《英雄之刃》（2015）、《封神召唤师》（2017）、《方舟指令》（2018）等网络游戏中将嫦娥、后羿、玉兔、桂树等神话"基因"按照游戏中的世界观进行了重新建构。嫦娥神话也在虚拟社区（virtual community）内部的"拼贴"与"重构"中，被赋予了全新的意义。

以腾讯天美发行的 MOBA 手游（多人在线战术竞技游戏）《王者荣耀》为例，嫦娥在故事中被设定为"神的试验失败品"——魔道一族的公主，她被月光选中为能力继承人，在神的追杀中，她失去了所有的亲人和子民，"神职者"后羿出于怜悯放过了她，其后，月光唤醒了濒死的嫦娥，给予了她巨大的力量，伴随着月华的降临，嫦娥作为英雄得以重生。这一设定中保留了部分"神话传统"，如嫦娥所拥有的"月华之力"，后羿及常伴嫦娥身边的"玉兔"等。但其中也融

---

① 嫦娥下凡寻找后羿的轮回，但现世的后羿却是一个无能、木讷的烧饼摊贩。嫦娥心灰意冷之下接受了私自下凡的吴刚的求爱。其后，在一场突如其来的变故中，嫦娥变得衰老丑陋，吴刚虚伪的本质暴露无遗，后羿却一直默默陪在嫦娥身边，最终有情人终成眷属。

合了西方神话中"公主流亡"与"英雄回归"的母题及情节。在信息技术高速发展和多媒体传播媒介广泛普及的当下,这种"祛魅型传承"①使当代神话逐渐变成特定群体日常交流的表达资源。

嫦娥神话中蕴藉着宇宙观和日月信仰的核心价值,是当代中国文化软实力的重要力量源泉。随着相关民俗、节庆、传统戏剧、传统舞蹈、传统音乐等入选国家级非物质文化遗产代表性项目名录②,民众对嫦娥神话的认知被彻底激活,遗产化语境下的嫦娥神话资源被进一步挖掘与凸显,逐渐成为"与历史以某种方式关联的当下实践"③,同时一些地域对嫦娥神话的景观建构也成为旅游或文化创意产业资源活化或整合的重要场域。

以湖北省咸宁市咸安区为例,此地区"势扼吴楚",且当地自古以来就有种植桂花的习俗,有"桂花之乡"的美誉④,而此地的"嫦娥湖""太阳山""飞仙洞""桃花观""仙人墩""月亮湾"等地亦为嫦娥神话的地方"认同"提供了一种物质表征和文化真实,进一步

---

① 神话主义为学者研究新媒体时代的神话传统提供了新的思路。与传统的神话传承人相比,在神话主义的相关实践中,新式的神话传承人对经典神话的态度不再那么虔诚,甚至常常对神话展开解构性的改编与挪用。这种传承可以被命名为"祛魅型传承"。参见祝鹏程:《祛魅型传承:从神话主义看新媒体时代的神话讲述》,《民俗研究》2017年第6期。

② 如广东省台山市申报的"抬阁(芯子、铁枝、飘色)(台山浮石飘色)"、广东省佛山市的"中秋节(佛山秋色)"、福建省厦门市的"中秋节(中秋博饼)"、辽宁省锦州市的"木偶戏(辽西木偶戏)"、上海市奉贤区的"滚灯(奉贤滚灯)"、内蒙古自治区鄂尔多斯市的"蒙古族民歌(鄂尔多斯短调民歌)"等。

③ 彭牧:《非物质文化遗产的当下性:时间与民俗传统的遗产化》,《民族文学研究》2018年第4期。

④ 傅钜华:《桂花与咸宁》,《长江建设》1997年第5期。

强化了嫦娥神话的"地方感",强调它与特定地域人们的生活和思想感情的关系。①

以"桃花观"为例,此地传说嫦娥是凤凰修炼而成的。据说一只凤凰在大幕乡钟台山中的桃花洞修炼,后经钟台寺中佛祖点化飞天成仙,这就是大家知道的嫦娥。成仙后,嫦娥放出桃花洞的水帮助百姓度过大旱之年,百姓感其恩情,为她修建道观,名为"桃花观",并供奉木雕嫦娥神像。1943 年,日军扫荡大幕山区的时候,由于不尊重嫦娥,用手触碰了神像,日军倒地身亡。这一灵验传说在当地流传甚广,这种民族情绪在"桃花观"传说中无疑达成了一种历史与记忆的共识,给民众带来强烈的认同感与归属感。"凤凰""桃花洞""桃花观""木雕神像"这些与嫦娥神话有关的文化想象与地方风物粘连在一起,建构了一个较为完整的、具有地方特色的叙事框架,唤醒了共同的文化记忆。

2006 年,中秋节被列入第一批国家级非物质文化遗产目录② 之后,咸宁开始有意识地将嫦娥神话纳入"地方政府文化记忆展示的新秩序"③。如 2009 年中秋节,在咸安区委宣传部组织下,咸安区桂花镇石城村大屋雷举行了隆重的祭月活动,中断了 53 年的"拜月"仪式再

---

① 地方感是一套具有包容性的价值、行为体系,由两大关键要素构成:地方含义和地方依恋。具体参见罗安平:《葆育地方感:美国阿帕拉契亚的民俗实践》,《民族文学研究》2019 年第 4 期。

② 2003 年,联合国教科文组织第 32 届大会通过了《保护非物质文化遗产公约》,中国于 2004 年 8 月 28 日成为第六个批约国,并逐步建立起具有中国特色的国家、省、市、县四级名录体系。

③ 毛巧晖:《非物质文化遗产:文化记忆的展示、保护与实践》,《西北民族大学学报》(哲学社会科学版)2016 年第 4 期。

现并得以延续，人们绕着月塘展开"赏桂花""祭月神""守月华""拜嫦娥"等民俗活动，"拜月"仪式中"传统民俗时间与现代社会秩序"的契合，不仅加固了群体或个人的地方认同，也在物质景观属性、活动行为与文化意义层面，凸显了"民间内生力量的重要性"。①

随着网络技术、通信技术和数字技术的进一步发展和"联姻"②，嫦娥神话作为民众日常生活中"不可或缺的诗性元素"③，以口头传统、文化符号、景观图像、民俗仪式等形式得以"复现"④，这种"复现"涉及神话资源的重述、改编、转述及挪用，这些被选择的神话"素材"（fabula）在媒介内部或不同媒介之间不断组合、叠加及演变，成为一种展现社会文化身份认同、价值观与意义的显性方式。囿于篇幅，在嫦娥神话的演进与转化中尚有许多问题不曾探讨，如技术介入神话资源转化的阈限与走向、神话"祛魅型传承"的呈现方式等，笔者将另辟文讨论以上问题。

---

① 毛巧晖：《乡村振兴战略背景下民俗节日的传承发展》，《中国非物质文化遗产》2021年第2期。

② 孟威等：《新兴媒体的社会影响力》，《人民日报》2008年8月29日第6版。

③ 万建中：《民间文艺认定的三个维度——基于民间文艺认识误区的反思》，《民族艺术》2016年第4期。

④ 如制作嫦娥文化的标牌或雕塑、设置嫦娥风景区、编辑出版嫦娥文化相关书籍、创作宣传歌曲、排演歌舞节目、摄制电视专题片、开展"祭月神""守月华"民俗活动等。

日本的太阳神神话研究

张正军[*]

日本神话可分为高天原神话、出云神话、筑紫神话三个体系。高天原是由天照大神（太阳神）统领的天神的居所，高天原神话包括天神和岛屿（大八岛国）诞生神话、天神谱系和事迹、黄泉国神话、太阳神神话等。出云神话是以须佐之男命、大国主神及其眷属为中心的出云地区（今岛根县）的氏族神话，包括尸体化生神话、斩蛇神话、难题求婚神话、"让国"神话等。筑紫神话是日向（日本宫崎县，"日向"意为"阳光普照的地方"）地区的神话，主要包括天孙降临的王权神话、异类婚神话、建国神话等。这些神话主要保留于《古事记》（712 年）和《日本书纪》（720 年）的神代卷中，因此，日本神话也被称为"记纪神话"。此外，日本神话也散见于《风土记》（713 年）、《住吉大社神代记》（789 年）、《古语拾遗》（807 年）、《新撰姓氏录》（815 年）、《日本灵异记》（822 年）中。

日本神话的编撰与天武天皇（673—686 年）为了强化皇权统治有

---

[*] 作者简介：张正军，浙江嵊州人，华东理工大学外国语学院教授，博士，研究方向为日本文化。

关。大海人皇子（后来的天武天皇）在"壬申之乱"（672年）中打败了侄子弘文天皇（大友皇子），为了在意识形态上奠定"邦家之经纬，王化之鸿基"，以神话来巩固王权政治，683年天武天皇令舍人稗田阿礼（生卒年不详）背诵《帝纪》《旧辞》，"消伪定实"。太安万侣（？—723年）根据稗田阿礼的口述，编撰了《古事记》。因此，《古事记》的编撰是带有政治目的的，它肯定了作为"现人神"的天皇统治的正统性。然而，用变体汉文撰写的《古事记》很难流通，为了向外（中国、朝鲜半岛）宣传天皇的历史，舍人亲王（676—735年）等用汉文体编撰了《日本书纪》。《日本书纪》以天皇和摄政的藤原家族为中心编撰，删除了弘文天皇的事迹，对非正统的神话以"一书曰"的形式记录。本文根据《古事记》《日本书纪》记载的"记纪神话"展开论述。

现在日本人信仰的太阳神是神格化的天照大神、皇室祖神，被供祭于伊势半岛的皇大神宫，别名有天照神、大日孁尊、大日孁贵。不过，太阳神并非只有天照大神一个，据《延喜式》（927年）记载，平安时代（794—1192年）前期宫中神殿的祭神有五尊太阳神，即：高御产巢日神、神产日神、玉积产日神、生产日神、足产日神。日本男性人名、神名中常用的"彦"读作"ひこ"（hiko），意为"太阳的儿子"；女性人名、神名中常用的"媛""姬""比卖"读作"ひめ"（hime），意为"太阳的女儿"。日本神话中的太阳神是一个庞大的家族，因为与皇室祖神相关，所以，钦定的"记纪神话"中没有中国那样的射日神话，太阳神及其子孙延续了神谱，传承了王权。

本文认为日本各地的氏族原先有自己信仰的太阳神，后来随着天皇氏族掌握政权，其信仰的天照大神替代了其他氏族信仰的太阳神，成为天皇氏族的祖先神，而天照大神与水田稻作文化、与负责祭祀太阳神的女巫有关，该女巫死后被看成是她原先祭祀的对象——天照大神。

一、太阳神的诞生与死后复出

神话是现实生活的反映，它不是凭空想象出来的。日本的太阳神神话是日本先民崇日信仰的反映，作为岛国的日本，以太阳神为主人公的创世神话首先得解决国土问题。《古事记》开头说，天地初分时，"国稚如浮脂然，如水母然"①。伊邪那岐和伊邪那美兄妹夫妻神奉天神，即天之御中主神、高御产巢日神、神产巢日神、宇麻志阿斯诃备比古迟神、天之常立神之命，去修造像水母一样漂浮着的国土，他们婚后产下大八岛（淡路岛、四国岛、隐岐岛、九州岛、对马岛、壹伎岛、佐渡岛、本州岛）及山川草木诸神。

最后，伊邪那美命因在生火神时烧伤了阴部，去了黄泉国。伊邪那岐命去黄泉国探望妻子后，为驱除污秽，到筑紫的日向国桔小门阿坡岐原去被禊，这时从左眼生出天照大神（太阳神），同时从右眼生出月读命（月亮神），从鼻孔生出须佐之男命（暴风雨之神），父神让天照大神去统治高天原，让月读命去统治夜之国，让须佐之男命去统治海原。据《日本书纪》记载，伊奘诺尊（《古事记》写作"伊邪那岐命"）完成了开辟大地的事业后，"构幽宫于淡路之洲，寂然长隐者矣。亦曰，伊奘诺尊，功既至矣。德亦大矣。于是，登天报命。留宅于日之少宫矣"②。这说明天照大神的生父后来或被供祭于淡路岛的多贺神社，或隐居于天上的日少宫。而日少宫与太阳神有关，天照大神的生父本身也是太阳神。

---

① ［日］太安万侣著，荻原浅男、鸿巢隼雄校注：《古事记·上代歌谣》，小学馆，1983年，第50页。
② ［日］舍人亲王著，坂本太郎、家永三郎等校注：《日本书纪》，岩波书店，1972年，第103页。

不过,《日本书纪》"一书曰"有另一种说法,即,伊奘诺尊"以左手持白铜镜,则有化出之神,是谓大日孁尊。右手持白铜镜,则有化出之神,是谓月弓尊"①。这里说太阳神大日孁尊、月神月弓尊分别是伊奘诺尊左、右手上的白铜镜化身的。在日本神道信仰中,神社供奉的铜镜是太阳神神体的象征,天皇登基时用的三神器(八咫镜、八尺琼勾玉、天丛云剑)之一的铜镜也是太阳神的象征,可见铜镜等于太阳神。

据《日本书纪》记载,伊奘诺尊、伊奘冉尊共生日神,号大日孁贵,"此子光华明彩,照彻于六合之内。故二神喜曰:吾息虽多,未有若此灵异之儿,不宜久留此国,自当早送于天,而授以天下之事。是时天地相去未远,故以天柱举于天上也"②。这说明天照大神是伊奘诺尊、伊奘冉尊把她作为天下之主而生下来的,最初并非是天上之神,她通过天柱这棵神木升天为神。当时天地相隔不远,神可以通过天柱自由地来往于天地间。这说明在8世纪初的日本至少流传着三种太阳神诞生神话,即父神左眼生、父神左手的白铜镜化生、父母共生。

《日本书纪》"一书曰",月夜见尊按父神伊奘诺尊之命与天照大神共同治理天界,有一天,月夜见尊受天照大神派遣,去苇原中国见保食神时,嫌保食神招待他的米饭不洁而杀死了保食神。天照大神大怒,曰:"汝是恶神,不须相见,乃与月夜见尊,一日一夜,隔离而往。"③这是日神、月神分离的神话。

---

① [日]舍人亲王著,小岛宪之、直木孝次郎等校注:《日本书纪》,小学馆,1994年,第38页。

② 〔晋〕陈寿著,〔南朝〕裴松之注,陈乃乾校点:《三国志》,中华书局,1998年,第36页。

③ [日]舍人亲王著,小岛宪之、直木孝次郎等校注:《日本书纪》,小学馆,1994年,第58页。

关于天照大神的死与死后复出神话，这与其弟须佐之男命之间的巫咒有关。须佐之男命违抗父亲伊邪那岐命的命令，不愿意去统治大海，结果被父神驱除出国。须佐之男命去高天原向姐姐天照大神告辞，而被怀疑来抢夺高天原，他用巫咒证明自己内心的洁白，巫咒取胜后大闹高天原。天照大神被吓得躲进了"天岩户"（岩洞），从此世界暗无天日。这是著名的"天之岩户"神话。

须佐之男命大闹高天原时，吓死了织神衣的女子"稚日女尊"，使天照大神隐匿到岩洞。我们认为这实际上可理解为天照大神之死。神话中天照大神和须佐之男命是同父所生的姐弟，但实际上，他们分别是天皇氏族和出云氏族的祖先神，姐弟间的巫咒代表着不同氏族间的纷争。须佐之男命是暴风雨神，他毁坏高天原的田埂和神衣殿，表示台风对以天照大神为代表的稻作民族带来了自然灾害。天照大神隐藏到岩洞后，经过高御产巢日神的儿子思兼神的精心安排，高天原的八百万神聚集到天安河原，他们通过鸡鸣，神木上枝挂玉，中枝挂镜，下枝挂币帛，供神馔，念祝词，跳裸舞嬉笑，才把天照大神引出岩洞。这可以理解为太阳神的死后复出。

在古代，自然灾害的产生要追究国王或祭司的责任，会被认为是国王无道或祭司的祭祀不灵验。据《三国志》记载，在朝鲜"水旱不调，五谷不熟。辄归咎于王，或言当易，或言当杀"。[①] 弗雷泽也说："处于公众巫师的地位确实是很危险的，因为人们既笃信巫师拥有使甘露降临、阳光普照、万物生长的力量，因而也就很自然地会把干旱和死亡归咎于他的罪恶的玩忽职守和存心固执己见，并相应地给他以惩罚。

---

① 〔晋〕陈寿著，〔南朝〕裴松之注，陈乃乾校点：《三国志》，中华书局，1998年，第842页。

因此，在非洲，国王如果求雨失败便常被流放或被杀死。"① 因此，天照大神隐匿到岩洞里，这或许表示作为农耕神的太阳神之死亡，其原因是巫咒失败，须佐之男命给高天原带来灾害。岩洞既是原始人的居住地，也是墓地。《万叶集》中有把岩洞、石城比喻为墓穴的和歌，如："丰国镜山上，隐身在岩户，不来终隐去，空等到黄昏。"② 这是在河内王的葬礼上由手持女王作的和歌，岩户指河内王的墓穴。又如："小泊濑山石城内，有事可一同藏身，阿哥切勿担忧啊！"③ 这里的石城即石墓，女子劝其恋人莫担心被父母发觉，表示了一起殉情石墓的决心。

　　天照大神从岩洞复出后，在让国神话、天若日子神话、天孙降临神话中，与高御产巢日神一起发号施令，而执行命令的是天照大神的子孙及其部属。首先在让国神话中，高御产巢日神命令天照大神发布诏书，派遣天照大神的二儿子天穗日命去出云（今岛根县一带）说服大国主神交出国土，天穗日命却去讨好大国主神，不回来复命。第二位使者天若日子与大国主神的女儿下照姬结婚，未回高天原复命，高御产巢日神用弓箭射死了天若日子。高御产巢日神和天照大神第三次派遣了建御雷神到出云国，大国主神和两个儿子才同意把自己的国土交给天照大神的后代治理。天照大神派遣天孙"天迩岐志国迩岐志天津日高日子番能迩迩艺命"（能使大地丰饶稻穗丰硕的、太阳在天空高照的日神之子）下凡治理国土，太阳神高御产巢日神是迩迩艺命的

---

① ［英］弗雷泽（Frazer, J.G.）:《金枝》，徐育新等译，大众文艺出版社，1998年，第132页。
② ［日］大伴家持著，高木市之助校注:《万叶集》（一），岩波书店，1957年，第200页。
③ ［日］大伴家持著，高木市之助校注:《万叶集》（四），岩波书店，1962年，第130页。

外祖父，天照大神是其祖母。天孙的由来无非是为了强调日本天皇统治的正统性，是皇权神授思想的体现。

日本的"生国神话"、天孙下凡神话与天皇氏族的领土扩张有关。日本在五六世纪时形成了统一的大和朝廷，征服了各地的豪族，皇室企图以神话的方式告诉臣民，日本诸岛都是天皇的祖先伊邪那岐、伊邪那美夫妇神生下来的，是天孙迩迩艺命及其孙子神武天皇打下来的江山，以此来确立皇室的权威，这也符合《古事记》"邦家之经纬，王化之鸿基"的编纂目的。

二、太阳神的神格

从福冈市的板付遗址、佐贺县唐津市的菜畑遗址、冈山市的津岛江道遗址来看，日本水稻农耕起源于绳文时代（前 12000—前 300 年）末期或弥生时代（前 300—300 年）初期。稻作农耕把日本人固定在土地上，使日本人开始崇拜能给农作物带来丰收的太阳神。日本早期的太阳神只是自然神，它被日本各农耕部落所信仰，不同氏族有不同的太阳神，原先的太阳神不仅仅是天皇氏族的祖先神，它经历了从自然神向动物神再向天照大神的神格升华。

太阳神信仰被统一到天照大神信仰之前，日本曾有过以乌鸦、猴子、蛇等动物为标志的太阳神信仰。首先，古代日本的太阳神与乌鸦有关，"记纪神话"中说，神武天皇东征时，高皇产灵尊（"高御产巢日神"）派曾孙贺茂建角身命的化身"八咫乌"带路，打败了敌人。这只"八咫乌"是太阳神的使者，体形巨大，它可能受到中国的三足乌神话的影响。在日本承平年间（931—938 年）成书的辞典《和名类聚抄》中提到"《历天记》云，日中有三足乌，赤色，今案文选谓之阳乌，日本记谓之头八咫乌"。现在《历天记》虽已失传,但从《和名类聚抄》的解释来看,10世纪前半叶的日本文化界已经把三足乌等同于阳乌、八咫乌了。

古代日本的太阳神还与猿猴有关,在"记纪神话"中,猿田彦是迎接天孙下凡的神,他能照亮天地间,我们可以把猿田彦理解为伊势地区原始的太阳神。他鼻子长7尺,是天狗的原形。天孙下凡后,猿田彦隐身到伊势,把太阳神的地位交给了天孙。伊势大神在雄略天皇(456—479年在位)至用明天皇(585—587年在位)时期作为太阳神由天皇家族的女性负责祭祀。伊势位于大和朝廷的东边,是太阳升起的圣地。随着天皇氏族对伊势地区的控制,伊势本土信仰的太阳神与天皇氏族信仰的天照大神合二为一了。

根据"记纪神话"中的三轮山传说,奈良盆地东南方三轮山的山神是名叫大国主神的蛇神。又据《日本书纪》记载,大己贵命(大国主神的别名)在治理国土时,有一神灵从海上浮出,"神光照海",该神灵是大己贵命的"幸魂、奇魂",后被祭祀在三轮山上。[①] 据此,我们可以认为,太阳从海面升起,照亮大海,三轮山是祭祀太阳神的神山。因为三轮山是蛇神的神体,所以,蛇神与太阳神也有一定的关系。

据《古事记》"序"记载,以大和地区为中心的天皇氏族统一日本后,天武天皇认为流传在诸家的帝纪和本辞"既违正实,多加虚伪",为了"邦加之经纬,王化之鸿基",天武天皇命太安万侣重新撰录了《古事记》,从而使各氏族中流传的作为自然神的太阳神统一为天皇氏族的祖先神,天照大神成为日本皇室的太阳神,得到崇拜。

为了赋予天皇的权威以神圣性和绝对性,日本皇室还从神代谱系

---

① [日] 舍人亲王著,小岛宪之、直木孝次郎等校注:《日本书纪》,小学馆,1994年,第131页。

中寻找天皇氏族出身的神圣性。根据"记纪神话"记载，天照大神的儿子和高御产巢日神的女儿结婚，生下天孙番能迩迩艺命，天照大神派孙子从高天原下凡来人间统治日本，天孙下凡后与山神的女儿木花之佐久夜比卖结婚，生下火远理命（别名"山幸彦"），火远理命与海神的女儿丰玉姬结婚，其孙子神倭伊波礼毗古命成为日本第一代天皇（神武天皇）。这样，太阳神与王权发生了联系，强化了天皇统治的正统性。

由上可知，日本的太阳神原先只是一尊自然神，其神格并不高贵，后来演化为三足乌、猴子、蛇等动物神，最后与王权结合，成为君临于诸神之上的天皇氏族的祖先神。

三、太阳神与祭司

李子贤指出，活形态神话是"与信仰体系、祭仪系统、生产生活方式、文化心理等融为一体，存活于特定的文化语境中并发挥着某种功能的神话"[①]。惠嘉论述了神话与宗教的同质性，指出"人们对宗教的信仰建立在神话之上，教义以神话为载体，仪式以神话为指南，宗教要发挥道德功能须以人们对神话的信仰为前提"[②]。日本神话在被记录为文献之前是与信仰体系、祭仪系统相关的活形态口承神话，日本宫廷中曾有专门祭祀太阳神的祭司，例如，577年敏达天皇设立日祀部，684年9月天武天皇给财日奉造赐姓"日连"。

天照大神也被称为"比留女、日女"，这是"日之女"之意，即

[①] 李子贤：《再探神话王国》，云南人民出版社，2016年，第13页。
[②] 惠嘉：《神话与宗教的同质性：马林诺夫斯基的神话观》，《民族文学研究》2016年第6期。

祭祀太阳神的巫女、太阳神之妻。高御产巢日神、神产巢日神本来或许是男性的，或许是无性的神，后来祭祀该神的女巫与太阳神被看成是同一神体，太阳神才逐渐被认为是女性。柿本人麻吕在《万叶集》第二卷第167首和歌中称其为"天照日女"，《日本书纪》一书曰称天照大神为"天照大日孁尊"，而这"孁"字，据《说文解字》记载，意为尊贵的女性。我们从中可见太阳神是在向天照大神的演化过程中被女性化的。

太阳神祭司的祭具有珠玉、镜、剑。伊邪那岐命生下天照大神后，赐给她御颈珠，托其掌管高天原的祭政。御颈珠是日本巫师主持祭祀仪式时挂在脖子上的玉串祭具，是巫女资格的象征。镜、玉在引诱太阳从"天之岩户"里出来时发挥了重要作用。日本皇室的三件神器都是祭器。祭祀天照大神的神明神社遍布日本各地，其总社是伊势神宫的内宫，即皇大神宫，其神体是八咫镜。

天照大神的原型与《三国志·魏书》中记载的女巫卑弥呼颇为相似。如果说卑弥呼是天照大神的原型，那么其宗女壹与是思兼神，攻击邪马台国的狗奴国男王是须佐之男命。从《三国志·魏书》中可知，卑弥呼"事鬼道"，拥有"婢千人"的祭祀集团，政令由一男子传达，并由其弟辅佐治理国家。"自为王以来，少有见者"。这说明卑弥呼扮演着隐形王的角色，主要在王宫内从事神圣的鬼道。而宫外的世俗性的政事委托给其弟去做。这是一个祭政一体化的王权。卑弥呼与狗奴国的男王卑弥弓呼素不和。在狗奴国的攻击下，卑弥呼求救于魏，魏派张政等去调停。在国家生死存亡的危急关头，卑弥呼不幸去世，"更立男王，国中不服，更相诛杀"。在魏的扶植下，卑弥呼宗女壹与继位，成为部落联盟的首领。

"天之岩户"神话与新女巫思兼神的诞生仪式有关。在《古事记》

中，思兼神主持了天照大神从岩洞中复出的仪式，这表明思兼神是祭祀太阳神的女巫。思兼神率领所谓的八百万神在巫术祭仪中不仅重新唤出了太阳神，还对须佐之男命作了罚款的决定（拿出千台赎罪的物品），实施了体刑（拔掉手指甲和脚指甲）和流放刑（驱逐出高天原，流放到出云国）。

在母系社会，妇女掌管着祖先祭祀权，卑弥呼创立的由姐妹掌管祭祀，兄弟掌管行政的祭政一体化王权后来在日本得到了继承。自天武天皇至后醍醐天皇（1318—1339年在位）时期，日本在新天皇即位时，要通过占卜决定一位未婚的、天皇的姐妹或女儿去伊势神宫当终身祭司，为国家、皇室举行重大的祭祀活动，平时住斋宫，深居简出。

四、太阳神与稻作民族

太阳神是以太阳为崇拜对象并把它神格化的产物。从《古事记》来看，天照大神的工作只是在神田中种稻，用收获的稻谷在新尝祭上祭神；在神殿中织神衣；与弟神巫咒生子；命令孙子迩迩艺命带着稻种下凡统治人世。

日本的尸体化生神话体现了太阳神与稻作民族的关系，稻种是由被杀的女神化生而成，天照大神获得化生的稻种后，又把它赐给天孙，带给人类。日本的尸体化生神话中，行凶杀神者须佐之男命、月夜见神是象征黑暗的邪神，女神被杀是象征光明的太阳神系神话与象征黑暗的出云神话间的斗争。斗争的结果，天照大神从被须佐之男命杀死的保食神的化生物中获得稻种，神产灵日神从被月夜见神杀死的大气津比卖的化生物中获得稻种。而高天原神话讲述天孙迩迩艺命降临人间时，从高天原带来稻穗，这又说明稻种来自天上。保食神在被杀前，曾从自己的口中吐出米饭,这说明在保食神死后"腹中生稻"前就已有稻子,尸体化生并非稻作的最早起源。由此可见,日本神话中稻种的来源有4处,即尸体化生说(2处)、天上降临说(1处)和口中分泌物(1处),这也许说明了日本的稻种是在不同时期从不同地方传入的。

日本自古以来被称为"丰苇原的瑞穗之国",芦苇茂盛的河口低湿地带是日本先民首先开拓经营的地带。据《古事记》记载,天地初分时,"世界尚幼稚,如浮脂然,如水母然,漂浮不定之时,有物如芦苇萌长,便化为神,名曰宇麻志阿斯诃备比古迟神"[①]。宇麻志阿斯诃备比古迟神因芦苇而得名。日本第一代天皇神武天皇在迎接皇后伊须气余理比卖入宫时作的歌说:"在芦苇茂盛的苇原小屋里,铺着清洁的菅草席,我俩曾在那里共眠呀。"这说明该神话的发生地是河口或河边的长着芦苇的低湿地带,那里是稻作民族的水田开发地。

神世七代之神名反映了日本早期农耕民的村落建设情况,说明日本在天地初分之后岛屿生成之前先有村落建设神话。神世七代之神是:第一代国之常立神,司地之四极,是大地守护神;第二代丰云野神是泥沼神。这两代神是独身神。第三代宇比地迩神和妹须比迩神是偶身神,前者是泥土神,后者是沙土神。第四代角杙神和活杙神是偶身神,前者是木桩神,后者是板桩神。第五代意富斗能地神和大斗乃辨神是偶身神,前者是粮仓神,后者是住宅神。第六代淤母陀琉神和阿夜诃志古泥神是偶身神,前者是面足尊,掌管容貌,后者象征思想意识。第七代伊邪那岐神和伊邪那美神是兄妹始祖神,生下了日本诸岛和众多的自然神。这里反映了日本先民最先开拓了低湿的芦苇地带,在那里

---

① [日]安万侣:《古事记》,周作人译,中国对外翻译出版公司,2001年,第3页。

打桩建房，兴修水利。福冈市板付遗址和静冈市的登吕遗址都是日本弥生时代的稻作遗址，那里出土了大量用来保持泥土的杉树桩和板桩、干栏式粮仓和住宅遗址。这是弥生时期村落的风景，也是高天原神田的风景。

日本在公元前3世纪进入以稻作文化为代表的弥生时代，稻作民族盼望着风调雨顺，崇拜太阳，因为太阳神被崇敬为天皇氏族的祖先神，所以，太阳神是稻作民族的守护神，虽然神话典籍中有许多太阳神的名号，也有许多太阳神的孩子，但日本人一般不像中国人那样认为天上有多余的太阳，需要把它射掉。

结　语

通过上述分析可知，在《古事记》《日本书纪》等文献神话成书之前，太阳神神话流传于日本各部落之间，其原始形态与自然神、动物神有关。天皇氏族在统一日本的过程中，为了确立皇室的正统性，通过编撰神话文本，统一了以天皇氏族神话为核心的神话系统，把原先各氏族的活形态神话变为被固定的神话文本，把太阳神升格为皇室的祖先神，在宫中、伊势设立专门的女性祭司，而该祭司死后又升格为自己原先所祭祀的天照大神。

月中蟾蜍地位衰落的原因探析

陈慢慢 *

两汉时期，先民关于月中有物（蟾蜍、桂树、兔子）的观念较为普遍，它们的形象直观地呈现在许多墓室的画像之上。这些具有丧葬功用的画像不仅同当时的丧葬礼制紧密结合起来，更迎合了世俗大众的需求与爱好。刘惠萍认为天文知识的不足可能并非当时人以蟾、兔、桂神话来表现月形象的主要因素，而是普通民众对天文的认识是熟悉而陌生的，工匠们在创作之际选择了一种人人皆知的方式来呈现。[①]那么，有理由认为月亮画像中的某一形象的增添或删减的背后，能体现出不同时代里人们对这一形象的态度转变。

蟾蜍不仅是两汉时期刻画月亮必不可少的形象，而且其占据月轮的大部分比例面积，足见人们对月中有蟾蜍神话的普遍认可。闻一多曾考证古人对月中阴影的解释，"言蟾蜍者莫早于《淮南》，两言蟾

---

* 作者简介：陈慢慢，贵州安顺人，云南大学文学院民俗学硕士。

① 参见刘惠萍：《图像与神话：日月神话研究》，陕西师范大学出版社，2019年，第193–195页。

蛛与兔者不早于刘向，单言兔者莫早于诸纬书"①。首先出现的是蟾蜍，其次蟾兔并举，最后才是兔。笔者在收集月亮画像的时候发现，除去仅以简单的圆形或月牙形表现月亮的画像，但凡月中可以明显看出有物体的图案，在两汉之际蟾蜍是较之桂树、玉兔最为重要、最为稳定的刻画形象（图1）②。而在南朝时期江苏丹阳金王陈村所出土的画像石上，月中清晰可见有桂树和捣药兔，唯不见蟾蜍（图2）③。到了晚唐时期，莫高窟第145窟《如意轮观音经变》图中，月中仅有桂树（图3）④。明代《性命圭旨》的版画《日乌月兔图》中，月中仅有捣药兔（图4）⑤。相应的是唐以后诸文献多言月中有玉兔，虽然出现了许多用蟾蜍指代月亮的词语，但鲜有直言月中有蟾蜍的记载。结合图像与文献记载，笔者力图探寻月中蟾蜍由"必不可少"的重要角色转变为"隐而不见"的原因。

一、蟾蜍丑陋和聒噪的特征

我们今天所用的表示青蛙和蟾蜍等蛙类的统称词汇"蛤蟆"，古代通行写法为"蝦蟇""蝦蟆""虾蟆"。古代虽有专门的"蟾蜍"一词，

---

① 《闻一多全集》第2册，生活·读书·新知三联书店，1982年，第330页。
② 图1来源于熊传薪、游振群主编：《长沙马王堆汉墓》，生活·读书·新知三联书店，2006年，第56页。更多月画像材料参见文末附表1。
③ 图2来源于《中国画像砖全集》编辑委员会编：《全国其他地区画像砖》，四川美术出版社，2005年，第8页。
④ 图3来源于敦煌研究院主编：《敦煌石窟全集》第10册，商务印书馆，2003年，第132页。
⑤ 图4来源于〔明〕尹真人弟子撰：《性命圭旨》，上海古籍出版社，1989年，第62页。

图 1 西汉初期 湖南长沙马王堆 1 号墓帛画

图 2 南朝 江苏丹阳金王陈村画像砖

图 3 晚唐 莫高窟第 145 窟东壁门北《如意轮观音经变》右上方

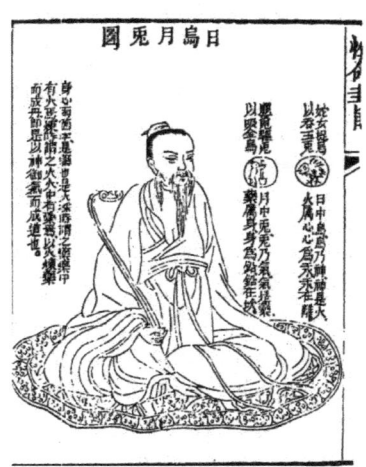

图 4 明代《日乌月兔图》

其同义异形词为"蟾蜍""詹诸""戚施"等,但文献中虾蟆意即蟾蜍的情况多见。正如《神农本草经》中认为"虾蟆"与"蟾蜍"为一物,明代缪希雍作疏云:"蟾蜍,盖古人通称蟾为虾蟆耳,经文虽名虾蟆,其用实则蟾蜍也。"①

蟾蜍区别于青蛙的最大特征在于其背上有许多的疙瘩,故现代汉语方言词汇中多用"癞蛤蟆"来指称蟾蜍。②"癞"的外形特征使得蟾蜍难以招人喜欢,《诗经·邶风·新台》中,用蟾蜍来形容苍老而又不知耻的卫宣公。《太平御览》引《韩诗外传》中薛君之言"戚施,蟾蜍,喻丑恶"③,明代杨慎解释说:"蟾蜍形大,背上多痱磊,行极迟缓,不能跳跃,亦不能解鸣,多在湿处,故诗人以况宣公,老而无耻之状。"④

蟾蜍不仅貌丑,更令人恼的是它聒噪的声音。《太平御览》引墨子之言,"蝦蟆蛙黾日夜恒鸣,口干舌擗,然而不听"⑤。蟾蜍等蛙类

---

① 〔明〕缪希雍撰:《神农本草经疏》,《影印文渊阁四库全书》第775册,台湾:商务印书馆,1983年,第784页。《神农本草经》成书于汉代,为目前可知最早的药学著作。《尔雅·释鱼》也说"鼃黾,蟾蠩,在水中黾。"李时珍《本草纲目》将蟾蜍与蛤蟆分类,但没有蛤蟆的入药情况介绍。

② 参见陈章太、李行健:《普通话基础方言基本词汇集》,语文出版社,1996年,第3779页。

③ 〔宋〕李昉、徐铉等编:《太平御览》卷九四九,中华书局,1960年,第1页。薛君指薛汉父子,两代相继完成《韩诗章句》,东汉之际《韩诗》薛派的影响力极大,此书广泛流传。参见马昕:《〈韩诗薛君章句〉成书、流传及亡佚考》,《中国典籍与文化》2012年第2期。

④ 〔明〕何楷撰:《诗经世本古义》,《影印文渊阁四库全书》第81册,台湾:商务印书馆,1983年,第703页。

⑤ 〔宋〕李昉、徐铉等编:《太平御览》卷三百九十,中华书局,1960年,第5页。

能整日地鸣叫,它们弄得自己口干舌燥,却没有太多的听众,以此比喻多言无益。韩愈说"蛙黾鸣无谓,阁阁只乱人"①,他于《答柳州食虾蟆》一诗中甚至形容蟾蜍等的鸣叫,"沸耳作惊爆"②,如燃放爆竹般喧嚣。实际上,早在《周礼》中便设置了专门的职官"蝈氏",通过"焚牡菊,以灰洒之"的方法驱赶蟾蜍一类的动物。③故而韩愈说"鸣声相呼和,无理只取闹。周公所不堪,洒灰垂典教"④,周公也不堪忍受蟾蜍等的聒噪声音,决心设官治之。《尔雅翼》亦解释设置"蝈氏"这一官职的原因为"蝈与耿黾尤怒鸣,为聒人耳,去之"⑤。

二、蟾蜍食月观的影响

月中有蟾蜍,月食发生之际,蟾蜍自然就会成为被"问责"的对象。《史记·龟策列传》引孔子言"月为刑而相佐,见食于虾蟆"⑥。《淮南子·说林训》记载"月照天下,蚀于詹诸",东汉高诱注曰:"詹诸,月中虾蟆,食月,故曰食于詹诸"。⑦五行观念下,月亮的运行规律又

---

① 〔唐〕韩愈撰,〔南宋〕魏仲举集注:《五百家注昌黎文集》,《影印文渊阁四库全书》第1074册,台湾:商务印书馆,1983年,第150页。

② 同上书,第139页。

③ 〔清〕孙诒让正义:《周礼正义》第12册,中华书局,1987年,第2935页。

④ 韩愈《答柳州食虾蟆》中的诗句,前已有脚注说明出处。

⑤ 〔宋〕罗愿撰,〔元〕洪焱祖音释:《尔雅翼》,《影印文渊阁四库全书》第222册,台湾:商务印书馆,1983年,第499页。

⑥ 〔西汉〕司马迁撰,〔汉〕褚少孙补:《史记》第10册,中华书局,1959年,第3237页。

⑦ 〔汉〕刘安等编,刘文典集解:《淮南鸿烈集解》,中华书局,1989年,第672页。

与"妃后大臣诸侯"之类人物的举止脱离不了关系。《汉书》李寻上疏云:"月者,众阴之长……妃后大臣诸侯之象也"①,《乙巳占》曰:"月出非其所,行非其路,皆女主失行,奸通内外阴谋,小国兵强,中国民饥,下欲僭权矣。"②所以月食发生之际正是君王进行修刑之事的好时机,《管子·四时》曰:"月掌阴""阴为刑""月食则失刑之国恶之",故而"月食则修刑"。③也正是如此,月食这一天文现象可成为政治利用的工具。月中不见蟾蜍预示着人间治理的混乱,还会带来严重的水灾。《唐开元占经》引《河图》曰:"蟾蜍去月,天下大乱。"④隋朝著名术士萧吉《五行大义》"论政治"中有"蟾蜍去月,民多溺死,常雨为害,皆水之忧也"⑤。故而,不仅蟾蜍出现人间能成为一项政治事件,预示兵事将起或政权的更迭,同时蟾蜍也能成为蛊惑君王、扰乱朝廷等小人的喻体,于诗词中运用,以表达政治讽喻的态度。

《后汉纪》记载汉光武帝时期,大臣彭宠听到堂中炉火之下传来虾蟆声,凿地掘出,卜筮者言"兵当从中起"⑥。成书稍晚的《后汉书》则称彭宠多见"怪变",请来的卜筮者、望气者说"兵当从中起"。史书并未明言彭宠所见之怪具体为何事,但引《东观汉记》"宠堂上闻虾蟆声在火炉下,凿地求之,不得"之句,暗示为闻虾蟆声之事,

---

① 〔汉〕班固撰:《汉书》第10册,中华书局,1963年,第3185页。
② 〔唐〕李淳风撰,〔清〕陆心源校:《乙巳占》卷二,《丛书集成初编》第711册,中华书局,1985年,第27页。
③ 黎翔凤:《管子校注》,中华书局,2004年,第855页。
④ 〔唐〕瞿昙悉达撰:《唐开元占经》,《影印文渊阁四库全书》第807册,台湾:商务印书馆,1983年,第270页。
⑤ 〔隋〕萧吉撰:《五行大义》卷四,《丛书集成初编》第696册,中华书局,1985年,第87页。
⑥ 〔晋〕袁宏撰,张烈点校:《后汉纪》卷五,中华书局,2017年,第76页。

并将其与兵事联系起来。① 《隋书》中隋文帝想要废除太子，便请来当时的术士萧吉，利用虾蟆出现之事大做文章。"于时至寒，有虾蟆从西南来入人门，升赤帝坐，还从人门而出，行数步忽然不见，（萧吉）又上言'太子当不安位'，时上阴欲废立，得其言是之。"② 唐僖宗时期，"里人王仙芝、尚君长聚盗，起于濮阳，攻剽城邑，陷曹、濮及郓州"。先有谣言云："金色虾蟆争努眼，翻却曹州天下反"，虾蟆大睁怒眼就预示造反之事将起。③ 在野者利用蟾蜍食月的神话，篡权夺位，以达到将反叛现有政权的活动合法化的目的。

唐代李白《古风》诗曰："蟾蜍薄太清，蚀此瑶台月。圆光亏中天，金魄遂沦没。"④ 蟾蜍食月，月光就会沦没，万物处于一片黑暗之中。关于此诗主旨的解读，杨齐贤、胡震亨等人谓为讽喻唐玄宗宠武妃而废除王皇后之事。蟾蜍喻指帝王身边的后宫媚主、奸佞之臣，寄寓诗人对时局和国事的长远担忧。可与此诗并读者，有《古朗月行》"蟾蜍蚀月影，大明夜已残。羿昔落九乌，天人清且安。阴精此沦惑，去去不足观。忧来其如何，凄怆摧心肝"⑤。杜甫《奉同郭给事汤东灵湫作》诗曰："坡陀金虾蟆，出见盖有由。至尊顾之笑，王母不遣收。复归虚无底，化作长黄虬。"金虾蟆从不平坦的山坡上出现，总归是要有缘由的。皇帝看着它欢笑起来，西王母却不肯将它收回去。一旦

---

① 〔南朝〕范晔等撰，〔唐〕李贤等注：《后汉书》第 2 册，中华书局，1965 年，第 504–505 页。《东观汉记》今可见为清人辑本，在《后汉书》问世之前影响较大，与《史记》《汉书》并称"三史"，多有传诵研习。

② 〔唐〕魏征、〔唐〕令狐德棻撰：《隋书》第 6 册，中华书局，1973 年，第 1776 页。

③ 〔五代〕刘昫撰：《旧唐书》第 16 册，中华书局，1975 年，第 5391 页。

④ 〔清〕彭定求等编：《全唐诗》，中华书局，1999 年，第 1697 页。

⑤ 同上书，第 2263 页。

虾蟆返回无底的深渊，就会化成长长的黄色无角龙。清代仇兆鳌为此诗作注时云："禄山反，在天宝十四载十一月。此诗当是其年十月作。此时反信未至，而逆迹已萌，观篇中虾蟆长虹可见。"[①]将安禄山比喻为金虾蟆，预示其逆反之事。

三、美化嫦娥的需要

《淮南子·览冥训》篇末"譬若羿请不死之药于西王母，姮娥窃以奔月，怅然有丧，无以续之"[②]，记载嫦娥"窃药"和"奔月"两大主要情节。《后汉书·天文志》注引张衡《灵宪》曰："羿请无死之药于西王母，姮娥窃之以奔月。将往，枚筮之于有黄，有黄占之曰：'吉。翩翩归妹，独将西行，逢天晦芒，毋惊毋恐，后其大昌。'姮娥遂托身于月，是为蟾蜍。"[③]可见东汉之际已有嫦娥窃药奔月，并化为蟾蜍的说法。尽管文献上早有嫦娥同月亮联系起来的记录，但嫦娥栖居于月宫的最直观的画像材料，直到唐代月宫镜才得以呈现（图5）[④]，足

---

① 〔唐〕杜甫撰，〔清〕仇兆鳌注：《杜诗详注》，《影印文渊阁四库全书》第1070册，台湾：商务印书馆，1983年，第207页。

② 〔汉〕刘安等编，刘文典集解：《淮南鸿烈集解》，中华书局，1989年，第217页。

③ 〔晋〕司马彪撰，〔南朝〕刘昭注：《后汉书志》，《后汉书》第11册，中华书局，1965年，第3216页。亦可见于〔清〕严可均辑：《全上古三代秦汉三国六朝文》卷五五，中华书局，1958年，第777页。姮娥，汉人为避文帝刘恒之讳，后世改恒为常，改姮为嫦。

④ 此类集蟾蜍、桂树、捣药兔、嫦娥四元素为一体的镜子称为月宫镜，图5之镜出土于浙江江山市。图5来源于孔祥星、刘一曼：《中国铜镜图典》，文物出版社，1992年，第624页。

图 5　唐代月宫镜

以想见唐人对嫦娥的喜爱之情。

当我们去追问图像何以如此呈现的时候,我们会注意到东汉许慎为《淮南子》作注时称"常娥,羿妻也。逃月中。盖虚上夫人是也"①。高诱则注曰:"姮娥盗食之,得仙,奔入月中,为月精也。"②两者的认识基础皆是视嫦娥为与月有关的神人或仙人。欲要进一步美化嫦娥,赋予其美艳的外貌特征,化蟾说就会显得不合时宜。正如茅盾所说,"'文雅'的后代人不能满意于祖先的原始思想而又热爱此等流传于民间的故事,因而依着他们当时的流行信仰,剥落了原始的犷野的面目,

---

①〔南朝〕萧统编,〔唐〕李善注,〔清〕程琰删补,穆克宏点校:《文选》,上海古籍出版社,1986年,第1022—1023页。

②〔汉〕刘安等编,刘文典集解:《淮南鸿烈集解》,中华书局,1989年,第217页。

给披上了绮丽的衣裳。"①

　　为嫦娥织就绮丽衣裳，亦即美化嫦娥，方法有两种：一是塑造嫦娥美艳的特征；二是为嫦娥寻找代罚之人。秦汉古籍中的嫦娥能确定为女性，但并未提及其貌美的特征，晋之后嫦娥则成为美的化身。东晋郭璞有诗："翩翩寻灵娥，眇然上奔月。"②将嫦娥称为灵娥，奔月时的体态翩翩。南朝宋颜延之《为织女赠牵牛诗》曰："婺女俪经星，姮娥栖飞月。惭无二媛灵，托身待天阙。"③婺女指织女。媛，指称美女。织女和嫦娥都属于美女之列。编纂于南朝陈之时的《玉台新咏》载："金星与婺女争华，麝月共嫦娥竞爽。"④嫦娥在皎洁的月光的映照下，美丽动人。南朝宋之时谢庄《月赋》说嫦娥"引玄兔于帝台，集素娥于后庭"⑤。嫦娥的地位有所提高，素娥似嫦娥管理下的一众仙女。唐人想象中的月宫以白色为主调，其上也有仙女素娥。旧题柳宗元撰《龙城录》"明皇梦游广寒宫"，月宫中"素娥十余人，皆皓衣乘白鸾，往来笑舞于广陵大桂树之下"。⑥嫦娥所管理的仙女尚且如此美丽，嫦娥尤甚。李商隐高度赞赏嫦娥的美貌，"姮娥无粉黛，只是逗婵娟"⑦。后世将玉兔而不是蟾蜍视为嫦娥的宠物，也更符合嫦娥的美貌特征。

---

①　茅盾：《中国神话研究初探》，上海古籍出版社，2011年，第29页。
②　逯钦立辑校：《先秦汉魏晋南北朝诗》，中华书局，1983年，第869页。
③　同上书，第1236页。
④　〔南朝〕徐陵编纂，〔清〕吴兆宜笺注：《玉台新咏笺注》，中华书局，2017年，序第2页。
⑤　〔南朝〕萧统编，〔唐〕李善注，〔清〕程琰删补，穆克宏点校：《文选》，上海古籍出版社，1986年，第600页。
⑥　〔唐〕刘肃等撰，恒鹤等校点：《大唐新语》（外五种），上海古籍出版社，2012年，第123页。
⑦　〔清〕彭定求等编：《全唐诗》，中华书局，1999年，第6216页。

在塑造了嫦娥外貌之后,还需要将受罚情节转换到新出人物吴刚的身上,嫦娥变为蟾蜍之事基本无人再提。唐人段成式《酉阳杂俎》卷一《天咫》中有记:"旧言月中有桂,有蟾蜍。故异书言,月桂高五百丈,下有一人,常斫之,树创随合。人姓吴,名刚,西河人,学仙有过,谪令伐树。"①吴刚出现之前"月中有桂",吴刚所伐之桂树"随创愈合",同月宫作为不死之地的特征相契合。为增加此说的可靠性,吴刚的姓名籍贯等基本信息明确,受罚原因"学仙有过"也设计得有板有眼。吴刚之信息愈全面,唐人欲为嫦娥脱罪之心愈昭然,足见唐人对嫦娥的偏爱。明代周游《开辟衍义通俗志传》写嫦娥在丈夫羿的教唆下吞食不死药,升仙之际羿紧揽其衣,结果却是:"妻为嫦娥,羿为蟾蜍。"②化蟾的角色不是嫦娥,反倒成了羿。

四、佛教艺术的嫁接

东汉末年佛教传入我国,魏晋之际已发展成为占主导力量的宗教。永平十三年(70年),楚王英被贬江苏丹阳,因此佛教流布江南地区。③汉末丹阳人笮融在徐州、广陵大修佛寺。丹阳为楚王英被贬之地、笮融出生之地,可推知丹阳当地的佛教信仰氛围浓厚。佛教典籍中多有降伏虾蟆的记载,如东晋鸠摩罗什等人翻译《十诵律》中有:"善男子莎伽陀今能折服虾蟆不?答言不能,世尊。佛言:'如是过罪,若

---

① 〔唐〕段成式撰,许逸民校笺:《酉阳杂俎校笺》第1册,中华书局,2015年,第85页。
② 〔明〕周游撰:《开辟衍义通俗志传》第四十回,《古本小说集成》第四辑,第110册,上海古籍出版社,第287页。
③ 参见汤用彤:《汉魏两晋南北朝佛教史》,武汉大学出版社,2008年,第56页。

过是罪。皆由饮酒故。从今日，若言我是佛弟子者，不得饮酒。'"①人在酒的作用下连虾蟆都降伏不了，所以佛教戒律中有戒酒一条。差不多时期的法显等人译《摩诃僧祇律》，其中有谈道："比丘本能降伏恶龙，今者能降虾蟆不？答言：不能。佛言：'设使菴婆罗龙闻者，生其不乐，从今日后不听饮酒。'"②所述内容大致相当，虾蟆是降伏的对象，此举的认知基础是视虾蟆为恶物。《摩诃僧祇律》再度提到居士在舍中设供饭僧时，有六群比丘只管大张开嘴，等待居士的喂食。此事被世人讥笑为"何沙门释子如放逸人，如龟鳖虾蟆张口待食，此坏败人，有何道法？"③。当时人以虾蟆为喻体，来形容比丘们败坏道法的行为。元代德辉撰《敕修百丈清规》记载一场佛僧在月食之际进行的讽诵经咒的活动，咒词有"伏愿妖蟆灭迹，清光现大地。山河顾兔长生，万象纳到广寒宫殿"④。虾蟆的核心语素为蟆，⑤虾蟆可简称为蟆。直接称虾蟆为妖，并与月中的玉兔分属不同的阵营。联系南朝时期江苏丹阳所出土的月画像（图2）中，唯独没有蟾蜍的身影，可推测月画像中元素的删减情况可能受到了佛教的影响。

  佛教重视艺术，长于用图像传达教义，甘肃敦煌莫高窟便是佛教艺术的圣地。莫高窟有一类被称为日月宝珠的画像，就能很好地体现

---

① 〔晋〕鸠摩罗什等译：《十诵律》，《大正新修大藏经》第23册，经号1435，大正一切经刊行会，1962—1976年，第121页。

② 〔晋〕法显等译：《摩诃僧祇律》，《大正新修大藏经》第22册，经号1425，大正一切经刊行会，1962—1976年，第387页。

③ 同上书，第408页。

④ 〔元〕德辉：《敕修百丈清规》，《大正新修大藏经》第48册，经号2025，大正一切经刊行会，1962—1976年，第1115页。

⑤ 参见孙玉文：《异形同义词"虾蟆"和"蛤蟆"》，《语文研究》2019年第4期。

佛教艺术对中原传统丧葬艺术的嫁接。正如金荣华所说，"日月宝珠中之三足乌、白兔、桂树、蟾蜍，于佛典无所据，而屡见于先秦以来各家咏述，则显系取中国本土之神话为饰者也。是为中土日、月神话之衍绎。应是画工既误宝珠之为日月之象，欲增华饰，佛经无所据，乃以民间所熟悉之三足乌、桂树、白兔、蟾蜍加入"①。笔者认为佛教艺术的这种嫁接是有选择的，并非全盘接受，且存在一个发展和变化的过程。北魏神龟元年（518年），河南鹤壁石佛寺中有一幅《弥勒菩萨图》（图6）②，日月画像悬于菩萨头部位置偏上，日中绘有三足乌、月中绘有大大的蟾蜍。这一日月画像可看作两汉墓葬艺术的余绪，其中蟾蜍仍在月中占据重要的地位，足见当时之际中国传统月中有物神话的普遍性和佛教在中国化过程中不得不面对的对世俗画像的借用。

佛教有自己的日月画像，并有专门的日光菩萨和月光菩萨，甚至有罗睺吞月的神话。日光菩萨的图像通常为人乘五马，月光菩萨的图像通常为人乘五鹅（图7）③。即便有时马和鹅的形象辨识不清，或是用流云来代替，也可通过同类画像的相应的位置判断为日月。而当日光菩萨、月光菩萨与日中三足乌、月中蟾蜍等同处一画面之际，中国传统的日月画像被解释为日月宝珠，而非指日月天体。晚唐后此类日

---

① 金荣华：《敦煌多臂观世音菩萨画像所持日月宝珠之考察》，《大陆杂志》1982年第2期。转引自刘惠萍：《图像与神话：日月神话研究》，陕西师范大学出版社，2019年，第345页。

② 图6来源于中国画像石全集编辑委员会编：《中国画像石全集》第8册，河南美术出版社，2000年，第17页。

③ 图7来源于敦煌研究院主编：《敦煌石窟全集》第10册，香港：商务印书馆，2003年，第67页。

图6　北魏 河南鹤壁石佛寺《弥勒菩萨图》

月宝珠图广泛见于敦煌所绘菩萨像之上,从日月天体变为菩萨掌上所持之宝珠(图8)①,可推知佛教原有的日月神话逐渐占据上位。文献上有相应的记载,如唐代苏缚罗译《千光眼观自在菩萨秘密法经》言:"观自在菩萨为众生故,具足千臂,其眼亦尔……今略说四十手法,其四十手今分为五……二者调伏法用金刚部尊。是故有……宝剑手、宫殿手、金轮手、宝钵手、日摩尼手、月摩尼手。"②摩尼为梵语直译词,表示宝珠之义。观音菩萨手上持有日月宝珠,作调伏之用。与蟾蜍食月神话相对应,佛教中的食月之主为罗睺。《大庄严论经》载有:

---

① 图8来源于敦煌研究院主编:《敦煌石窟全集》第10册,第225页。
② 〔唐〕苏缚罗译:《千光眼观自在菩萨秘密法经》,《大正新修大藏经》第20册,经号1065,大正一切经刊行会,1962—1976年,第120页。

图 7 （中唐）日、月光菩萨图像（左为月光菩萨乘五鹅；右为日光菩萨乘五马）

"月入罗睺口……如罗睺罗吞食日月。"①唐代释湛然《法华文句记》也记载"月天子"向佛控诉罗睺"恼乱我"之事，佛向罗睺说偈言："月能照暗而清凉。是虚空中大灯明，其色白净有千光。汝莫吞月，疾放去。"②可见佛教原有一套属于自己系统的日月神话，将日中三足乌、月中蟾蜍等纳入自己的造像艺术，其无疑是出于便利宗教传播的考虑。

佛教借用中国传统图像的现象早被学者注意到，史苇湘发现敦煌莫高窟第 249 窟以东王公和西王母之形，表达帝释天和帝天妃之实。他还认为日月等在两汉之际早已被人格化、神化，因形象定型早，佛教在绘此类题材之际只能选用敦煌当地群众熟悉的画像。③刘惠萍进

---

① 马鸣菩萨撰，〔晋〕鸠摩罗什译：《大庄严论经》，《大正新修大藏经》第 4 册，经号 201，大正一切经刊行会，1962—1976 年，第 330 页。

② 〔唐〕释湛然：《法华文句记》，《大正新修大藏经》第 34 册，经号 1719，大正一切经刊行会，1962—1976 年，第 187 页。

③ 参见史苇湘：《敦煌佛教艺术产生的历史依据》，《敦煌研究》1981 年第 1 期。

图 8 （西夏）莫高窟第 30 窟东壁门北《千手千眼观音经变》

图 9 (宋代)莫高窟第 76 窟北壁中部《千手千眼观音经变》

一步认为敦煌日月画像并非只是一种假借,更是与佛教教义嫁接的结果。① 传统月画像中,月中有蟾蜍、桂树、兔子,蟾蜍为最重要的不可或缺的形象,桂树可能由芝草演化而来,兔子由奔兔变为捣药兔。而到了佛教画像中,月中的桂树占极大的画面比例,蟾蜍和兔子被省略或是比例极小(图 9)②。

刘惠萍认为桂树得到凸显的原因,在于它与佛教中的圣树"娑罗树"有关。③ 相传释迦牟尼出生于菩提树(一名"娑罗树")下④,他

---

① 参见刘惠萍:《图像与神话:日月神话研究》,陕西师范大学出版社,2019 年,第 348 页。

② 图 9 来源于敦煌研究院主编:《敦煌石窟全集》第 10 册,第 186 页。

③ 参见刘惠萍:《图像与神话:日月神话研究》,陕西师范大学出版社,2019 年,第 349 页。

④ 印顺法师:《印度之佛教》,《印顺法师佛学著作全集》第 13 卷,中华书局,2009 年,第 11 页。

又涅槃于此树下①。《封氏闻见记》载唐太宗时期远方来朝，其中有贡品"娑罗树，一名'菩提'，叶似白杨"②。那么桂树又怎么同"娑罗树"联系上呢？唐代话本《叶净能诗》记载唐明皇对月中之事好奇，让叶净能带领他游览月宫。"净能引皇帝直至娑罗树边看树，皇帝见其树，高下莫测其涯，枝条直覆三千大千世界。其叶颜色，不异白银，花如同云色。"③传统意义上月中之树只有桂树，而此处已经替换为娑罗树，或者已经将桂树称为娑罗树。南宋初洪迈《容斋随笔》称"世俗多指言月中桂为娑罗树"，他引用欧阳修《定力院七叶木》诗"伊洛多佳木，娑罗旧得名。常于佛家见，宜在月中生"④，以此证明世俗中娑罗树即为月桂的观点，并指出娑罗树是佛家所常见的。关于月中兔的神话，唐代开始形成月中兔为佛所化的故事，萧登福认为这是佛教受中原月兔神话的刺激使然。⑤《大唐西域记》讲述天帝降灵林中向正在修菩萨行的狐、兔、猿三动物乞食，狐狸衔来鲤鱼、猿猴摘来花果，唯有兔子一无所赠。"兔曰：'仁者，我身卑劣，所求难遂，敢以微躬，充此一餐。'辞毕入火，寻即致死。是时老夫复帝释身，除烬收骸，伤叹良久，谓狐、猿曰：'一何至此！吾感其心，不泯其迹，寄之月轮，

---

① "娑罗林，其树类：槲而皮青白，叶甚光润。四树甚高，如来寂灭之所也。"〔唐〕释玄奘译：《大唐西域记》，《大正新修大藏经》第51册，经号2087，大正一切经刊行会，1962—1976年，第903页。

② 〔唐〕封演撰，赵贞信校注：《封氏闻见记校注》，《唐宋史料笔记丛刊》，中华书局，2005年，第66页。

③ 潘重规编：《敦煌变文集新书》，文津出版社，1994年，第1112-1113页。

④ 〔宋〕洪迈撰：《容斋随笔》，上海古籍出版社，2015年，第388-389页。

⑤ 参见萧登福：《论佛教受中土道教的影响及佛经真伪》，《中华佛学学报》1996年第9期。

传乎后世。'故彼咸言,月中之兔,自斯而有。"① 兔子以火烧自身,只为饱他人之腹。天帝感动不已,将兔子的尸骨收起,送至月中以教众生,所以此后人世间有了月中兔的神话。唐代释玄应等撰《一切经音义》卷二十三,释道世撰《法苑珠林》卷三十八,均有这一故事的梗概。清代俞樾《茶香室丛钞》直接称"月中兔是佛化身",天帝将兔骸置月中的意图是"令地上众生见而发意",② 这类故事的目的显而易见是传播教义。月中有蟾蜍、玉兔、桂树,从佛教图像上看桂树之说得到发扬,从文献记载上看玉兔之说得到传承,唯有蟾蜍之说受到了抑制,根本原因也在于其与佛教教义不符。

综上所说,笔者认为佛教对传统日月画像的嫁接是有选择的。佛教自有日月神话的系统,故而日月画像仅指日月宝珠而非天体。月中桂树和月中玉兔之说得到传承和发扬,而蟾蜍"落寞"退场的可能原因是其与佛教教义的相悖。

结　语

从文献记载看,蟾蜍于月宫坠落,也有一个渐进式的过程。唐代封演《封氏闻见记》"月桂子"条载:"垂拱四年(688年)三月,月桂子降于台州临海县界,十余日乃止……月中云有蟾蜍、顾兔并桂树,相传如此,自昔未有亲见之者……桂子得下,蟾兔之类何能不落?"③

---

① 〔唐〕释玄奘译:《大唐西域记》,《大正新修大藏经》第51册,经号2087,大正一切经刊行会,1962—1976年,第907页。
② 〔清〕俞樾撰:《茶香室续钞》卷十七,中华书局,1995年,第789页。
③ 〔唐〕封演撰,赵贞信校注:《封氏闻见记校注》,《唐宋史料笔记丛刊》,中华书局,2005年,第67页。

一场持续多日的月桂子降落事件,让人联想到月中蟾兔是否也会坠落。段成式《酉阳杂俎·天咫》于"吴刚伐桂"之事后,再记月中降下金虾蟆事。"长庆中(821—824年),八月十五夜,有人玩月见林中光属天如匹布。其人寻视之,见一金背虾蟆,疑是月中者。工部员外郎张周封尝说此事,忘人姓名。"①"玩月"即赏月之义。段成式听闻此事亦为道听途说,但其置于"吴刚伐桂"之事后,关于月宫之事的想象又多一重。可蟾蜍毕竟是月宫之物,就算是降落人间,人们也要赋予其美好的意味。段成式《酉阳杂俎·喜兆》记载,李揆于拜相前在自己卧室中看到一只大如床的虾蟆。②张读《宣室志》亦载此事,但增添了李揆的客人之话。"客曰:'夫虾蟆者,月中之虫,亦天使也。今天使来公堂,岂非上帝以密命付公乎?'"③数日后,李揆果然如客所言得到升迁。《旧唐书·五行志》则称是"占者以为蝦蟆天使也,有福庆之事"④。月中蟾蜍降落被视为天使下凡,将给人们带来喜兆。

蟾蜍从月中坠落,原本为必不可少的刻画形象,后来却是消失或比例缩小。文献中的记载晚于图像的呈现,南朝时期佛教兴盛,目前可知最早的月中无蟾蜍的图像出现于江苏丹阳。蟾蜍从日月画像中删减的原因是基于蟾蜍丑陋和聒噪的特征,又受到汉代阴阳五行观念下的蟾蜍食月观的影响;唐代嫦娥进入月宫的系统之中,图像上呈现出四形象共存的画面。可毕竟嫦娥化蟾说影响了嫦娥的美化进程,于是蟾蜍逐渐消失情节的设置就会显得非常必要;从图像上看,蟾蜍在佛

---

① 〔唐〕段成式撰,许逸民校笺:《酉阳杂俎校笺》第1册,中华书局,2015年,第97页。
② 同上书,第472页。
③ 〔唐〕张读撰,张永钦、侯志明点校:《宣室志》,中华书局,1983年,第1页。
④ 〔五代〕刘昫撰:《旧唐书》第4册,中华书局,1975年,第1371页。

教中是被降伏的对象,佛教艺术的嫁接是有选择的,所以敦煌佛教所呈现的月中蟾蜍图像需要成倍地放大才能看清。文献中发现,蟾蜍的降落被解释为天使下凡可带来福分,足见传统月中蟾蜍神话的影响之深远。南宋以后,特别是金元之际的全真道教将刘海蟾推上北宗五祖的宝座,建构出其道宗谱系。民间将刘海蟾之名分离为"刘海"和"蟾",并演绎出"刘海戏蟾"的道教故事。刘海所戏之蟾为"三足蟾",此物只有月中有,非人间常见之四足蟾。蟾蜍的美好寓意再添祈财一条,体现出宗教的世俗化倾向。

附表1 唐前有关蟾蜍的画像(包括唐代)

序号	图像	年代	地点	画像特征	出处
1		西汉初期	湖南长沙马王堆1号墓	弯月之上,玉兔奔月,蟾蜍口衔芝草。弯月之下,一女子乘于飞龙之上托月。	《长沙马王堆汉墓》,生活·读书·新知三联书店,第56页。
2		西汉	山东临沂金雀山9号汉墓	月中有蟾蜍,日中有黑色的乌鸦。帛画破损严重,较之马王堆帛画简化,但人间生活场景更为丰富。尚可辨认。	《山东临沂金雀山9号汉墓发掘简报》,《文物》1977年第11期。

续表

序号	图像	年代	地点	画像特征	出处
3		西汉中期	河南洛阳卜千秋墓	圆月中绘有蟾蜍和桂树。蟾蜍身有墨绿黑斑,尾部似有线。桂树枝干明显。(报告中另附有简笔画,明显画了尾部。)	《洛阳卜千秋墓发掘简报》,《文物》1997年第9期。
4		西汉后期	河南洛阳浅井头西汉墓	圆月分内外圈,外粗内细。月中有奔兔和蟾蜍。蟾蜍有尾,似擎有一束禾草。(同墓有单独的蟾蜍砖画,未居月中,有更为明显的尾部。)	《洛阳浅井头西汉壁画墓发掘报告》,《文物》1993年第5期。
5		西汉后期	河南洛阳烧沟61号墓	月中有蟾蜍和奔兔。蟾蜍呈舞状,四肢点斑纹,有蝌蚪尾(此为线摹图)。	《洛阳西汉壁画墓发掘报告》,《考古学报》1964年第2期。
6		西汉后期	河南新安县磁涧镇里河村汉砖墓	一女子侧目视月,圆月中有蟾蜍、奔兔和三束藻草。蟾蜍有短尾(发掘报告中说是桂树)。	《洛阳博物馆新获几幅汉墓壁画》,《考古与文物》2006年第5期。
7		西汉后期	陕西西安交通大学西汉墓	月似乎分为两圈,中有蟾蜍及奔兔,两者所占画面比例相当。	《西安交通大学西汉壁画墓》西安交通大学出版社,1991年,附录第8页。

续表

序号	图像	年代	地点	画像特征	出处
8		西汉后期	河南唐河湖阳	月中蟾蜍侧蹲。	《中国画像石全集》(6),河南美术出版社,2000年,第21页。
9		新莽时期	河南洛阳尹屯新莽壁画墓	月中仅有蟾蜍,嘴阔,双目大瞪,四肢呈游泳状。	《洛阳考古集成·秦汉魏晋南北朝卷》(上),北京图书馆出版社,2007年,第580页。
10		新莽时期	江苏泗洪重岗汉画像石墓	月中有蟾蜍、桂树及玉兔。蟾蜍有细尾(发掘报告中说这是首次于汉画像中桂、兔、蟾三物集于一体,但兔的形象不清晰)。	《江苏泗洪重岗汉画象石墓》,《考古》1986年第7期。
11		新莽时期	甘肃武威磨嘴子23号汉墓	月中有蟾蜍和奔兔。蟾蜍形变夸张,突出嘴和两眼。	《河西出土汉晋绘画简述》,《文物》1978年第6期。
12		东汉初期	河南新安铁塔山	月中有蟾蜍、奔兔、桂树,三者看似没有互动关系。	《洛阳汉墓壁画》,文物出版社,1996年,第184页。

续表

序号	图像	年代	地点	画像特征	出处
13		东汉初期	山东枣庄西集镇	月中有蟾蜍、奔兔。蟾蜍嘴阔，双目大瞪。	《中国画像石全集》(2)，山东美术出版社，2000年，第136页。
14		东汉	河南南阳宛城区	左上方为汉画像常见的"金乌负日"图，一般负日，可此图中亦有蟾蜍之月轮。左下方为毕宿，中有玉兔。日月重叠在一起，表示日食现象。	《中国画像石全集》(6)，河南美术出版社，2000年，第131页。
15		东汉	河南南阳阮堂	左上方月轮中有玉兔奔、蟾蜍舞，下方为苍龙星座，另有星象七宿相辅。	《中国画像石全集》(6)，河南美术出版社，2000年，第85页。
16		东汉	河南南阳王寨	圆月内有蟾蜍，四肢伸展，无尾。上下均有六星连线，其中一星线旁甚至刻有方向相反的扫帚星。	《中国画像石全集》(6)，河南美术出版社，2000年，第120页。
17		东汉	河南南阳王庄	常羲人首蛇身，双手举月，脚踏云气。月中有蟾蜍，占月面的绝大部分比例。左上方三星相连，右下方二星相连。	《中国画像石全集》(6)，河南美术出版社，2000年，第125页。

续表

序号	图像	年代	地点	画像特征	出处
18		东汉	河南南阳西关	左圆月中有一四足蟾蜍，占圆内比例的一半。右有一女子高发髻、广袖衣，人首蛇身，正在追逐着月亮。	《中国画像石全集》（6），河南美术出版社，2000年，第168—169页。
19		东汉初期	山东嘉祥洪山村	此图为整体画面的最上层。蟾蜍立姿，双手持剑。其将上层图画分为左右两段。左段两持笏者跪坐于西王母左右，右端玉兔捣药、九尾狐佩剑。	《中国画像石全集》（2），山东美术出版社，2000年，第87页。
20		东汉中期	山东滕州桑村	西王母两侧有交尾的伏羲、女娲，右下方有俩有尾蟾蜍，正在合力抬钵。	《中国画像石全集》（2），山东美术出版社，2000年，第196页。
21		东汉中期	山东邹城高庄	月中有蟾蜍，蟾蜍有尾。月轮周围刻有双龙、朱雀、羽人、白虎等。	《中国画像石全集》（2），山东美术出版社，2000年，第72页。
22		东汉	山东临沂白庄	女娲执矩，腹部月轮内有蟾蜍和捣药兔。	《中国画像石全集》（3），山东美术出版社，2000年，第20页。

续表

序号	图像	年代	地点	画像特征	出处
23		东汉	山东泰安大汶口	月轮分内外两层，中有蟾蜍和捣药兔，占一框，另外一框绘有龙。	《中国画像石全集》(3)，山东美术出版社，2000年，第195页。
24		东汉后期	山东安丘董家庄	月无圆形外廓，中有蟾蜍和玉兔共持捣药杵。	《中国画像石全集》(1)，山东美术出版社，2000年，第113页。
25		东汉后期	山东滕州大康留	月中蟾蜍有尾巴，两眼瞪大，旁有捣药兔。	《中国画像石全集》(2)，山东美术出版社，2000年，第157页。
26		东汉后期	山东嘉祥宋山	蟾蜍同兔一道，为西王母捣药。	《中国画像石全集》(1)，山东美术出版社，2000年，第66页。
27		东汉后期	山东嘉祥宋山	西王母左侧下方，蟾蜍捧盒。	《中国画像石全集》(2)，山东美术出版社，2000年，第89页。
28		东汉后期	山东嘉祥宋山	东王公正坐中央，最左侧他的侍从在制作不死药。两兔捣药，蟾蜍为之抬钵。	《中国画像石全集》(2)，山东美术出版社，2000年，第91页。

续表

序号	图像	年代	地点	画像特征	出处
29		东汉	安徽淮北市博物馆	月中有蟾蜍、捣药兔。	《中国画像石全集》(4)，山东美术出版社，2000年，第145页。
30		东汉	安徽淮北	月轮中玉兔捣药，蟾蜍伏于一旁，蟾蜍有尾。	《中国画像石全集》(4)，山东美术出版社，2000年，第143页。
31		东汉晚期	陕西榆林大保当16号墓	月中有蟾蜍。	《陕西神木大保当汉彩绘画像石》，重庆出版社，2000年，第73页。
32		东汉晚期	陕西榆林大保当18号墓	月中蟾蜍有尾，蟾蜍身上有斑点。	《陕西神木大保当汉彩绘画像石》，重庆出版社，2000年，第99页。
33		东汉晚期	陕西榆林大保当24号墓	月中蟾蜍有尾，较之18号墓更为简化，蟾蜍身上无痱磊。	《陕西神木大保当汉彩绘画像石》，重庆出版社，2000年，第147页。

续表

序号	图像	年代	地点	画像特征	出处
34		东汉	陕西绥德汉墓	月中蟾蜍有尾,蟾蜍上方有奔兔。	《中国画像石全集》(5),山东美术出版社,2000年,第115页。
35		东汉	陕西绥德汉墓	蟾蜍未居月中,但双手持剑,左侧为一捣药兔。	《中国画像石全集》(5),山东美术出版社,2000年,第114页。
36		东汉	陕西米脂画像墓	月中仅有蟾蜍,四肢细长,呈舞蹈状。	《中国画像石全集》(5),山东美术出版社,2000年,第46页。
37		东汉	四川彭州太平乡	人首鸟身的羽人,腹中有月轮,内有蟾蜍和桂树。	《中国画像砖全集》(1),四川美术出版社,2005年,第126页。
38		东汉	四川邛崃花牌坊	羽人腹中有月亮,轮中有蟾蜍和桂树,轮外有七星。蟾蜍系于桂树之上,作仰倒状。	《中国画像砖全集》(1),四川美术出版社,2005年,第127页。

续表

序号	图像	年代	地点	画像特征	出处
39		东汉	四川彭州义和乡	羽人腹中月，月内有蟾蜍和桂树，桂树主干上有一串珠状物，类似锁链。羽人在三颗星辰的光芒照耀下飞翔。	《中国画像砖全集》(1)，四川美术出版社，2005年，第129页。
40		东汉	四川崇州蒐集	人首蛇身的女娲持矩，左手擎月，月中似有斧。学者多辨识月中物为蟾蜍与桂树，笔者认为桂树无可争议，另一物却更似老牛。	《中国画像砖全集》(1)，四川美术出版社，2005年，第130页。
41		东汉晚期	重庆盘溪无名阙	月中有蟾蜍和桂树，蟾蜍似有挣扎状，桂树枝繁叶茂，两者所占图画比例相当。	《四川汉代石阙》，文物出版社，1992年，第124页。
42		北魏神龟元年（518年）	河南鹤壁石佛寺	弥勒菩萨居于龛中，高于头部的位置有日月，月中蟾蜍有尾。	《中国画像石全集》第8册，河南美术出版社，2000年，第17页。
43		北魏	河南洛阳	石棺盖残片上可见日月图像，月中有蟾蜍、桂树、捣药兔。月的外形为椭圆，托举者为女娲。	《中国画像石全集》第8册，河南美术出版社，2000年，第69页。

续表

序号	图像	年代	地点	画像特征	出处
44		魏晋	甘肃嘉峪关市文物管理所藏	女娲右手持明月，月中有蟾蜍。	《中国美术全集》(2)，人民美术出版社，2014年，第117页。
45		东晋	清宫旧藏	月中仅有蟾蜍。	《晋唐两宋绘画 人物风俗》，上海科学技术出版社，2005年，第49页。
46		十六国·北凉	甘肃酒泉丁家闸	西王母上方有月轮，轮内有蟾蜍，蟾蜍似有尾。	《中国美术全集》(13)，人民美术出版社，2014年，第38页。
47		北齐	山东济南马家庄	北齐祝阿县令道贵墓。月中有蟾蜍、桂树、捣药兔，画法极简。	《中国美术全集》(13)，人民美术出版社，2014年，第63页。
48		南朝	江苏丹阳金王陈村	月中有桂树和捣药兔，唯独不见蟾蜍。	《中国画像砖全集 全国其他地区画像砖》，四川美术出版社，2005年，第8页。

续表

序号	图像	年代	地点	画像特征	出处
49		唐代	陕西商县	月中有蟾蜍、桂树、捣药兔。	《中国青铜器全集》(16),文物出版社,1998年,第149页。
50		唐代	浙江江山市	月中有嫦娥、蟾蜍、桂树、捣药兔。唐代此类融合四种于一画面的称为月宫镜。	《中国铜镜图典》,文物出版社,1992年,第624页。

附表2　佛教日月宝珠图像

序号	图像	年代	地点	画像特征	出处
1		西魏	敦煌285窟西壁	有日月,但月中物辨识不清。	《敦煌壁画》,文物出版社,1959年,第59图。
2		晚唐	莫高窟第145窟东壁门北	红色日轮代表日光菩萨,月中桂树代表月光菩萨。圆月中有月牙,且有桂树。这为敦煌石窟密教经变中首次出现。	《敦煌石窟全集》第10册,商务印书馆,2003年,第132页。
3		唐代	敦煌千佛洞,现藏英国博物馆	月中桂树、蟾蜍、捣药兔。	《历代名画观音宝相》,上海辞书出版社,2002年,第4页。

续表

序号	图像	年代	地点	画像特征	出处
4		五代	甘肃敦煌东千佛洞	观音的两侧有日月图像,虽为残图,但可辨识出,月中有蟾、桂、兔。	《敦煌石窟全集》第10册,商务印书馆,2003年,第15页。
5		五代天福八年(943)	藏于法国吉美博物馆17775号	月中仅有桂树。	《敦煌石窟全集》第20册,商务印书馆(香港),2005年,第68页。
6		五代	敦煌藏经洞发现,藏于中国历史博物馆	月中有蟾、桂、兔,但日月的位置有调换。	《中国美术全集》(3),人民美术出版社,2015年,第169页。
7		五代	莫高窟第35窟甬道顶	《十一面观音》,手中持有日精摩尼、月精摩尼。月中有桂、兔、蟾(摩尼,梵语宝珠的译音)。	《敦煌石窟全集》第10册,商务印书馆,2003年,第157页。
8		西夏	莫高窟第30窟东壁门北	《千手千眼观音经变》主尊的最上方为日月光菩萨。观音右侧第一手执白色月轮,轮内大致有桂树、捣药玉兔及蟾蜍。日月光菩萨同日月宝珠同处一画面。	《敦煌石窟全集》第10册,商务印书馆,2003年,第225页。

续表

序号	图像	年代	地点	画像特征	出处
9		宋代	莫高窟第76窟北壁中部	《千手千眼观音经变》月中有蟾蜍，捣药兔桂树。	《敦煌石窟全集》第10册，商务印书馆，2003年，第186页。
10		宋代	原藏于敦煌千佛洞。净僧李氏画，开宝八年(975)作	月中有桂树、蟾蜍、玉兔。	《历代名画观音宝相》，2002年，上海辞书出版社，第7页。
11		北宋太平兴国六年(981)	藏于法国吉美博物馆	《绢画千手千眼观音图》，观音持日月宝珠，月中有蟾蜍、桂树、捣药兔。	《敦煌石窟全集》第20册，商务印书馆(香港)，2005年，第82页。
12		清代		各手分别持小斧、莲花、宝剑、弓箭等宝物。日中有金鸡，却看不出对应的月中有何物。	《中国美术全集》(11)，人民美术出版社，2015年，第191页。

183

论南阳汉画像石中日月神话的象征与隐喻

汪保忠[*]

一、汉画像石神话的中外研究

两汉时代的高度繁荣是与西京长安、东都洛阳、帝乡南阳分不开的。南阳古称宛，秦昭王时始置南阳郡。西汉时，郡治之所是与东都洛阳、赵都邯郸、齐都临淄、蜀都成都并称，号为全国五大商业都会之一的南都宛城（即今南阳）。东汉时期，南阳是陪都，因为是东汉开国之君光武帝刘秀的故里而被誉为"南都""帝乡"，并发展成为人口最多的天下第一大郡，从而臻于辉煌的历史巅峰。

"滚滚长江东逝水，浪花淘尽英雄"，昔日的繁荣景象早已被历史的尘埃所埋没，唯有从地下出土的那一块块汉画像石记载着秦皇汉武的兴衰，两汉时代的俗世生活、神灵信仰以及自然科学的认知都在汉画像石中得到了栩栩如生的体现。灵魂不灭、视死如生的丧葬观念孕

---

[*] 作者简介：汪保忠，河南信阳人，平顶山学院文学院教授、河南理工大学兼职教授，研究方向为比较文学与文化研究。

育了汉画像石这种独特的艺术形式，借助这一载体，汉代先民寄托了灵魂深处对自然与社会、生命和祖先的追思与玄想，表达了中国人对天地人三者合一的哲学理解。

汉画早期的狭义概念主要是指汉画像石，因此，位于河南南阳的中国第一座汉画像石专题博物馆在20世纪30年代就被命名为"汉画馆"。汉画像石，即汉代遗留下来的上面雕刻有神话人物与祥瑞动植物画像的石头，一般雕刻在棺椁、墓壁和祠堂装饰的石块上。画像石大多为浅浮雕作品，但因其具有雕刻艺术与绘画艺术相结合的特性，所以，自两宋以降，金石学兴起之后，即以"画像"为之命名，并一直沿袭至今。画像石作为汉画的最重要品类，从其使用功能上来看，主要是以丧葬和宗教建筑装饰艺术为主体，具体呈现出的形态有墓室门、棺椁石、寺庙墙壁画以及门阙、碑刻等。

目前全国汉画像石的发现主要集中在如下四大区域，其基本都是两汉富裕繁华之地。一是鲁西南、苏北、皖北、豫东地区；二是河南南阳、鄂北地区；三是西南川渝地区；四是陕北、晋西北地区。本论文主要选择河南南阳的汉画像石为论述对象，一则此地汉画像石之丰富为全国之翘楚；二则此地是两汉政治文化经济的中心地区，是宛洛古道的起点。

南阳画像石主要发现于南阳市的宛城区、卧龙区、唐河县、方城县、邓州市等地。所谓南阳汉画像石，实际上不仅是指当今南阳市行政区划之内发现的汉画像石，而且还应该包括原属汉代南阳郡范围之内的今湖北省北部和河南平顶山南部等地发现的少量汉画像石，此地春秋战国属于楚国，楚国多巫风，因此，南阳汉画像石集中体现出楚地神话的浪漫特色。

1989年成立的中国汉画学会标志着汉画研究专业化团队的产生。

21世纪的今天，汉画学已经成为一门新兴的独立学科。有关南阳画像石研究的学术著作可以说汗牛充栋，如牛天伟、金爱秀主编的《汉代神灵图像考究》，郑先民主编的《汉画像的社会学研究》，徐永斌、王斐主编的《汉代画像石研究》。此外，吴曾德的《汉代画像石》，李发林的《汉画考释和研究》，王建中的《中国汉画像石全集》和《汉代画像石通论》，金维诺的《中国美术全集》，信立祥的《汉代画像石综合研究》，张从军的《汉画像石》，关百益的《南阳汉画像集》，孙文青的《南阳汉画汇存》，韩玉祥、李陈广的《南阳汉代画像石墓》，周到的《河南汉画像石考古四十年概况》，李陈广、金康的《河南汉画像石研究述评》，吴曾德、闪修山、肖湄燕的《汉代画像石的发现与研究》，俞伟超的《中国画像石全集》等都是影响深远的煌煌大作。

相关的期刊论文数不胜数，如孙作云的《后羿传说丛考》、钟敬文的《马王堆汉墓帛画的神话史意义》、张克力的《汉代画像石刻中阳乌及蟾蜍造像探疑》、王倩的《作为图像的神话——兼论神话的范畴》、张爱美的《汉画像中的日月崇拜》、朱鹏的《汉画像中人首蛇尾擎日月图像研究述论》、杨爱国《五十年来的汉画像石研究》、刘太祥的《汉代画像石研究综述》、夏超雄的《汉墓壁画、画像石题材内容试探》、张爱美的《汉画像中的日月崇拜》、宋银秀的《东汉墓画像石西王母图》、陈峰《汉画中的日月神：伏羲、女娲》、程健君的《南阳汉画像石中的伏羲女娲》、管东贵的《中国古代十日神话之研究》、周士琦的《马王堆汉墓帛画日月神话起源考》、李锦山的《西王母题材画像石及其相关问题》、吕微的《楚地帛书、敦煌残卷与佛教伪经中的伏羲女娲故事》、朱存明的《汉代棺椁画像的象征模式》等。

研究画像石的硕博论文也较多，与日月神话有关的有朱鹏的《汉代月亮神话的图像研究》、朱存明的《汉画的象征世界》、张钰的《南阳汉画像石中阳乌与蟾蜍形象的共生关系研究》等。

而海外研究方面，1893年法国学者沙畹的《中国两汉时代的石刻》首次将汉画像石介绍到西方。20世纪以来，日本学者大村西崖的《支那美术史·雕塑卷》《中国雕塑史》，日本建筑学家关野贞的《中国山东汉代墓葬的装饰》，法国学者色伽兰的《中国西部考古记》，日本京都大学长广敏雄的《汉代画像的研究》和《南阳画像石》，山下志保的《画像石墓与东汉时代的社会》等都具有重要的学术价值。

河南汉画像石，特别是本文论述的南阳汉画像石开始受到学界关注是20世纪初叶的事情。董作宾、张中孚、关百益、孙文青等前辈学者都曾经做过扎实的研究。特别是孙文青的《南阳汉画访拓记》《南阳汉画汇存》《南阳草店汉墓画像集》等著作，收录了大量汉画像石的拓片。南阳画像馆是中国第一个汉画像博物馆，20世纪30年代，鲁迅亦较为关注，并收录南阳汉画像石拓片260多枚。

二、汉画像石体现出的日月神话

对南阳汉画像石日月神话内容的研究，目前学者们所做的工作还仅仅是开始。汉画像石可以说是两汉时代神话在民间的活形态传承，雕刻之时神话已经在雕刻艺人们口头相传多年。因为日月神话在秦汉之前就早已产生。南阳汉画像石与日月神话有关的主要是三足乌、伏羲、女娲、蟾蜍、玉兔，还有鼎鼎大名的西王母。

南阳针织厂汉墓出土的天象图中的，其南主室墓顶刻绘了月亮，北主室墓顶刻绘了太阳即"三足阳乌"。三足乌象征着太阳，古人早就有此共识，张衡《灵宪》曰："日者，阳精之宗，积而成鸟，像乌而有三趾。"早就把三足乌和太阳视为同一的事物。

图 1　天象画像石

南阳麒麟岗汉墓墓顶出土的天象图由九块条石组成，其中的伏羲、女娲图像被刻于墓顶，他们是人类的始祖神兼日月神，蕴含日月经天之意。墓顶有五块画像石，其中一块为《常羲捧月图》，画面中人首蛇身，双手捧月，月中刻有蟾蜍。南阳高庙汉墓前室墓顶由四块画像石覆盖而成，含有日月图像的为《阳乌》和《嫦娥奔月》，《阳乌》画像中刻一较大阳乌背负着日轮展翅飞翔，八颗小圆球和缭绕的云雾分布于画面四周。南阳（今南阳市）出土的《日月星宿》《日月合璧》《日月相望》等也均发掘于汉墓墓顶的过梁下侧，也雕刻着日月神话的内容。

南阳市卧龙区麒麟岗汉墓出土的东汉时期的《天象画像石》（图1），可清晰看出画面正中部刻一端坐的天神，周围环绕朱雀、玄武、白虎、青龙四大先天灵兽，位于上下左右四个方位。青龙右侧刻一人首蛇身的伏羲怀抱一圆轮，圆轮中刻一三足乌，从图像外轮廓看类似于飞鸟，从图中可清晰看出羽毛刻画的痕迹。白虎左侧刻一正面侧身的人首蛇身女娲，手中捧一月轮与青龙右侧伏羲相对。一斗状七星相连刻于画面最右侧，最左侧为一斗状六星相连，处于七星相对位置。

论南阳汉画像石中日月神话的象征与隐喻

 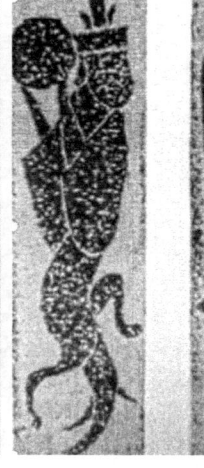 

图 2　日神月神画像石　　图 3　左：羲和主月
　　　　　　　　　　　　　　　右：常羲主月

伏羲为我国神话时代中的三皇五帝之一，汉画像中多以人首蛇身来表现其造型特征，其服饰具有当时的时代气息，形象常见于秦汉时代；女娲，为华夏民族的始祖，担负着繁衍后代的重任，二人既是人类的始祖神也代表着日月神。

南阳唐河县湖阳出土的西汉时期的《日神月神画像石》（图2）。该画像绘于一整块长方形石条，女娲手举月轮位于画面上方，伏羲托举日轮头戴发饰面容有些模糊。月轮中蟾蜍卧蹲，脖子前倾，嘴巴微张，一前肢伸向月亮外轮廓，整个身躯类似椭圆形，四肢肥圆，线条朴拙简单，刻画出蟾蜍身体圆润的肉感，憨态可掬。日轮与月轮相对呈镜像分布，阳乌脖子仰伸，身躯呈弧形，尾巴和两翅似鱼尾和鱼鳍。

图3所示为两幅单独相对的日月神形象，就像一副对联一样，左阴右阳，左柔右刚，乾坤相对。左侧是出土于南阳的《羲和主月》。右侧为出土于南阳社旗县西大桥县的《常羲主月》。左侧神人为人首

图4 日神月神画像石　　图5 常羲捧月画像石　　图6 伏羲女娲画像石

兽身蛇尾形象，头梳发髻，上身着宽衫，正面侧身，双手侧举一圆轮，内含阳乌。右侧神人同为人首兽身蛇尾形象，但头戴装饰，身着衣裙，明显为女子形象，双手举一月轮过头顶，月轮内可有蟾蜍。由于图片不十分清晰，只能看出阳乌和蟾蜍的大体轮廓。

图4所示为最具代表性的日月神画像石，两块皆出土于南阳市卧龙区麒麟岗汉墓的东汉时期的《日神月神画像石》，画像中刻一人首蛇躯神人，头戴"山"形发冠，衣着宽袖，肩部生有羽毛，手扶一刻有阳乌的圆轮，一神人人首蛇身，头梳发髻，侧面正身，衣着宽袖，体生羽毛，两手抱一内刻蟾蜍的圆轮于怀中。两神人皆像飞升于空中的姿态。

南阳市卧龙区麒麟岗汉墓出土的东汉时期《常羲捧月画像石》（图5），图中常羲人首蛇身，衣袖挽起，双手举月过于头顶，足下踏着云气呈升腾状。左上角刻竖线型相连的三星，右下角刻两星相连。圆轮内蟾蜍刻画清晰，四肢舒展，两前肢伸开，后肢用力抓地，头似小三角，整个身躯似一不倒翁，重心落于臀部，蟾蜍身上还有一些刻痕，像是做一些装饰纹线来丰富画面。

图6所示为南阳市宛城区辛店乡熊英汉墓出土文物，这幅画像石的神人形象较前几个略有不同，画像顶部有一双环连套，双环下为伏羲女娲交尾形象，画面中两神人相向比肩，头戴发冠，衣着华袖，手持华盖，怀抱日月。

南阳市出土的《日月星辰图》（图7），画面左刻一轮廓清晰的具有装饰意味的阳鸟向西飞行，几乎闭着嘴巴，身体背负一体积较大圆轮，尾部与之前看到的阳鸟略有不同，多出两只细小的尾摆做装饰；画面右刻一内含跳跃状蟾蜍的月轮，蟾蜍四肢纤细，身躯较为壮硕，头部朝向阳鸟飞行的方向。月轮的两侧均刻相同组合排列的五星相连。表现出日月运行的画面，阳鸟与蟾蜍的运动朝向一致。

南阳市出土的《日月星辰图》（图8），画面左刻一飞行阳鸟，头部周围有云气环绕，嘴巴张开，阳鸟在身体结构表现上与图7一致，但在造型上略有改变，尾部多了一些装饰，其中间有一颗星，月轮紧随其后，内含蟾蜍，蟾蜍的身体也多了一些装饰纹线。蟾蜍的轮廓特征相对明显，四肢舒展做爬行状。图7、图8中阳鸟都是向西飞行，蟾蜍紧随其后，从它们在画像石中的位置和方向可推断出该图表现的是日落月升的场景。

图9为西王母汉画像石，图形比较模糊，后来的考古学者根据文献记载辨识为西王母画像。本来日月神话与西王母神话分别属于不同的神话系统，后来嫦娥食不死药奔向太阴，使二者联系在一起。西王母神话起源较早，战国时代才开始流传后羿射日神话。西王母是昆仑山仙界的领袖，是天人合一的神祇。在汉画像石中，西王母是地位最高的神仙，身份高于女娲伏羲。神话传说青鸟是连接西王母所在的瑶

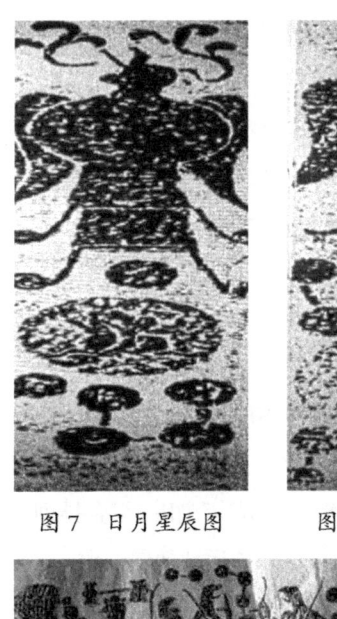
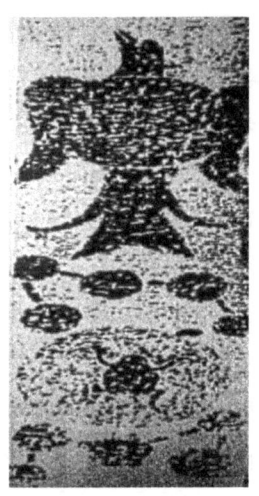

图 7 日月星辰图　　图 8 日月星辰图

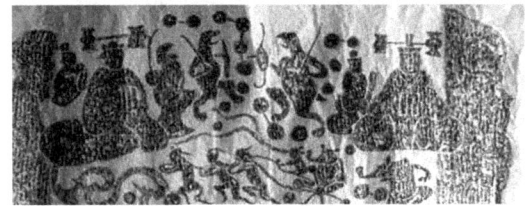

图 9 西王母汉画像石

池与人间的信使,沟通着人间与美好的神仙府邸,是一个瑰丽的想象世界,寄托着人们对神仙世界的向往。

三、汉画像石日月神话体现出的神话隐喻与象征

太阳神话和月亮神话的文化渊源都来自自然崇拜,太阳神话的产生与生命更替和万物荣枯密切相关,内容上也远比月亮神话丰富得多。太阳是地球上生命之源,太阳能给人类送来光明、温暖和希望,四季

更替和万物生长都与太阳息息相关。太阳造福人类,产生了太阳崇拜。在此基础上就产生了太阳神话,并且把太阳想象成具有凡人形貌的神祇。而月亮,先民称之为太阴,原始思维中认为日月神灵是日月的本体,日月神灵与日月本体是合二为一的。

中华民族最早的太阳女神是羲和。太阳男神的出现要晚于太阳女神。《山海经·大荒南经》:"羲和盖天地始生,主日月者也"。最早的男性太阳神是伏羲,羲为太阳的别称,意为太阳之气。伏羲又叫太昊,"昊字本来写作昦",上边是日,下边是天,可以看作是天上的太阳。昊字寓意是太阳人,既是氏族领袖,也是太阳神的形象。

在中国神话系统中,太阳、火和鸟三者存在密切的关系,以鸟为图腾的氏族往往是太阳图腾的子孙。《山海经·大荒南经》说:"羲和者,帝俊之妻,生十日"。根据这一文献记载,羲和是太阳神的母亲。把太阳的来源与人类联系起来,在我国诸少数民族中普遍存在。如云南彝族创世神话《梅葛》中,其祖先用虎的左眼作太阳,右眼作月亮。盘古神话里面也说,"首生盘古,垂死化身。气成风云,声为雷霆,左眼为日,右眼为月。"按照《山海经》提示的神话系统,羲和生十日,常曦则生十二日,十二之数隐喻着古老的历法,一年为十二月,月有阴晴圆缺,月亮的生与死也就是十二月的交相更替,也隐含着十二地支的源头。羲和常曦在南阳汉画像石上成对出现,头相对,尾相交,象征的其实是阴阳交替、白昼与黑夜的交替、男女阴阳的互补与弥合。

希腊神话有太阳神阿波罗赶着太阳车的神话,并且月亮女神是其孪生姐姐阿尔忒弥斯,中国太阳月亮神话中的神祇为伏羲、女娲兄妹,这在中西神话中存在某种同一性。在中国神话中原始先民想象太阳是由一只鸟鸟驮着,从东方出发走到西方。后来又发展成为太阳神驾车出行的神话。在南阳汉画像壁石中,就有许多鸟鸟驮日的神话图像。

日中乌鸟就是神话中的太阳鸟，神话传说，帝尧时代，十日并出，草木焦枯，尧命羿射十日，中其九日，日中九乌皆死，堕其羽翼，故留其一日也。每一个太阳中都有一个乌鸟，羿射十日，只留其一，就是只留下其中一个太阳中的乌鸟。在河南南阳的汉画像石之中就有太阳里面有多幅乌鸟的图像。

在日月神话系统中，太阳神话的象征原型，是日神帝俊转化而成的三足乌，作为光明之神，是生殖崇拜中生殖力的象征，这是男性神祇宇宙创世的隐喻。拿鸟作为男根生殖崇拜的象征物体，其实在世界各个民族中普遍存在。希腊神话中变形成天鹅与少女勒达生育了希腊美少女海伦，北美印第安海达人的第一代酋长为大乌鸦，埃及有神鹰崇拜，英语 cock 语义有男根的象征意义，汉语中鸟作为男性生殖器时读作 diǎo。至于乌，原始先民给予了很多美好想象。在藏族神话中，印证了乌鸦地位由尊转悲的过程。神话传说，乌鸦是上达天庭的神鸟，凡人通过它可以祈求天神的恩赐，希望一年四季温暖如春，乌鸦答应了凡人们的请托，临行之前，人们托乌鸦给天神带些五谷饼做礼物，并且要向天神说明这些饼子要用天火烤着吃，不能烧着吃。可是乌鸦上天后，忘记了人们的嘱托。天神知道后，乌鸦就从一个神鸟变成了凄凉之鸟。乌鸦通神的神话在西方也有类似的流传，德国学者汉斯·比德曼在《世界文化象征辞典》"乌鸦"条中就指出："乌鸦是传达神谕的动物。"[1] 可见，乌早就看作是神界的信使。三足乌和太阳的结合，或者说三足乌就是太阳，这是太阳神话的主要内容，我们自认为是崇拜太阳的炎黄子孙，太阳就是中华民族的神圣之物，是火的源头和象

---

[1] ［德］汉斯·比德曼：《世界文化象征辞典》，刘玉红等译，漓江出版社，2000年，第374页。

征。而鸟（三足鸟）是东夷部落的图腾，鸟（三足鸟）与太阳相互包容，隐喻的其实是中原文明与东夷文明的文化渗透与融通。

而月亮神话中，月中仙子嫦娥是由月神常曦演变而来，而蟾蜍、玉兔述说的是生殖神话，是生命延续的象征和暗示。古典文献如《山海经》最早的记载是嫦娥，传说嫦娥本作恒娥，后来因为避讳汉文帝刘恒之"恒"字，而改作嫦。至于月亮中的蟾蜍，一种说法是嫦娥转化而来，张衡就说过，"羿请不死之药于西王母，姮娥窃之以奔月……托身于月，是为蟾蜍"。①另一种是为了吞噬月亮。《史记·龟策列传》："日为德而君于天下，辱于三足之乌；月为刑而相佐，见食于虾蟆。"古人认为蟾蜍吞噬月亮是造成月食的原因。还有一是阴阳互补说。月为太阴，蟾蜍为阳，阴阳之辩是两汉盛行的学说。也有学者认为，中华民族的始祖女神女娲之得名也可能与"蛙"有关，是其转语，是月亮中的丰产女神，其象征就体现在蟾蜍上，蟾蜍的象征意义也就是丰产的女神。②月中玉兔，也是丰产的象征，因为兔子的繁殖力很惊人。《太平御览》卷九五七引《淮南子》，"月中有桂树"，一般推测月中桂树的出现是西汉时期，《说文解字》说，"桂……百药之长。"干宝《搜神记》卷一说，"彭祖者，殷时大夫也，姓篯，名铿。帝颛顼之孙，陆终氏之中子。历夏而至商末，号七百岁。常食桂芝。"③因此可以认为，桂树是不死之药的品类。能够在月宫有其一席之地，应该是与月亮"不死则又育"类似。神话传说，月亮中吴刚砍伐桂树，

---

① 严可均：《全上古三代秦汉三国六朝文·全后汉文》卷五五，中华书局，1958年，第777页。

② 关长龙：《中国日月神话的象征原型考述》，《浙江大学学报》（人文社会科学版）2003年第3期。

③ 〔晋〕干宝：《搜神记》卷一，中华书局，1979年，第3页。

屡伐屡复活,显然是不死的象征。

总之,南阳汉画像石一方面表达了两汉时代先民对民族始祖女娲、伏羲的信仰崇拜,也是对日月、阴阳的曲折表达;另一方面也是神仙思想,生命绵延万世的寄托,墓中神灵的画像石就使世人免于对死亡的恐惧,长生无极,千秋未央,永受嘉福。

百鸟朝凤：阳鸟神话的形象合流

孟琳峰[*]

日月神话作为世界范围内具有普遍性的神话类型，它所反映的是太阳月亮这两个自然天象对于人类生活的重要意义。其中作为万物生养之源的太阳，在神话中往往与神鸟的形象比附在一起，具体到中国的神话，则有"负日金乌""日中三足乌""唤日金鸡"等神鸟形象。由于鸟类在生活习性上与太阳的密切关系，人们在日出时所最先看到、听到的生物迹象往往都来自鸟类，因此在幻想、讲述神话的时候自然倾向于将太阳的运行与鸟类联系起来。基于以上原因，在神话中鸟类与太阳的关系逐渐紧密，人们甚至有将神鸟视作日神本身的倾向。

然而，尽管存在将鸟类与太阳关联的神话叙事倾向，但各地民众日常所见的鸟类品种以及对鸟类的称呼都难以达成统一，因此神话对于恒常不变的太阳的解释，最终却创造出了种类繁多的神鸟形象，这一类神话可称为"阳鸟神话"。这些名称、样貌、习性都各不相同的阳鸟，在早期的文献、器物、图像，以及民间神话传说中大量存在，

---

[*] 作者简介：孟琳峰，中国社会科学院大学2020级民俗学硕士研究生。

但由于持续发生的附会、讹误现象，阳鸟形象不断地重构、变异，最终合流成了一个稳定的形象。在神话神圣性日益消解的社会发展进程中，阳鸟形象的合流实际上将其自身引向了与日神相近的功能，即弥补人们内心对于太阳的信仰需求。

一、早期阳鸟形象的多元样态

具有神性的鸟类形象从很早以前就在神话中频繁出现，并且呈现出不同的样态，尽管它们在叙事中并不都与太阳有关，但却展现出了许多相似的特性。据王大有在其著作《龙凤文化源流》中所写，凤家族有凤、鸾、鵷鶵、鸑鷟、鹄、天翟、重晴鸟、鲲鹏、马头凤、鹔鷞、发明、焦明、幽昌、玄鸟、踆乌、皇鸟、孟鸟、灭蒙鸟、天鸡、鸐鸟、翳鸟、鸢、鸮、精卫鸟、鹎鸟、青鸟等约五十种[①]，足以见得早期神鸟的种类繁多。因此基于早期神鸟的多元样态，学者们在探究此类形象的源起时往往给出不同的答案。

面对阳鸟的多元属性，其中就有一部分学者的研究忽视作为阳鸟的凤与太阳之间的联系，而突出其与风的关系。比如郭沫若在《卜辞通纂》中云："古人盖以凤为风神。于帝使凤者，盖使凤为天帝之使，而祀之以二犬。荀子解蔽篇引诗曰，有凤有凤，乐帝之心；盖言凤皇在帝之左右。今得帝使诸词，足知凤鸟传说自殷代以来矣。"[②]他将凤鸟视为风神，主要原因在于甲骨文中的"风"字写作，即"凤"字。基于郭氏的考证，丁山在《中国古代宗教与神话考》中将庄子《逍遥游》

① 王大有：《龙凤文化源流》，北京工艺美术出版社，1988年，第10页。

② 郭沫若：《卜辞通纂》，科学出版社，1983年，第82页。

中所描述的鲲鹏之化的大鹏,也视作是大风的喻言,而以凤鸟氏为"历正"的少皞氏,其历正即以风的方向考察时令的推迁,历正当为"风正"①。刘宗迪在《失落的天书》中则将《山海经·大荒东经》中"日载于乌"的神话视作是对立表测日的画面的误解,而三足乌的原型则是置在测日之表上的相风铜鸟②。"凤"与"风"由于早期文字的一致,因此不可否认凤鸟与风之间的关系,然而凤鸟的日神属性与风神属性究竟孰先孰后,还值得商榷。

由于阳鸟同时存在日神与风神的属性,许多学者便尝试对二者做出解释。何新在《诸神的起源》中认为凤与凰分别是两种自然事物的生物化意象,凤是风神,而凰则是太阳鸟,亦即所谓"火精",是太阳的生命意象,在四季的转换中,风与风向的变化是最明显的征兆,所以古人把风看作太阳的使者,风神与日神的合一,正是凤凰神鸟在中国神话中形成的由来③。冯时在《中国天文考古学》中就认为金乌载负着太阳神游四方,反映的正是二分二至时太阳东升西没,南去北归的行移特点,只是由于后来四时风气观念的出现,才使得"凤"转变为了"风"④。从二者的观点看,凤鸟的日神属性可能是其转变为风神的基础,因此往上溯源,太阳与鸟的关系始终是该类神话的原型基础。

基于对鸟类与太阳之间内在关系的认识,许多学者则进一步做出了对阳鸟与太阳互相转变的解释。吴晓东在《月亮里有兔、蟾蜍、桂而太阳里有乌的神话起源》中从语言学的角度切入,认为"乌"早期

---

① 丁山:《中国古代宗教与神话考》,上海书店出版社,2011年,第112页。
② 刘宗迪:《失落的天书——〈山海经〉与古代华夏世界观》,商务印书馆,2016年,第121-122页。
③ 何新:《诸神的起源》(增补本),民主与建设出版社,2018年,第74页。
④ 冯时:《中国天文考古学》,中国社会科学出版社,2010年,第217、258页。

只是太阳的名称,到了后来,人们便将其与乌鸦的"乌"联系起来;^①项婉钰在《凤凰图腾及凤鸟图案在现当代服饰中的应用研究》中认为凤凰图腾来源于原始社会早期的鸟图腾崇拜,集合了对鸡、乌、燕等众多阳性禽鸟的崇拜,是同时融入了对风、火及太阳的崇拜所创造而成的复合图腾标志;^②萧兵在《楚辞与神话》中认为文献所见的"阳离"其实正是太阳中的离鸟,即文献上常见之明离、火离、炎离、离朱,也就是后来常见的鸾鸟。^③综合以上研究的成果,可以发现早期人类已经将太阳与鸟视作一体进行叙事,尽管后来其形象附会了诸多要素,但随着流变的持续发生,火、太阳的属性又再次被提炼突显出来。

从考古器物及图像去考察各类阳鸟早期的样态,可以从视觉层面探究先人对于阳鸟的认知。早在距今 7000 年前的浙江余姚河姆渡遗址中就出土了双鸟太阳骨匕与蝶形象牙器,其器物图像皆以两只鸟头在两侧,中间刻绘一个太阳,虽难以辨认该鸟的生物原型,但与太阳的组合图像表明了它应归类于阳鸟。藏于美国弗利尔美术馆(Freer Gallery of Art)的良渚文化玉璧上的纹饰所描绘的阳鸟足下长有鸟翼鸟尾的太阳,则更加确证了鸟作为太阳对等象征物的早期思想。直到后来河南南阳市一中出土的东汉阳乌负日画像石、南阳市王寨村出土的日月彗星画像石,以及南阳市丁凤店出土的金乌星宿画像石等,都表明两汉时期人们已经不仅将阳鸟与日抽象地对等起来,而是更加具象

---

① 吴晓东:《月亮里有兔、蟾蜍、桂而太阳里有乌的神话起源》,《中原文化研究》2013 年第 3 期。

② 项婉钰:《凤凰图腾及凤鸟图案在现当代服饰中的应用研究》,兰州大学硕士论文,2017 年,第 13 页。

③ 萧兵:《楚辞与神话》,江苏古籍出版社,1987 年,第 120 页。

地将日作为阳鸟身体的一部分。甚至从四川新都地区出土的人面鸟身日神图,以及简阳鬼头山五号石棺发现的羽人日神图像,都表明这一时期的阳鸟已经进入了拟人化的演变时期,它们所体现的神人与阳鸟的图像结合正表明了一种日神崇拜的人格化过程。然而,尽管从出土文物的图像上可以发现古人在进行图像组合时,往往将鸟与日结合在一起,但具体考察便可发现这些阳鸟的形象并不相似,早期的河姆渡文化与大汶口文化中所描绘的阳鸟从形态上就难以归为一类,再到后来两汉时期的画像中,负日金乌与日中金乌的形象也大相径庭,甚至日中金乌也可分为飞鸟状与三足状,因此从图像角度看,早期阳鸟形象呈现出多元的样态,尚未出现一个稳定的阳鸟形象将诸类阳鸟统括起来。

  从传世文献考察早期关于阳鸟的神话文本,可以从叙事层面探究先人对于阳鸟的认知。首先,关于阳鸟神话比较经典的叙述出自《山海经》,在《山海经·大荒东经》中有云:"汤谷上有扶木,一日方至,一日方出,皆载于乌",[1]这或许便是后世"阳乌负日"观念的由来,但"乌"并不是《山海经》所提及的唯一神鸟,凤皇与鸾鸟在《山海经》中出现的次数甚至多于"乌"。《山海经·南山经》云:"丹穴之山……有鸟焉,其状如鸡,五采而文,名曰凤皇,首文曰德,翼文曰义,背文曰礼,膺文曰仁,腹文曰信。是鸟也,饮食自然,自歌自舞,见则天下安宁";[2]《山海经·西山经》云:"女床之山……有鸟焉,其状如翟而五采文,名曰鸾鸟,见则天下安宁";[3]《山海经·大荒南经》云:"有

---

[1] 栾保群:《山海经详注》,中华书局,2019年,第525页。
[2] 同上书,第3页。
[3] 同上书,第71-72页。

载民之国……爰有歌舞之鸟,鸾鸟自歌,凤鸟自舞"①,此外在《吕氏春秋·古乐》中也这样写道:"帝喾乃令人抃,或鼓鼙,击钟磬、吹苓、展管篪;因令凤鸟、天翟舞之。"②由此看来,凤皇与鸾鸟在早期许多文献的表述中并不具有阳鸟属性,然而值得注意的是,《山海经·西山经》中有这样的描述:"又西三百五十里曰天山……有神焉,其状如黄囊,赤如丹火,六足四翼,浑敦无面目,是识歌舞,实惟帝江也",③帝江与凤皇鸾鸟一样,也被描述为"是识歌舞",而帝江"状如黄囊,赤如丹火"的外貌形似太阳,因此识歌舞的属性或许与日神身份具有内在的关系,凤鸟与鸾鸟虽在此处未见其与太阳的关系,但阳鸟属性却是隐在其中的。

其次,除了《山海经》外,其他早期文献都或多或少地提到了相关的神鸟。比如《诗经·大雅·卷阿》中就有:"凤凰鸣矣,于彼高岗,梧桐生矣,于彼朝阳。"④《天问》中还问道:"天式纵横,阳离爰死?大鸟何鸣?夫焉丧厥体?"⑤在屈原的《远游》一诗中也以凤凰入诗:"凤凰翼其承旗兮,遇蓐收而西皇。"《史记·周本纪》甚至记载了周天子遇见阳鸟的场景:"有火自上复于下,至于王屋,流为乌,其色赤,其声魄云。"⑥此外,在《左传·昭公十八年》中也写道:"我高祖少皞,挚之立也,凤鸟适至,故纪于鸟,为鸟师而鸟名。凤鸟氏,历正也。玄鸟氏,司分者也。伯赵氏,司至者也。青鸟氏,司启者也。

---

① 栾保群:《山海经详注》,中华书局,2019年,第542页。
② 许维遹:《吕氏春秋集释》,中华书局,2009年,第125页。
③ 栾保群:《山海经详注》,中华书局,2019年,第109页。
④ 〔汉〕郑玄注:《毛诗》,上海古籍出版社,2003年,第21页。
⑤ 〔宋〕洪兴祖:《楚辞补注》,中华书局,1983年,第96页。
⑥ 〔西汉〕司马迁:《史记》(第一册),中华书局,1959年,第120页。

丹鸟氏，司闭者也"，面对这样一个表述，孔颖达在《正义》中云："是凤凰知天时也。历正，主治历数，正天时之官，故名其官为凤鸟氏也。分至启闭，立四官使主之，凤凰氏为之长。"① 面对凤凰这一神鸟形象，《尔雅·释鸟》也做出过相应的解释："凤，神鸟也，俗呼鸟王。羽虫三百六十，而凤为之长。"② 除了以上所引文献外，以凤凰为代表的神鸟形象大量存在于先秦古籍文献中，其形象或与祥瑞之兆有关，或与火、太阳有关，或与天时历正有关，这表明无论是对阳鸟的命名，还是对其生活习性的描述，都还处于多元零散的样态，各类形象之间的差异也表明了古人在认识建构阳鸟的时候，其原型选择与利用目的都不尽相同。

尽管早期的阳鸟形象形貌不一，难以辨别它们是一类形象的多元变体，还是多种形象的平行共存，但它们所展现出的属性却具有一种内在的联系。以祥瑞、歌舞为其主要描述的神鸟，可能是一种良好天候的映射；以天时历正为其主要功能的神鸟，可能是古人观象授时的象征性表达；以火、太阳为其形象构件的神鸟，则是日与鸟关系的直观体现。综合来看，这三种观念的生成都离不开太阳这个能够为所有人观测到的巨大天象，正是基于太阳运行这一自然现象，各个时期、地方的文献所描述的神鸟，虽在形象的具体细节上有所不同，但却展现出了一定的共性。因此，从本质上看，大部分神鸟皆是阳鸟的特殊呈现，也正因为它们形象中所隐含的共性，在后世的形象流变中自然会合流为一个稳定的阳鸟形象。

---

① 〔唐〕孔颖达等：《春秋左传正义》，上海古籍出版社，1990年，第836页。
② 〔宋〕邢昺：《尔雅注疏》，北京大学出版社，1999年，第311页。

二、从多元到稳定的阳鸟形象建构

由于地域、方言、自然环境等多方面因素的影响,早期的阳鸟在各类载体中都并没有一个稳定的形象。随着统一王朝的建立、疆界的扩张,以及各地域知识的互相流通,功能重复、名目繁杂的各类阳鸟逐渐不能适应古人对于稳定崇拜对象的需求,因此从神鸟到阳鸟,从多元到稳定的合流将成为该类形象的发展趋势。其中,最为人们熟知的凤鸟,也就是凤凰,成为阳鸟形象合流的落脚点,尽管合流的过程并不是单向度的形象收拢,其中仍旧有变异及分流的发生,但合流的大趋势却将阳鸟形象推向了一个稳定发展的路径,即朝着被视作"百鸟之王"的凤凰进行建构。

然而,从多元的阳鸟到凤鸟的合流并不是短时间内完成的,其中还经历了注家文人对相关形象的个人阐释、图像与文献的交互影响,以及其他诸多因素的影响。若从两汉及以后的文献看,可以发现阳鸟正逐渐往三种方向流变,分别是三足乌类、朱雀类、凤凰类。

第一,三足乌类。关于三足乌的说法较少见于早先的文献,但通过长沙马王堆中所见的日中金乌图,到河南南阳唐河县针织厂汉画像墓出土的三足乌画像石之间的转变,可以知道在图像上三足乌应是金乌的同等替代物,因此它也往往被描绘在日中,在太阳之外单独显现的三足乌图像则较为少见。在文献中,则可从《灵宪》中看到这样的描述:"日者,阳精之宗。积而成鸟,像乌而有三趾,阳之类,其数奇",[①] 以及《云笈七签》卷五十六《诸家气法》中也可见到:"日者,阳精之宗,积精成象,象为禽,金鸡、火鸟也,皆曰三足,表阳之类,

---

① 〔南朝宋〕范晔:《后汉书》,中华书局,1965年,第3215页。

其数奇。"① 刘惠萍认为三足乌原属于西王母的神仙世界,后来日中之所以出现三足乌,可能是由于日中的金乌与神仙世界中的三足乌产生混同的结果,因此三足乌在图像上逐渐取代了金乌。② 作为后起的阳鸟形象,奇特的三足造型以及浑身的黑色羽毛,使得三足乌与凤鸟具有较大的区分度,因此在流传中三足乌逐渐脱离出阳鸟的体系,成为日中之鸟的独特意象,并在流变中始终保持着稳定的形象。但也正是由于三足乌形象的特殊,使得它难以成为综合性的阳鸟形象,其形象的功能也在流变中逐渐单一扁平化。

第二,朱雀类。朱雀通常指的是二十八宿中的南方七宿,即由井、鬼、柳、星、张、翼、轸等七宿所组成的南方朱雀星宿,由于古人所构建的五方、五行、五色体系中,南方、火、赤色是一个组合概念,因此文献中关于朱雀的描述往往也围绕这一概念展开,比如《梦溪笔谈》中云:"四方取象,苍龙、白虎、朱雀、龟蛇。唯朱雀莫知何物,但谓鸟而朱者,羽族赤而翔上,集必附木,此火之象也。或谓之'长离',盖云离方之长耳。或云,鸟即凤也,故谓之凤鸟";③《春秋孔演图》中云:"凤凰为火精,在天为朱雀";④《礼纬·稽命征》中云:"古者以五灵配五方:龙木也,凤火也,麟土也,白虎金也,神龟水也",⑤

---

① 〔宋〕张君房:《云笈七签》,《正统道藏》,新文丰出版公司,1957年,上海涵芬楼影印本,第685页。

② 刘惠萍:《图像与神话:日月神话研究》,陕西师范大学出版社,2019年,第247页。

③ 〔宋〕沈括:《梦溪笔谈》,上海古籍出版社,2015年,第51页。

④ [日]安居香山、中村璋八辑:《纬书集成》,河北人民出版社,1994年,第585页。

⑤ [日]安居香山、中村璋八辑:《纬书集成》,河北人民出版社,1994年,第515页。

从中可以看出朱雀往往是同四象组合在一起表述，它作为星象的意义显然是大于作为阳鸟的。面对同是与火有关的朱雀和凤凰，成倩认为朱鸟是南方宿名，表方位；凤凰是灵异之鸟，预太平，只是因为在纬书中预太平的凤凰与南方之火相配，导致了二者意象的混淆。[①] 实际上在朱雀概念兴起之前，凤凰就已经具备阳鸟的属性，与其说是二者的混同搭建了后世的凤凰与火、日之间的关系，不如说作为四象之一的朱雀，其原型或许便来源于凤凰类阳鸟，正因为阳鸟与火的密切关系，在与南方火行相配时才选择了鸟的形象。后来二者并行发展，又使得朱雀形象的各个要素回馈给凤凰，进一步丰满了其作为阳鸟的细节。因此朱雀作为四象之一，虽能够从阳鸟形象的合流中分流独立出来，但它的图像纹样却成了凤凰完善自己形象的养料。

第三，凤凰类。相较于其他二者，"凤凰"的称呼更早出现，因此它在不同年代文献中的频繁登场，正表明它是在集体选择中逐步丰满的综合性符号。比如在《说文·鸟部》中有云："凤，神鸟也。天老曰：'凤之象也，鸿前麟后，蛇颈鱼尾，鹳颡鸳思，龙文虎背，燕颔鸡喙，五色备举，出于东方君子之国，翱翔于四海之外，过昆仑，饮砥柱，濯羽弱水，暮宿风穴，见则天下大安宁。'从鸟，凡声，"[②]《说文》的描述体现了凤是一种杂糅了多种形象的产物，凤"出于东方君子之国"到"暮宿风穴"的生活习性，与东升西落的太阳不谋而合，显然这是一种阳鸟属性的体现。此外，还有《春秋孔演图》中的："凤，鹑火之禽，阳之精，惟德能至神鸟也"；[③]《鹖冠子·度万》的："凤凰者，

---

① 成倩：《"朱雀"的形成及与"凤凰"的混淆》，《学术探索》2014年第9期。
② 〔汉〕许慎：《说文解字》，中华书局，1963年，第79页。
③ 〔日〕安居香山、中村璋八辑：《纬书集成》，河北人民出版社，1994年，第585页。

鹑火之精，阳之精也"；①《春秋元命苞》的："火离为凤"，②都表明了凤凰已逐渐成为人们关于阳鸟的共同认知。尽管各类文献中也存在一部分不被称为凤凰的阳鸟，比如《白虎通·五行》中："位在南方，其色赤，其音徵。徵，止也，阳度极也。其帝炎帝者，太阳也。其神祝融。祝融者，属续。其精为鸟，离为鸾"③的鸾鸟；《艺文类聚》卷九十二引《抱朴子》中："荧惑火精生朱鸟"④的朱鸟等，但关于它们的相似性描述却说明了它们实为名称不同，性质却相同的凤凰类阳鸟。作为符号的凤凰并未生成某种固定的形象特征，比如三足乌的三足以及朱雀的星宿源头，这就保证了凤凰在流变过程中对各类建构要素具有足够的包容性，因此作为阳鸟形象合流的方向，文献中的凤凰虽可能有不同的称呼及形象细节，但它却始终保持着阳鸟的共同属性。

除了在文献中可以看见各类阳鸟朝着凤凰的方向进行合流，早期样态不一的阳鸟图像也在流变中朝着趋同的方向发展。王大有将凤鸟的演变分为三期演化，即玄鸟期、朱雀期、凤凰期，⑤李茜则从造型与艺术符号的角度将相关的纹饰分为鸟纹期、玄鸟期、凤鸟期、朱雀期，⑥事实上无论如何分期命名，阳鸟图像的变化趋势始终是从简单到复杂，从多元到单一。在秦汉以前，阳鸟在各个载体上的表现形态都各不相同，

---

① 黄怀信：《鹖冠子校注》，中华书局，2014年，第145页。
② ［日］安居香山、中村璋八辑：《纬书集成》，河北人民出版社，1994年，第595页。
③ 〔清〕陈立：《白虎通疏证》，中华书局，1994年，第177页。
④ 〔唐〕欧阳询：《艺文类聚》，中华书局，1965年，第1591页。
⑤ 王大有：《龙凤文化源流》，北京工艺美术出版社，1988年，第140页。
⑥ 李茜：《秦汉时期朱雀艺术符号研究》，湖南工业大学硕士论文，2012年，第28页。

比如青铜器纹饰与画像就存在较大区别。到了秦汉以后，由于四象理念的兴起，阳鸟图像往往是以朱雀纹的形式出现，即文献中所描述的"鸡头，蛇颈，燕颔，龟背，鱼尾"，这也成为了日后凤凰纹的造型基础。后来随着域外文化的传入，以及诸多文化要素的影响，印度的"漩涡纹""缠枝纹"，波斯的"莲花纹""连珠纹"，以及各类花鸟鱼虫纹的加入，凤凰的造型愈加雍容华美，具有吉祥象征的草纹花纹在成为凤凰图像的构成要素后，凤凰本身的祥瑞寓意也被更加突显，因此后来的凤凰往往被用作女性的装饰意象，其表吉祥的象征义也更加浓厚。尽管时代越往后，凤凰在图像上的阳鸟属性越隐蔽，并且在与文献交互的过程中影响了人们对于阳鸟的认知，但作为诸多阳鸟形象合流的产物，凤凰形象的逐步丰满正契合了人们由繁化简的认知需求。

从多元到稳定的形象合流是阳鸟神话不可逆转的过程，它既能够满足人们对于稳定神鸟形象的信仰需求，又符合形象演变的客观规律。随着地理隔绝被打通，各地域文化空间开始互通，原本地方性的意象、异文也将逐渐融合为一体，因此集体认同度最高的凤凰成为人们选择的"箭垛式"形象。然而，在其形象日益丰满的同时，人们对于符号的心理抽象机制也将促使凤凰的寓意更加浓缩，因此它作为阳鸟与太阳之间的关系也被凝结成了普适的祥瑞之义。

三、现代阳鸟形象背后的日神属性

由于阳鸟形象的合流，许多早先的阳鸟要么不再被人提起，要么具有了各自的独有特征。正如刘惠萍所说，随着人们理性的觉醒，各类形象神圣性的逐渐消失，人们已无法理解神话产生背后的真正意涵，并逐渐忘却了阳鸟在早期初民生活中的神圣性，这个时候，与人们的日常经验更为接近的鸡便在某种程度上成为日的象征，即新的阳鸟。此外，历经无数流变的凤凰虽已被赋予了具有普适性的祥瑞意义，但其作为阳鸟的本质却并未改变。因此，现代的阳鸟形象可主要分为世俗的鸡与神圣的凤两种，并且由于人们潜意识中对神话原型的信仰需求，二者的形象背后都隐藏着日神的属性。

一方面，世俗的鸡崇拜体现了人们隐藏的日神信仰。随着人们生物知识的积累，许多在习性上与太阳关系不大的鸟类被人们排除了阳鸟的行列，再加上神话中的阳鸟如凤凰、朱雀、三足乌等，在现实生活中无处寻觅，因此直观上与太阳关系最密切的鸡，反而成为后来人们观念中的阳鸟。比如在《道枢》卷二十六《九真玉书篇》中有云："日者天魂也。太阳之火精也。其位居于乾艮。夏王冬衰。夜短昼长。内藏阴气而隐金鸡。金鸡者酉也"①，原本的日中金乌被写成了日中金鸡。另外，《荆楚岁时记》引《括地图》云："桃都山有大桃树，盘屈三千里，上有金鸡，日照则鸣，下有二神，一名郁，一名垒，并执苇索，以伺不祥之鬼，得则杀之"②，此处的金鸡也具有一定的神圣性。在福建将乐县光明乡发现的一座元代壁画墓中，甚至发现了日中三足鸡图像，毫无疑问，这是人们用常见的鸡替代了原本虚构的三足乌，只是保留了其三足的特征。在广西龙州搜集的神话《公鸡叫太阳》中，讲到后羿射日后，最后一个剩下的太阳由于害怕被后羿射掉，于是躲到了一座大山的背后，因此天地陷入了一片黑暗。于是国王便开始寻找能够把太阳叫出来的动物，此前两次的猪和黄牛都失败了，最后公

---

① 〔宋〕曾慥：《道枢》,《正统道藏》, 新文丰出版公司, 1957年, 上海涵芬楼影印本, 第385页。

② 〔南朝梁〕宗懔：《荆楚岁时记》,《丛书集成初编》, 中华书局, 1991年, 第2页。

鸡成功唤出了太阳。然而每到傍晚，太阳又会害怕被后羿射落，因此又会躲回山后去，只有公鸡每天叫它，才能保证太阳的升起。[①]从传世文献、考古图像到民间神话，都反映了鸡逐渐成为人们心目中重要的阳鸟形象。

尽管作为家禽，鸡的阳鸟属性并不源自此前某类太阳神鸟的形象，而来自其日出而鸣的生物习性，但在许多民间祭祀仪式中以鸡肉、鸡血为牺牲，正应和了《金枝》中的一个猜想："由于神享用奉献给他的祭品，因而当祭品是神的旧我时，神享用的就是他自己的血肉，"[②]以鸡为牺牲除了利用它的纯阳属性进行祛邪除魅以外，其深层内涵或许指向的便是对日神的祭祀。以"鸡日"为例，"鸡日"为农历一年中最开始的一天，即春节，根据道家的解释，女娲炼石补天以后，开始创造地下的万事万物，第一天造了鸡，第二天造了狗，以下依次为猪、羊、牛、马，到第七天才造人。因此农历正月从初一到初七依次为鸡日、狗日、猪日、羊日、牛日、马日、人日。一年四季的轮回反映的是太阳的运行，开年头一天的鸡其实正是太阳的象征。无论是一天还是一年的开始，以鸡为起点正表明其在人们心中与太阳的对等形象。在神灵信仰式微的现代，以鸡为吉祥物、祭祀品等种种观念，体现的正是人们对于太阳力量的渴求与利用，它并不通过对日神的直接崇拜与祭祀来实现，而是以蕴藏着日神属性的鸡为互动对象，从而在日常生活中完成对太阳力量的凝练和提取，在信仰活动中频繁出现的鸡，正表明了它对于人们具有一种隐藏的日神象征。

---

① 农冠品编注：《壮族神话集成》，广西民族出版社，2007年，第187-188页。
② ［英］詹姆斯·乔治·弗雷泽：《金枝》，徐育新、汪培基等译，大众文艺出版社，1998年，第364页。

另一方面，神圣的凤崇拜体现了人们重构的日神信仰。若要探寻凤凰隐在的阳鸟、日神属性，首先便需要破译凤凰作为"百鸟之王"的由来。在后世的观念中，凤凰作为"百鸟之王"能够引来无数鸟类的朝觐，"百鸟朝凤"的说法也来自这一观念，那么这一说法具体体现在何处？《水经注·叶榆河》云："郡有叶榆县，县西北八十里，有吊鸟山。众鸟千百为群，其会鸣呼啁啾。每岁七八月至，十六七日则止。一岁六至，雉雀来吊。夜燃火伺取之。其无嗉不食，似特悲者，以为义鸟，则不取也。俗言凤凰死于此。故众鸟来吊，因名吊鸟。"① 此外，还有《云南山川志》云："凤羽山……旧名罗浮山。相传……有凤翔于此。后凤死，每岁冬众鸟哀吊其上。故又名鸟吊，至今土人于鸟来时举火取之，鸟见火，辄赴火自死。"② 从两则神话可看出凤凰死去后将引无数鸟类前来吊唁，这便是其"百鸟之王"身份的体现，也为其加注了神性的因子。其中所提及的"夜燃火伺取之"以及"至今土人于鸟来时举火取之，鸟见火，辄赴火自死"，都体现了凤凰的生命与火之间的关系，尽管两则神话并未给出鸟赴火自亡的原因，但却体现了人们潜意识中将凤凰与火，乃至与太阳联系起来的心理图式，而鸟类日出翱翔于天际的特性，以及《玄中记》所云："蓬莱之东，岱舆之山，上有扶桑之树，树高万丈。树巅常有天鸡，为巢于上。每夜至于时，则天鸡鸣，而日中阳乌应之，阳乌鸣，则天下之鸡皆鸣"，③ 似乎暗示了"百鸟朝凤"所指向的正是鸟类与太阳的紧密关系。百鸟所朝拜的凤凰并不是

---

① 〔北魏〕郦道元著，陈桥驿校证：《水经注校证》，中华书局，2007年，第875页。

② 转引自萧兵：《楚辞与神话》，江苏古籍出版社，1987年，第201页。

③ 〔晋〕郭璞：《玄中记》，《中国文言小说百部经典》，北京出版社，2000年，第389页。

一种实在的自然生物，相较之下，它更接近太阳的同等象征物，当日神不以人的形象出现在神话的叙述中时，动物反而能够更好地承担起日神的身份，因此凤凰作为"百鸟之王"的神性并不来自其鸟类的身份，而来自它的日神属性。

除了作为"百鸟之王"，凤凰的祥瑞象征也体现着它的日神属性。尽管凤凰祥瑞之鸟的现代身份可与《山海经》中的描述呼应，但其祥瑞属性却不是任意附会的。再回看《山海经》中关于凤凰的描述，"丹穴之山"与"见则天下安宁"是理解其祥瑞属性的关键，根据何新的观点，太阳别名"丹朱"，丹朱乃是太阳之色，而丹穴也就是"丹朱之穴"——太阳之家，① 因此《山海经》中的凤凰显然并非脱离阳鸟身份的纯粹瑞鸟。从神话原型的角度看，"见则天下安宁"并不是一句缺乏因果关系的征兆，无论在人们的日常生活中，还是经虚构加工后的神话里，日出所代表的往往是黑暗的离去、新生的开始，因此凤凰所象征的正是日出之景给予人们的安宁祥和之感，凤凰与祥瑞之间的联系实则由凤凰的阳鸟属性所搭建，只是由于后世自然崇拜、动物崇拜、神灵崇拜的逐渐衰落，人们对于吉祥的索求是抽象且直接的，故凤凰的复杂属性在经过过滤、简化后，成了能涵盖诸多积极因素的祥瑞，而目前仍旧存在的"火凤凰""丹凤朝阳"的说法，则表明作为瑞鸟的凤凰并未完全掩盖其原本的阳鸟属性。神话神圣性的消减并不表明人们的纯粹理性已经消灭了自身的信仰需求，人们在不断地对自然深入认识的同时，也将自我的信仰实践移位至了宗教、仪俗，以及符号象征中。凤凰作为阳鸟形象合流的落脚点，它所收束的除了各类阳鸟的特性之外，还有人们对于太阳的信仰记忆，它作为文化符号所具有的诸多积

---

① 何新:《诸神的起源》(增补本)，民主与建设出版社，2018年，第74页。

极寓意，便是经过重构后的日神信仰的体现，尽管在日常表达中凤凰并不被表述为日神，但二者在心理补偿层面上的相似功能，足够确证凤凰作为符号，其形象背后正是现代的日神。

太阳崇拜作为一个世界性的现象，在时代的发展中隐去了它的面貌。许多在古籍文献中被诠释为太阳神的神灵，如炎帝、羲和、少皞、东皇太一等，都在后世被建构成了文化英雄，或丧失了信仰基础，但这并不代表人们潜意识中对于太阳、日神的崇拜已经烟消云散。目前尚存的鸡与凤实际上正代表了人们潜意识中日神崇拜的两个向度：鸡作为凡物，以其肉体参与进了民间仪俗的隐藏结构；凤作为神鸟，以其象征涵盖了民众心理的崇拜需求。阳鸟神话及阳鸟形象的不断合流，并非随机性的任意演变，而是围绕着其与太阳之间的关系，不断根据人们的各类需求进行调整，目前二者所呈现出的样态，正表明了阳鸟对于当下人们的实用性意义及符号化需求。

在先民中具有神圣性的阳鸟，历经了口头传统、古籍文献、器物图像等多种媒介的传播、交互，最终将加注其身的诸多寓意抽象成了作为瑞鸟的凤凰。尽管在人们的认知中，三足乌、朱雀等形象并未消失，但阳鸟所具有的神圣性却赋予了凤凰。现代的凤已经与龙共同成为构建中国民族精神的神兽，通过蛛丝马迹所探寻出的其形象背后的日神属性，正表明神话在当下仍为人们潜意识中的信仰结构提供养分。

中国日食月食神话转变及流传分析

张柯欣[*]

在各种解释日食月食成因的神话中,最为常见的就是日月被某种动物吞掉。在越南,人们认为是巨大青蛙 Raju 吞掉了日月,在加勒比海沿岸区域则是巨龙,阿根廷的美洲虎和西伯利亚的吸血蝙蝠也都是吞食日月的动物。而在中国,先后有三足乌食日蟾蜍食月和天狗食日月两种不同的解释日食月食的神话产生。天狗食日月的观念在明清时期逐渐由民间传播到上层阶级,并在新中国成立后借由 1978—2001 年一直存在于义务教育教材中的《看月食》一文传播到全国各地,正式战胜并取代了从秦汉就一直延续的蛤蟆吞月(蟾蜍食月)观念。[①]

本文着眼于中国日食月食神话,首先,梳理了中国文献记载中的日食月食;其次,从出现契机与影响因素分析天狗食日月神话的形成;最后,分析不同因素所起的作用在天狗食日月神话中的体现。

---

[*] 作者简介:张柯欣,中国社会科学院大学 2020 级硕士研究生。
① 吴杰华:《论中国人月食观念的转变》,《东岳论丛》2018 年第 7 期。

一、中国的日食月食

中国的日食月食神话并不是从有文献记载就存在的,而是经历了一段漫长的发展时期。其中的主要节点有:殷代的日食月食记录,周代的救日月行为,汉代的三足乌食日蟾蜍食月,以及明清时期天狗食日月流行。在天狗食日月神话出现并流传后,日食月食神话最终拥有了其较为完整的形态,即天狗与日月结仇、天狗食日月与民众救日月三个部分。

中国最早出现的日食月食相关文献记录是在殷代,其中日食记录分为预卜期与见食期,①月食则仅有见食期。现选殷代武丁时期乙酉月食卜辞如下:

> 癸亥卜,争贞:旬亡祸?一月。
>
> 癸未卜,争贞:旬亡祸?二月。
>
> 癸卯卜,[争贞]:旬亡祸?三月。
>
> [癸]卯[卜,争]贞:[旬]亡[祸]?五月。
>
> [癸]未卜,[争贞]:旬[亡]祸?
>
> 癸未卜,争贞:旬亡祸?三日乙酉夕月有食,闻。八月。
>
> 《甲编》1114+1156+1289+1749+1801,
>
> 《新缀》1,《合集》11485
>
> [癸未卜],古[贞:旬亡]祸?三日[乙]酉夕[月有]食,闻,[八月]。
>
> 《燕》632,《合集》11486②

---

① 冯时:《中国天文考古学》,中国社会科学出版社,2017年,第323—331页。
② 冯时:《中国天文考古学》,中国社会科学出版社,2017年,第298—299页。

从以上卜辞可看出，殷代对于月食现象仅仅是记录在册，并没有对其进行过多解释。但也有学者认为，古人对这类天体现象的命名即表明了他们的解释，"食"即表明了吞食，"以为日、月食的发生是日、月被某种神物吞食下去"，[1]至于具体的神物则无从考证。可能像日食月食这样的失序事象在当时已有较为完整的神话表述或解释，而且引起了巨大恐慌，统治者也需要进行祈祭活动才能消弭这类事件的影响，但就现有材料而言，我们仅能看到当时对日食月食现象的记录。

等时间发展到周代，随着文献材料的增加，我们已经能看到构成日食月食神话中相当重要的一个部分，即救日月的行为出现了。《周礼·地官司徒》中"鼓人"一条记载如下："救日月，则诏王鼓。"[2]后面的注对其有补充："注曰：救日月食，王必亲击鼓者，声大异。春秋传曰：非日月之眚，不鼓。"[3]"诏王鼓"且"声大异"这一行为沿至后代，就演化成为天狗食日月神话中百姓敲锣打鼓放鞭炮以吓走天狗救日月的行为。同样在周代，日食月食这样的失序天体运动已经开始与人的品行相关联，日食发生即男子德行不修，月食发生则女子德行不修。《礼记·昏义》篇载："故曰：天子听男教，后听女顺；天子理阳道，后治阴德；……是故男教不修，阳事不得，适见于天，日为之食；妇顺不修，阴事不得，适见于天，月为之食。"[4]同时文中也提到了发生日食月食后天子与后应该有的行动，即"是故日食则天

---

[1] 温少峰、袁庭栋：《殷墟卜辞研究——科学技术篇》，四川省社会科学院出版社，1983年，第30页。

[2] 〔清〕孙诒让撰，王文锦、陈玉霞点校：《周礼正义》，中华书局，2013年，第908页。

[3] 同上。

[4] 〔元〕陈澔注，金晓东校点：《礼记》，上海古籍出版社，2016年，第675页。

子素服而修六官之职,荡天下之阳事;月食则后素服而修六宫之职,荡天下之阴事。"① 由此我们看出,从殷到周,日食月食从单纯的天体运动记录到与君王的德行相联系,但也未出现专门解释日食月食现象的神话。

  汉代时有文献记录的日食月食神话正式出现,即三足乌食日蟾蜍食月。随着阴阳五行思想的影响,之前作为日月承载物的火精三足乌与水精蟾蜍开始承担起解释日食月食现象的功能。《史记·龟策列传》中所记载的:"神龟知吉凶,而骨直空枯。日为德而君于天下,辱于三足之乌。月为刑而相佐,见食于虾蟆。"② 是三足乌与蟾蜍作为食日月的动物形象第一次出现,在之后三足乌与蟾蜍作为食日月动物的形象一直未发生变化。直到明朝,诗人陈邦瞻在其《行路难三首》中依然用三足乌与蟾蜍为意象,写了"金乌啄日日为瞽,蝦蟆吞月不肯吐。"③的句子。此外,日食与月食在文献中出现的频率也不同,尤其是在文学作品中,提到月食的概率要大于日食。许多诗中月食作为单独的意象而出现,比如李白《古朗月行》中的:"蟾蜍蚀圆影,大明夜已残。"④这是由于虽然日食发生的频率高于月食,但日食的观察机会比月食的机会小。⑤ 因此月食在人们的生活中出现得会更多一点,被记载下来的

---

  ① 〔元〕陈澔注,金晓东校点:《礼记》,上海古籍出版社,2016年,第675页。
  ② 〔西汉〕司马迁:《史记》,岳麓书社,2001年,第724页。
  ③ 〔明〕陈邦瞻:《荷华山房诗稿》卷八,《行路难三首》,明万历四十六年牛维赤刻本,第194页。
  ④ 〔唐〕李白著,管士光编注:《李白诗集新注》,上海三联书店,2014年,第77—78页。
  ⑤ 具体参见周义钦:《日食和月食出现机会多少的比较》,《地理教学》2010年第13期。

自然也多于日食。

　　对于天狗食日月神话的起源时间，不同学者持不同的意见。钟海柱与王鑫认为天狗食日月传说的源头应是5世纪末传入中国的佛教经典《百句譬喻经》，①吴杰华则认为天狗食日月传说的源头应该是直接记载耶律氏梦天狗食月意象的辽朝《焚椒录》，②而吴晓东则认为《山海经》中的刑天、夏桀断头神话其实就已经是狗或蛙吃日月的源头了。③但对于日食月食神话的转变，学者们普遍认为主要发生在明清时期，这一转变的表现是文献中的天狗食月记载增多。不同于前面《焚椒录》提到的耶律氏梦到的天狗食月意象，明代文献中所提到的天狗食月是真正的用以记录并阐释月食现象的神话。明代诗人刘炳在《承承堂为洪善初题》一诗中写的："天狗蚀月岁靖康，血战于野龙玄黄。"④便被学者们认为是文献记载中最明确属于月食神话的。此后谈及天狗食月的文学作品更是丰富，如"天狗吠吠月坠地，一炬平安光未熸。"⑤天狗食日月神话自此后便融入中国神话体系中，并一直流传至今了。

　　以上关于中国日食月食神话的简单梳理有助于读者更好地了解到日食月食神话在中国的发展。但仔细查看所用材料，我们就能发现文中所使用的材料大多数都是来自上层阶级的，缺乏民众对日食月食的

---

①　钟海柱：《民间传说中"日月食"考趣》，《大学教育》2013年第4期；王鑫：《中日古代的日月食认识——以中国天狗食日月信仰为中心》，《日本学研究》2019年第1期。

②　吴杰华：《论中国人月食观念的转变》，《东岳论丛》2018年第7期。

③　吴晓东：《狗与蛙：盘瓠神话分化与演变的语音分析》，《民间文化论坛》2018年第3期。

④　〔清〕钱谦益：《列朝诗集》甲集前编卷九，中华书局，2007年，第622页。

⑤　〔清〕顾景星：《白茅堂集》卷二《三俞》，上海古籍出版社，2010年，第36页。

认识与解读。民众真的会认同三足乌食日金乌食月这样的故事并将它讲给自己的后代吗？为什么天狗能够取代三足乌和蟾蜍成为日食月食神话中的主角呢？这将是我们下面需要探讨的问题。

二、天狗食日月神话出现的契机

吴杰华在《论中国人月食观念的转变》中曾引明朝虞淳熙在《答朱太复》文中所说的"谚云天狗蚀月"以及清朝马注在《清真指南》卷六《问答》中说到的"问：日月之食，俗言天狗，人皆护之，此理何如？"两则材料，并以其中"谚云"与"俗言"的说法为证，认为天狗食月的说法可能来自民间。[①] 笔者赞同这一说法，并认为民众的需求是促进日食月食神话转变的重要因素，此处的民众的需求即指民众对日食月食神话的阐释功能的需求。针对这一问题，笔者将分两部分进行解答，一是三足乌食日蟾蜍食月神话不满足民众对日食月食的阐释需求；二是科学说法不满足民众的接受及传播需求。

首先是三足乌食日蟾蜍食月神话的阐释功能缺失。像日食月食神话这类的天体神话最重要的一个功能应是阐释功能，即向民众解释日食月食是如何产生的。这样的解释行为通常不会发生在阶层与阶层之间，而往往是发生在代际之间，即成人向孩童讲述关于世界的知识时会用到这样的神话。一般来说，小孩子是最富有好奇心的，当接触到新知识时往往会打破砂锅问到底。如果孩童接收到的信息只是三足乌食日蟾蜍食月这样简单的现象描述，而没有更多的关于它们为什么食日月以及日月为什么复明的必要解释，那么现有的日食月食神话的阐

---

① 吴杰华：《论中国人月食观念的转变》，《东岳论丛》2018年第7期。

释功能就是缺失的。但对于统治者来说，日食月食神话的阐释功能并不是他们最需要的，日食月食作为政治意义上的失序象征以及发生后的补救维稳措施对他们更为重要，上文提到的《礼记·昏义》中的记载即是有力证明。此外，日食月食神话也经常作为一种意象来佐证作者自己的观点。《史记·龟策列传》中的三足乌食日蟾蜍食月就是作为例子以证明世间万物都有缺陷，天之常道即不足。现将文本摘录如下：

> 孔子闻之曰："神龟知吉凶，而骨直空枯。日为德而君于天下，辱于三足之乌。月为刑而相佐，见食于虾蟆。蝟辱于鹊，腾蛇之神而殆于即且。竹外有节理，中直空虚；松柏为百木长，而守门闾。日辰不全，故有孤虚。黄金有疵，白玉有瑕。事有所疾，亦有所徐。物有所拘，亦有所据。罔有所数，亦有所疏。人有所贵，亦有所不如。何可而适乎？物安可全乎？天尚不全，故世为屋，不成三瓦而陈之，以应之天。天下有阶，物不全乃生也。"①

宋代的《大学衍义》中也有同样的用法："日月之明而蟾蜍食之，喻人君之明而近幸小人能贼之，皆祸伏于中而不知也。"②作者以蟾蜍食月提醒君主小心潜藏在身边的祸患。

除了三足乌食日蟾蜍食月神话外，历史上还有以较为科学的天文学解释来向民众阐释日食月食产生原因的，但这些真正解释了日食月食发生原因的科学说法却没有被民众接受并成为主流观念。如东汉张

---

① 〔西汉〕司马迁：《史记》，岳麓书社，2001年，第724-725页。
② 〔宋〕真德秀：《大学衍义》卷二十四《辨人材》，山东友谊出版社，1991年，第702-703页。

衡在其《灵宪》中就讲道："月光生于日之所照,魄生于日之所蔽,当日则光盈,就日则光尽也。众星被耀,因水转光,当日之冲,光常不合者,蔽于地也,是谓暗虚。在星星微,月过则食。"①唐时李淳风在《乙巳占》中也有阐释日食发生的原因:"夫日依常度,蚀者,月来掩之也,臣下蔽君之象。日行迟,一日行一度,一月行二十九度余;月行疾,二十七日半一周天,二十九日余而迫及日。及日之时,与日同道,而在于内映日,故蚀其象。"②笔者认为,这样的科学性解释没有被民众接受的原因主要有两点:一是上层阶级将这些天象失序现象用作维持统治上,如李淳风为日食所下的结论为"臣下蔽君之象",而民众并不需要这些说法;二是较为科学的解释与古代民众对世界的认知水平不相符,他们尚无法认识并接受"月光生于日之所照"的观念。

三足乌食日蟾蜍食月神话无法提供日食月食的阐释,科学说法提供了阐释但又无法为民众所接受,因此,一种既解释了日食月食形成,又能被民众所接受的神话势必会出现在民众之中。这种新的日食月食神话,就是天狗食日月神话,下面将具体分析它的形成。

三、天狗食日月神话的形成

天狗食日月神话虽然在明清之际才大量出现在文献记载中,但它的形成却经历了一个相当长的阶段。若是不执着于天狗食日月神话的完整形态是什么时候出现的话,我们甚至能把它的起源追溯到先秦时

---

① 〔汉〕张衡:《灵宪》,〔明〕张溥辑《汉魏六朝百三名家集》第一册《张河间集》卷之二,江苏古籍出版社,2002年,第410页。
② 〔唐〕李淳风:《乙巳占》,清光绪十万卷楼丛书本,第39页。

期,也就是《山海经》中的刑天、夏耕、相顾等的断首神话。[①] 在梳理天狗食日月神话的形成过程时,笔者发现佛教故事的传入、中国本土天狗意象的存在与民间原有的救日月习俗共同影响了天狗食日月神话的形成。

前文提到的佛教经典《百喻经》中说道:"昔阿修罗王,见日月明净,以手障之。无智常人,狗无罪咎,横加于恶。凡夫亦尔。贪嗔愚痴,横苦其身,卧蕀刺上,五热炙身,如彼月食,抂横打狗。"[②] 文中以阿修罗王手障日月来否定天狗食月的说法,说明当时印度已有天狗吃月的说法。以阿修罗王来代替天狗的另一个原因是在印度神话中搅乳海中阿修罗王是日食月食神话的主角。这一故事主要是讲天神和阿修罗(恶神、妖魔)经过长期的战斗后,达成协议,齐心协力搅乳海,以便取得可以长生不老的甘露。他们请巨龟做底座,搬来了大山做搅乳棒,用一条巨蟒做绳索,天神和阿修罗分别抓住巨蟒的头尾,来回反复拉动,于是海水很快化成乳,并从乳海中浮出了 10 种宝物。首先是月亮,接着是吉祥天女、宝石、酒神、乳牛、如意树、白马、大象,还有一团足以毁灭世界的毒药,最后出现的是一个手捧甘露的神人。毗湿奴为了不使阿修罗饮到甘露,就化作美女引诱阿修罗,天神们就乘机分饮甘露。有一个叫罗睺的阿修罗混在天神之中偷喝甘露,被日神和月神发现,告知毗湿奴。毗湿奴立即用手中的神盘将罗睺拦腰砍成两截。可是由于罗睺饮了甘露,他的头得以不死。为了报仇,他的头经常咬啮或吞食日神和月神,即日食月食。由故事梗概我们能发现这一故事与《山

---

① 吴晓东:《狗与蛙:盘瓠神话分化与演变的语音分析》,《民间文化论坛》2018 年第 3 期。

② 屠友祥释译:《百喻经》,东方出版社,2020 年,第 246 页。

海经》中的刑天、夏耕等故事的部分情节类似，都被断首。吴晓东在《狗与蛙：盘瓠神话分化与演变的语音分析》中就很明确地说，断头情节是为了解释日月食的需要而产生的。①

那么问题又来了，既然天狗与罗睺都可以用来解释日食月食，那为什么人们选择了天狗而没有选罗睺呢？这是因为天狗在中国不是一个陌生的意象，它自先秦时期就存在于中国的文献记载之中了，而罗睺所带的宗教属性与异域色彩过于浓厚，并不利于故事的流传。天狗的形象在中国历代文献的记载中也是极为丰富的。有作为瑞兽的天狗，"有兽焉，其状如狸而白首，名曰天狗，其音如榴榴，可以御凶"；②作为星象的天狗，"天狗，状如大奔星，孟康曰：'星有尾，旁有短，下有如狗形者，亦太白之精。'有声，其下止地，类狗。所堕及，望之如火光炎炎冲天。其下圜如数顷田处，上兑者则有黄色，千里破军杀将"；③作为妖怪的天狗，"贞观十七年七月，民讹言官遣长帐杀人，以祭天狗。云其来也，身衣狗皮，铁爪，每于暗中取人心肝而去"；④作为天宫神兽的天狗，"玉皇诏开钧天门，雷公喝道阍者惊，天狗吠我声狺狺"；⑤以及本篇文章所着重关注的作为食日月的天狗。⑥此处罗列不同的天狗形象旨在说明天狗意象在中国历史上的源远流长与根

---

① 吴晓东：《狗与蛙：盘瓠神话分化与演变的语音分析》，《民间文化论坛》2018年第3期。

② 袁珂：《山海经全译》，北京联合出版公司，2016年，第33页。

③ 〔西汉〕司马迁：《史记》，岳麓书社，2001年，第156页。

④ 《新唐书》卷35《五行志》，中华书局1975年标点本，第921页。

⑤ 〔清〕林直：《壮怀堂诗初稿》，《续修四库全书》第1557册，上海古籍出版社，2002年，第378页。

⑥ 关于天狗形象的详细辨析，参见刘泰廷：《御凶、飞天与吞月：中国古代的天狗异兽》，《民俗研究》2016年第2期。

深蒂固，因为该意象在文献中一直是兵灾、混乱、恐慌等负面词汇的代名词，哪怕后面新增了食日月的天狗形象也没有让天狗意象变得平和，反而强化了它所代表的混乱、恐慌、失序等内涵。因此，选择天狗而不是罗睺作为食日月神话的主角更有利于神话的传播。

另一个选择天狗而不是罗睺作为食日月神话主角的原因是民众的救日月习俗。民众的救日月习俗对应到日食月食活动中就是解释日月的复明，在天狗食日月神话中则具体表现为发生日食月食后老百姓敲锣打鼓、点火药放炮仗以使天狗将日月吐出来。以罗睺食日月为代表的断首神话已经较为合理地解释了日食月食后日月的复明问题，日月被吞进嘴里的时候日食月食开始，等到日月被吞到被截断的腹部之后就开始复明。在罗睺食日月故事中，日月能够随着时间的推移而正常复明，不需要人为搭救，这就与中国固有的救日月行为产生了冲突。早在周朝时，就有"救日月，则诏王鼓"的行为存在。而且除了击鼓以救日月，还有通过射箭的方式以救日月。《周礼·秋官司寇》中有对救日月的弓矢的记载："庭氏掌射国中之夭鸟。若不见其鸟兽，则以救日之弓与救月之矢夜射之。"[①] 以及统治者在遇到日食月食时需要"是故日食则天子素服而修六官之职，荡天下之阳事；月食则后素服而修六宫之职，荡天下之阴事。"以平息日月失序带来的风波。参与救日月行为的民众同样很多，王仁裕在《开元天宝遗事》中曾对唐代时的救日月有这样的记载："长安城中每月食时，即士女取鉴向月击之，满郭如是，盖云救月食也。"[②] 每遇月食，整个长安城的人都会向月击

---

① 〔清〕孙诒让撰，王文锦、陈玉霞点校：《周礼正义》，中华书局，2013年，第2939页。

② 〔五代〕王仁裕：《开元天宝遗事》卷下，中华书局，2006年，第52页。

鉴以救月食。这证明在中国固有的日食月食习俗中,救日月是特别重要的一部分,也因此,无法将救日月行为纳入其中的断首神话不适合成为日食月食神话。而天狗食日月的神话则可以让民众把原来虚无缥缈的敲锣打鼓放鞭炮与吓唬天狗联系起来,以完成他们的救日月行为。

综上所述,在天狗食日月神话漫长的形成过程中,佛教传入的天狗食月观念为民众创造本土的日食月食神话提供了蓝本,民众原有的救日月习俗与天狗食月故事的结合使得天狗食日月神话真正地成为本土的日食月食神话,而中国本土的天狗意象则使得新的日食月食神话在民众中得以顺畅地流传,并最终成为民众之中普及度最广的日食月食神话。

四、天狗食日月神话的现状

上文主要论述了天狗食日月神话出现的缘由以及天狗食日月神话形成的影响因素,有助于读者掌握天狗食日月神话的核心情节,即文章开头所说的天狗与日月结仇、天狗食日月与民众救日月三个部分。天狗与日月结仇阐释了天狗食日月的原因,天狗食日月是日食月食现象的反映,民众救日月则是日食月食过后日月复明的反映。由于天狗食日月与民众救日月是具体天象的反映,因此在神话流传的过程中这两个部分能够保持不变,而天狗与日月结仇部分则衍生出无数的异文,从而让天狗食日月神话变得无比丰富。在这些神话异文中,按照源头的不同可以分为两类,一类以佛教故事为源头,一类以本土故事为源头;以下将分别简述这两类天狗食日月神话。

以佛教故事为源头的天狗食日月神话如下所示:

古时候，有一位男子名叫目连。他信奉佛教，心地善良，十分孝顺母亲，但是，目连之母，身为娘娘，生性暴戾，为人奸恶。

有一次，目连之母突然心血来潮，想出了一个恶主意：和尚念佛吃素。我要作弄他们一下，开荤吃狗肉。她吩咐做了三百六十只狗肉包子，说是素包子，要拿到寺院去送给和尚们吃。目连知道了这事，劝母亲不要这么做，忙叫人去通知了寺院方丈，提醒和尚们不吃他母亲送去的包子。方丈准备了三百六十只素馒头，要和尚们藏在袈裟袖子里。

不久，目连的母亲来到寺庙，发给每个和尚一个狗肉包子。和尚们在饭前念佛时，用袖子里的素包子换掉了狗肉包子，然后吃下去。目连的母亲以为和尚们个个吃了她的狗肉包子，大笑着说："今天，和尚开荤啦！和尚吃狗肉啦！"方丈双手合十，连声念道："阿弥陀佛，罪过，罪过！"事后，将三百六十只狗肉馒头，在寺院后面用土埋了。

天上玉帝知道了这事，十分生气，将目连之母打入十八层地狱，变成一只恶狗，永世不得超生。

目连是个孝子，得知母亲被打入地狱，很难过。他日夜修炼，终于修成了地藏菩萨，用锡杖打开地狱门，救出母亲。

目连的母亲逃出地狱后，变成了一只恶狗。它十分痛恨玉帝，要窜到天庭去找玉帝算账。它在天上找不到玉帝，就去追赶太阳和月亮，想将它们吃了，让天上人间变成一个黑暗的世界。

这只恶狗没日没夜地追呀，追呀……它追到月亮，就将月亮一口吞下去；追到太阳，将太阳也一口吞下去。不过这只恶狗最怕锣鼓声和爆竹声。每当它把太阳或月亮吞下去时，人们便会敲锣打鼓、燃放爆竹，吓得恶狗只好把吞下的太阳或月亮吐出来。①

这一版本的"天狗食日月"神话的蓝本是《目连救母》的故事，该故事是佛教中最负盛名的故事之一，因其所内含的孝道思想与古代社会提倡的品德不谋而合，所以在民间极为流传。《目连救母》原文讲了目连的母亲虽然家中富裕，但为人吝啬贪婪，目连却极有佛性且生性善良。她屡屡趁目连不在家时宰杀牲畜，大肆烹嚼，而且从不修善。在她死后由于所造罪孽太多，就入了饿鬼道。饭食入口都会化作火炭，因此她形销骨立，痛苦异常。尊者目连成道后看见母亲受苦，于心不忍，但又无计可施。他十分悲哀，又向佛祖祈求。佛陀教他于七月十五日建盂兰盆会，借十方僧众之力洗去其母身上罪孽，并让母亲吃饱。目连乃依佛嘱，于是有了七月十五设盂兰供养十方僧众以超度亡人的佛教典故。目连母亲得以吃饱转入人世，生变为狗。目连又诵了七天七夜的经，使他母亲脱离狗身，进入天堂。与《目连救母》的故事相比，"天狗食日月"神话先是修改了《目连救母》故事的细节。比如将目连之母宰杀牲畜、大肆烹嚼的行为修改为诱骗和尚吃狗肉包子，与之后她被罚为恶狗的情节相互联系。再比如新增玉帝这个对民众来说更好接受的角色，让他作为将目连母亲变为恶狗的执法者，以代替原有的目连母亲因罪孽被变成狗这样的宗教色彩过于浓重的说法。除了细节之外，这一神话还增加了天狗向玉帝寻仇，遍寻不见便怒食日月与之后的救日月情节，以使故事真正本土化，而这些改动确实加强了目连母亲为主角的天狗食日月神话流传的广度和深度。

另一类"天狗食日月"神话是以本土故事为源头的，源头主要是

---

① 阿荐:《天狗食月》,《小学生导刊》(高年级)，2008 年第 Z2 期。

中国神话中的涉及不死特性的故事。这类神话中天狗与日月结仇的原因基本上都是天狗冒犯了日月（不死药）。冒犯的方式基本分为两种，一种是因不死药发生矛盾；另一种是天狗与日月起了冲突。狗因为不死药与日月结仇的故事在汉族和少数民族之中都有流传，其主要情节一般为主人公偶然间发现了不死药，并用不死药治好了自己或他人的病，不死药的存在被外界知晓后太阳月亮就来抢走了不死药，主人公养的狗为帮主人报仇就对日月穷追不舍。这类故事一般被用来解释日食月食，如侗族民间故事《太阳神和月亮神抢凡人的药》。[1] 此外，这类故事也可以用来解释月亮的圆缺变化，如汉族民间故事《月亮为什么有圆缺》。[2] 天狗与日月起冲突的主要表现形式为天狗求娶太阳或月亮遭拒，进而恼羞成怒，追着日月不放。重庆巴县流传着一则《破鼓救月》的故事，故事的前半部分解释了为什么太阳白天出来，月亮晚上出来以及为什么太阳光刺眼的原因，后半部分就开始解释日食月食。后半部分故事情节如下：太阳妹妹和月亮哥哥手持火把在天上运行，平安无事。后来天狗看上了太阳妹妹，想强娶为妻，月亮哥哥为保护妹妹就与天狗打架，身上被踹出了黑印子。地上人们在干活的时候看见了，就用锄头和耙梳在石头上砸，弄出噪音来吓唬天狗，天狗看打不过，就夹起尾巴跑了。天狗认为自己娶不到太阳妹妹都是月亮哥哥从中作梗，就年年都跟哥哥打架，又蹬又咬。每次他们打架的时候人们总来帮哥哥，拿起锣鼓盆钵使劲敲，边敲边喊来赶跑天狗。[3] 像这样

---

[1] 重庆市巴县民间文学二套集成编辑委员会编：《中国民间故事集成重庆市巴县卷·上卷》，巴县冬笋印制厂，1989年，第5-8页。

[2] 《固原民间故事》，固原县印刷厂，1987年，第8页。

[3] 重庆市巴县民间文学三套集成编辑委员会编：《中国民间故事集成重庆市巴县卷·上卷》，巴县冬笋印制厂，1989年，第16-18页。

通过民间路径演化的天狗食日月神话一般都只流传于很小的区域，不具有被广大民众接受的潜力。因为这类故事在流传的过程中往往会跟地方特色结合起来，比如故事表述时独特的方言，故事中涉及的独特的习俗等，因此无法像以目连母亲为主角的天狗食日月神话一样成为全国知名的日食月食神话。

总而言之，以佛教故事为源头的天狗食日月神话因其所立足的"孝道"核心价值与中国传统美德相一致，以及它在形成的过程中的去特质化，使得它的流传范围和接受人群要远远大于受民间影响的天狗食日月神话。而以本土故事为源头的天狗食日月神话虽然异文更多，但由于故事与地域结合紧密，从而限制了其进一步传播的能力，只能作为地方性日食月食神话而存在。

本文以中国日食月食神话的转变为切入点，认为三足乌食日蟾蜍食月神话中阐释功能的缺失是天狗食日月神话出现的最直接契机。此外，民众在塑造天狗食日月神话以满足自身对新神话需求的过程中既接受了外来佛教的影响，同时还兼顾了自身固有的救日月习俗，多方面因素的影响下形成了天狗食日月神话。而在神话雏形逐渐完善的过程中，不同因素影响力度的不同造就了两类天狗食日月神话的产生，一是以佛教故事为源头的天狗食日月；二是以本土故事为源头的天狗食日月，二者在如今的天狗食日月神话中分别扮演着不同的角色。至于所扮演角色的具体内涵与功能，就是笔者之后努力研究的方向。

日月星辰：当代中国航天叙事中的神话宇宙

张 多[*]

  神话作为一种集体性、根谱性的叙事话语，通常会将关乎人类存亡的宏大话题作为艺术性叙事的核心话题（或母题），并将集体的基础性思想观念融入其中。从目前可见的考古材料释读成果来看，神话作为一种带有艺术形态色彩和集体凝聚功能的文类，在青铜时代已经非常显著。每个时代、每个社会的文艺家、政治家、思想家、宗教家都会对神话这种话语资源善加利用，从而形成具有时代和地域烙印的"神话宇宙"。

  神话宇宙，指以神话的话语方式描绘的宇宙谱系，这个宇宙谱系通常是为了体现人类超越自身天然局限的愿景和努力。例如汉代墓葬画像构筑的天界诸神神话宇宙，将前代业已出现的伏羲女娲、西王母、东王公、月中兔、捣药兔、蟾蜍、金乌、扶桑、嫦娥、羲和等元素，连缀构筑成新的宇宙图景，并且成为汉代中国神话的标志性谱系。再例如，古希腊人围绕着奥林匹斯山，将爱琴海地区的神话碎片连缀成

---

[*] 作者简介：张多，云南昆明人，云南大学文学院副教授，研究方向为民俗学、民间文学、神话学。

一幅诸神的宇宙图景,这样的谱系也成为独具标志意义的神话符号。

随着现代人类的科技进步,人类的步伐已经抵达了月球和太空,古代神话中那些星体和天界想象面临着根本性的冲击。约瑟夫·坎贝尔(Joseph Campbell)就曾经感慨,人类登月是否意味着月亮的神话被证伪。答案是否定的,人类对太空探索的日益深入,并没有宣告宇宙神话的死亡,反而激发了当代人重述神话的极大热情,神话重新将我们与古人联系在一起。①纵观国际,美国的阿波罗登月计划、以色列的创世纪月球探测计划、日本的辉夜姬号探月飞船等,无不运用神话来命名。这背后其实是一次现代科学背景下的重构神话宇宙,其核心依然是指向人类超越自身局限的。

一、中国航天叙事中的神话宇宙谱系

如果从叙事话语的角度看,神话是一种具有时代性特征的文类。本文要讨论的"时代"是从 1970 年"东方红一号"人造卫星成功发射算起的,至今为止依旧在持续发展的"中国航天时代"。或者说是"中国宇宙探索时代"。

从 50 年的航天历程来看,中国航天的表述、叙事、话语,越来越清晰地构筑起一个"神话宇宙"谱系。笔者曾经撰文对嫦娥探月工程作出专论(《宇宙科技、宇宙观与神话重述——从嫦娥奔月神话到探月科技传播》)②,但那时候"天问一号""祝融号"这些后续的进展

---

① 约瑟夫·坎贝尔:《指引生命的神话——永续生存的力量》,张洪友等译,叶舒宪等审校,浙江人民出版社,2013 年,第 234 页。

② 张多:《宇宙科技、宇宙观与神话重述——从嫦娥奔月神话到探月科技传播》,《民间文化论坛》2018 年第 2 期。

尚未出现。时至今日，随着中国科学家对太阳、月球、火星、太阳系的探索高潮迭起，我们可以更加清晰地观察航天科普叙事中构筑的神话宇宙。

中国是一个神话叙事资源的大国，同时也是一个宇宙探索航天科学的大国。当"神话"遇上"宇航"，碰撞出来的火花绝不仅仅是自媒体上广为流传的"中国科学家骨子里的浪漫"①这么简单。中国人越来越多地运用神话资源进行科普叙事，这背后是国家顶层文化设计和神话助力民族文化复兴的多重动力。就目前笔者观察到的案例来看，包括：

（一）太阳神话系列

1970年4月24日晚，东方红一号人造地球卫星在酒泉被长征一号运载火箭成功发射进入地球轨道，这是中国第一个进入地外空间的太空探测器。"东方红"的字面意思指的是早晨的"太阳"，而隐含意思包含赞扬伟大领袖、彪炳英雄功勋，这与当时的时局以及人造卫星项目的政治意义有关。东方红一号的正式研发于1965年开始，主要动因是1957年10月4日苏联成功发射世界首颗人造卫星Спутник-1，紧接着美国于1958年1月31日发射"探险者一号"卫星。因此，从某种程度上看，东方红一号卫星项目的"政治文化意义"要优先于"科学意义"。1970年4月26日的《人民日报》以红色大字头版报道了东方红一号成功发射的消息，"我们也要搞人造卫星"②的领袖语录成为极具号召力的关键句。在中国神话中，太阳很早就被赋予政治意涵，

---

① 抖音用户"小影娱乐"：《中国科研人骨子里的浪漫》，https://v.douyin.com/ewnHrBt/，2021年6月18日发布，2021年8月7日登录。

② 《我国第一颗人造地球卫星发射成功》，《人民日报》1970年4月26日。

诸如以"西夏东殷"(《博物志·异闻》)来比喻夏商之替。

30多年后，中国科学家又开始推动另一项太阳探测项目：夸父计划(Kuafu Mission)，这是中国的一个太阳监测卫星计划，又称"夸父——空间风暴、极光和空间天气探测计划"。该项目于2003—2004年启动前期研究。虽然目前该项目由于技术难度过大处于搁置状态，但是它的科学构想引起了全球科学界的关注和参与。显然，夸父计划基本属于纯粹科学研究，但是其命名"夸父"确实是引起广泛关注的重要原因。夸父逐日的神话见载于《山海经》，在中国家喻户晓，夸父也是代表太阳重要性的文化英雄。

2021年10月，中国成功发射首颗太阳探测科学技术试验卫星"羲和号"。羲和的太阳神话加入到神话宇宙的行列。

（二）月亮神话系列

中国的月球探测始于2004年，并命名为"嫦娥工程"。这项探月计划分为无人探测、载人登月和建立月球基地三个阶段。目前无人探测阶段已经取得瞩目成就。2007年"嫦娥一号"探测器成功完成受控撞月。2010—2011年"嫦娥二号"实现近月制动并拍摄全月图。2013年12月14日"嫦娥三号"带着玉兔号月球车成功着陆月球，并工作了3年之久。2018年，嫦娥四号工程的中继通信卫星鹊桥号顺利进入地月L2点Halo轨道。2019年1月3日嫦娥四号携带玉兔二号月球车，在月球背面预选区着陆。2020年底，"嫦娥五号"在月球采样并通过返回器将月壤样品送回地球。

2016年1月4日，国际天文学联合会正式批准将"嫦娥三号"着月地点命名为"广寒宫"，附近3个小型环形坑命名为"紫微""天市"和"太微"。

在整个嫦娥探月工程实施期间，中国社会乃至国际社会都高度关注每一次任务。许多中国媒体报道嫦娥探月工程，都不约而同地用了神话叙事。例如河北广播电视台的新闻《"嫦娥"奔月：追梦广寒宫》，不仅标题直接用神话话语，还在报道中援引网友留言"三姐（嫦娥三号）落得轻柔妙曼，回眸一笑百媚生！""玉兔呢？被外星人抱走了？"等。①

由此，嫦娥、玉兔、广寒宫、鹊桥、紫微、天市、太微构成了中国月球探测中的神话宇宙谱系。

（三）星辰神话

2011年，中国首颗火星探测器"萤火一号"搭载俄罗斯"天顶-2SB"运载火箭发射，但因技术故障最终失败。"萤火"取意火星的古代名称"荧惑"。

2020年7月，"天问一号"火星探测器顺利发射，开始中国第一次自主火星探测任务。2021年5月15日7时，天问一号着陆巡视器成功着陆于火星乌托邦平原南部预选着陆区。2021年6月，中国国家航天局公布了由"天问一号"以及"祝融号"火星车拍摄的系列火星影像，标志着中国首次火星探测任务成功。《天问》是战国诗人屈原的一首神话长诗，诗作中构筑了一幅星河灿烂的神话宇宙。祝融是古代神话中的火神，而其司火属性也与太阳有密切关系。

在古代神话中，北斗七星也是构成宇宙想象的重要观测物，它与日月、银河一道组成了天庭的图景。而中国的全球卫星定位导航系统即命名为"北斗卫星导航系统"。2000年，中国建成北斗一号系统，向中国提供服务；2012年建成北斗二号系统，向亚太地区提供服务；

---

① 《"嫦娥"奔月：追梦广寒宫》，河北广播电视台，2018年12月13日。

2020年建成北斗三号系统，向全球提供服务。

"北斗系统"的定位、导航功能与北斗七星在古代文化中的指向功能吻合，因此非常形象地传递出这一卫星导航网络的意义。

（四）天界（天庭）神话系列

中国的载人航天工程主要由"神舟"和"天宫"两个项目构成。"神舟"主要是将宇航员送入太空的宇宙飞船，"天宫"则是空间站。

神舟一号到四号于1999年、2001年、2002年发射，皆为无人实验。2003年10月，"神舟"五号将中国首位太空宇航员杨利伟送入太空。此后，除了"神舟"八号，2005—2016年，"神舟"六、七、九、十、十一号将14人次宇航员送入太空。"神舟"载人航天项目的标志上，有一古代壁画常见的飞天形象，寓意"神舟飞天梦"。

"天宫一号"是中国载人航天工程发射第一个目标飞行器，是中国第一个空间实验室，于2011年发射升空，先后与神舟八、九、十号飞船完成多次空间交会对接。"天宫二号"于2016年发射升空，先后与"神舟"十一号、天舟一号进行交会对接。天舟一号是一艘货运飞船。这些工作都在为建立空间站做准备。

2021年5月，中国空间站（天宫空间站）的天和核心舱完成在轨测试验证。6月17日，"神舟"十二号飞船与天和核心舱完成自主快速交会对接，航天员聂海胜、刘伯明、汤洪波先后进入天和核心舱，标志着中国人首次进入自己的空间站。在天宫空间站的组成中，还有实验舱Ⅰ"问天"、实验舱Ⅱ"梦天"。

至此，中国的载人航天计划已经构筑了"神舟"、天舟、天宫、天和、问天、梦天等一系列象征天宫（天庭）的神话宇宙。除此之外，中国还有"鸿雁：全球低轨卫星系统""悟空：暗物质探测器""风云气象卫星"等等太空探索的神话命名。

由众多航天器命名构成的中国神话宇宙图景,不仅是运用神话进行当代社会科学文化塑造的过程,更象征着当代中国人探索宇宙、寻求超越人类生物局限和地球物理局限的奋斗精神。这种神话重述不同于"故事"层面的"讲神话",也不同于"幼稚化"的神话儿童文学。它是依托尖端科技的神话话语叙事,是国家综合实力的体现,也是当代人对神话内蕴之超越精神的确证。

二、建构当代神话宇宙的"超科学"意义

由上述梳理可知,中国当代航天叙事大量采用神话命名,绝不仅仅是一个文化性的代号,而具有广泛的社会文化意义。尤其是有助于人们重新思考在科学与技术高度发达的当代社会,神话所标记的文化认同、精神激励、社会凝聚意义,也许具有新的价值。神话与科学的关系,在当代社会也日益呈现出非对立性。坎贝尔1961年的一段有关神话与科学关系的论述颇有代表性:

> 我认为1492年标志着古老的神话系统权威的结束——至少是开始了其结束过程。这是自古以来支撑人们的生活、滋养他们生命的神话系统。在哥伦布划时代的航海后不久,麦哲伦又环球航行一周,而在他之前,瓦斯科·达·伽马已经环绕非洲大陆航行至印度。从那以后,人们开始系统地探索地球的奥秘,古老的、象征性地从神话中得到的地理知识遭到质疑。
>
> 在试图证实地球某处存在着一个伊甸园时,神学家圣托马斯·阿奎那(Sainthomas Aquinas)早于哥伦布两个半世纪就曾宣告:

"天堂和人们居住的世界是由山脉或海洋或一些热带区域分隔开的,这些分隔区域是不可跨越的,所以人们在描述地形图时从未提及"。在(哥伦布)第一次航海的50年后,哥白尼发表了"日心说"(1543);60多年后,伽利略的望远镜确凿无疑地证实了哥白尼的观点。1616年,伽利略被宗教法庭宣判有罪,原因是他所传授的知识违反了《圣经》经文的信条就像前面提到被妈妈指责的孩子一样。

当然,今天我们已有能力站在群山之巅——加利福尼亚的威尔逊山(Wisn)和帕洛马山(Palomar)亚利桑那州的基特峰(Kitt Peak)哈莱阿卡拉山等,借助更高级的望远镜观察世界。我们不仅了解到,太阳一直位于我们星球系统的中心,而且知道,这一闪光的星球是200亿个太阳中的一个。这些太阳位于巨大的银河系——一个直径达10万光年的透镜状星系。不仅如此,望远镜还向我们揭示了:在这些发光的太阳中,某些发光点并不是太阳,而是整个星系,这些星系中的每一个都巨大无比,像我们所在的银河系那样大得令人难以置信。我们已经能辨认出成千上万个这样的星系。

科学家一直为我们创造宇宙奇观,这些宇宙奇观使人们产生的敬畏感不仅令人惊叹,而且给了我们扩展心灵空间的启示,这一切远非前科学时代所能想象。相比之下,玩具室中挂着的《圣经》图画仅仅是为了给孩子欣赏,有时甚至连欣赏的作用也不存在了!坐在我餐桌旁的那个小小学者就说:"是的,我知道,但那是一篇科学论文。"因此,我们可以判断出:他已经从母亲的知识体系中解脱了出来,并找到了一种拯救知识的方法,因为他母亲所拥有的中世纪教会知识体系正在逐步瓦解。①

他表达了"科学"乃至"科学技术"并不是与"神话""神圣叙事"对立的,甚至这二者也不是同一个范畴的事物。但是由于神话叙事中的内容常常是超自然的、反科学的,因而往往会被科学主义者拿来当作批评的靶子。但实际上,神话要表达的东西根本就不是"实证",而是"精神"。这是一种人类超越自身局限、突破地球局限的精神。这种"精神指引"也正是神话能够被代代相传的重要原因。退一步讲,其实古代人早就知道人不会飞、不会变形、不会永生,所以才激发了飞翔的梦想,进而实现了航空航天技术的发展。

在中国的实践中,"嫦娥—月球""夸父—太阳""天宫—空间""北斗—导航""神舟—飞船"毫无违和感,让人单从这种符码对应中难以分辨到底在说科学探索还是神话。因为,这一系列神话命名的深层次意义是"超科学"的。首先,这个神话宇宙是在运用神话和航天的双重资源,链接古今中国人的探索精神、表述文明复兴的自信。其次,这种命名方式,具有全人类的普遍共同理解,以美国的"阿波罗登月计划"为典型的西方航天实践,也不乏用神话命名的例子。而在各国的航天器神话命名中,中国是最为成体系的。这得益于中国漫长文明积淀业已塑造了一个庞大的神话体系。再次,在探索宇宙这一问题上,创世神话与航天科技本身就是殊途同归。

具体来说,夸父逐日、嫦娥奔月、鹊桥相会、玉兔捣药这些神话,本身说的就是天上的日月星辰与人的联系问题。《山海经·大荒北经》载:

---

① [美]约瑟夫·坎贝尔:《指引生命的神话:永续生存的力量》,张洪友、李瑶、祖晓伟等译,浙江人民出版社,2013年,第5—6页。

"夸父不量力，欲追日景，逮之于禺谷。将饮河而不足也，将走大泽，未至，死于此。"《山海经·海外北经》《列子》等古籍皆有记载夸父逐日其事。袁珂先生对此的解读比较有代表性：

> 而据我的理解，则毋宁说是夸父对光明和真理的追求，无论他怎样快步奔跑，发展的真理总还是行走在他的前面。他只能接近真理，却永远也无法牢牢捕捉真理。黄河、渭水乃至大泽的水源，无非都是表示探求真理所需要的大量知识。巨人感到口渴，虽竭河、渭而还不能满足他探求真理所需具有的知识。他死在奔往大泽的中途了，他没有达到探求真理的目的。然而他仍将手里的拄杖，弃而化为桃林，给世世代代追踪他的足迹而来的光明和真理的寻求者解除口渴。神话向我们展示了一个巨大悲剧中涵藏的宏丽的图景：他鼓舞着我们为此献身的斗志，继世而起，嘤鸣相呼，前行不息。①

这不正是太阳探测的科学计划也提倡的精神，以及探索太阳要达到的目的吗？虽然袁珂先生的解读有自己感悟的成分，并未完全拘泥于文献本义，但是他的解读不无道理。1984年河南大学中原神话调查组在灵宝县（今灵宝市）采录一则当地农民讲的夸父神话，其中一段是："夸父，这个人'见过日出，没见过日入（落）'，他才追日的。"② 调查者程健君解读说：夸父是"要了解天体，太阳升落的地点和情况

---

① 袁珂：《中国神话通论》，四川人民出版社，2016年，第106页。
② 张景春、孙金禄讲述，陈健君等采录，1984年12月7日，河南省灵宝县夸父营村。

才追日的"。① 因此，民间讲述的夸父神话，更加印证了袁珂先生的解读，有民间的基础。

从这个意义上讲，"夸父计划""嫦娥工程""天宫空间站"等等宇宙探索行为，实际上是中国人数千年来对宇宙真相探索的一种延续。而让我们无限接近于太阳、月亮时，也就是在回答古代先民的集体性疑惑。这种"疑问"被屈原集中展示在了诗作《天问》中，比如："天何所沓？十二焉分？日月安属？列星安陈？出自汤谷，次于蒙汜。自明及晦，所行几里？夜光何德，死则又育？厥利维何，而顾菟在腹？"

中国神话，尤其是关于太阳、月亮、星辰、天庭的神话，其本身就是一种类似于"科学哲学"的话语方式，因此当我们进行宇宙探索时，并没有超出日月神话的话语范畴。这就是在航天叙事中建构"神话宇宙"谱系的"超科学"性，它的文化格局要远大于现代自然科学，它是中华文明绵延至今的一种"神话激活"，在思想上是承接古典、对接民间、连接现代科学的。

三、航天神话对当代神话重述的反向作用

通过半个世纪时间，中国逐步在太空中构筑了一个庞大的宇宙科学技术研究体系，与此同时也延伸出一套具有中国风格和文化底蕴的神话宇宙谱系。这个基于航天叙事的神话宇宙反过来影响了中国神话在当代社会的"重述"。

2021年，《中国青年报》在回顾中国的"嫦娥探月工程"时，新闻报道的标题是《千年圆梦"广寒宫"》，报道中说："中国人把

---

① 张振犁编著：《中原神话通鉴》，河南大学出版社，2017年，第781页。

'嫦娥奔月'由神话变为现实,是从 21 世纪第一个冬天开始的。"①对普通读者来说,这种"神话式"的新闻语言快速拉近了民众和尖端科技的距离。因为"嫦娥奔月"神话是中华民族的"集体记忆",是经过数千年演化、传承、积淀,又在几乎每一个历史时期得以广泛传播的"常识"。这个神话还引起了美国登月宇航员的兴趣。在《封面新闻》的报道中,谈及一段往事:"1969 年,阿波罗 11 号登月前,太空员们又提到了嫦娥和月兔。林顿·约翰逊太空中心:有一条要求请你留意,月球上有一个带着大兔子的可爱女孩(a lovely girl with a big rabbit)……(然后讲了一遍嫦娥奔月的故事)。巴兹·奥尔德林:收到,我们会密切关注兔—女郎(bunny girl)。"②在另一篇软广告中,《封面新闻》采用了更为直白的标题《从嫦娥奔月到祝融赴火,科技让梦想不再遥远》,并说"从载人飞船'神舟',到绕月人造卫星'嫦娥'、月球车'玉兔',再到火星探测任务'天问'、火星车'祝融',我们正一步步将想象变成现实,将现代科技与华夏神话紧紧相连。"③

这样的将"神话"与"科技"相联系的行文方式,并不仅仅只出现在航天领域。例如媒体时常将中国的野生生物种质资源库称为"诺亚方舟",如《中国国家地理》对昆明中国西南野生生物种质资源库的报道《种质库:野生植物的"诺亚方舟"》④等。

---

① 《千年圆梦"广寒宫"》,《中国青年报》2021 年 4 月 14 日。
② 文康林:《嫦娥奔月史:嫦娥不叫嫦娥叫什么?》,《封面新闻》2020 年 12 月 17 日。https://www.thecover.cn/news/6279590
③ 《从嫦娥奔月到祝融赴火,科技让梦想不再遥远》,《封面新闻》2021 年 5 月 21 日。https://www.thecover.cn/news/7485471
④ 左凌仁、葛蔼:《种质库:野生植物的"诺亚方舟"》,《中国国家地理》2015 年第 3 期。

还有一种流行的话语方式，是将这些被神话命名的航天器"拟人化"。比如玉兔号月球车和玉兔二号月球车的运营方，都在新浪微博开通了账号，实时更新它们在月球上的动态。而这两个微博的语言都是"第一人称"，让人感到就是玉兔在跟网友互动。2016 年 7 月 31 日晚，玉兔号月球车超额完成任务，停止工作。微博"月球车玉兔"也发出最后一条告别博文：

Hi！这次是真的晚安咯！！！还有好多问题想知道答案……但我已经是看过最多星星的一只兔子了！如果以后你们去到更深更深的宇宙，一定要记得拍照片，帮我先存着。月球说为我准备了一个长长的梦，不知道梦里我会跃迁去火星，还是会回地球去找师父？①

这条微博获得了超过 118000 条网友评论留言，纷纷表达不舍之情。网民的互动本身就是在与玉兔号一起完成了神话的"复活"与"重述"。许多留言真情流露，比如"兔兔的背景好浪漫啊，是星辰大海哎""不知道为什么，还没有开始看，我就想哭了"；还有在四年之后依旧留言："兔兔，晚安，今天是 2021 年 8 月 8 日，距离你休息已经过了 1834 天，一直想你。"

这些在当代社会生活中，尤其是互联网媒介中依旧"活着的"神话，将宇宙科学技术的突破性进展、古老神话的新语境、当代神话宇宙的塑造连接在一起。正如罗伯特·西格尔（Robert A. segal）所言，将神话用科学加以合理化的神话叙事策略，导向是作为一种"指导原则"，

---

① 新浪微博账号"玉兔月球车"，2016 年 7 月 31 日，https://weibo.com/p/1005053926428816/home?from=page_100505&mod=TAB，登录时间 2021 年 8 月 9 日。

而非"描述"。① 也即，我们理解神话的重心不在于内容是否离奇、反科学，而在于神话的精神、想象力如何指引我们走向今日之进步。

如果只是简单几个神话人物被用于航天器的名称，我们也许或说这是偶然因素。但是，如果持续半个世纪，逐步构建出一个神话航天符号系列，那就不是偶然了。至少到目前为止，中国人已经在太空中留下了：东方红、夸父、嫦娥、玉兔、广寒宫、鹊桥、紫微、天市、太微、天宫、天舟、天和、问天、梦天、天问、祝融、北斗、风云、萤火、悟空、鸿雁、长征、中星……如果再加上海洋探测器，则还有蛟龙、雪龙、天鲸、天鲲这些神话命名。这些极具文化底蕴的命名，既生动地向普通公民进行了科学普及，又将现代宇宙探索赋予了人文关怀，尤其是对古代神话资源在当代的重述提供了一种反向作用。

这些航天器在太空中留下的叙事，某种意义上与汉代地下墓葬里的图像神话世界并无二致，他们都是在特定时代语境中，运用既有的神话资源，建构一套具有时代属性的神话宇宙。诸如航天活动中这些还在不断发展的神话事例，也提示我们，中国神话研究应该投入更多力量"在'向后看'的同时也能'朝向当下'"。② 神话这种文类或者文化现象，也只有在特定时代的语境里，方能显现其生命与意义。

---

① ［英］罗伯特·西格尔：《神话理论》，刘象愚译，外语教学与研究出版社，2008年，第312页。

② 杨利慧等：《神话主义：遗产旅游与电子媒介中的神话挪用和重构》，中国社会科学出版社，2020年，第29页。

数据视域下的日月神话研究趋势与知识图谱分析

——以 1620 篇中国知网论文为例

王 京[*]

中国日月神话产生时间悠久，承载着远古先民对于自然天文现象的朴素认知和价值取向。在层累的历史进程中，以日月神话为核心的研究主体逐渐具备了多主题、跨民族、跨地区、跨文本范式的显著特征，并在漫长的传承与发展流变之后，形成了围绕日月起源、日月特征、日月运行、日月自然现象等多神话类型展开的庞杂日月神话叙事体系，成为神话学、语言文学、民俗学、民族学乃至考古学、自然科学等多领域学者共同关注的经典命题。与之相关的研究成果包括专著、会议、项目和论文等，其中以中国知网收录的期刊论文作为切入点，通过对

---

[*] 作者简介：王京，文学博士，中国科学院计算机网络信息中心大数据技术与应用部在站博士后，研究方向为神话学、人文社科大数据。本文为中国博士后面上基金（2020M680682）、国家社科基金青年项目"基于多民族神话大数据的中华民族共同意识研究"（21CZW058）阶段成果。

全部历史时期学者发表论文的研究对象进行分析，可以完成大数据视域下的日月神话起源、流变、类型、功能和价值意义等维度得全方位解读，从而勾勒出平行于神话本体演变路径的日月神话研究发展轨迹。本文即以社科学术大数据为切入点，主要运用 CiteSpace[①] 软件，对收录于知网的 1620 篇日月神话论文进行了基于共引分析理论和寻径网络算法的文献计量分析[②]，采用文献全覆盖式的数据梳理进而探讨日月神话研究领域的概貌，生成相对完整的知识图谱体系。借此实现日月神话研究主题的领域发现、前沿热点分析和历史演进解读，为本领域研究的创新发展提供了一种新的观察视角。

一、日月神话研究年度变化趋势分析

在大数据背景下，针对日月神话作为学术研究的特定对象，首先要对知网中的相关研究文献的选择及筛选。从文献专业度与研究影响力出发，同时保证文献检索的全面性，笔者以"与日（太阳）有关的神话研究""与月（月亮）有关的神话研究"和"与日月有关的神话研究"三大主题为检索范围，在中国知网"期刊数据库"中进行检索，并对检索结果进行去重处理，之后共计得到 1453 篇论文[③]，其中北大

---

① CiteSpace 是应用 Java 语言开发的一款信息可视化软件，可对特定领域文献（集合）进行计量分析和可视化图谱的绘制。

② 陈超美：《引文空间分析原理与应用——CiteSpace 实用指南》，科学出版社，2014 年，第 12 页。

③ 检索条件为：（主题%=（日+月+太阳+月亮）× 神话 or 题名%=（日+月+太阳+月亮）× 神话 or title=（xls（日）+xls（月）+xls（太阳）+xls（月亮））×xls（神话）or v_subject=（xls（日）+xls（月）+xls（太阳）+xls（月亮））×xls（神话））；检索范围：期刊。

核心期刊 327 篇，CSSCI 期刊 234 篇，其他来源期刊 892 篇，时间跨度为 1891—2021 年。将上述全部文献的作者信息、发文机构、题名、发表时间、关键词、被引信息和摘要等相关信息以 Refworks 格式导出，为后续对日月神话研究计量分析与趋势研究提供文献基础与数据来源。

通过对上述采集数据的概览式分析，从计量角度对知网收录的文献进行发文量年度趋势分析，可以发现以年为时间切片的发文数量变化具有较为明显的三段式特征，见图 1。

第一阶段为 1891—1981 年的平缓期。在本阶段的日月神话研究论文数量稀疏且增长特征不明显，相关文献无论在数量上还是增长幅度上都处于较弱的态势。最早收录于知网的学术论文为发表在 The Journal of American Folklore 中的名为 "The Daughter of the Sun. A Legend of the Tsimshians of British Columbia" 的文献，该文以英属哥伦比亚地区琴仙族①（Tsimshians）"太阳之女"型神话作为研究主题，为相关研究提供了跨国境的比较研究范例。在此后的 80 年内，知网陆

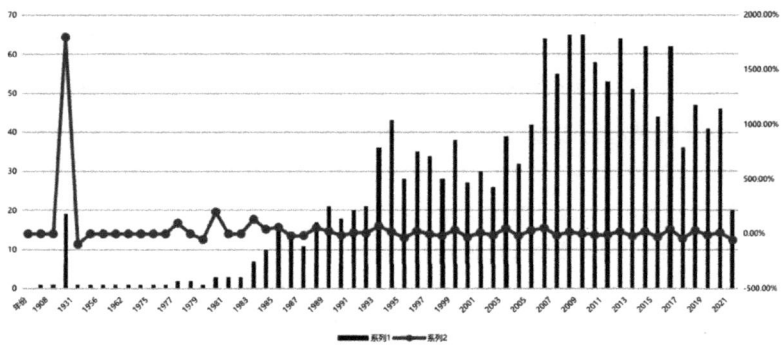

图 1　1891—2021 年日月神话研究论文年度文献数量及环比增长趋势图

---

① 一说美辛人。

续收录了来自英、美、西班牙等多国学者的研究成果，国内学者见诸期刊的论文数量较少，这或得益于国外学者较早关注日月神话中蕴含的原始思维在塑造民族个性和揭示社会功能方面的重要作用。

第二阶段为1982—2005年的高速增长期。这一时期内的研究论文数量得到了明显的积累，研究口径和研究类型也得到了进一步扩充。参与到日月神话研究领域的国内学者数量显著增长，相关成果更是在1994年达到了43篇，达到了本时期的成果数量峰值。这一时期也成了日月神话研究领域的重要发展阶段，相关成果逐渐向邻近领域辐射，涌现出相当数量的交叉学科成果，在实现研究成果积累的同时，为后续创新点的持续挖掘奠定了理论和实践基础。

第三阶段为2006年至今的高位维持期。在近15年时间内，本领域研究成果并没有出现激增式的数量积累跨越，而是保持在一个相对平稳的高位年度数量水平区间，并分别在2006年（64篇）、2008年（65篇）、2009年（65篇）、2012年（64篇）、2014年（62篇）和2016年（62篇）达到了几次峰值，呈现出一定区间范围内的小幅度波动。这一曲线变化特征较为明显地区别于一般相关研究领域的发展规律，一方面反映出本领域在研究者团队组成上的相对稳定性；另一方面也一定程度上显示出本领域研究分支的阶段性收敛。

基于上述分析，从计量维度大致勾勒出日月神话研究学术趋势变化历程，并可清晰发现，与日月有关的一类神话作为中华民族神话的组成部分和重要研究分支，得到了学界的普遍关注。总体上看，学界对于日月神话的持续研究反映了中华民族纵古至今的对于宇宙自然的探索从未中断，这种历史悠久且层类的研究惯性促成了论文宏观数量曲线上的平缓增长。近15年，日月神话研究成果数量累积呈现出更加积极的发展态势，发生这种显著的变化的重要原因之一便是国家文化发展战略对于中国传统文化的重视极大激发了社会对于代表性文化事象的深入挖掘与阐释热情,特别是习近平总书记在第十三届全国人民代表大会第一次会议中强调"中国人民始终心怀梦想、不懈追求""盘古开天、女娲补天、伏羲画卦、神农尝草、夸父追日、精卫填海、愚公移山等我国古代神话深刻反映了中国人民勇于追求和实现梦想的执着精神",其中的"天""地""日"等遥远壮丽的神话意向更是被赋予了"梦"乃至"中国梦"的重要含义,或可从一个侧面被视为"中国梦"的原初来源。在这一宏观思想的引导下,不少学者积极投身于相关领域的研究中,实现了诸多研究成果的大量累积。此外,非物质文化遗产事业在社会范围内的普及与发展也成为进一步刺激研究成果不断增殖的重要动因,越来越多的学者关注到诸多民族、诸多地区与日月神话有关的叙事或文化中所蕴含的文化意向、美学思想、艺术精神和社会功能,如以云南省西畴县壮族"女子太阳山祭祀"[1]等典型民族地区民俗事象逐步走入大众视野,学者们在揭示神话所反映古老文化记忆、再现母系原始社会历史切片的同时[2],深刻反映出国家、地方政府、学者群体和人民群众多层次的文化自觉和文化反思。

二、关于日月神话研究力量网络结构分析

对研究者的论文发表数据和合作状态进行分析,可以较直观得到日月神话研究力量的结构状态。鉴于20世纪20年代之前的研究者发

---

[1] 参见国务院公布第四批国家级非物质文化遗产代表性项目名录,国发〔2014〕59号。

[2] 参见王宪昭:《论太阳祭祀活动中的神话传统——以云南汤果村女子太阳节为个案》,《社会科学家》2017年第1期。

文数量稀疏,不具备计量分析的客观性,故以 1924 年至今 1439 篇论文涉及的研究者作为分析重点,可以得到由 101 个节点和 14 条连线构成的作者合作关系网络结构,网络密度为 0.0028[①],呈现出以散点为主的松散合作状态,如图 2 所示。在此期间共计有 101 位学者进行了与日月神话相关的研究工作,产生了 14 条合作关系,其中节点大小代表该作者发文数量的多少。综合发文数量和论文的被引用率等指标,可以发现本阶段相对高产且具有高影响力的关键学者。这些高产、高引作者长时间致力于本领域研究的概率更大,具备广阔研究视野的可能性更高,更有可能触及跨领域研究的热点边界,因此可一定程度上代

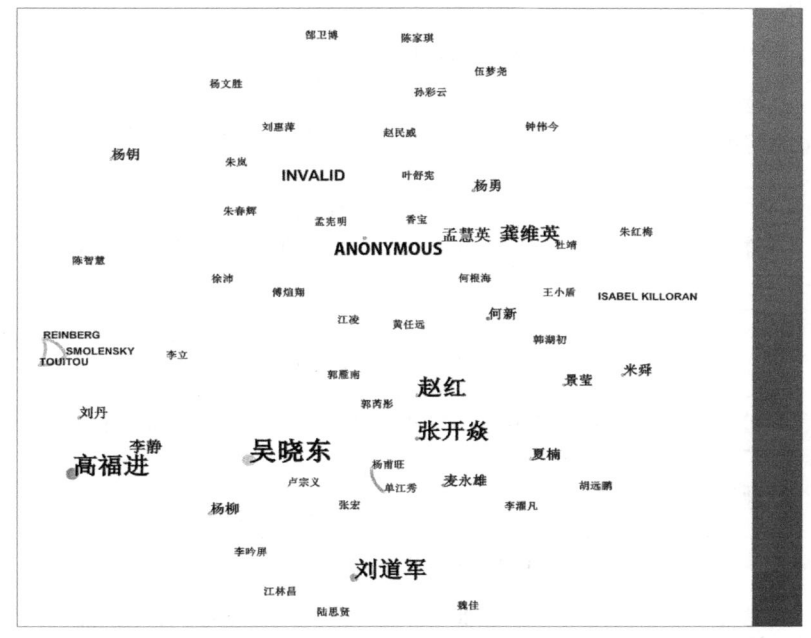

图 2　1924—2021 年间日月神话研究学者发文量及合作分析图

---

①　该数值由 citespace 软件计算得出。

表本领域研究的关注重点,相关内容如表 1 所示。综合图 2 和表 1 的相关内容,可得出日月神话研究力量的网络结构具有以下规律与特征:

表 1　1924—2021 年间日月神话研究领域高影响力作者发文量及研究方向 TOP 表

作者	发文数量	被引数量	发文时间段	研究成果关键词
吴晓东	17	26	2010—2021 年	日月神话比较研究、日月神话起源研究、日月神话原型研究、日月神话语言学研究等
高福进	16	84	1993—2004 年	太阳神话比较研究、太阳崇拜与信仰研究、射日神话研究等
叶舒宪	13	77	1988—2019 年	文学人类学方法研究、神话功能研究、原型理论研究等
龚维英	10	37	1982—1994 年	日月祭祀研究、日月神话比较研究、射日月神话研究、夸父逐日神话研究等
赵红	10	24	2007—2013 年	嫦娥神话研究、后羿神话研究、神话图像研究等
刘道军	9	64	2006—2007 年	日月崇拜研究、三星堆文化研究等
张开焱	9	49	1995—2013 年	日月产生神话研究、创世神话研究、后羿神话研究等
李静	6	17	2004—2013 年	嫦娥神话研究、月神崇拜研究
孟慧英	4	22	1998—2016 年	以萨满教为中心的日月神研究
米舜	4	10	2006—2012 年	日月神话母题研究、侗族日月神话研究、跨民族日月神话比较研究

1.大规模研究分支不明显,关键学者队伍相对稳定。据统计,在知网收录的 101 位参与研究日月神话的作者中,大多数学者的发文量在 1—3 篇之间,且持续产出论文的周期较短,故难以支撑从历时维度和主题维度展开的进一步分析。而由表 1 所示的高影响力作者聚类则较为明显,以吴晓东、龚维英、叶舒宪等为代表的领军学者在发文数量、研究时长、研究方向等几个维度更为突出,明显区别于其他同领域学者群体,逐步构成了相对稳定的关键学者集团。他们对本领域的研究贡献有以下共通之处:

(1)研究内容与方向特征明显。如吴晓东多篇论文依循语言学观察日月神话的考察路径,较有代表性的如《从"日"的语音变化看中原与周边民族神话的关系》一文中,由汉语"日"之上古音 njit 的演变音谈起,发现不少民族神话中的神名从"日"字分化而来,进而通过中原与其周边的民族流传神话中所保留的这两个音的痕迹的考察,对中原与周边民族神话的传播关系进行了探索。[1] 采用相似研究路径的还有《中原日月神话的语言基因变异》[2]等。上述文献在方法论层面打破了单一词汇的训诂考证方式,走向了多元、规律、融合的新训诂考据方法。[3] 这种典型的考据型研究倾向,为同类型及相关类型研究提供了方法论范式和参考。

(2)致力于本领域的研究历时较长。表 1 所示的关键学者研究时长普遍在 10 年左右,较长的研究周期内对相对聚焦的研究方向进行持

---

[1] 参见吴晓东:《从"日"的语音变化看中原与周边民族神话的关系》,《贵州民族大学学报》(哲学社会科学版)2016 年第 1 期。

[2] 吴晓东:《中原日月神话的语言基因变异》,《民族文学研究》2014 年第 3 期。

[3] 参见许艳俊:《吴晓东神话学研究评述》,《长江大学学报》(社会科学版)2016 年第 4 期。

续的论文产出，理论上将有利于逐步形成某一研究亚型研究谱系的概率，进而形成较为有影响力的研究成果集群。如龚维英在 1982—1994 年间，致力于射日神话和夸父逐日神话的研究工作，通过《"羿射九日"神话传说的原始面貌》①《汉族上古"射月"神话浅探》② 等系列论述，全面、系统阐释了特定日月神话传说的原始面貌，依循宏观系统的观察视角也较多出现对本领域的"全面校理、多维探索"之作③，如该作者在著作《女神的失落》④ 中尝试进行对神话和历史之间纠葛的翔实论证，独辟章节完成了对中国经典日月神话的系统考察与论证，成为日月神话阶段性研究的集大成者之作。

（3）对相关研究分支的带动与辐射作用显著。上述关键学者的论文引用频次较高，从一个侧面反映出在领域内乃至跨领域的影响作用持续显现。与青年学者的合作也有效带动了新兴研究群体的积极性，起到了研究力量的衔接与繁荣。

2. 领域学者合作相对独立，小范围合作网络开始形成。由图 2 所示，本领域研究学者多以散点状存在，几乎没有形成较明显的缔结关系。这一方面取决于人文社科类研究的一贯态势，大多数学者更倾向于独立自主的研究状态；另一方面也一定程度上反映出本研究领域的跨个体合作机制尚在起步阶段，还存在着较大的进步和发展空间。值得关注的是，在 1620 篇文献中，有 162 篇文献存在两位以上的作者，占全部数量的 19%，可见大规模相对独立的研究态势中，已有局部小范围

---

① 龚维英：《"羿射九日"神话传说的原始面貌》，《人文杂志》1982 年第 3 期。
② 龚维英：《汉族上古"射月"神话浅探》，《学术论坛》1985 年第 12 期。
③ 参见周建忠：《探幽索疑　辨误立说——评龚维英的楚辞研究》，《阜阳师范学院学报》（社会科学版）1987 年第 1 期。
④ 龚维英：《女神的失落》，河南大学出版社，1993 年。

合作模式开始形成，主要有以下几种类型：

（1）跨学科研究方向催生合作生成。如以单江秀、杨甫旺等为代表的学者形成的彝族神话与三星堆器物符号研究组团中，学者们专注于从三星堆出土实物、彝族史诗和民俗活动等维度的互文性阐释[1]，跨学科研究特征明显，关涉考古学、少数民族语言文学和民俗学，具有研究内容方面的独到性和方法论层面的创新性。相似跨学科研究还有涉及比较语言学、神话学、民俗学领域的《语言疾病与太阳学说遮蔽下的缪勒神话研究》[2]，涉及民族生态学、神话学领域的《壮族神话的民族生态审美范式》[3]，涉及汉英比较文学、神话学和民族学的《"月亮"隐喻翻译研究》[4]，等等。良好的合作机制会在一定程度上融合来自不同研究领域的方法与研究路径，更易催生出更多的创新型成果，交叉领域研究边界也将进一步拓宽。

（2）区域性、民族性研究促进合作。以区域研究、民族研究等大范围视角切入的日月神话研究中较易出现多人合作，这主要源于研究对象复杂、研究范围庞杂和研究周期漫长等客观因素。如李鹏等在《廊坊地区创世神话中的文化精神与价值研究》一文中，对流传于廊坊地区的开辟型神话、人类起源型神话和日月神话等三个主要类型进行了

---

[1] 参见单江秀、杨甫旺：《彝族神话传说与活态民俗印证下的三星堆器物符号的彝文化元素》，《楚雄师范学院学报》2010年第2期。

[2] 陈刚、刘丽丽：《语言疾病与太阳学说遮蔽下的缪勒神话研究》，《青海社会科学》2018年第4期。

[3] 许莹莹、赵民威：《壮族神话的民族生态审美范式》，《贵州民族学院学报》（哲学社会科学版）2009年第6期。

[4] 边立红、傅煊翔：《"月亮"隐喻翻译研究》，《湖南农业大学学报》（社会科学版）2009年第3期。

系统梳理和文化价值挖掘[①]。再如张文安等在《古代两河流域月神崇拜的历史考察》一文中,对古代两河流域宗教历史中月神的神性、家谱、神庙、节日、祭礼、象征、神话和赞美诗等月神崇拜构成进行了系统研究与呈现,为人类早期宗教自然崇拜的发展过程提供了重要参考[②],等等。特别值得注意的是,理论上,虽然面向大区域和大民族的神话研究中团队合作是必须也是必然,但基于大数据的研究特性决定了这类成果产出的难度较高,尤其在前期数据采集、治理和分析等的人力沉没成本较高,需要政策导向和学术引导来进一步激励相关研究的持续深入。

(3)基金项目、会议研讨等提供合作平台。通过基金项目、会议研讨、学会活动等形式,可为学者们的合作提供更加便捷的条件与环境。本文涉及的1620篇文献中,明确标注来自基金或项目的文献共计41篇,大多为两位以上作者的合作成果,其中不乏跨学科的典型之作,如E.M.梅列金斯基和王亚民于2007年发表于《民族文学研究》的《当代关于史诗起源的理论》[③]等。但就合作成果的数量和结合深度来看,尚没有形成明显规模,建议后续学者可以通过加强领域内乃至跨领域间的合作方式,依靠项目基金合作、会议研讨和国际合作等形式,加强交流沟通和科研交流,以促进日月神话研究领域的持续发展与提升。

[①] 参见李鹏、王咏梅、刘平:《廊坊地区创世神话中的文化精神与价值研究》,《廊坊师范学院学报》(社会科学版)2021年第1期。

[②] 张文安、张勃:《古代两河流域月神崇拜的历史考察》,《西南大学学报》(社会科学版)2008年第3期。

[③] E.M.梅列金斯基、王亚民:《当代关于史诗起源的理论——〈英雄史诗的起源〉序言》,《民族文学研究》2007年第4期。

三、关于日月神话研究演进情况分析

利用知识图谱概念模型可以将一个研究领域概念化与抽象化，基本路径为从研究前沿 Ψ（t）到知识基础 Ω（t）的时间映射 Φ（t），即 Φ（t）：Ψ（t）→Ω（t）[①]。作为一篇论文主题的高度凝练，关键词信息可一定程度上反映出研究所涵盖的核心知识与主题，而通过对不同论文间的关键词频次与关联性的综合研究，便可推断明确该文献集所代表的研究领域中各主题之间的关系，据此形成共词网络，从而可以直观捕捉到该研究领域中的重点研究主题、研究热点、发展历程和结构演化。

通过 CiteSpace 对选定时间段内的日月神话文献进行关键词共现分析，时间区间为 1924—2021 年，选择标准（Selection Criteria）设定为 Top N=50，即从每个时间切片中选择最常出现的前 50 个关键词进行分析，可以得到 202 个节点和 241 条连线，网络密度为 0.0119，详见图 3。图中节点大小表示关键词出现的频率，出现次数越多，节点越大；节点之间的连线表示关键词之间存在一定强度的关联，节点间的远近则反映除主题之间的亲疏关系。结合图 3 图谱和高频关键词表，我们有以下几点发现。

---

① 陈超美、陈悦、侯剑华等：《CiteSpace Ⅱ：科学文献中新趋势与新动态的识别与可视化》，《情报学报》2009 年第 3 期。

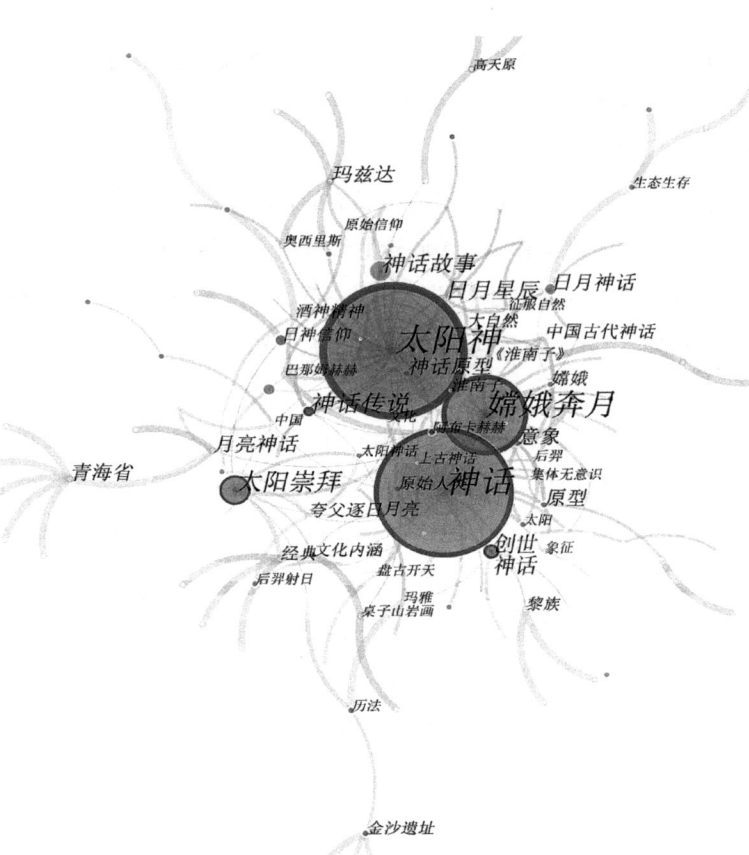

图 3 1924—2021 年间日月神话研究关键词共现知识图谱

表 2　高频关键词及高中心性关键词列表

排序	高频关键词	出现频次	年份	高中心性关键词	中心度	年份
1	太阳神	138	1983	太阳神	0.5	1983
2	神话	123	2000	神话	0.35	2000
3	嫦娥奔月	87	1977	嫦娥奔月	0.27	1977
4	神话传说/故事	49	1984	创世神话	0.14	1996
5	太阳崇拜	32	1993	太阳崇拜	0.13	1993
6	创世神话	22	1996	神话传说	0.12	1984
7	原型	22	2000	月亮神话	0.12	1992
8	月亮神话	16	1992	日月神话	0.08	1989
9	日月神话	12	1989	历法	0.07	2006
10	意象	11	2000	天照大神	0.06	1990

较多的学者专注于太阳神话的研究工作。纵观知网收录的日月神话研究学术论文研究历程，关键词出现频次最高的前几位分别为"太阳神"（138次）、"神话"（123次）、"嫦娥奔月"（87次）、"神话传说（或故事）"（49次）、"太阳崇拜"（32次）等，详见表2。其中包括"太阳"意向的关键词出现频次总和达182次，占据绝对的数量优势。究其原因，大致源于自神话萌芽的远古之日起，日作为与月相对的形象与能量、生命、生产、光明等意向紧密相关，与之相关的神话叙事、祭祀仪式、文学作品和民俗活动也逐渐积累下来。其中，围绕"太阳崇拜"展开的研究数量及影响显著，何新在《诸神的起源——中国远古太阳神崇拜》中得出了"在中国上古时代，曾存在过以崇拜

和敬奉太阳为主神的一种原始宗教"①的结论,印证了中国古人很早就存在太阳崇拜,围绕此进行的学术争鸣也层出不穷,如佟德富认为中国古代哲学的宇宙观是"以太阳崇拜为核心,以人为主体,以太阳的周期运行为尺度的思维模式"②等,相关论著充分证实了太阳神话在各个民族性格塑造过程中的积极作用。据此,为太阳神话研究在历史维度的纵深向继承与发展奠定了客观基础。同时,从神话学角度而言,太阳神话也是一个世界性的神话母题,"几乎全世界各民族都存在过日神信仰"③,从日本的"记纪神话"中的太阳神到希腊神话中的赫利俄斯,再到古巴比伦神话中的伊亚和北欧神话中的苏尔,等等。这种庞杂的差异性叙事中隐喻着对世界民族对太阳及其现象的纵贯千年的求索与追寻,自然催生了相当数量的跨神话体系、跨文化圈层的比较神话研究成果,进一步拓宽了太阳神话的横向研究视野。

多元射日神话研究体系逐渐形成。射日神话是中国各民族神话中较为典型的一类神话题材,其血脉悠远且根系繁复,在中国神话中占据了独特的地位。据不完全统计,知网收录的与射日神话直接相关的研究论文数量达198篇,随着研究的持续深入,相关研究在主题与内容上呈现出多元发展的趋势,方法论层面也不断推陈出新,相关融合理论成果不断涌现,在未来可预见的一段时期内或将持续保持较快速的发展态势。其中比较有代表性的研究方向包括:

---

① 何新:《诸神的起源——中国远古太阳神崇拜》,光明日报出版社,1996年,第29页。
② 佟德富:《神话宇宙时空观初探》,《中央民族大学学报》(哲学社会科学版)2011年第5期。
③ 高福进:《巫术与太阳崇拜——一种原始文化的世界性透视》,《青海社会科学》1994年第4期。

射日神话演变与体系考据研究。近年来，与射日神话的演变研究和体系研究相关的成果不断涌现，逐渐成为了基于射日神话本体研究生发而来的重要学术分支。随着研究的持续深入，学者们抱持着发展性的、体系性的眼光重新审视射日神话内容，研究视野逐渐聚焦于当今时代背景下对古老神话的关照与内涵重释。如景莹在《现代文学中"奔月""射日"神话题材重写及价值取向》中，以鲁迅的《奔月》、谭正璧的《奔月之后》等现代文学作品为对象，剖析了作家所处历史时代对"嫦娥奔月""后羿射日"神话进行重写的现实意义，"在意味深长的文本间性中，表现出作家不同的价值取向"[①]。该类型研究，一方面体现出作家群体对经典文本的借鉴与关照，不失为对中国经典传统文化的传承与挖掘；另一方面则反映出社会大众对文化资源进行再创造的热情与发展，是创新型转化的典型代表。

基于射日神话的社会历史研究。知网最早收录的一篇与射日神话相关的学术论文是邓启耀于1981年发表在《思想战线》中的《从羿的悲剧看中国原始社会解体期》，该文以后羿射日神话为棱镜，分析了由此折射出的经济、政治、宗族、爱情、友谊等自然与社会的众多矛盾，深刻剖析了中国原始社会解体期的重要迹象，也为随后寻迹神话思维解析社会发展轨迹和历史文化价值提供了高超范本。[②]再如王志翔在《后羿射日神话与羿商战争》一文中，对后羿射日神话叙事的内涵进行了基于文献学和图像学的研究，得出"后羿即篡夏代立之羿"，"后羿射日"即反映了夏史纪年内羿与商人先祖之间战争的史实，并据此提出了"历

---

① 景莹:《现代文学中"奔月""射日"神话题材重写及价值取向》,《求索》2015年第1期。

② 参见邓启耀:《从羿的悲剧看中国原始社会解体期》,《思想战线》1981年第1期。

史神话化"与文字等文化载体形成之间或有直接关联的结论。① 还有学者依循与人自然协同发展的宏观视角,从女娲补天、后羿射日和大禹治水等经典上古神话范式入手,考据了神话叙事中所反映的自然灾害与社会生活变化、政治干预手段之间的密切关联。② 这一类研究从而得出神话在推进人类文明进程中所起到的重要作用。

基于射日神话叙事中的中华民族文化认同研究。这一研究分支的兴起,是由射日神话广泛存于中国多个民族中的客观条件决定的。据不完全统计,包括蒙古族《乌恩射太阳》、壮族《侯野射太阳》《特康射太阳》、高山族《射日的故事》、珞巴族《九个太阳》、羌族《射太阳》、独龙族《猎人射太阳》、布依族《王姜射太阳》、瑶族《勒光射太阳》、阿昌族《遮帕麻和遮米麻》等在内的20多个民族中均有射日神话的记载。③ 这些神话叙事虽然在射日者、射日原因、射日过程、太阳数量等方面千差万别,却在射日神话的基本情节和反映出的象征意义中表现出相似性。黄光成在研究中称"几乎古代华夏神话中的每一个神话故事、每一尊神,每一象征符号,在少数民族神话史诗中都可以找到对应者",在以农耕生产为主要生计的历史阶段,通过射日者在不同的民族中被冠以不同的名称的外在表现,可以推测出"这些民族中有着相同或相近的历史-文化背景,有着相同或相似的心理-文化结构"④。

---

① 参见王志翔:《后羿射日神话与羿商战争》,《学术交流》2019年第9期。
② 参见康琼:《人与自然协进的演化——中国文明起源的神话观照》,《湖南师范大学社会科学学报》2011年第3期。
③ 参见李娜:《少数民族射日神话》,中国民族文化资源库,网址:http://www.minzunet.cn/。
④ 黄光成:《从各民族神话看中华民族的文化认同意识》,《云南民族学院学报》(哲学社会科学版)1994年第1期。

射日月神话的母题结构与解读

王宪昭 *

  射日月神话在多个民族和地区均有流传,其叙事主题是通过某个英雄人物射掉天上多余的太阳或月亮,解决人类面临的干旱或秩序混乱等灾难。这类神话一般以射日为主,所以在神话类型分类中又将其定义为"射日神话"。又因这类神话主要表现射日者的英雄气概,故有时又把此类神话归类为"文化英雄"神话。这种分类只是外在形式,众多射日月神话在本质上具有大致相同的创作思维,在叙事结构上也往往大同小异。本文试图从神话母题的角度,对这类神话做出一点探讨。

一、神话母题及其界定

  所谓神话"母题",即神话叙事过程中最自然的基本元素,这些元素可以在神话创作或神话的各种传承渠道中独立存在,也能在其他文类或文化产品中得以再现或重新组合。母题作为对各民族射日月神

---

  * 作者简介:王宪昭,中国社会科学院民族文学研究所研究员,研究方向为中国少数民族神话研究。

话进行定量和定性分析的特定单位，具有关键词检索和神话含义分析等功能。根据神话分析的实际需要，我们可以把"母题"划分为如下四种类型。

　　1. 名称性母题。这类母题主要是神话传承中积淀的特定的人或事物，语言形式上表述为一个名词或名称性词组，在特定的神话语境中使用。如"射日者""后羿""射日工具""弓箭"等。名称性母题本身难以表达相对完整的叙事，需要与其他母题或描述组合而形成明确的表意。

　　2. 情节性母题。这类母题一般与叙事主题密切相关，语言形式上表述为一个词组或含有主谓语的短句，有较为明确的含义，可以视为较强的叙事单元，其结构功能较强，往往可以在不同类型的神话中使用。如"射日的原因""射日过程""造弓箭射日""用铁箭射日""射日结果""太阳的躲藏"等。

　　3. 语境性母题。这类母题一般是"情节性母题"和"名称性母题"的辅助性元素，其含义具有类型化的特征，如与射日月神话中描述的事件有关的"射日的时间""晚上射日""在山上射日"等相关的一些母题。

　　4. 概念性母题。概念性母题又称"观念性母题"，这类母题与神话作品中出现的母题有明显区别，其名称的产生源于当今神话大数据建设的实际需要。一方面，一些神话研究成果中出现的观念既涉及大量的神话母题，又与神话叙事的解读存在自然的联系，如"射日神话的类型""射日的意义""射日的象征性因素"等，这些描述性的概念一般不会出现在神话文本中，但对母题的检索与解读却具有重要作用。所以，可以把这类母题称为"概念性母题"。

　　上述各类母题的提取就好像把一台机器拆成不同的零部件，我们从中虽然不能看到机器的整体面貌,但每一个零部件都有自己存在的价值,具有其特定的功能,对整体的影响不言自明。

二、关于射日月神话的母题结构

射日月神话可以说是日月起源神话的续篇。我国射日月的神话非常丰富,不仅汉族有家喻户晓的羿射九日,许多民族的射日月神话也表现出较为近似的内容,主要讲古代同时出现了数个太阳或月亮,人们不堪酷热,有一个英雄把多余的太阳或月亮射落,留下一个太阳为人间照明送暖,使大地充满生机。射日月神话中的情节也一般包括多日、文化英雄名称、射日月、日月数目变化和请日复出等。以单纯的射日神话为例,其叙事结构可大致概括如下:

(1) 射日时间。神话中所描述的射日时间一般为"以前"或"古时候",有时也会框定在特定的时代,如"尧时"。

(2) 射日的背景。天上有多个太阳。一般为2个以上,有的神话还会对太阳的家庭、日月的性别等做出描述。

(3) 射日的原因。太阳对人类和万物的危害。大地被晒焦、动植物被晒死、只剩少数的人或其他生命等。

(4) 射日的准备。这个环节可以包括射日工具的制作、射日者学艺、射日者寻找射日方法、射日者得射日宝物等相关母题。

(5) 英雄射落天上多余的太阳。有时射日月前介绍英雄的诞生、艰难的过程、箭的制造、射日月地点、射日月动作以及太阳落下后的情形等。

(6) 剩下的一个太阳躲藏起来。有时太阳与月亮并提。

(7) 请太阳复出。请太阳者一般会先描述几个不成功的请太阳者,最后以公鸡请太阳成功的居多。

（8）大地恢复正常秩序。一般为射日者让剩下的一个太阳或日月按规则运行、人们重新恢复生产等。

（9）延伸出解释一些民俗现象、风物传说等类型的神话母题。

下面选择射日月神话中的一些基本母题，加以介绍。

1. 射日月的原因。人类与日月的关系说到底是一种人与生存环境的关系。在先民看来，太阳或月亮既是光的源泉，也是热的源泉，它给人们带来温暖与光明的同时，也会带来干旱和灾难。天上没有日月人类无法生存，日月出现的原因绝大多数神话都是说自然出现，只有少数例外，满族认为是天神的不肖徒弟所造；阿昌族认为是妖魔所造，妖魔造的太阳三年不落，照得天如火烧、地如炉红，塘干地裂树枯，濒临绝境的水牛角都被晒弯了。土家族神话说，因为世界上的人越来越多，玉皇大帝害怕起来，放出12个太阳，想把天脚下的人都晒死。另一种情况是假的、畸形的太阳或月亮给人类带来的灾害，如瑶族神话说，本来天上只有一个太阳，有一天晚上突然出现一个七棱八角，不方不圆的月亮，发出毒热的光，田里的禾苗晒得枯焦。阿昌族神话说，火神和旱神腊訇造了一个假太阳钉在天上，使地面比烧红的铁锅还要烫。

但无论什么情况都会给人类带来巨大的危害。有的是危及人类生存。赫哲族神话说，早先天上有3个日头。它们挂在天当腰，毒辣辣的像火盆一样，把老百姓晒得透不过气，吃不下饭，睡不好觉。地里的禾苗被晒死了，江河里的水全被晒干了；山上的树被晒得都死了，所有飞禽野兽也都聚在海边，藏在洞里，白天不敢出来。还有的是晒死生命，引发复仇性质的射日行为。珞巴族神话说，大地生了9个太阳，虫子穷究底乌带着自己的孩子和大伙儿在一起摘桃子。结果住在天上的一个太阳兄弟把他的孩子晒死了。赫哲族神话说，以前的时候，天空三日并出，晒死大地上的生命，所以有一个勇敢的人为拯救生命，拿着弓箭跑去射日。畲族神话说，古老时候，天上有 9 个太阳同时出来放光，也不分昼夜，把个大地烘烤得像烧干的锅底，外出找水的舜祖王的儿子也被晒死，一时间闹得人心惶惶。在这种情形下，射日的大幕被讲述人徐徐拉开。

2. 日月的数量。就太阳、月亮数量而言，各民族神话不尽相同。如佤族神话说，天上出现 1 个永久不落的太阳，晒焦了庄稼。白族、独龙族神话说，天上有 2 个太阳，烧死了大地上的庄稼。赫哲族神话说，天上有 3 个日头。高山族神话说，太古时，天上有 2 个太阳，稼禾枯焦。黎族神话说，很久以前，天上出现 5 个太阳和 5 个月亮。瑶族神话说，天上有 6 个太阳 6 个月亮。基诺族、仡佬族、傣族等神话说，有 7 个太阳。满族、鄂温克族、景颇族、拉祜族、珞巴族、纳西族、羌族等神话说，天上有 9 个太阳。毛南族等神话说，天上有 10 个太阳；鄂伦春族、蒙古族、土家族、侗族等神话说天上有 12 个太阳。壮族有 19 日之说。有的民族有多种说法。如布依族神话中有的说，太古 9 个太阳并出；有的说，天上的 10 个太阳不排班，大地烤得像火烧一样；有的说，天上 12 个太阳晒得岩块崩裂。苗族神话也有 8 个太阳 8 个月亮、12 个太阳 12 个月亮，以及 99 个太阳 110 个月亮甚至更多日月等说法，说明神话在流传中母题的变化。还有的神话不说日月的具体数目，只是用"许多""很多"这样的词语来笼统表达。如哈萨克族神话说腾格里接受大地母亲要光明的请求，使天空出现许多太阳，大地被烧焦。水族神话说，太阳很多，晒得人类不能生活。

显然，由于早期人类的生产活动主要依赖于自然气候，气候特别燥热或干旱时，他们就会产生太阳数目太多的错误认识，认为天空中的太阳不止一个，每天的太阳又有不同，所以多日并出就成为导致炎热干旱的直接原因。

3.射日前的准备。这类母题体现出射日月神话创作过程中的一些艺术塑造，与之相关的环节也为下面情节的展开做铺垫。如哈尼族神话《遮阿都射日的故事》中说，小伙阿都用了七天七夜，终于打造好了射太阳的弓箭。布朗族神话《顾米亚》中说，神巨人顾米亚到射日月时，到森林里砍来西尼麻（树名，当地汉族称青皮树），做成弓，到冲子边取来阿卡解麻（野生的藤子，性坚韧）搓成弦，又到竹林里砍来阿里（箭竹）削成箭。毛南族神话《格射日月》中说，参格和格射日前，准备了3个月又9天，用20蔸大楠竹做成20支神箭，箭头上涂上了射虎杀熊的见血封喉药等。这些描述对下面的射日过程具有重要的烘托作用。

4.射日或消除众多日（月）的过程。各民族射日月神话的过程一般会形成一个较为完整的情节，包括射日月前的准备，制作射日月的工具，追赶日（月），消除多余的日（月）等若干细节。各民族面对为害人类的多个日月可谓是斗智斗勇，方法繁多。除较为常见的用弓箭射日月之外，还有打日、捅日、抓日、罩日等等，整个过程生动曲折，妙趣横生，在这些丰富的叙事基础上一个个英雄形象展现出来。

这个射日月过程一般会包含射日月的时间、地点、射日者特征描述、射日过程的艰难性表达等一系列相关母题，如在交代射日时间时，壮族神话《特康射太阳》中说，有个英雄叫特康在天未亮就到了高高的巴泽山上，决心射掉一个个毒太阳；另壮族神话《祭太阳》则说，英雄射太阳那天，正是农历二月头一个龙日。关于射日地点，壮族神话《侯野射日》中说，巨人侯野射日时，背起弓箭到一座最高的山顶去射日。

（1）徒手或借助动物消除日（月）。这类神话以朴实的思维解决了常态下根本不能解决的问题，体现了最真实的神话思维特征。高山族卑南人神话说，壮汉用草造梯子攀天与太阳打架，杀了6个太阳。苗族神话说，很久以前，白天有9个太阳，晚上有9个月亮。9个太阳和9个月亮轮流照射大地。心地善良的"明那雄"趁日月睡觉时，把猎鹰放出去了，聪明的猎鹰，展翅一跃飞上天，到了月亮树，啄掉8个假月亮的眼睛。那8个假月亮，都变成了瞎子，醒过来，找不到藏身的地方，就从月亮树上掉下来，落在明那雄的洞口，给大黄狗一口一个地吃掉了。黎族神话说，很久以前，天上出现5个太阳和5个月亮，山猪咬掉4个太阳，咬碎4个月亮。

（2）用简单工具消除多余的日（月）。这类神话中出现的消除多个日月的工具与人类早期使用的简单的劳动工具有关。仡佬族神话说，汉子阿鹰用竹竿打落多余的6日6月。彝族神话说，天上有9日9月，格滋天神用凿子凿掉8日8月。壮族神话说，一年轻母亲背婴儿舂米，天上12日并出，晒化了她的宝贝。母亲大怒，以杵捅日。一个个捅下来，只留一个暖人间。瑶族神话说，远古时候，天上有16个太阳和17个月亮一齐出来，祖神果阿常盯着那个最大的太阳，等它绕到面前时手起一棒，把它打得粉碎，其余的太阳见自己的大哥被打碎了，一个个吓得要死，慌忙逃命。果阿常追上去，一棒一个，一口气把15个太阳都打成了碎片。

（3）用弓箭等消除多余的日（月）。随着弓箭的发明，人们会认为用箭射日月是最为直截了当的方法。弓箭的产生是在新石器时代，这时已有原始农业和驯养业。大部分射日月使用的是弓箭，说明神话产生的时间与这一时代有关。如瑶族《射月亮》神话关于射月的箭的要求是"南山有大虎，北山有高鹿，若要膀力强，吃完虎鹿肉。虎筋弓，鹿角箭，射得月亮团团转"。这里隐隐约约透露出人们对弓箭制作的一些认识。具体射日月时，各种各样的箭精彩纷呈，有的是用神箭射日月。纳西族神话说,以前,日月太多,人间大旱。桑吉达布鲁拿出神弓、神箭射落8个月亮。哈尼族神话说,阿切梅林从洪伯拉梅神仙借到了神箭,射得5个多余的太阳立刻化为灰烬;另则哈尼族神话说,阿都用金箭、银箭、玉箭和铜箭,分别把恶毒的坏太阳射落下来。有的是用植物做的箭射日月。苗族神话说,阳雀用一棵唯一未被太阳晒死的麻秧树制成弩弓,射落多余太阳。水族神话说,人类从牙巫那里得到了铜箭和铁箭,射落8个太阳,留下2个成为今天的日月。傈傈族神话说,射日月者设法取到龙王的金弩银箭,征服了天上的9个太阳和7个月亮。

(4)多种方式并用驱赶日月。景颇族神话说,天神番瓦能桑创造9个太阳,大家骂的骂,戳的戳,终于赶走了太阳。高山族排湾人神话说,以前天很低,2个太阳一起出来,人兽都经不住烤晒。妇女们急了,爬上屋顶一面高声和歌,同时以杵捅天,把一个太阳的眼睛捅瞎了,变为月亮。因为太阳升高逃去,人不再受烈日的煎熬。佤族神话说,从前,天上只有一个不会落下的太阳,有一个老奶奶发现这个太阳一直亮着,害得人们不知道时间,就让小伙子回家把弩箭、瓢子、火筒拿来,比一比谁能把太阳射落下来。人类进入青铜时代之后神话中还会出现一些金属工具,诸如金榔头、银榔头、金钩、铁棍、铁索、铁刀、铜斧子、篾刀等。

不少射日月神话把射日月过程描述得艰难而富有色彩。布依族神话《德金射日》中说,很久以前,天上有10个太阳,大地烤得像火烧,有个身强力壮的小伙名叫德金,下决心去射太阳。他妻子便给他做了个饭包,装了很多干粮,让他带在路上吃。德金找了棵很好的高娃树做弓,用茅草秆做箭。做好后他先向河对岸射了三箭,三支箭都深深地射进了河对岸的杨柳树干。人们看到都很惊奇,认为他创造了神物,人们杀羊宰猪好酒好肉招待他，请他快点把太阳射下来。德金为了找离太阳近点的地方，走了一天又一天，到处都受到人们的热情招待。最后，他爬上了离太阳最近的鹅颈山，山上有一棵很高的大树，树梢直伸进了云里。德金爬上了树梢，选了个地方站稳，就搭箭张弓向太阳射去。值得注意的是，所有射日神话都渲染了射日过程的艰难，有时甚至会有意描述射日过程中的失败，如哈尼族神话《噶贝阿切梅林》中说，射日时，人们用栗木造弩，用黄竹造箭，结果没有一支竹箭射中太阳。

但无论哪一种情形，都无一例外地赞扬了射日英雄神的英勇气魄，凝聚了浓厚的民族自豪感。只有充分占有了神话材料，才能更好地进行归纳分析，从而建立起完善的神话体系。

5. 射日月的结局。射日月的目的只是射去多余的日（月），各少数民族射日月神话无一例外地会有一个圆满的结局，即实现了射日月的目的。但大多数射日月神话在流传中往往加上一个风趣而生动的叙事，使射日月的情节有所延伸。一般情形是，射日月英雄射下多余的日（月）后，剩下的一对日（月）非常害怕，东躲西藏不敢出来，使得天地又回归于黑暗，无法生产和生活。于是人们想尽各种办法去请日（月）复出。有时人们认为黄牛声音大，就请黄牛去喊；有时认为小蜜蜂会飞，就让小蜜蜂去叫，等等。结果往往不能成功，只有公鸡一展身手，才能把太阳和月亮喊出来。在表现这个母题时，有的地区如苗族的《公鸡请日月》把公鸡叫日月情节当作了神话叙事的核心内容和主题，显然是把日出鸡叫的现象转化为鸡叫日出理解，于是苗族常用公鸡敬神，结果是把公鸡的神性扩大了。

布朗族神话《顾米亚》的射日（月）结局是，人们正在为神人顾米亚射落8个太阳和9个月亮而欢欣鼓舞时，又突然跌入另一种失望和忧虑。因为剩下的一对日月夫妻由于害怕顾米亚的利箭而躲藏起来,使天地间变得一片黑暗。顾米亚派燕子去打听日月的下落,派公鸡和野猪带领百鸟和百兽去恳请,但日月夫妻已下了决心,宁肯饿死在洞中也不愿走出。顾米亚只好由公鸡做保证,每天它叫,说明以后不再危险,这样,太阳月亮才重新出来。太阳照到山坡上,百兽出来奔跑了,太阳照到森林里,百鸟出来唱歌了,太阳照到河水里,鱼儿出来游泳了,太阳照着老大爹,老大爹出来修犁耙了,太阳照着老大妈,老大妈出来纺线了,太阳照着小伙子,小伙子下田干活了,太阳照着小姑娘,小姑娘上山砍柴了,太阳照着小娃娃,小娃娃出来放牛了。将神话与现实的距离拉近了。这种拉近不单单是叙事的需要,同时由于射日月神话的生活化,也有益于受众的接受与文本的流传。

三、射日(月)母题的几个相关问题

1. 关于射日月的寓意。探讨使原始人产生数个日月同时出来这种想象的原因,成了学术界关注的问题之一,有日晕说、抗旱救灾说、巫术说、图腾部落说、神族内讧说等。如持射日(月)是农业抗旱需要的研究者认为,射日现象很自然地便能够形成一种本能的反抗意识,即射杀害人的多余的太阳;反映到农业上,定居的农耕部落和民族则首先具有抗旱的农业需要,因而表现在以耕作为本的农耕地区,抗旱是最为直观的认识,对自然现象最直接的反应。因而抗旱就会需要一个具有超凡能力的英雄去完成。① 从这样的角度去分析,神话的主题不是为表现英雄形象而塑造英雄,射日(月)的英雄只是根据当时生产

---

① 参见冯天瑜:《上古神话纵横谈》,上海文艺出版社,1983年,第145页。

生活的需要创设的一个人物而已。这种情况从这类神话在后世流传的故事化中可见一斑,射日(月)神话实质上映射了当时的社会生产状况。少数民族的射日神话里有最终保存一日的结局,所以射日(月)神话本身寓意,直接体现了古人的自然神信仰和农业抗旱的生存本能,同时反映了古人的信仰与自然环境、自然现象息息相关。这一方面说明是为了某种现实的需要必须射落太阳,才能免灾除害;另一方面又强调了一个看似矛盾实为统一的本能需要,即人类又离不开太阳,它给人间带来了光明和温暖,处于蒙昧状态下的先民们了解到,没有太阳,人类将面临更大的灾祸,甚至无法生存。处于这一文明程度下的人们已经懂得太阳对人类的重要作用。射日(月)神话仅仅体现了原始初民一种特殊而又合情合理的科学认识。这是既矛盾又统一的认识,我国各族射日(月)神话以及世界各地控制太阳的传说和习俗均能够体现这种双重的情感与认识。这也许就是射日神话最为纯粹的寓意。[①]

从这类神话的实际产生来看,似乎还另有原因。我们一般认为,从抗旱救灾说引申出来的巫术比较合理,也就是说,"射日(月)"不过是"交感巫术的一种变形,表现了原始人想通过巫术控制自然现象的企图"[②]。射日(月)神话一般都具有表面层次、主旨层次和原始意识层次,而原始意识层次属深层结构,具有相应的隐喻意义,这个隐喻意义恰恰是神话产生的根源。正如马林诺夫斯基所指出的,表演巫术时,是"用一个象或旁的东西来象征所要加害的人,然后加以损伤或毁坏,这种巫术也是最显然地要表现恨与怒"。比如"将一个有尖的骨或棍,箭头或某种动物底脊骨,用模仿的仪式向所要加害的人

---

① 参见高福进:《射日神话及其寓意再探》,《思想战线》1997年第5期。
② 朱狄:《原始文化研究》,上海三联书店,1988年,第742页。

底方向刺去、投去或指着，便算要将那个人弄死"①。利用虚构的"超自然力量"来实现某种愿望的法术，"桂西一些地方壮族在日食月食时，巫师在众人敲鼓击锣助威下，剑指天空驱魔，让其吐出日月。天旱久，巫师入社庙作法，驱雷王之神鼓（指烈日）。他们手持短剑，对空呼叫恐吓，而后在代表社王的神坛下摔'交'。这是一种用一节罗汉竹做成的法器，从中破开为二。法师念了咒，摔下去，全仰或全俯表示神已答应，一仰一俯表示不允，须再念再摔，直到全俯或全仰为止。有时半天总是一开一合，巫师居然大骂雷公，又用脚去踢代表社王的一块立石，令旁观者变色。巫师总相信其术能影响神的意志"②。

　　巫术与神话具有密切联系，民间的与征服自然有关的许多重大活动都有巫术仪式，那么这些仪式也会成为神话叙事的模板。联系到射日（月）神话，我们会发现这个母题与原始社会祈雨驱旱仪式异曲同工。射日（月）母题中的英雄向天射箭的叙事，目的是因为天旱或天热，动作上极可能描摹了巫师祈雨仪式的带有夸张色彩的象征性动作，表达了人们希望烈日滚落或变得温和等愿望，于是以弓箭向天空比画，或象征性地射几支竹箭，一面念咒、呼喊、狂叫，在意念中咒着烈日，就像厌胜法欲置自己所恨的对象于死地一样。如彝族神话说，先在马桑树上射日，不中；又站在蕨株上射，又不中；立在竹梢上射，也不中；到松树顶上射，还不中；一直到堂郎山的白杉梢，才射落多余的日月。苗族神话说，远古的时候，天上的99个太阳和110个月亮一齐出来，烤得大地火热。杨亚爬上马桑树去射日，他手拉着马桑树尖，把马桑

---

① 参见［英］马林诺夫斯基：《巫术、科学、宗教与神话》，李安宅译，中国民间文艺出版社，1986年。

② 马学良、梁庭望等：《中国少数民族文学比较研究》，中央民族大学出版社，1997年，第82页。

树拉弯,放手后,让马桑树甩去打太阳和月亮,怎样打也打不着。杨佬和杨芳看儿子打不着太阳和月亮,就到藤子蓬里去扯了一大把藤子,从芭茅蓬里拔了芭茅草来。杨亚就用马桑树作弓,藤子做弓弦,芭茅草当箭来射太阳和月亮。射了九九八十一天,还是射不下来。杨佬又拿来犁铧,杨芳拿来锄头把,杨亚就把犁铧和锄头把套在一起射太阳和月亮,射了七七四十九天,终于把98个太阳和109个月亮射落下来了。

这些多次的"经验",极可能就是根据许多次祈雨射日仪式而幻想出来的结果。应该说,射日(月)母题在深层结构有着共同的渊源和象征意义,这也表明在神话时代,"没有什么自然现象或人类生活现象不可以被做出一种神话解释。"① 这些解释中又包含了对其象征意义的浓缩与提炼。

2.关于射日月英雄。通过射日月神话塑造英雄,表达英雄崇拜是非常普遍的现象。毛南族神话《格射日月》中说,爹格和格神箭的威名传四方,方圆百里的百姓扶老携幼登门请他们射掉日月。射日时,高山顶上没有草木,十个日头十团火,晒得他们先是浑身冒汗,后是浑身起水泡,大家干渴得要死;疼痛难熬,爹格咬紧牙关,对准毒日连射十箭,十支神箭,看着就要飞近毒日了,妖龙吓得胆战心惊,急忙往高处飞,这十箭渐渐无力,十支箭落回地面,轰隆巨响,犹如打了十个旱天雷。神话的动人之处有时就在于通过对神话人物某些生理特征的夸张放大,赋予了他们超乎凡人的本领和力量,据此干出一番惊天动地的宏伟业绩。许多民族往往会在自己的民族神话中塑造本民族的射日英雄形象,蒙古族的乌恩射日,布朗族的顾米亚射日,哈尼

---

① [德]恩斯特·卡西尔:《人论》,甘阳译,上海译文出版社,1985年,第153页。

族的巨人俄普浦罗射日、佤族的洛伊大帝射日、彝族的支格阿鲁射日、水族的女始祖牙巫射日、毛南族的格射日。有些民族在不同的神话中还会出现不同的英雄射日（月），如壮族的汉弘射日、侯野射日、特康射日、郎正射日，苗族神话有挪亚射日、桑扎射日、张果老射日、枉生射日、阳雀射日等等。

　　超凡脱俗的习性造就了文化英雄无与伦比的体征。英雄的塑造缘于"崇拜"，被崇拜者只有具有非凡的特征时，才能维持自身的权威，保持被尊崇的地位。赫哲族神话关于英雄射日的描写是，英雄长到十六岁时，膀大腰粗，臂力过人，他一使劲，能推倒一座大山；他一喝水，能喝干一条大河；他一蹬脚，就蹬出一个深潭。瑶族神话《格怀射日》中描写，有个青年叫格怀，身强力壮，智勇过人，他射的箭，百发百中。他在射日的路上走了三年，爬过了三万座高山，走过了三万个平原，穿过了三万处森林，渡过了三万条大河，打死了三万条毒蛇，杀死了三万只猛兽。这些非凡的体征在生活中是不存在的，但在神话中却显得十分正常，极富夸张的描写中体现出人们对超自然力量的向往，通过这类形象塑造出另一个真实的神话世界。

　　这些有名或无名的文化英雄既可能是以民间的某一本领高强的射手为原型，也可能是为了便于讲唱而塑造的英雄形象，但他们的名字却铭刻在一个民族的神话传统之中，成为鼓舞人们斗志的一种精神来源。

　　3.关于救日月神话母题。与射日（月）相对的神话还有救日（月）。如果说射日月神话将太阳作为仇恨和消灭的对象，那么救日（月）神话则表明日（月）是善的象征。值得注意的是，在个别神话中，射日月者并非英雄，而是人类的敌人。彝族神话《三女找太阳》中说，古时候，天上有七个太阳哺育着万物，人类平平安安地度过了不知多少年。后来出现了一只夜猫精,夜猫精生性喜欢黑暗,怨恨太阳,就变成一个无比高大的鹰嘴铁人,拔下身上的羽毛当箭射太阳,结果是一连射下了六个太阳,第七个太阳就不出来了。这时三个像最鲜最红的马樱花一样的彝家姑娘为人类去找到太阳。侗族神话说,天地形成以后,太阳高挂在天上的金钩上,树木长得枝叶茂密,郁郁葱葱。这时,有一个名叫商朱的恶魔怕见太阳,每当阳光照到大地的时候,它就睁不开眼睛,寸步难行,要把太阳打下来。它打了一根九百九十九庹长九十九抱粗的大铁棍,趁着下雨太阳光被遮住的时候,把太阳从大金钩上打掉下来。从此,天地一片漆黑,人们过着暗无天日的生活。这时有两兄妹,哥哥叫广,妹妹叫闷,他们历尽千辛万苦把太阳找来,最后,广用风火炉到天上去炼太阳,太阳又发热、发光了,红彤彤的太阳普照大地。

  有的神话中的射日月者也并不一定是传统意义上的文化英雄。如藏族神话《哈拉射日》中采用了一种独特角度塑造射日者,说天上出现九个太阳,大地被烤得像着了火一样。当时,人刚刚形成,世界上的霸王是旱獭哈拉,它有一手百发百中的射箭技能,但他经常把人当成活靶子,射杀人类。保护人类的莲花生大师为除掉哈拉,就让它去消灭多余的太阳,等它完成射日任务后,就剪去了他双手的大拇指,使他再也无法射箭。这样人类又慢慢繁衍起来。这类神话的目的都不是表现文化英雄,虽然有时也会涉及文化英雄,但与一般射日月神话相比显然有不同的意图。

  总之,射日月神话的共性还表现在情节的相同或相似。射日月英雄是在各族人民在大灾大难中的救星,其形象高大且令人崇敬,在他们身上都渗透着一种不屈不挠的精神和战天斗地的神格。射日月神话从情节结构到思想倾向,基本上都大同小异,异曲同工。其共同点主要有这样几点：一是射日月的原因基本相同，即由于种种原因，天上出现众多的太阳或假太阳，晒焦庄稼，晒死生命，如果不能及时除掉，就会灭绝人类，这是射日月英雄出现的前提。二是射日月英雄具有非同一般的经历或本领，有的力大无比，有的身手不凡，有的受到某位神仙的指教，都不是一般人。三是射日月过程艰难，有时需要过千山万水，有时需要经历百般考验，有时要面对饥饿与死亡，有时要与射日月壮举同归于尽。四是射日月结果都以射日月成功结束，使人类又过上以前平和的生活等等。诸如此类的共性不仅表现出各民族较为一致的思维规律，也反映出神话故事流传过程中的审美趋同性。

论射日神话中的女性英雄形象及其性别秩序隐喻

——以壮侗语族民族与台湾少数民族为例

周 翔[*]

射日神话[①]是日月神话体系中一个重要组成部分,在中国各民族神话中有着内容丰富、数量可观的异文存在。绝大部分射日神话都是讲述男性英雄如何消灭多余的太阳(或月亮),解救天下苍生。其中最著名的便是"羿射十日"的神话,早在先秦时期文献中就有记载。屈原在《楚辞·天问》中写道:"羿焉彃日?乌焉解羽?"王逸注曰:"淮南言尧时十日并出,草木焦枯。尧命羿仰射十日,中其九日,日中九乌皆死,堕其羽翼。故留其一日也。"[②] 最晚在先秦时期羿射十日的神

---

[*] 作者简介:周翔,苗族,湖南株洲人,中国社会科学院民族文学研究所《民族文学研究》编审,研究方向为台湾少数民族文学及大陆南方少数民族文学。

[①] 神话中英雄消灭多余日月的方式除了射日以外,还有杵日、刺日、咒日、锯日等,学界一般都归入射日神话的范畴,为行文方便,本文也不做详细区分,统称为射日神话。

[②] 王逸章句,洪兴祖补注:《楚辞》,《四部丛刊》景明翻宋本。

话就已经成型完备，成为中国上古神话的重要组成部分。在少数民族神话中也有很多男性射日英雄，比如彝族的支格阿龙、壮族的侯野、瑶族的密洛陀、苗族的桑扎、纳西族的桑吉达布鲁、哈尼族的俄普浦罗、布朗族的顾米亚、阿昌族的遮帕麻、布依族的勒戛、侗族的姜良、蒙古族的额尔黑莫日根、满族的三音贝子等，还有更多无名的猎人、神箭手，他们身怀绝技，肩负重托，为了拯救众人，不畏艰险，甚至甘愿冒着牺牲生命的危险，把肆意妄为、为害四方的多余的日月射下来，让人间恢复正常，人类得以继续繁衍生息。

女性英雄在射日神话中比较少见，一般作为男性英雄的同伴出现，并不直接参与射日这一行动。但例外的是，在壮侗语族民族和台湾少数民族流传的射日神话中却有着比较丰富多样的女性形象，有些女性取代了男性英雄亲自去消灭多余的日月，而且二者在女性的身份、射日的原因、消灭多余日月的方式等方面都具有一定的相似性。为什么会出现这样的情况呢？这当然不会仅仅只是一种巧合，在"巧合"的背后，显然存在一定的思维的共同性，或者说是出自某种相同的宇宙观、世界观与性别观。在人类深层心理中，显然存在着某些恒常稳定的关联，尤其是在人类社会发展的早期阶段。本文拟就壮侗语族民族和台湾少数民族流传的射日神话中的女性英雄形象及其性别秩序隐喻展开具体分析。

一

目前学界比较一致地认为壮侗语族的壮、布依、侗、傣、水、黎、仫佬、毛南等族与古越人有着渊源相承的关系；台湾少数民族的民族来源虽然多元，但主要来自祖国大陆东南沿海一带古越人的一支。① 这在考古材料、史籍记载、民间传说中都能找到相关证据。同为古越人后裔,壮侗语族民族和台湾少数民族至今仍保留着断发、文身、拜蛇、黑齿、短须、跣足、巢居等一些相同的传统文化习俗。从语言来看,台湾少数民族所使用的南岛语和古越语都属于黏着语,语言学家通过对壮侗语部分基本词汇与南岛语系几种主要语言基本词汇的比较分析,推论二者存在同源关系。② 如邓晓华认为"现存台湾的南岛语是大陆原南岛语的继续,操原南岛语的是古越人,原南岛语的老家是古百越文化区";"居住在大陆东南沿海的壮侗语族先民操的是原南岛语,证据是壮侗人与南岛人有一批同源词。同源词是亲属语言中最古老的基本核心词,既是确定亲属语言的根据,又是了解操这种语言的人们的文化历史背景的窗口"。③

中国境内的壮侗语族包括壮族、布依族、傣族、侗族、水族、仫佬族、毛南族、黎族、仡佬族9个民族,除了仫佬族尚未发现有射日神话外,其他8个民族均有异文。高海珑统计到异文37篇,其中壮族12篇,布依族9篇、傣族2篇、侗族3篇、水族3篇、毛南族2篇、黎族4篇、仡佬族2篇。④ 台湾少数民族射日神话经台湾学者尹建中收集整理了33篇异文,其中布农族群9篇、泰雅族群8篇、邹族群6篇、达悟

---

① 参见施联朱:《高山族族源考略》,《民族研究》1982年第3期。
② 相关研究成果有倪大白的《中国的壮侗语与南岛语》(《中央民族学院学报》1988年第3期)、邓晓华的《从语言推论壮侗语族与南岛语系的史前文化关系——谨以此文悼念恩师严学窘教授》(《语言研究》1992年第1期)等。
③ 邓晓华:《从语言推论壮侗语族与南岛语系的史前文化关系——谨以此文悼念恩师严学窘教授》,《语言研究》1992年第1期。
④ 参见高海珑:《中国壮侗语族射日神话形态结构分析》,《民间文化论坛》2010年第5期。

族群 3 篇、排湾族群 2 篇、阿美族群 2 篇、鲁凯族群 1 篇、赛夏族群 1 篇、卑南族群 1 篇。① 另外，大陆学者陈连山曾收集了 16 个台湾布农族群射日神话文本。②

壮侗语族民族与台湾少数民族有共同的文化渊源，同时又都有丰富的射日神话异文流传，因此，对二者进行平行研究具备比较的基础。

二

神话是一切之本，它戏剧性地表现了我们隐藏最深的本能生活和宇宙中人类的原始认识。③ 母亲的形象天然地会让人联想到生命、起源、奉献、责任、牺牲，等等。弗尔达姆认为"母亲"是以同"智慧老人"相类似的方式作用在"女性身上"的一种原型，"被这个形象附身的每个妇女都会因此而自以为被赋予了爱和理解的能力，帮助和庇护的无限力量，她将为服务他人而鞠躬尽瘁"。④ 壮侗语族民族与台湾少数民族射日神话中，都有一个非常典型的"复仇的母亲"形象。

台湾少数民族达悟人的神话说："一日，有一母亲欲上山采集食物，因为担心女儿还小，皮肤无法承受两个太阳的照射，故不让她跟。小女儿则百般耍赖，母亲无计可施，只好带她一起上山了。怎料，当母亲在工作之时，小女孩真的被晒死了，母亲在万分悲痛之际，抱着

---

① 这些神话均收录在蔡中涵编著《原住民历史文化》（一），台北教育广播电台，1996 年。
② 参见陈连山：《射日神话的分析与理论验证——以台湾布农族射日神话为例》，《民族文学研究》2010 年第 3 期。
③ 王先霈编：《文学批评术语词典》，上海文艺出版社，1999 年，第 190 页。
④ F.弗尔达姆：《荣格心理学导论》，辽宁人民出版社，1988 年，第 61 页。

可怜的孩子面对天上的两个太阳，并用食指指着其中一个太阳下咒语。天神看到此情景，感到很难过。此时，另一个太阳便渐渐失去热能，变成月亮。"① 另一则达悟神话也说："太阳很低，孩子被太阳晒得很可怜，母亲不忍心，去刺太阳，所以有日夜之分。而巨人把天推上去，所以天变得高了。"②

同样的故事情节在壮族地区不仅有韵文体古歌传唱，还有散文体神话流传。广西柳江县（今柳州区）传唱的壮族神话古歌《戳太阳》："讲起从前，/天像楼一样矮；/青云在头上飞，/伸手能摸到星星。//天像房子一样矮，/十二个太阳上面挂；/太阳晒得泥土都冒烟，/太阳把塘水都晒干。//太阳晒树树叶枯，/太阳晒得喉咙辣，/太阳晒得泥巴红，/太阳晒得石头都出火。//白天坐不安，/晚上睡不宁；/汗从身上牵线线地流下来，/席垫中间都变成了水坑。//迷吝③春玉米，/背仔在背上；/汗像大雨一样地下，/衣服全湿透。//迷吝把玉米春出来，/解下娃仔喂奶；/一看娃仔断了气，/被晒得像个腊肝。//娘失去了乖仔，/哭得死去活来；/造孽我的仔，/算挨猛火烧坏。//迷吝恼恨起来了，/喉咙里喷出了怒火；/太阳你实在太残忍，/老百姓尽吃你的亏。//她愤怒地拿起了捞碓杆④，/用力地戳上天空；/一个个太阳'彭隆，彭隆'地落下，/就像烂了的柚子滚在地上。//她一口气戳落了十个，/不觉停下了手；/留一个白天晒谷子，/留一个晚上照人间。//博吝⑤做工回来了，/看见儿子死得像个虾公；/哭啊哭啊，怎么也哭不转来了，/回过头来责备妻子。//妻子开言讲清楚，/我

---

① 蔡中涵编著：《原住民历史文化》（一），台北教育广播电台，1996年，第106页。
② 同上。
③ 迷吝：壮语，对有小娃仔妇女的称呼。——原文注
④ 捞碓杆：春谷时用来捞碓窝（白）的竹竿。——原文注
⑤ 博吝：壮语，孩子的父亲。——原文注

春玉米来煮粥;/谁知娃仔被晒死,/哪知太阳有恁毒。//父母哭儿子,/惊动了众人;/大伙来探望,/个个泪淋淋。//迷耷把太阳戳落了,/人们好喜欢;/神仙知道心也动,/再给他们送来一朵红花①。//留下一个白天晒谷子,/留下一个晚上照人间;/人们得过好生活啊,/这故事流传到今天。"②广西合山市流传的壮族神话《戳太阳》情节基本相同,不过故事的主角是一位寡妇,背带里的儿子被天上的十二个太阳晒死了,悲痛的母亲用竹篙捅落了十一个太阳,余下一个,天地得以恢复常态。③柳江县流传的另一则壮族神话《太阳和月亮的传说》说天上有两个太阳,母亲达香因为儿子被太阳晒死在田头,用竹竿戳落太阳,太阳藏匿起来,人们怨恨达香,达香自尽变成公鸡唤日出,两个太阳从此变成一日一月,天地恢复常态。④

　　此外,还有几则神话中的女性英雄是孕妇的形象,她们承担的是"找太阳/天边"或者"举天"的任务,不过有的神话中缺少射日情节,或许是发生了情节脱落。云南文山西畴县壮族神话古歌《祭太阳歌》和《乜星与太阳》都讲述郎星射落十一个太阳后,剩下的那个太阳躲

---

① 红花:壮族人称男娃仔叫"红花",称女娃仔叫"白花"。——原文注
② 《戳太阳》,参见农冠品编注:《壮族神话集成》,广西民族出版社,2007年,第314页。
③ 《戳太阳》,覃九宏主编:《广西民间文学作品精选·合山市卷——光热城的传说》,广西民族出版社,1997年。转引自高海珑:《中国壮侗语族射日神话研究》,广西民族大学硕士学位论文,2009年,附录"中国壮侗语族射日神话37篇异文情节及母题对照表"。
④ 《太阳和月亮的传说》,韦光钧主编:《中国民间文学三套集成·广西柳江县故事集》,广西民族出版社,1991年。转引自高海珑:《中国壮侗语族射日神话研究》,广西民族大学硕士学位论文,2009年,附录"中国壮侗语族射日神话37篇异文情节及母题对照表"。

着不出来了。身怀六甲的乜星主动承担找太阳的任务,她在寻找的途中生下一个女孩,带着女儿又寻找了二十年,终于找到了躲着的太阳。①桂西地区的壮族神话《妈勒访天边》讲述从前白天没有阳光,一位孕妇主动请缨去找寻天边的太阳,她在途中生下了男孩,男孩长大后和母亲一起继续寻找天边的太阳,直到一百年后,天边终于升起了太阳。②台湾少数民族卑南人的神话说"有一位孕妇因为天气异常炎热而火大,她便做了个研钵和木杵,之后抓起了一把粟,光着脚出门并用脚踏这把粟,遽料却顶碰上天幕,天幕于是嘎哒、嘎哒往上升,升到了高处"③。

无论是"母亲"还是"孕妇",最显著的是其母性特征。她们具有生育、繁衍后代的能力,她们为生命提供帮助和庇护,她们还具有牺牲和奉献精神。她们可以亲自消灭多余的日月,可以不畏艰难寻找躲藏起来的日月,可以顶天增地,让世间一切回归正常。这些神话中的女性在能力上与男性没有高下之分,也不存在性别上的劣势,甚至可以说是处于主导地位,很多神话中几乎没有出现男性的身影。壮族神话古歌《祭太阳歌》和《乜星与太阳》中虽然说是郎星射下了多余的太阳,但整篇古歌讲述的重点是乜星母女如何寻找太阳,劝说太阳重新升上天空,让人间有白昼和黑夜之分。当地还有专门的祭祀仪式,每年农历二月初一正午,西畴县上果村 18 岁以上的女性都要到河里沐浴净身后换上盛装,聚集到当地太阳山的太阳神树下,在刻有"太阳

---

① 参见李斯颖:《壮族布洛陀神话研究》,中国社会科学出版社,2016 年,第 131 页。
② 《妈勒找太阳》,参见陶立璠、李耀宗编:《中国少数民族神话传说选》,四川民族出版社,1985 年,第 238—240 页。
③ 蔡中涵编著:《原住民历史文化》(一),台北教育广播电台,1996 年,第 112—113 页。

神位"的石碑祭坛前由年长者领唱《祭太阳歌》,这个仪式壮语称为"婉濮宁"(女人节)。① 从这些母亲形象都可以看到"大母神"原型。大母神(the Great Mother)又称大女神(the Great Goddess),或译"原母神",是比较宗教学中的专门术语,指父系社会出现以前人类所崇奉的最大神灵,她的产生比我们文明社会中所熟悉的天父神要早两万年左右。② 从母权观点看,白昼和太阳是女性的孩子,她作为黑夜和清晨,是光明之母。③ 女性的生育能力与生命的繁衍、人类的永恒延续联结在一起,被尊重与崇拜,从而在社会生活中占据了较高的地位。

此外,神话中女性消灭多余日月的工具多为木杵、竹竿等,是她们从事舂米等劳动时用的工具,前文提到的三则壮族神话都是用竹竿来捅、戳太阳。台湾少数民族排湾人的神话说古时天空低,有两个太阳。Tokanivon家的人舂粟,杵撞到了天,有个太阳掉了下来,天也升高,也有了夜晚了。④ 另一则排湾神话说一群妇女在屋顶上舂小米,天空低,太阳热,于是她们商量用木杵去撞太阳。大家齐心协力,将一个太阳撞瞎变成了月亮,天空也升高了。⑤ 卑南神话也说是妇女用木杵把天顶到了高处。至今在壮族民间还常见女性(媳妇、老婆婆)舂米顶高天的说法。⑥ 云南元江傣族支系傣喇人认为宇宙之初天与地挨得太

---

① 参见王明富:《那文化探源——云南壮族稻作文化田野调查》,云南民族出版社,2008年,第86—88页。

② 参见叶舒宪:《老子与神话》,陕西人民出版社,2005年,第172页。

③ 埃利希·诺依曼:《大母神——原型分析》,李以洪译,东方出版社,1998年,第55页。

④ 蔡中涵编著:《原住民历史文化》(一),台北教育广播电台,1996年,第111页。

⑤ 同上。

⑥ 李斯颖:《壮族布洛陀神话研究》,中国社会科学出版社,2016年,第82页。

近，一位妇人用木头舂米，木头往上顶，才将天地分开的。① 由此可见，在壮侗语族民族和台湾少数民族中，妇女背着孩子舂米、采集、耕作等是常见的情形，这样的劳作方式从有了原始农业开始一直延续至今。原始农业始于母系氏族社会时期，"农业的发明是妇女的功绩，不仅因为妇女是主要的采集者，其后又成为初期农业的发明；还因为初期农业是由妇女们承担和领导的"②。这也从侧面印证了之前所说的此类神话中的女性在社会生活中占据主导地位的观点。

三

随着社会分工的加强，男女性别差异开始突显。"妇女从事自在性的工作，如炊事、清洁和抚育子女，男人承担自为性的工作如狩猎、战斗——大多数活动涉及使用工具征服世界。"③ 越来越多的男性英雄出现在射日神话中，他们使用弓箭等消灭多余的日月，女性则从主导者变成了辅助者，她们与男性英雄的关系或为夫妻、或为母子、或为兄妹。

广西上林壮族神话《太阳、月亮和星星》说猎人特桄的妻子在家舂米，她背着孩子在背上，一面用脚踏舂碓，一面用长竹竿扫散落在舂碓旁边的米粒，背上的孩子给太阳晒死了，她用竹竿向天上的太阳直刺，竹竿给烧着火了。特桄打猎回来，见孩子给太阳晒死了，用箭

---

① 王宪昭、郭翠潇、屈永仙：《中国少数民族神话共性问题探讨》，中央民族大学出版社，2013年，第20页。

② 林耀华主编：《原始社会史》，中华书局，1984年，第233页。

③ 罗斯玛丽·帕特南·童：《女性主义思潮导论》，艾晓明等译，华中师范大学出版社，2002年，第266页。

向太阳射去,十支箭射上去都给太阳光烧掉了。他去找布洛陀。布洛陀叫他到森林里去找"埋恩"①做弓,用桄榔木做箭,用狗血泡箭头。特桃做好了弓箭,一连向天上射了十支箭,十个太阳儿女落下海里去了。②这则神话就典型地反映了男性与女性因分工的不同导致的变化。从事原始农业的女性惯用的竹竿刺日的方式遭遇了失败,最终还是由以狩猎见长的男性用弓箭把太阳射了下来。台湾少数民族泰雅人、布农人射日神话中也有夫妻同行共同出征射日的情节,但妻子只是作为同行者简单提及,在射日这一行动中并没有发挥具体的作用。

台湾少数民族布农人的一则神话说是儿子把天上的太阳射下来的。因为母亲在田里工作时,把婴儿放在草堆上,结果被天上的两个太阳晒死了。母亲非常伤心,丈夫知道了很生气,便吩咐大儿子去射太阳。射日的原因虽然同样是因为孩子被太阳晒死了,但母亲表达的是无力的伤痛,愤怒的父亲拥有权力,让儿子代替自己去消灭多余的太阳。

侗族神话《捉雷公》说姜良姜妹兄妹俩一起去射日:"天王老子放出十二个太阳,就像十二团火,白天黑夜不停地晒,晒得石头开裂。洪水晒干了,姜良、姜妹回到了地上,他们热得难过,就找来桑木做弓、矢竹做箭,顺着上天梯爬到树尖上去射太阳。隔太阳越近,就越晒得厉害。姜良上到树巅,晒得喘不过气,他忍受着,鼓着劲,拉满弓,连射了十箭,把十个太阳射落下来。姜妹见了忙说:'不要射了,不要射了,留下一个照哥哥犁田,留下一个照妹妹纺花。'姜良才收了弓,哪晓得还有个小太阳吓得躲在蕨茇叶下,后来就变成了今天的月

---

① 埋恩:壮语,有刺藤本植物,质坚韧,猎人喜欢拿它做弓身。——原文注
② 《太阳、月亮和星星》,参见农冠品编注:《壮族神话集成》,广西民族出版社,2007年,第310页。

亮。"① 最后，因为世上再没有其他人了，兄妹俩婚配成亲了。在这则神话中，兄妹共同踏上射日的征程，但实施射日行为的主要是哥哥姜良，妹妹只是适时劝住哥哥留下一日一月。同样，布依族也有布杰布缅兄妹射日的神话流传。

在这三组人物关系中，女性都是处于从属地位的，这也反映了社会生活中男性逐渐占据了主导地位，或者可以说由母系氏族社会过渡到了父系氏族社会，两性的社会分工不同，导致社会地位也发生了转变，但此时的神话中并没有出现扬男抑女的性别偏见。

四

随着社会的发展，部分壮侗语族民族的射日神话中开始显现男权意识、男性视角。所谓"男性视角正是建立在男权制的基础之上对文学艺术作品进行创造、审视和评价的一种观念和方法。它所遵循的是男性制定的标准和尺度，用一整套严格的道德和伦理体系来规范女性的思想与行为，在善与恶的价值规范中，文学女性形象便得到了基本的归属，这种归属不断被权力话语强化并形成社会的文化习俗与惯例"②。

比如前文提到的壮族神话《太阳和月亮的传说》说儿子被太阳晒死了的达香用竹篙打落了两个太阳，太阳挨打后再也不敢露面，人间变成了一个冰冷、漆黑的世界。人们怨达香，骂达香，恨达香。达香觉得对不起乡亲们，悔恨交加，最后上吊自尽，死后变成一只美丽的公鸡，没日没夜地啼叫着，向太阳忏悔自己的过错，祈求太阳重新出

---

① 《捉雷公》，参见陶立璠、李耀宗编：《中国少数民族神话传说选》，四川民族出版社，1985年，第180页。

② 罗璠：《西方神话的性别意识形态分析》，《文学评论》2010年第6期。

来给人间温暖和光明。① 不同于其他故事中男性英雄消灭多余的日月获得人们的尊崇，达香为子复仇导致太阳因为害怕不再出来的行为却被视为重大的罪过，她被众人埋怨和诅咒，从而在精神上摧毁了她，最后不得不以上吊自杀来谢罪，更为悲惨的是死后还要不停地赎罪、忏悔。

贵州都匀水族神话《化石娘》说英雄阿劳射落多余的 11 个太阳回家后，妻子高兴地大声喊，可是她和阿劳的喊声，让存心要为弟兄们报仇的那个太阳听到了。突然，半天里射出几道刺眼的红光。她睁眼往外一瞧，正朝她奔来的阿劳，被急奔过来的那个太阳烧成一股青烟飘散了。她和孩子也被烧化的石壁粘住，年复一年变成了石头。② 神话中的妻子并没有参与射日的行动，却因为一个无心之举被复仇的太阳夺去生命，甚至连丈夫的死也归罪于她，不仅逃脱不了被惩罚的命运，还要在岩壁上展览千年。

另一则广西都安壮族神话《特火请太阳》中说英雄特火的妻子达媚在丈夫决定去寻找太阳的时候，"用菜刀往自己的胸膛一劈，'咔嚓'一声响，掏出她那颗鲜红的心，捧给特火说：'去吧！带着我的心当火把，总有一天会找到光明的……'话未说完就倒在地上闭上双眼"③。当特火历经艰难险阻，带着妻子达媚的心找到太阳所在的东海蓬莱岛，

---

① 《太阳和月亮的传说》，参见韦光钧主编：《中国民间文学三套集成·广西柳江县故事集》，广西民族出版社，1991 年。转引自高海珑：《中国壮侗语族射日神话研究》，广西民族大学硕士学位论文，2009 年，第 24 页。

② 《化石娘》，参见《中华民族故事大系·水族 东乡族 纳西族》，上海文艺出版社，1995 年。转引自高海珑：《中国壮侗语族射日神话研究》，广西民族大学硕士学位论文，2009 年，第 25 页。

③ 《特火请太阳》，参见农冠品编注：《壮族神话集成》，广西民族出版社，2007 年，第 308 页。

为了请出太阳，特火最后变成一只满身五彩羽毛的雄鸡，达媚的心也变成了红艳艳的鸡冠。这些故事情节是传统男权社会中要求女性必须具有自我牺牲精神，要能够无怨无悔地奉献和付出、忠贞不渝地依附和顺从的典型性书写。

在以上这几则神话中，女性不只是单纯的自然属性上的生物性别，更多的是文化意义上的社会性别。这是由一定的社会文化、意识形态作用形成的价值评判，尤其是在儒家礼法制度下，男权/父权意识形态带来强烈的性别偏见，苛责女性，对其提出严格的道德约束和规范。

结　语

综上所述，通过分析壮侗语族民族与台湾少数民族射日神话中女性形象，我们发现在语言的表层叙事之下，积淀着关于性别、关于文化的许多信息。神话既是一种文化模式又是一种文学结构，它是对人类生存现实状况的一种隐喻表达。[1] 人类的基本生活需求、情感、心理和思维结构有许多共通之处，但是不同的社会状况、历史背景、民族文化又会导致差异性的产生。因为相对隔绝的地理环境，台湾少数民族直到 20 世纪初还保存着较为完整的早期人类社会形态，因此他们的射日神话中保留了很多女性占据社会生活主导权的叙事情节，也能从中看到男性逐渐取代女性主导地位的发展过程。而壮侗语族民族的射日神话则相对更趋复杂多元，从中可以清晰地看到从最初女性占据主导权，到男性占据社会生活的主导地位，再到男权意识带来的性别偏见，壮侗语族民族与台湾少数民族的射日神话体现了性别秩序发展的不同阶段。

---

[1] 罗璠：《西方神话的性别意识形态分析》，《文学评论》2010 年第 6 期。

母题学视角下的"羿射九日"神话研究

李 鹏 于 璇[*]

中国流传着数量丰富的射日神话,它是人类早期社会的产物,是在人类特定历史阶段生产生活以及自然环境的影响下产生的精神产品,其中包含了初民特殊的思维模式和对于美好生活的向往。在众多的射日神话中,"后羿射日"是最为经典的神话个案,其流传范围广泛、影响较为深远,和各民族的射日神话形成了一定的呼应。《中国神话母题W编目》中关于"羿"的编码置于"W0749"之下[①],跟羿(或后羿)相关的神话基本都流传于汉族、回族之中。"羿射九日"在古籍中也记载颇多,最为流行的是"后羿射日"的故事,说法不一,或一人而异名,或事同而传异,自汉以来,人们多是加以自己的想象创作,追其根本已变得很难。然而,后羿与羿实则并非一人,之所以将后羿与羿混淆,是因为"后"本非姓氏,而是指君王。《尔雅》讲"后者,

---

[*] 作者简介:李鹏,廊坊师范学院文学院讲师,研究方向为民间文艺学、神话学;于璇,就职于内蒙古赤峰市翁牛特旗全宁街道管理办。

[①] 王宪昭:《中国神话母题W编目》,中国社会科学出版社,2013年,第145-146页。

君也",可见古代的先民已将羿作为君王,而在上古时期的夏王朝之中,也确有一位叫后羿的君王,但他与神话中的英雄有所不同,他的箭法也较为超群,但事迹却不如神话中的这位英雄,这里所探究的是射下九日的英雄——羿。今人通过对资料的搜集整理和分析,不断追寻"羿射九日"神话的原型以及射日过程中出现的各种意象。"羿射九日"中也表现了原始先民不同于现代人的艺术思维和心理特征,对其进行研究探讨,是对远古先民生活加以了解的一个重要途径。

一、"羿射九日"神话的概述

后羿射日是流传至今为大众所熟识的神话,但实际这则神话应该称之为"羿射九日"神话,因为作为射日的神话英雄,他应当与后羿有所区别,而且他所完成的功绩并不是射掉十个太阳,而只是九个,所以应该更明确将其命名为"羿射九日"。它最早出现在《山海经》的记载中,而对于该则神话的内容和产生的背景,这里有必要做如下交代。

(一)"羿射九日"神话的基本内容

"羿射九日"神话在古代文献中多有出现,其中详细描写了羿射日的起因、经过和结果。《山海经·海内经》讲,"帝俊赐羿彤弓素矰,以扶下国,羿是始去恤下地之百艰",帝俊是扶危救难行为的实际操控者,羿只是受命行事,此处已将羿与弓箭联系起来,但并未涉及射日行为。《楚辞章句·天问》则更为明确,"尧时十日并出,草木焦枯,尧命羿仰射十日,中其九日,日中九乌皆死,堕其羽翼,故留其一日也"。羿于其中同样都是受命者,与前篇记录不同的是操控者变成了五帝中的尧，而且更明确指出羿"扶下国"的方式是射日。太阳的意象在此也更为形象化，"乌"应为三足乌的形象。"恤下地之百艰"的行为在《淮南子·本经训》中又有更加丰富生动的描写，具体如下：

> 逮至尧之时，十日并出，焦禾稼，杀草木，而民无所食。猰貐、凿齿、九婴、大风、封豨、修蛇，皆为民害。尧乃使羿诛凿齿于畴华之野，杀九婴于凶水之上，缴大风于青丘之泽，上射十日而下杀猰貐，断修蛇于洞庭，禽封豨于桑林。万民皆喜，置尧以为天子。①

六种妖兽和十日"皆为民害"，射杀太阳已不再是唯一的任务，所铲除的妖兽或为特定氏族图腾物，故而羿奉命除害或是氏族之间征战隐喻。羿擅射的情况一直贯穿于各个文本之中。目前"羿射九日"神话产生的争议主要在于"羿"这一人物的错乱认知以及射日过程中出现的十日、弓箭和凶兽的非历史化理解。至羿射日之后，也有关于其妻嫦娥偷取西王母之药而飞去月亮的神话。《淮南子·览冥训》载："羿请不死之药于西王母，姮娥窃以奔月，怅然有丧，无以续之。"嫦娥神话是羿射九日神话的延续，它与羿神话的衔接构成了更为完整的神话内容，既包含了先民对羿成为射日英雄后的美好期待，也同样蕴含了先民对日月天体的独特想象。

（二）"羿射九日"神话的产生背景

"羿射九日"从其神话本身来看，是对先民们开始征服自然和改造自然的展现。面对恶劣的自然环境，人们的生存繁衍受到极大威胁，

---

① 许匡一：《淮南子全译》，贵州人民出版社，1995年，第423—424页。

只有集合力量与智慧共同面对旱灾、洪水、地震、黑暗等灾害才能存活。射日神话正是先民思想发生转变的一种反映，由自然崇拜到英雄崇拜的转变。太阳的意象也从温暖高大、照耀万物，成为人人避让、使万物受到伤害的罪魁祸首，人们对它的感情不再是饱含敬畏，而是厌恶却又不得不将其保留。射日行为与当时人民面对的这种情感的转变和灾害的发生有着深刻的联系。相关学者考证，远古时期气候出现异常，极端的炎热让先民渴望射掉太阳，减缓河流的干枯、植物的死亡，这便与旱灾母题联系起来。之后所产生的请日月母题，是对天体的再次创作行为。太阳再次出现在天空，不再灼烧万物，又成为被人民所尊敬、给人们带来光明和温暖的神灵。先民已经开始尝试抓住规律，并通过实践改造客观世界。这也是远古先民对自然界的初步认识，日月不再是一团不明的发光体，它被赋予了特定的形象，例如三足乌、蟾蜍等。也有学者认为"羿射九日"的产生源自于一段失传的民族交融史，或是一次历法的变革。先民通过创造射日神话，不断地认识、探索，甚至是改造客观世界。

二、"羿射九日"的英雄母题

"羿射九日"神话中，最为重要的一个母题便是英雄母题。母题作为一个行动要素和文化因子，它的出现能够使我们更好地认识叙事作品中的文化主题。英雄是射日神话中的关键信息，他是射日行为的承担者，在神话中起着决定性的作用，确定英雄的身份、探究英雄的成长、把握英雄的结局，这对于研究射日神话的内涵有着较为重要的作用。而且母题是对具有同样行为的神话叙事的一种提炼，通过对同类型英雄的比较，也能探究出羿这一英雄形象所包含的文化内蕴。

（一）射日英雄羿的身份

典籍所载的羿是射日英雄，他具有神性身份，中原一带流传的射日神话也讲：

> 天上出现十个太阳，百姓苦不堪言而向上天哭诉，老天爷派后羿去说服十日不要再危害人间，太阳们说他们只是看到两只神鹰要下界当天下的主宰，这才出来看看热闹，后羿一气之下，射落了两只神鹰，十个太阳仍不回去，于是后羿搭箭射落了九个太阳，在农夫的劝阻之下，他放弃了射下最后一个太阳，不过他也因此筋疲力尽，无法再回到天上，便留在了人间，得到王母娘娘赐婚，与天女嫦娥结为夫妻。①

其实，这则神话是对上古的"羿射九日"神话的改编，但其中至少保留了一些信息，就是后羿是来自于天界，是隶属于天界的神将，而非人间本土的英雄。其实对比其他少数民族射日神话的英雄身份也能看出端倪。布朗族的射日英雄顾米亚是神巨人、黎族的射日英雄是大力神、满族的射日英雄是长白山神之子三音贝子、彝族的射日英雄是鹰嘴铁人、水族的射日英雄是地仙旺虽，等等。为何他们要具有神的身份，或被赋予了特殊的神力，其实这与当时人们的思想观念有关。一方面，当人未能认识自身能力的时候，只能寄希望于富有神力的神灵，来改变自身的命运，而当人在自然面前逐渐成长之后，便将英雄的神格降为人格。另一方面，在万物有灵的认识阶段，人们最初会将太阳与人的对抗视为神灵之间的较量，而只有来自上天的力量才能与太阳

---

① 桐柏县民间文学集成编委会编：《中国民间故事集成·河南桐柏县卷》（第一分册），1987年，第70-71页。

相抗衡。

《天问》讲"帝降夷羿，革孽夏民"，也提出了羿源自天界的说法，这里的"帝"应指天帝或帝俊（东夷人的上帝），所以便有了夷羿的说法，即羿也是来自东夷，它便与前文《山海经·海内经》的记载相吻合。而《山海经·大荒南经》有记载说，帝俊与羲和生有十子。羲和是女神，所生之子便是十个太阳，这样看来神话所记载的，就是东夷的帝俊派下属夷羿铲除自己孩子的事件。而东汉的王充则将羿的行为冠之于尧帝的身上，认为"尧时十日并出，尧上射九日"，这可能与王充对羿资料的掌握有关，因为羿射日的行为也可能是一种部落征战。"日"象征着东方的氏族，而羿的行为是叛乱还是为民除害，则尚需考证。在王充看来，这样的行为是不符合道德规范的，故而讲用德君尧来替代羿的故事。不管如何，羿本身所具有的神性是被多数人所认可的。

典籍记载的"羿射九日"神话中的羿与前述神话中的后羿，他们的事迹相似，但这两个名字实际上是有明显的区别。"羿"作为射日英雄，有人也认为他只是一位箭法精湛的英雄，还有一种认识讲他是神话中的羿与有穷氏后羿的结合。羿的原型极可能就是后来成为王的后羿，即东方有穷氏的君主，但羿的神性地位却更为凸显，这便造成了两个羿在历史上共同出现的局面。因两个羿同名，且同属东方，故从战国至今，两者之间相互融合、重叠，终于到了泾渭不分的境地。在不断融合的过程中，《天问》将二人进一步重叠，射日英雄形象更加丰满。《左传·襄公四年》记载了有穷氏的后羿，具体如下：

> 昔有夏之方衰也，后羿自鉏迁于穷石，因夏民以代夏政。恃其射也，不修民事，而淫于原兽。弃武罗、伯因、熊髡、龙圉而

用寒浞。寒浞，伯明氏之谗子弟也。伯明，后寒弃之，夷羿收之，信而使之，以为己相。浞行媚于内，而施赂于外，愚弄其民，而虞羿于田，树之诈慝，以取其国家，外内咸服。羿犹不悛，将归自田，家众杀而亨之。①

有穷氏的后羿虽也擅射，但"不修民事"，其行为同神话中人们所期待的英雄羿截然不同，后羿用奸佞寒浞而终招致杀身之祸，结局可谓凄惨。从其身上也看不到英雄羿为民除害的仁心和箭指太阳的英雄气概，更不能将嫦娥与其关联起来。《左传》中有穷氏的后羿也被称为"夷羿"，也是东方部族的一支，这样有穷氏后羿似乎又与英雄羿有了密切关系，但其所刻画的后羿形象确实无法与英雄羿的形象相提并论。

《天问》中将两个人更是进行了大胆融合，直接将后羿所在的时代拖至夏代之后，而这一时期正与有穷氏后羿代夏又被灭的史实符合，里面的后羿实为有穷氏后羿，而其射河伯、娶妻洛嫔等神话又是英雄羿的经历。屈原将这些神话与射日事迹一起都添在有穷氏后羿的身上，从而使这两个人物彻底地融合。洪兴祖的《楚辞补注》曾言，"此言射河伯、妻洛嫔者，何人乎？乃尧时羿，非有穷羿也。革孽夏民，封稀是射，乃有穷羿耳"②。二人确实应该不属于同一时期，英雄羿或为尧时的羿，而有穷氏后羿是夏代之后的君王。后人在文学创作中不断将二者融合，使人再难分辨。

---

① 〔清〕曾国藩编：《经史百家杂钞今注》（中册），熊宪光、蓝锡麟等注，上海书店出版社，2015年，第648页。
② 朱季海：《楚辞解故》，上海古籍出版社，2017年，第147页。

（二）射日英雄的成长

在传统的"羿射九日"神话中，英雄并不是直接进行射日行为，这便与英雄的"成长母题"有关。在英雄母题中，成长有时以显性状态表现，而有时则以隐性状态存在，但成为英雄的必经阶段便是成长。虽然在"羿射九日"神话中，羿只是被尧派去执行清剿异邪的任务，但《淮南子·本经训》中最先交代的是"十日并出"，为何"上射十日"要放在中间，这种顺序可能是在说明，羿并没有直接清理十日，而先对付了凿齿、九婴、大风，这便是英雄的历练和成长的隐性描述。"凿齿""九婴""大风"都是上古时代的怪兽，从隐喻的层面来看，它们可以分别对应着力量、数量、速度，通过射杀他们，英雄的能力得到了更大的锻炼，在射杀九日之时，就更有了把握。

实际上，很多少数民族神话也有类似的成长母题，英雄决意要射掉太阳为民除害，首先要学习武艺，苦练射箭技能，掌握一举射掉有害太阳的本领。如蒙古族神话中的乌恩射日之前，向老人学习了三年的武艺，箭法出奇，一箭就能射落天上的飞禽，掌握了射日本领。[1] 赫哲族神话中的小伙子，膀大腰圆，力气过人，父亲教他射掉有害太阳，为民除害。小伙子遵照老人的教导，首先练习一年的弓箭，拉断了九十九张弓，射了九万九千支箭，练出了射箭的硬功夫[2]；台湾少数民族流传的射日神话中，巴阿拉马在射日前苦练射箭功夫，箭法得以一天比一天娴熟，并且他在狩猎鸟兽的过程中积累经验，为射日做准备。

---

[1] 赵永铣等：《蒙古族民间故事选》，上海文艺出版社，1979年，第21—30页。
[2] 王士媛等编：《赫哲族民间故事选》，上海文艺出版社，1986年，第5页。

(三)射日英雄的结局

羿在射日之后,又帮助尧铲除了诸多的妖魔,作为神的羿没能回到天界,而是留在了人间。作为人间英雄的羿,并没有特别明确的交代。有的地区的民间故事将其改编为羿与天界的嫦娥成亲。这里分别对三种结局做如下解读。

其一,神性的羿留在人间。羿作为射杀天神之子的凶手,是不能被天界所容忍的,前文已做过分析,羿作为东夷神系,对帝俊派系的挑战,是不被允许的。无论神话还是现实,这种说法都较为合理。其他神话则将羿的筋疲力尽作为无法再回到天界的原因,这当然也只是一种美好的想象。

其二,人间英雄羿的消失。首先要探究"太阳"的意象,太阳与羿应当都属于一脉,太阳放射出的光芒与羿的箭有异曲同工之妙,表面上羿与十日是对立的,实则应是同源的,羿所解决的是家族内部的矛盾,而羿的身份也应当是与十日的地位相当。学界的一种说法便是,羿就是第十日,而他射杀九日的行为是消除继承帝位的竞争者,或者也表明幼子继承制在原始社会中的存在。若从这一角度出发,就不难理解,为何"羿射九日"之后,便消失踪迹,他虽然没有代替尧成为至高的存在,却继承了东夷的统治权,成了最后剩下的一个太阳。

其三,人间英雄羿的善终。中国习惯于大团圆的结局,因而给羿配以嫦娥仙女,让其在人间安享人生。然而这毕竟是一种美好的想象,神话所传递的是神的语言,是对先民思想的折射,若是指向真实的羿的事件,那必然不会如此。

射日神话中都以射日英雄的胜利收场,英雄们追到天涯海角也会将多余的太阳射落。这是先民迫切希望抗御旱灾,并且坚信人定胜天的理想的表现。在其他民族的射日神话中,射日英雄凯旋,他们都记得剩下一个太阳,给人们带来温暖和光明。太阳被吓得躲藏起来,最后由与太阳有血缘关系的动物(如鸡)把它请出来,由此又衍生出喊太阳的母题神话。

三、"羿射九日"的射日母题

射日神话包含有很多母题,英雄母题、婚姻母题、死亡母题、灾难母题、天体母题,但其中最为重要和核心的母题则是射日母题,它是构成射日神话的关键元素和行为,其中涉及射日工具和地点的选取、射日的具体情形、射日所取得的结果等几个方面。通过与同类型的母题相比,可以发现射日神话的叙事结构和隐藏在结构之下的深层内涵。

(一)射日工具的选取

先民面对生存挑战,开始大胆尝试反抗自然、改变自然,以获得良好的生存空间。随着生产力不断的进步,人们不再仅限于用赤手空拳来对抗,不断发明适合的工具来抵御灾害。"羿射九日"中的英雄所用的武器是弓箭,而在人们步入农耕文明之前,弓箭狩猎几乎成为维系生命的必备手段,这反映了一个时代的生存状态。

弓箭是最为基本的手段,它的优势是既可以远距离进行攻击,也可以对上至天空下到谷底的任何生物进行射杀,各民族神话中的弓箭是有着过渡发展阶段的,从木制弓箭到金银铜钢各种弓箭的产生,到弩弓的应用,将弓箭的射程范围不断提高。如普米族用竹箭射日,瑶族的雅拉用虎筋弓、鹿角箭射月,苗族的桑扎用弓弩射日,独龙族的猎人用弩弓射日,这些工具的来源大体有两个方面:第一,来自神或神性人物处,如水族的射日壮士是从创世者牙巫处获取铁弓与铜箭进行射日，蒙古族的乌恩获得了师傅赠送的铁臂神弓和穿云箭来除妖治恶，傈僳族有借龙王的金弩银箭射日的神话；第二，来自自我制造，如苗族的阳雀将麻秧树的树干制成弓，树枝做箭，傣族神话中巨人自制了十万斤重的大弓去射日。虽然第一种来源并不符合实际，但从神奇弓箭的获得可加以分析，或许这与同其他民族、部落进行武器制造的经验交流和弓箭的购买与转让有一定的关系。

当然还有其他的神话选取了别的武器或方式进行射日行为。最初的阶段还有采取徒手的方式对付太阳，如布依族的王姜是把十个太阳打落下来的，台湾卑南人有壮汉与太阳打架而杀了六个太阳的神话。除了弓箭，其他日常生活可见的工具也成了武器，如仡佬族的阿鹰用竹竿打落太阳，满族的三音贝子用绳索套住太阳，在壮族、台湾排湾族群中都有女人用杵打落太阳的神话。射日神话在发展过程中，也产生了套太阳、打太阳、杵太阳这样的变体，这定然是与不同民族的思维习惯和生产生活的客观条件有一定的关系。

（二）射日地点的选择

"羿射九日"神话中，畴华之野、凶水之上、青丘之泽、洞庭、桑林，这都是羿消灭其他怪兽所选择的战场，但为何未明确交代射日的战场。可能因为这场战役的范围比较大，而且转述该神话的先民并未认识到地点选择的重要性，实际上射日地点的选择是射日英雄智慧的体现，选择高处，或树上或山上，这都有利于英雄们接近太阳，最终为民除害。当然这样的高处也绝不是普通人能够攀登到的。

如树木是很多射日神话中的选择之地，在各民族的射日母题中具有共性。在中原地区的一些"羿射九日"神话中，十日休憩的地方是扶桑树，在远古时期便有着重要意义，商代的人将扶桑神木视为图腾。

射日地点选取得最多的就是马桑树、太阳树,它在苗族、仡佬族、侗族、畲族、布依族等民族中都是射太阳的地点,如苗族古歌中提到的桑扎射日时,借鉴了科贵和饶仪在枫树上和山巅射日失败的经验,选取了在马桑树上射日获得了成功,仡佬族的老者和老公公在马桑树上射日。神话中讲到的马桑树并不像现在这样又矮又低,苗族说马桑树原本"树干粗大赛山冲,树梢高过高山峰",故而成为射日的最佳选择,因为雷神害怕英雄将太阳射尽,才把马桑树踩踏矮了。

还有选取山上的位置射太阳的神话,其位置多是高山之巅,在壮族、傈僳族、赫哲族、傣族、苗族、独龙族等民族中都有体现,如彝族的支格阿鲁在蕨菜、松树、花木树上射日都失败了,最终在山顶上射日取得了成功,壮族的侯野爬到最高的山顶上射日,布朗族开天辟地的神巨人顾米亚也需要爬上山顶开弓射箭,傈僳族的兄妹射日登上了最高的山峰。但也有特殊的情况,像踩在两山之间,如水族的地仙旺虽一只脚踏在月亮山上,另一只脚蹬住怒尤山顶来射日。

除了树上和山上,部分少数民族的神话中还体现出了颇具特色的想象,如水族的大力士阿劳爬到离天很近的高盖坡顶上射日,赫哲族的莫日根朝东方走,在东海边上的山顶上停下射日,侗族有登上天梯射日,台湾少数民族神话有射手在太阳出没的猎场射杀它,还有射日者向太阳升起的地方走去完成射日任务,等等。除此之外还有些神话中主人公选择了在原地射日,不凭借高地的优势,仅依靠自身的勇武,如鄂伦春族的大公吃饱喝足后便开弓射箭,蒙古族的额尔黑莫日根在太阳从天边升起时便射掉六日。

(三)射日的具体情形

"羿射九日"的神话叙述中只能见到简单的"上射十日"的说法,

而不知他是怎样完成如此壮举的。通过比较可以发现，在其他民族的射日神话中，这样的情节便丰富了很多，如蒙古族的乌恩射日，天帝压下大山，乌恩把两座大山担在双肩上，继续射日。有的射日过程并不是一次性完成的，如瑶族的格怀射日讲他坚持打了一年半，打落三个太阳，再打两年，又有五个太阳坠入大海，这里射日过程间隔也可以很长。

"羿射九日"的行为是由个人独立完成的，这表现了英雄独特高超的能力，但并不是所有民族都是英雄独立完成的，也有合作完成的情况出现，如傈僳族的射日月神话中，兄妹俩拿着龙弩和龙箭，哥哥拉弦，妹妹搭箭，一连射落了八个太阳。台湾少数民族神话中有三个青年背婴孩上路射日的情节，三个青年变老倒下，三个婴孩长大在太阳出没的山岔里一齐引箭，三支箭射中太阳的咽喉。泰雅人更有五人组成队伍射日，赛德克人有三代人组成的射日队伍，这些神话强调了征途的遥远，同样在众多的该类神话中，也体现了这样的思想，跋山涉水历经千难万险是达到最终射日地点的必经阶段。相比较而言，独立完成的行为更突显的是一个英雄的业绩和人们对他的个人崇拜，而团队配合更彰显了集体合作的精神和人民大众的力量。

（四）射日的最终结果

射日神话无论在过程中让射日英雄经历了多少磨难，其结局都是成功将太阳射落，解救百姓于水火之中，让植物重新生长，稻谷得以收获，河流水量增加，世界的秩序得以恢复。英雄的使命完成了，获得了万民的敬仰，充分展示了先民积极地抵御灾害，并坚信人定胜天的思想。"羿射九日"的神话结束于尧帝顺利统治天下，英雄隐退后，却并未交代射掉十日的情况。有的古典文献中则补充了讲"留其一日"，当然这只是对现实情况的如实补充，若射掉十日，也不会如现在世界一样，神话的离谱是不能脱离人们的认知的。而通过对其他民族神话的研究也会发现，射日事件的结束并不是最后的结局，被射落的太阳在不同民族的神话中也有不同的结局。有的太阳落入大海之中，如瑶族的太阳被格怀射落以后落入大海；有的太阳直接坠地，如鄂伦春族的大公射落的太阳就直接落在地面，砸出了许多大坑；还有的太阳在坠地后化成了鸡鸭，这也为后来让公鸡喊太阳埋下伏笔。当然被射落的太阳还有很多不同的结局，有的甚至直接化为灰烬，这种种结局也正是不同民族的一种现实需要。英雄们在射日过程中或是自发自觉，或是被人劝说，总会留下一个太阳。这个太阳被兄弟姐妹的坠落所惊吓，又畏惧于英雄的气势会进行躲藏，它们躲进云海深处或是深山后面，不敢出现在天空。世间万物不能离开太阳所给予的温暖与光明，于是出现了一系列喊太阳的神话。

（五）射日的延续母题

在"羿射九日"的神话之中，英雄和射日是最为关键的两个母题信息，然而在神话的延续故事中，却又有很多与之相关的重要母题，如"长生"和"奔月"。

1. 神话中的长生母题

在《淮南子·览冥训》中出现的不死神药，是长生母题神话的一个延伸。在远古时期，由于女巫地位很高，如巫彭、巫抵等女性掌控"不死之药"，所以在神话创作中不死之药与女性有极大的关联。人类在进入原始社会之后，首先经历的是"母权制"的社会，女性由于占主导地位，自然要被推至一个尊崇的地位，如西王母便是如此。嫦娥奔月中的不死之药源于西王母，从《山海经·西山经》中关于西王母的形象记载来看，其装扮符合远古时期部落酋长兼大巫师的图腾装扮。在嫦娥奔月神话中，后羿无缘于不死药，即使千辛万苦求来也最终被嫦娥所窃，不死药从西王母之处又落入嫦娥之手，女性从始至终都掌握着长生，然而获得长生的嫦娥却不能停留在以羿为代表的男权社会中，这是否也意味着父权取代母权时二者之间产生的一种分裂与对抗。远古时期，由于月亮盈亏的状态，人们认为月亮是不死的，即使死了也可以复生，《孙子·虚实》中说"月有死生"，月亮能死而复生的特点深入人心。很多民族的日月神话中，也有日月吞食不死药的情节，这又与嫦娥奔月中的长生母题有所对应，以嫦娥为代表的月亮便是永生。

先民们对长生的追求是执着的。羿这样的英雄人物是具有神性的，但他也无法逃避想要长生的愿望。正是这样的愿望促使着一代代的帝王在掌握了绝对的权力之后都要追求长生。早在春秋战国时期就出现了大批方士，开始炼制"长生不死之药"，追寻"蓬莱仙境"。人们发现这种美好的愿望似乎更容易实现，及至秦皇汉武，则大兴土木建造祠堂，派使臣外出寻找蓬莱仙境。长生成了后来人们创作神话的一个重要因素，经久不息。

2. 神话中的奔月母题

羿求来的不死药本打算一人一半，使嫦娥与羿得以永生，没想到嫦娥竟偷偷服下丹药而奔月。现存最早记载嫦娥奔月神话的是《淮南子·览冥训》，明确记载有姮娥偷食不死药奔上月亮。奔月反映的或是嫦娥对成仙生活的向往，抑或是为了逃避困境、迫不得已的选择，不过这都是一种美好的想象。在神话创作时期社会已普遍进入男权阶段，女性用消极逃避的态度去面对是可以理解的。至于嫦娥为何会选择离开英雄羿暂且不说，单论羿射河伯、妻洛嫔，也可见羿对情感的不专一，后人在创作神话时也对嫦娥多有宽恕和谅解。

当然奔月母题也应当独立来进行理解,它也可能不属于射日神话的延续,而是后世将两则神话结合在一起来对待。正如吴晓东认为的,奔月母题应该是"在解释神树与月亮的关系的时候,最有效的手段"①。很多民族的月亮神话最初都不认为月亮是永生的,而是喝了不死水或吃了长生药才得以死而复生。月亮的圆缺变化是能够观察到的,神话中将其解释为死而复活,后来又"演变到月亮树的被砍而愈合"。而奔月的嫦娥是吃了长生药才飞向月亮,间接也使得月亮获得永生,这便是后期月亮复生与奔月母题的融合。因而在这个过程中,实际上奔月母题只是月亮死而复生神话的一种延续,之后才与羿射九日神话进行了嫁接。

不过总的来说,羿射九日中的奔月母题在神话中还是位于从属地位。在更多地区流传的射日神话中,也只描写了诸如羿一样的英雄们如何勇武,解救百姓于水火,关于英雄的家人确实很少提及。在后世的期待之下,奔月神话与射日进行融合,嫦娥也成为羿的家人,英雄也有自己的人间生活,只是这里通过不死药,更细腻地刻画了羿与嫦娥的感情纠葛,让奔月母题成为羿射九日之后,人们对英雄更加美好的想象。

四、"羿射九日"的文化内涵

《宋会要》中记载了这样一颗星,"初,至和元年五月晨出东方,守天关,昼见如太白,芒角四出,色赤白,凡见二十三日"②。该星的

---

① 吴晓东:《复活母题的变异:中越月亮神话比较研究》,《广西民族师范学院学报》2012年第2期。
② 潘秀英编:《世界之最》,安徽美术出版社,2014年,第30页。

亮度即便在白天也不输于太阳，就像两个太阳挂于空中。中国最早关于此星的记载大概在殷商时期，出土的甲骨文中有模糊的提及，后人推论可能此星正出现于大旱年间，庄稼颗粒无收，人们没有食物，饥荒成灾，人们也以为是此星的问题。灾年过后此星也逐渐消失，人们无法理解，于是创造了后羿射日神话。

射日神话与古代天文历法的含义有很大关联。日月出入有固定的山脉，吕子方在《读〈山海经〉杂记》中指出七对日月出入之山是"远古农人，每天观察太阳出入何处，用来定季节以便农耕的资料，这是历法的前身"[①]。郑文光也认为，所谓的十日并出，指的就是十天干的错乱，也就是历法的错乱，而后羿射的十日，就是一场历法的变革。刘宗迪在《失落的天书》中也同样从天文历法角度进行了理解，认为羿射九日应该与立表测影相关。日晷是古代计时用的仪器，在一些特定的场合也被作为比赛的靶子，这种观念在《论衡·儒增篇》也有体现，尤其春分时节的春社活动，会举行射箭的活动，即所谓的"乡射"，这种风俗从春秋时期便已有之。活动中的参与者箭射的测日之表实为靶子，其上又有计时工具的十个日轮，后世望文生义便会认为"射者所射为天上的十个太阳"[②]，故而岁时习俗演化为后羿射日。这种文化阐释有一定的合理性，但为何选定"羿"这样的角色作为神话的主角，其中必然蕴含着先民的某种观念存在，才使得岁时习俗与羿射九日神话发生了关联。

羿射九日或许背后也隐含着某种巫术祭祀心理，如杨文胜认为后

[①] 吕子方：《中国科学技术史论文集》（下册），四川人民出版社，1984年，第27页。

[②] 刘宗迪：《失落的天书：〈山海经〉与古代华夏世界观》，商务印书馆，2010年，第115页。

羿射日中的弓箭寓意为交媾，太阳寓意着旺盛的生殖力，羿成为蕴含生殖意味的文化英雄①。弓箭的这种隐喻在很多神话中都被学者关注到了，那么羿射日就成为了先民对繁衍孕育的美好期盼，反映了先民"求育"的心理，而"求育"又与"求雨"音近，结合当时发生的严重旱灾，它更可能体现了先民祈求风调雨顺的心理。

"羿射九日"神话的文化内涵丰富，它可能是一场天文历法的变革，可能是一场巫术祭祀活动，也可能是一场民族的交融史。一切更为深层次的文化关联都有待进一步的挖掘。

羿作为典型的射日英雄形象，既有无畏艰辛苦难、敢于反抗天威和搭弓射日的"神性"，也有妻洛嫔、与嫦娥无法相爱相守的"人性"。英雄羿本身也在不断的创作中融合了多个形象，使其血肉不断丰富。羿在射日过程中选择的地点和工具都具有特定的文化内涵，如象征着生命的扶桑树孕育了太阳，最适合远程攻击的神箭，以及选取离太阳最近、颇有神秘色彩的山巅为射日地点。在射日神话中，先民能够开始勇敢面对灾害，在掌握了一定的自然界运行规律之后，开始理智地去探索认识世界，并且开始坚信"人定胜天"的思想。但先民缺乏科学的意识，他们将一些匪夷所思的事情归因于神灵身上，由神灵带领人民战胜天灾、教会人民生存下去的技巧。不同的民族产生了不同的以射日为母题的神话，射日过程各不相同，但射日的结果却大体一致，太阳被射落、人类得以继续繁衍生存，这也是先民们共同的期盼。"羿射九日"神话是中国古代先民智慧的结晶，是对中华民族自强不息精神的歌颂，也是中华优秀文化中一颗璀璨的明珠。

---

① 杨文胜：《破解"后羿射日"之谜》，《荆楚理工学院学报》2005年第2期。

从革命到革命：
十日神话与射日神话的文化解读

袁咏心 *

我们今日所见到的十日神话与射日神话，是殷周时代的产物，有关其蕴含的文化意义，论者甚夥，创见频出，如政治统一说、天灾与救世说、历法改革说、幼子继承说、太阳衰落崇拜说、历法观测说等；虽则如此，与夏殷文化、殷周文化的更替联系着的十日神话、射日神话，其十日所生之由，以及其自生日一变而为射日，再到射日者的转变，此中所呈现出的文化更替的意蕴，仍然值得进一步考察。

一、革命的开始：十日神话

十日神话最早见于"古之巫书"[①]《山海经》：

---

* 作者简介：袁咏心，长江大学人文与新媒体学院讲师，研究方向为古代文学、神话学。

① 鲁迅：《中国小说史略》，上海古籍出版社，1998年，第7-8页。

> 东南海之外，甘水之间，有羲和之国。有女子名曰羲和，方日浴于甘渊。羲和者，帝俊之妻，生十日。①

此后，《拾遗记·高辛》载有这一神话较为完整的异文：

> 帝喾之妃，邹屠氏之女也。轩辕去蚩尤之凶，迁其民善者于邹屠之地，迁恶者于有北之乡。其先以地命族，后分为邹氏、屠氏。女行不践地，常履风云，游于伊、洛。帝乃期焉，纳以为妃。妃常梦吞日，则生一子，凡经八梦，则生八子。世谓为"八神"，亦谓"八翌"，翌明也，亦谓"八英"，亦谓"八力"，言其神力英明，翌成万象，亿兆流其神睿焉。②

据王国维《殷卜辞中所见先公先王考》，帝喾即帝俊，亦即卜辞所称"高祖夒"："夒必为殷先祖之最显赫者。以声类求之，盖即帝喾也……诸书作喾或俈者，与夒字声相近。其或作夋者，则又夒字之讹也……《山海经》屡称'帝俊'……《祭法》'殷人禘喾'，《鲁语》作'殷人禘舜'，舜亦当作夋，喾为契父，为商人所自出之帝，故殷人禘之，卜辞称'高祖夒'。"③ 帝喾既"为商人所自出之帝"，故刘盼遂云："则十日传说必为殷人创生，而以属之于其祖者也。"④ 这就是说，殷人创生的十日神话，是其宗族祖先崇拜观的直接产物。

---

① 袁珂：《山海经校注》，上海古籍出版社，1980年，第381页。
② 王嘉：《拾遗记》，中华书局，1981年，第18页。
③ 王国维：《观堂集林（外二种）》，河北教育出版社，2003年，第210–211页。
④ 黄晖：《论衡校释（附刘盼遂集解）》（第1册），中华书局，1990年，第227页。

殷人的宗族祖先崇拜观是"祖神合一"①。这种合一，是以祖为中介的天、祖、神的合一。在殷人眼中，祖与帝等义。裘锡圭认为，从卜辞来看，商人只把死去的父王称为帝，旁系先王从不称为帝。②依据这一说法，见诸文献的最早的帝专指宗族祖先。而帝与天互训。《尔雅·释诂》："天、帝……君也。"③郝懿行疏："天与帝亦训为君者，天、帝俱尊大之极称，故臣以目君焉。"④天、帝同训为君，是基于"尊大之极称"这一点。极，《说文》："栋也。"⑤段注："引申之义，凡至高至远皆谓之极。"⑥至高至远是天的自然特征，也是帝的人格化特征，于是在这一层面上，天与祖就合二为一了。这一点，也可以从《尚书·商书》中得到证明。《尚书·高宗肜日》："惟天监下民，典厥义。有永有不永，非天夭民，民中绝命。民有不若德，不听罪。天既孚命，正厥德。"⑦《尚书·西伯勘黎》："非先王不相我后人，惟王淫戏用自绝，故天弃我。"⑧在这些文献中，天、天命、先王（祖）都是一体的。这就充分说明，殷人的天、祖是合一的。天与祖的合一，既是天、祖在自然与人事层面上的合一，也是天、祖在神性层面上的合一。天具有神性，这是不言而喻的；而祖与神这两个概念之间，也有着密切

---

① 钱杭：《周代宗法制度史研究》，学林出版社，1991年，第106页。
② 裘锡圭：《关于商代的宗族组织与贵族和平民两个阶级的初步研究》，《文史》（第17辑），中华书局，1983年，第2—3页。
③ 郝懿行：《尔雅义疏》，上海古籍出版社，1983年，第4页。
④ 同上书，第5页。
⑤ 段玉裁：《说文解字注》，上海古籍出版社，1981年，第467页。
⑥ 同上。
⑦ 孙星衍：《尚书今古文注疏》，中华书局，1986年，第244页。
⑧ 同上书，第250页。

的关联。祖,《说文》:"始庙也。"①庙是留存祖先神灵的所在,祖与神之间有关系。神,《说文》:"天神,引出万物者也。"②化生万物为神,能化生万民的祖先,也就与天一样具有了神性。又,据郭沫若《甲骨文字研究·释支干》,神与申在古时通用,"申字乃象以一线联结二物之形"③。这就是说,神就是沟通天人关系,或者说是沟通天人关系的中介。这一点,也可从《诗·商颂·玄鸟》中得到证明:"天命玄鸟,降而生商。"④子姓族始祖契承天命而生,这是秉受神性,而契与天沟通的中介,又是带有神性的玄鸟,天与祖也就在神性这一层面上合而为一了。于是,殷人就以祖为中介,将天、祖、神合而为一。十日神话中的帝俊,正是殷人天、祖、神合一的产物。《史记·殷本纪》云:"殷契,母曰简狄,有娀氏之女,为帝喾次妃。三人行浴,见玄鸟堕其卵,简狄取吞之,因孕生契。"⑤帝喾为契之父,亦即先王,也就是《诗·商颂·玄鸟》中的天。这正是天、祖、神合一的形象化写照。十日神话的文化意蕴,首先就是由帝俊所拥有的天、祖、神"三位一体"的身份开出的。

因为帝俊是殷王之祖,所以其能为日之父。日,《说文》:"大阳之精不亏。"⑥《玉篇》:"阳之精也。……君象也。"⑦日为君象,

---

① 许慎:《说文解字》,中华书局,1985年,第3页。
② 同上。
③ 郭沫若著作编辑出版委员会:《郭沫若全集·考古编》(第1卷),科学出版社,1982年,第215页。
④ 阮元:《十三经注疏》,中华书局,1980年,第622页。
⑤ 〔西汉〕司马迁:《史记》,中华书局,1959年,第91页。
⑥ 丁福保:《说文解字诂林》,1988年,第2889页。
⑦ 《宋本玉篇》,中国书店,1983年,第372页。

自帝俊所出之"日"为殷王就是明证；日又为承天之精而生，故殷王所出之父——帝俊自然就是天，也就是宇宙的至上神，且其生"日"之数为"十"。"这与殷人以干支记日的神圣历法有关；十个'天干'正好构成'十日'（即一旬）。而殷王多以天干命名的习惯，也表明殷王以'天之纲纪'和'日神之子'自居的自负心理。因此，殷王的'高祖夋'也就自然成了'十日'的父亲，成了宇宙的主宰。"① 此外，据《山海经》所记，帝俊不仅仅是十日的父亲，还是十二个月亮的父亲，而其他国族如三身、季厘、中容、司幽、白民、黑齿、帝鸿、禺号等；都是他的子孙后代。可见其为宇宙统治者的身份，是确无疑义的。从帝俊所具有的宇宙统治者，以及日、月、万民之父的身份这一层面来看，十日神话首先奠定的，是殷人祖先所具有的宇宙至上神、全能生殖神的崇高地位。

但是，日为君象的思想，并非始于殷代，而是出自夏代。夏文化虽不可考，但从殷人的叙述中，我们仍然可以略窥一斑。《尚书·汤誓》："夏王率遏众力，率割夏邑。有众率怠弗协，曰：'时日曷丧？予及汝皆亡！'夏德若兹，朕必往。尔尚辅予一人，致天之罚。"② 郑注：桀"自比于天，言常在也。比于日，言去复来也"③。从成汤的叙述中，可知夏代已有了日为君象的思想，但在夏桀这里，日仅仅只是他用来自比的对象，他以日自比的目的，在于证明君权罔替。而殷人则与此不同。殷人是以祖先为中介，凭借祖先与天、日之间所具有的直系血缘关系，将君等同于日，以此证明其由绝对天命而来的君权永固。由于夏桀与日之间只是一种松散的自比关系，而殷人却与日之间

---

① 谢选骏：《神话与民族精神》，山东文艺出版社，1986年，第367页。
② 孙星衍：《尚书今古文注疏》，中华书局，1986年，第218-219页。
③ 同上。

有着一条牢固的血缘纽带,因此,在夏与殷的较量中,天命最终归于殷。这大约是殷人反思改造夏代天命观,并以此诠释其革命正当性的结果。换句话说,殷代的绝对天命观,是在继承夏人日为君象思想的基础上,反思改造夏代天命观的结果。从上面的引文中,我们可以清晰地见到这一点。"夏德若兹",是成汤对夏代天命观的自觉反思;"予一人致天之罚",则是成汤改造夏代天命观的起点,既然成汤能"致天之罚",其先王与天之间、先王与今王之间、今王与天之间,就具有了一脉相承的血缘关系,殷代的绝对天命观由此而生。殷人的祖神合一宗族祖先崇拜观,正是以这种绝对的天命观为基础的。

揆诸神话,在继承夏人日为君象思想的基础上,殷人进而凝练出绝对天命观的过程,也是清晰可见的。直接表明殷人继承夏人日为君象思想的神话,是《太平御览》卷四录《论衡》所载二日神话:"桀无道,两日并照,在东者将起,在西者将灭。费昌问冯夷曰:'何者为殷?何者为夏?'冯夷曰:'西,夏也;东,殷也。'于是费昌徙族归殷。殷果克隆。"[1]以东起之日比殷,西起之日比夏,与夏桀自比于日如出一辙。而"殷果克隆"的表述,则直接导向八日神话与十日神话的核心内容,也就是以"翌成万象,亿兆流其神睿"为根基的绝对天命观。由此而言,二日神话大可看作十日神话的先驱。如此一来,二日神话到八日神话、十日神话的演变,就清晰地展示了殷人是怎样在继承夏人思想的基础上,革除夏命,进而凝练出绝对天命观的整个过程;而这正是成汤革命的重要任务之一。此外,十日之数,与殷王以天干命名的习惯相吻合,而"商人以日为名号,乃成汤以后之事"[2],

---

① 李昉等:《太平御览》,中华书局,1960年,第18页。
② 王国维:《观堂集林(外二种)》,河北教育出版社,2003年,第225页。

这也能从旁证明十日神话与成汤革命之间所具有的关联性。从这一层面来看，十日神话是成汤革命的产物，其所肩负的，是殷人以绝对天命观为旗帜革除夏命的文化使命，其所张扬的，则是由此而来的天命永固的文化意蕴。

既然十日神话所奠定的是殷人祖先宇宙至上神、全能生殖神的崇高地位，所张扬的是由绝对天命观而来的天命永固的文化意蕴，因此，其所蕴含的瓜瓞绵绵的文化意义，也就十分明显了。一方面，瓜瓞绵绵是出于祖先神灵的保佑。"在殷人看来，祖先既然生育了子孙，那么出于血缘的联结，子孙将会受到祖先神灵的保佑。"① 虽然祖先神灵的保佑，有时会以谴告的方式呈现出来，如《尚书·盘庚》云："汝万民乃不生生，暨予一人猷同心，先后丕降与汝罪疾……故有爽德，自上其罚汝，汝罔能迪。"② 但这种谴告所导向的，是唯有听命于祖先神权才能瓜瓞绵绵，实际上是对祖先神权的反向强化。另一方面，瓜瓞绵绵也是祖神合一宗族祖先崇拜观的现实目的之所在，本身就是对祖先神权的正面肯定。因此，从这一层面来看，瓜瓞绵绵是十日神话的题中应有之义。

以革除夏命为使命的十日神话，在文化层面上拉开了汤武革命的序幕。其所富含的祖先神权万能至上、天命永固、瓜瓞绵绵等文化意蕴，就是在夏殷文化的更替中呈现出来的。因得风气之先，其革命之举，无疑为后来者提供了可资借鉴的方便法门；但时移世易，其由革除夏命而来的文化意蕴，最终又必将使其成为后来者的革命对象。周武革命正是由此出发的。

---

① 钱杭:《周代宗法制度史研究》，学林出版社，1991年，第107页。
② 孙星衍:《尚书今古文注疏》，中华书局，1986年，第235–236页。

二、革命的延续：尧射十日

最早见于文献记载的射日神话，是《淮南子·本经训》所载羿射十日[①]：

> 逮至尧之时，十日并出，焦禾稼，杀草木，而民无所食。猰㺄、凿齿、九婴、大风、封豨、修蛇皆为民害。尧乃使羿诛凿齿于畴华之野，杀九婴于凶水之上，缴大风于青丘之泽，上射十日而下杀猰㺄，断修蛇于洞庭，擒封豨于桑林。万民皆喜，置尧以为天子。[②]

神话里射日的人是羿，但是，《论衡》在引述《淮南子》所载这一神话时，却将射日者认定为尧。《论衡·感虚篇》云："儒者传书言：尧之时，十日并出，万物焦枯。尧上射十日，九日去，一日常出。"[③] 又，《论衡·说日篇》云："《淮南书》又言：'烛十日。尧时十日并出，万物焦枯，尧上射十日。'"[④] 又，《论衡·对作篇》云："《淮南书》言……尧时十日并出，尧上射九日。"[⑤]《说日篇》《对作篇》明言该神话引自《淮南子》，《感虚篇》则说出于"儒者传书"，而所谓"儒者传书"，刘盼遂先生直接认定为《淮南子》，袁珂先生也认为"恐

---

① 虽然屈原有"羿焉彃日"之问，但据《路史后纪》十注及方以智所论，《楚辞》"羿彃十日"非天之日，本文从其说，故不以其为射日神话。详见黄晖：《论衡校释（附刘盼遂集解）》（第1册），中华书局，1990年，第227页。
② 刘文典：《淮南鸿烈集解》，中华书局，1989年，第254-255页。
③ 黄晖：《论衡校释（附刘盼遂集解）》（第1册），中华书局，1990年，第227页。
④ 同上书，第509页。
⑤ 黄晖：《论衡校释（附刘盼遂集解）》（第4册），中华书局，1990年，第1183页。

怕也还是《淮南书》"①。这就是说,《论衡》所据皆为《淮南子》。《论衡》三次引述这一神话,除语言组织稍有不同外,核心情节完全一致,这显然不能归结为作者记忆有误所致,而只能说明:他所见到的《淮南子》的版本,与我们今天见到的不同。刘盼遂先生断言:"是今本《淮南》有脱误,此文乃据其完本。"②袁珂先生也认为:"就今本所叙故事的上下文意来看,下文既云'万民皆喜,置尧以为天子',则射日和诛妖除害,似乎说成是尧本人直接为人民建立的功业而不是'尧使羿'更要近情理些。"③据此,我们可以得出这样的推论:由于今本《淮南子》皆为宋以后刻本,所谓羿射十日,大约是宋人订正的结果,《太平御览》卷三录《淮南子》所载这一神话可作旁证:"尧时十日并出,草木焦枯,尧命羿仰射十日,其九乌皆死,堕羽翼。"④而《淮南子》自成书直至东汉中期时,其所记载的射日者当为尧而非羿。也就是说,见诸文献的最早的射日神话,当为尧射十日,而非羿射十日。

明确了这一点,我们就可以讨论射日神话所包蕴的文化意义了。

尧射十日的背景,是十日并出,而十日神话为殷人所创生,其寓意为天命永固、瓜瓞绵绵等,因此,射日神话绝对不可能出自殷人,而只能是革除殷命的周代的产物。这也可从"擒封豨于桑林"的表述中见出。桑林,刘文典疏:"汤所祷旱桑山之林。"⑤以桑林为"擒封豨"之所,其所寓革除殷命之意,是十分明了的。这就是说,尧射十日,

---

① 袁珂:《古神话选释》,人民文学出版社,1979年,第269页。
② 黄晖:《论衡校释(附刘盼遂集解)》(第1册),中华书局,1990年,第227页。
③ 袁珂:《古神话选释》,人民文学出版社,1979年,第269页。
④ 李昉等:《太平御览》,中华书局,1960年,第16页。
⑤ 刘文典:《淮南鸿烈集解》,中华书局,1989年,第255页。

是周人以十日神话为对象的革命的产物。既然十日神话的寓意,立足于帝俊天、祖、神"三位一体"的身份,因此,解读尧射十日神话的出发点,也应当是尧的身份寓意。

尧,首见于甲骨卜辞。"有商一代先公先王之名,不见于卜辞中殆鲜"①,但尧之名,并不见于王国维先生所考殷卜辞所见先公先王。其后,尧之名见于《尚书·尧典》:"曰若稽古帝尧,曰放勋。"②此后诸书皆祖其说,进而推其世系。《世本·五帝世系》:"帝喾卜其四妃之子,皆有天下,元妃有邰氏之女,曰姜原,生后稷;次妃有娀氏之女,曰简狄,生契;次妃陈酆氏之女,曰庆都,生帝尧。"③《史记·五帝本纪》:"帝喾娶陈锋氏女,生放勋。娶娵訾氏女,生挚。帝喾崩,而挚代立。帝挚立,不善,而弟放勋立,是为帝尧。"④《大戴礼记·帝系》:"帝喾产放勋,是为帝尧。"⑤《路史后纪·陶唐氏》:"帝尧陶唐氏,姬姓,高辛氏之第二子也,母陈丰氏,曰庆都。"⑥《绎史世系图·陶唐世系八》:"喾、尧父子继立,故同谱系。"⑦但诸书所从出之《尚书·尧典》,"虽属《虞书》,却并非唐虞历史之实录,而是战国时期儒家知识分子综合古史传说编纂而成的神话'创世纪'"⑧。

---

① 王国维:《观堂集林(外二种)》,河北教育出版社,2003年,第210-211页。
② 孙星衍:《尚书今古文注疏》,中华书局,1986年,第2页。
③ 秦嘉谟等辑:《世本八种》,商务印书馆,1957年,第4页。
④ 〔西汉〕司马迁:《史记》,中华书局,1959年,第14页。
⑤ 黄怀信、孔德立、周海生:《大戴礼记汇校集注》(下册),三秦出版社,2005年,第779页。
⑥ 罗泌:《路史》,上海中华书局,1912年,第119页。
⑦ 马骕:《绎史》,中华书局,2002年,第8页。
⑧ 刘宗迪:《〈尚书·尧典〉:儒家历史编纂学的神话创世纪》,《民俗研究》2014年第6期。

这就是说：尧可能不是商人之帝，恐怕是周人所创之帝；与尧相关的神话起于战国时，而尧之世系大约是战国以后古史传说层累的结果，正如顾颉刚先生所指出的："五帝之说，大约是战国后期起来的。"[1] 这也可从周公追溯周族祖先世系中得到佐证。《尚书·金縢》："为坛于南方，北面，周公立焉。植璧秉珪，乃告太王、王季、文王。"[2]《尚书·无逸》："周公曰：'呜呼！厥亦惟我周。大王、王季，克自抑畏。文王卑服，即康功、田功。'"[3] 周公在追溯周族祖先世系时，从来不出三代之外，这与他在《无逸》《酒诰》等篇中历数殷王祖先世系时很不相同。这只能说明，太王以上的祖先世系，在周公的记忆中是缺失的，因此，周人祖先世系的完善，只能是此后古史传说层累的结果；而这其中自然也就包括了尧的世系。

尧的本义是高远，《说文》："尧，高也。从垚在兀上，高远也。"[4] 高远者，天也。《白虎通·谥》："帝者，天号也。以为尧犹谥。"[5] 尧称帝，所以同于天，故《论语·泰伯》云："维天为大，维尧则之。"[6] 而周人以尧为天的目的，则在于以其取代商人之天——帝俊，于是，自帝尧出，帝俊的名字，就在《山海经》而外的其他先秦典籍中消失不见了。但传统的力量是强大的，帝俊的名字可以迅速消失，由帝俊而来的十日神话的文化寓意，却不会同步消失。因此，周人必须在以帝尧取代帝俊的同时，有针对性地赋予帝尧全新的身份，以在文化层

---

[1] 顾颉刚：《五德终始说下的政治和历史》，《清华学报》1930年第1期。
[2] 孙星衍：《尚书今古文注疏》，中华书局，1986年，第324-325页。
[3] 同上书，第440-441页。
[4] 臧克和、王平：《说文解字新订》，中华书局，2002年，第911页。
[5] 陈立：《白虎通疏证》，中华书局，1994年，第71页。
[6] 刘宝楠：《论语正义》，中华书局，1990年，第308页。

面彻底打倒帝俊。于是，在《尚书·尧典》中，一方面，我们看到了帝尧以明德为本，致力人事，改革风气，平理水患，以拯下民的努力，此即"克明峻德，以亲九族，九族既睦。平章百姓，百姓昭明。协和万邦，黎民于变时雍"①，以及"汤汤洪水方割，荡荡怀山襄陵，浩浩滔天"时帝命鲧"往"②；一方面，我们又看到了帝尧借划分四季，制定历法，重建秩序的举措，此即"乃命羲、和，钦若昊天，历象日月星辰，敬授人时"③。一方面，我们看到了帝尧以德传位于舜，舜"受终于文祖"也就是承受天命④的表述；一方面，我们又看到了舜受禅后，"协时月正日，同律度量衡"⑤，以及"流共工于幽州，放驩兜于崇山，窜三苗于三危，殛鲧于羽山"⑥的一连串作为。其所确立的，正是在剥夺帝俊宇宙至上神地位（以帝尧代帝俊）、全能生殖神地位（以诛杀异己置换生殖万物）后，以崇德为本，人事为体，仁民为务，在新的秩序中，与天命相关联的人间帝王——尧的全新身份。尧的人帝身份的确立，意味着祖先与上帝开始分离，而"祖先与上帝分离，必然导致祖先与天、与天命分离，这显然是为了要解释周人是从同一个而且是唯一的上帝手中把殷人的天下夺过来的事实。假如祖神不可分，那么'天命'就不可变，周人取代殷人就少了些根据"⑦，而祖先与上帝，也就是今人与天命之间，因分离后所产生的空隙，便须由德来弥合了。

---

① 孙星衍：《尚书今古文注疏》，中华书局，1986年，第6-9页。
② 同上书，第27-28页。
③ 同上书，第10-12页。
④ 马融曰："文祖，天也。天为文，万物之祖，故曰文祖。"见孙星衍《尚书今古文注疏》，中华书局，1986年，第35页。
⑤ 孙星衍：《尚书今古文注疏》，中华书局，1986年，第43页。
⑥ 同上书，第56-57页。
⑦ 钱杭：《周代宗法制度史研究》，学林出版社，1991年，第110页。

这正是周人"祖神分离"①宗族祖先崇拜观的本质内涵。要之，尧的人帝的全新身份，由周人以"祖神分离"革新殷人"祖神合一"宗族祖先崇拜观而来，尧射十日神话的文化意义，即由此开出。

　　日为"大阳之精"，与天有直系血缘关系，而尧上射十日，则说明尧与天之间不可能有血缘关系，这意味着祖先与天的分离，也就是尧的人帝身份的确立。尧射十日的直接动因，是"十日并出，焦禾稼，杀草木，而民无所食。猰貐、凿齿、九婴、大风、封豨、修蛇皆为民害"，这是对人事的关注，仁心的发露，也是尧人帝身份的定格。尧"诛凿齿""杀九婴""缴大风""上射十日而下杀猰貐""断修蛇""擒封豨"的一连串诛杀异己的行为，既是其背离生殖行为以消缴帝俊全能生殖神身份之举，也是其"克明峻德"以强化其人帝身份之举。而贯穿其中的"九日去，一日常出"的表述，则是对诛杀异己与"克明峻德"关联内涵的必要补充。九日为异己者，所以"尧上射九日"；但尧射日的目的在于革除殷命，而不是绝其后嗣，所以尧使"一日常出"，以续殷祀，以明其德。如此，诛杀异己就与"克明峻德"并行而不悖了。只有界定了这一革命原则，殷人才能慕化，"一日常出"的潜在意蕴，正指向这一层。一日之所以常出，既因为尧的仁民之心，也因为殷人的肃然归德。这一点，在尧射十日神话中虽然没有明言，但可从民间口传日月神话中直接见出。如流传于云南鹤庆的苗族神话《九个太阳和九个月亮》说，九个蛤蟆变成的九个太阳，九只白兔变成的九个月亮，偷了盘昂的火把打闹，把天下的江水河水烧干了，花草树木烧枯了，飞禽走兽烧焦了，人类也全烧死了。盘昂一气之下，要把蛤蟆和兔子全吃掉。他接连吃了八个蛤蟆、八只兔子，"这可吓坏了剩下的那个

---

① 钱杭：《周代宗法制度史研究》，学林出版社，1991年，第106页。

蛤蟆和兔子。他们双双跪在盘昂面前求饶：'盘昂老祖，您饶了我俩。若您把我俩吃了，天下可就再也没有光亮喽。您给一条活命，我俩愿替您跑遍天下，为大地照亮，一定听话，好好干活。'这时，盘昂的火气已消了一半，觉得蛤蟆和兔子的话也有道理，就把它俩留下了"①。一个蛤蟆、一只兔子之所以没有被盘昂吃掉，是因为它们愿意改恶从善，这就是古人所说的归德；而神话显然由尧射十日演变而来，因此这一表述，自然可看作人们对"一日常出"潜在意蕴的解读。这正是"尧天"一语的真实内涵。于是，这便有了包括殷民在内的"万民皆喜"，而"置尧以为天子"，则是尧"明明德于天下"②而承天命的直接表述。如此，神话便确立了由革除绝对天命观而来的新型天命观——德性天命观。周武革命的目的，恰在于此。

　　尧射十日之意，与《尚书·尧典》之意若合符节；而其革命之意，征诸史实亦不悖。武王伐纣的胜利，由民心所向及武力而来，而非文化所致。远胜周人的先进文化，以及由此而来的祖神信仰，"使殷人自视甚高，颇有种族优越感。亡国之后，这种内容的宗教复兴和政治复国显然暗通。最后，终于爆发了'武庚之乱'。故周统治者在周公东征胜利之后，立即在殷的故都妹邦（宗教文化中心）颁发'大命'，雷厉风行地推行以'禁酒'为名的对殷民族的传统宗教文化习俗的改革运动……打击殷人固有宗教信仰中的种族优越感，从而泯灭其徐图复国的精神堡垒和最后希望"③。尧射十日神话，就是这一改革运动施行的产物。

---

　　① 杨诚森：《中国民间故事全书·云南·鹤庆卷》，知识产权出版社，2013年，第18页。
　　② 朱熹：《四书集注》，中华书局，1983年，第3页。
　　③ 谢选骏：《神话与民族精神》，山东文艺出版社，1986年，第364页。

三、革命的完成：羿射十日

但是，尧射十日神话却隐伏着一个人伦悖论。周人虽然以新型的人帝——尧取代了帝俊，但这本身还是建立在改革殷人传统宗教信仰的基础上。由于上帝是殷人始祖神的观念早已深入人心，或者说至少在殷人那里是不可革除的，而十日又是上帝之子，因此，当取代帝俊而出的帝尧上射十日时，这就难免会让人产生父子相残的联想。尽管周人采取了一系列相应措施，"如废除殷王为上帝'元子'，把神之世界与祖之世界分开，建立起以'德'为本的新型的天命观"①，但这并没有彻底消解尧射十日神话中隐伏的人伦悖论。此后，随着古史传说系列的出现，帝尧摇身一变而为帝喾之子。而《鲁语》以喾为周之自出："周人禘喾而郊稷，祖文王而宗武王。"②《史记·周本纪》本其说："周后稷，名弃。其母有邰氏女，曰姜原。姜原为帝喾元妃。姜原出野，见巨人迹，心忻然说，欲践之，践之而身动如孕者。居期而生子，以为不祥，弃之隘巷，马牛过者皆辟不践；徙置之林中，适会山林多人，迁之；而弃渠中冰上，飞鸟以其翼覆荐之。姜原以为神，遂收养长之。初欲弃之，因名曰弃。"③这就在"解释周人是从同一个而且是唯一的上帝手中把殷人的天下夺过来的事实"的同时，坐实了周人之祖即帝尧与十日为兄弟的身份，等于将尧射十日神话潜在的父子相残的悲剧，直接导向了手足相残的悲剧。这对"言必称尧舜""人伦明于上，小人亲于下"④的周人而言，显然是不可接受的。因此，改

---

① 谢选骏：《神话与民族精神》，山东文艺出版社，1986年，第364页。
② 《国语》，上海古籍出版社，1978年，第166页。
③ 〔西汉〕司马迁：《史记》，中华书局，1959年，第111页。
④ 焦循：《孟子正义》，中华书局，1987年，第315、347页。

造尧射十日神话就成为必须；而这一改造的产物，就是羿射十日神话。

与"徐缓地改革殷人传统的宗教信念"①一样，周人在改造尧射十日神话时，也是将殷人神话中已有的素材，拿来作改造的底本，进而改造为羿射十日神话的。

帝俊赐羿弓矢使其射杀妖怪，以及诸怪的故事，《山海经》中已有记载：

> 帝俊赐羿彤弓素矰，以扶下国，羿是始去恤下地之百艰。（《山海经·海内经》）
>
> 羿与凿齿战于寿华之野，羿射杀之。在昆仑虚东。羿持弓矢，凿齿持盾。一曰戈。（《山海经·海外南经》）
>
> 大荒之中，有山名曰融天，海水南入焉。有人曰凿齿，羿杀之。（《山海经·大荒南经》）
>
> 有蛇名曰长蛇，其毛如彘豪，其音如鼓柝。（《山海经·北山经》）
>
> 有兽焉，其状如牛，而赤身、人面、马足，名曰窫窳，其音如婴儿，是食人。（《山海经·北山经》）
>
> 贰负之臣曰危，危与贰负杀窫窳。帝乃梏之疏属之山，桎其右足，反缚两手与发，系之山上木。（《山海经·海内西经》）②

羿既然善射，又有诛妖除怪的经历，让他来肩负射日的使命，就是顺理成章的了。这便有了十日并出、诸怪肆虐背景下，尧令羿上射十日、下杀诸怪的羿射十日神话。由于羿射十日是秉承尧之命，并没

---

① 谢选骏：《神话与民族精神》，山东文艺出版社，1986年，第364页。
② 袁珂：《山海经校注》，上海古籍出版社，1980年，第466、198、372、75、76、285页。

有改变尧射十日神话革命的本意,而射日主角的转换,又规避了尧射十日神话导向的人伦悲剧,于是,羿射十日就成为替代尧射十日的自然选择。但是,羿本是帝俊臣属,十日本是帝俊之子,羿射十日不免有弑主之嫌,这等于又将羿射十日神话导入了伦理悖论之中。由此而言,以羿射日,只能是革命之时的从权,"闻诛一夫纣矣,未闻弑君也"①,就是对革命从权的合理化解释;而从另一层面来看,以尧射十日有悖君道,以羿射十日则有悖臣道,两害相权取其轻,所以就只能牺牲羿而全尧之君道了。但是,臣道终究不可废,而"欲为君尽君道,欲为臣尽臣道,二者皆法尧舜而已矣"②,因此,等到革命成功,圣天子在上,羿的命运自然就可想而知了——这便是以整肃臣道为名的对羿的一系列惩处。《淮南子·览冥训》:"羿请不死之药于西王母,姮娥窃以奔月,怅然有丧,无以续之。"③本为天神的羿是不入生死轮回的,居然要"请不死之药于西王母",可见其已被褫夺天神的身份而沦为凡人,这是放逐的开始。而其所请不死之药为"姮娥窃以奔月",无以续命,则暗示了其随后将要面临的更为严酷的处罚。《孟子·离娄下》:"逢蒙学射于羿,尽羿之道,思惟天下惟羿为愈己,于是杀羿。"④将杀羿归咎于逢蒙,正如将射日归责于羿一样,同样是以全君道法则的运用。但处死羿的目的并不在于以此否定革命,而是以正臣道,以明君道,因此,羿虽然被处死,其革命之功不可不论,这便有了"羿除天下之害,死而为宗布"⑤的追认之举。这样一来,羿射十日神话内蕴的伦理悖论,

---

① 焦循:《孟子正义》,中华书局,1987年,第145页。
② 同上书,第491页。
③ 刘文典:《淮南鸿烈集解》,中华书局,1989年,第217页。
④ 焦循:《孟子正义》,中华书局,1987年,第580页。
⑤ 刘文典:《淮南鸿烈集解》,中华书局,1989年,第461页。

恰好成为君道广大的巧妙证明，于是神话的改造得以顺利完成。

既存革命本意，又不悖人伦，兼具悲剧色彩，这是羿射十日最终得以取代尧射十日的根本原因所在。《周易·革》："汤武革命，顺乎天而应乎人。"① 顺天应人既为革命原则，自然也就成为引领神话改造的总体原则。这一原则，贯穿于二日神话到十日神话，十日神话再到尧射十日、羿射十日神话演进的始终。一方面，后起神话都是借助于重新界定祖神关系，以革除前朝天命，进而得出天命归于自身的结论的，此即顺天；另一方面，后起神话又都是建立在此前神话已有的叙事基础上，以此留存民族记忆，顺应民众审美心理定式的，此即应人。十日神话、尧射十日神话、羿射十日神话的文化意义，正是由这一革命原则开出的。当然，相较于疾风暴雨式的改朝换代而言，精神层面的改革无疑要迟缓得多，因此神话的演述，不可能与汤武革命的进程完全同步。这既说明了文化改造的艰难，又使其在另一层面上，为其接续后起神话并为其提供指引，留出了充足的时间。这一点，既可从羿射十日与尧射十日，尧射十日与十日神话的前后相续中见出，也可从汉高祖斩蛇与羿射十日神话的前后相续中见出。《史记·高祖本纪》："高祖被酒，夜径泽中，令一人行前。行前者还报曰：'前有大蛇当径，愿还。'高祖醉，曰：'壮士行，何畏！'乃前，拔剑击斩蛇。蛇遂分为两，径开。行数里，醉，因卧。后人来至蛇所，有一老妪夜哭。人问何哭，妪曰：'人杀吾子，故哭之。'人曰：'妪子何为见杀？'妪曰：'吾子，白帝子也，化为蛇，当道，今为赤帝子斩之，故哭。'人乃以妪为不诚，欲告之，妪因忽不见。"② 这里虽然没有射日之类的

---

① 阮元：《十三经注疏》，中华书局，1980年，第60页。
② 〔西汉〕司马迁：《史记》，中华书局，1959年，第347页。

表述，但其所蕴含的革除秦命之意，与尧射十日、羿射十日并无二致，其所遵循的原则，同样是顺天应人。这就说明，这一神话与十日神话、尧射十日、羿射十日一样，都是革命的产物。此后，改朝换代之际所创生的此类神话，无不踵袭十日神话、尧射十日神话、羿射十日神话之精神与意义，而成为中国神话中特殊的一类。这一类神话，我们大可称其为革命神话。

革命神话肩负着特殊的使命，其文化意义皆由革命而生，如果舍弃这一点去探究其意义，恐难得其要领。或许，古神话所蕴含的意义，并非如我们想象的那样难以索解，只是因为古史传说的层累与碎片化，时空的暌隔，以及我们的好求甚解，才将简单的问题复杂化了。这一点，是可以从诸多后起的神话中反推而出的。因此，我们所要做的，就是在综合考证的基础上，还古神话以本来面目。十日神话、尧射十日神话、羿射十日神话，应作如是观。

侗台语民族创世史诗演述中的"寻日"母题辨析

——以中国壮族布傣支系与越南岱族为例

李斯颖 *

  侗台语民族是指分布在中国、东南亚及印度东北部操侗台语族语言的民族,包括中国的壮、布依、傣、侗、水、仫佬、毛南、黎、仡佬,越南的岱族、侬族和泰族、泰国的泰族、老挝的佬龙族等族群,人口超过 9000 万。① 根据现有的学术研究成果,这些民族发源于中国的长江中下游地区,② 他们具有共同的文化起源与浓厚的血缘关系,历史上曾留下明显的迁徙痕迹,语言上仍可实现彼此之间的完全或部分对话,至今仍具有一定的文化共性,传承着相同或相似的史诗叙述。

  中越跨境侗台语民族创世史诗演述至今仍在民间活态传承。这些民族(与支系)在史诗抄写所使用文字、文本内容与演述形态等方面

---

  * 作者简介:李斯颖,壮族,中国社会科学院民族文学研究所南方民族文学研究室副研究员,研究方向为南方民族文学及民间信仰。
  ① 李锦芳:《侗台语言与文化》,民族出版社,2002 年,第 1 页。
  ② 徐杰舜、李辉:《岭南民族源流史》,云南人民出版社,2014 年,第 1 页。

有着许多共性。如今,中越侗台语民族分别受本国主体民族文化的影响,在史诗的传承上也出现了不少独立的特征。以中国壮族布傣支系与越南岱族为例,聚焦创世史诗演述中的"寻日"母题,探寻其背后悠久的侗台语民族历史文化传统及其演变规律,将能给我们更多的启发。

一、中越跨境民族的民族概况与史诗演述传统

在漫长的中越边境分布着众多的侗台语族群居民,主要有中国壮族布傣、侬支系与越南岱、侬族等。中国壮族的布傣支系人口超过300多万,分布在广西的防城港、宁朋、凭祥、龙州、大新、靖西、那坡,云南省的富宁、麻栗坡、马关、河口等县市。在越南一侧,岱、侬族人口为160多万(2009),主要分布在广宁、谅山、高平、河江、老街等省。① 中国壮族布傣、侬支系与越南岱、侬族是中越边境的土著居民,在历史中有不断南迁的过程。中国壮族的布傣支系(以下简称"布傣人")常自称为"土""傣""偏"等,侬支系(以下简称"侬人")常自称为"侬";越南的岱族、侬族的自称也与前者大同小异。由于越南岱族、侬族有共同的民族文化渊源,在语言、风俗、信仰等方面大同小异,因此越南国内常将两个民族并称。岱人在越南本土居住的时间更长,受京族文化的影响更大。侬人多为18世纪后迁徙到越南,语言受汉语影响更大。岱族是越南人口第二大民族,是人口最多的少数民族。上述这些中越跨境民族支系人民语言相通,往来密切,有的还保持着亲戚关系。至今,这些民族都有过侬(莫)峒节的习俗,或

---

① 吕余生等:《中越壮侬泰族群文化比较研究》,社会科学文献出版社,2015年,第11页。

多或少地使用天琴作为仪式与表演的独特乐器，在史诗演述的内容上有许多共性。

具体来看，越南侬族与中国壮族侬支系文化更为相近，在服饰、民族语言等方面都差异不大，双方互相往来频繁。目前，中国壮族侬支系和越南侬族既传承着本土浓厚的民间"麽"信仰传统，重视祭祀祖先，信仰万物有灵等，同时，他们亦受到汉文化与道教的深刻影响。道教中的玉皇大帝、灶君、龙王等都是他们信仰体系中的重要部分。丧葬、禳解、招生魂等仪式一般请布麽前来主持。笔者采访过的云南文山州麻栗坡县张廷会（1945—2018）等老布麽，经常受邀前往河江省等越南侬族地区做法事、对唱山歌等。他们到越南也主要做丧葬、叫魂、安龙等仪式，最多的时候，一年受邀前往十余次。张老说，越南那边已经没有太会做麽的人，就算有，他们也少有经书，相比之下，越南侬族觉得中国侬人这边的布麽更权威，做的法事也更有"效果"。

越南岱族与中国壮族布傣支系的文化更为相近。他们的民间宗教仪式活动更常见用天琴、铃铛伴奏的"唱仙"活动，多在解难、葬礼、招魂、祝寿、求安等情形下演唱。诵词就包括了部分创世史诗内容。例如，广西龙州金龙镇的"祭天"仪式，请女巫坐镇演唱，祭天地、祭祖，祈求家畜兴旺、五谷丰登、人身康泰等。又如，越南谅山省文朗县南罗社板万村岱族唱仙活动中的"过海"仪式，其功能包括了消灾、祝寿、叫魂、助产等。唱仙仪式需要请祖师、天界兵马、玉皇大帝、佛祖、土地爷、城隍老爷、灶君、列祖列宗以及各位将军（天军）等，还要请来森林神、水神、火神、太阳、月娘等。仪式中，民间宗教神职人员跨海到遥远的龙王管辖地进行消灾解难，时长一般为30分钟。

目前，笔者掌握了中国壮族布傣、侬支系与越南岱、侬族在一些仪式上所演述的创世史诗内容，通过考察他们史诗演述的状况，以"寻日"母题为重点，探寻这些民族背后悠久的侗台语民族历史文化传统及其演变规律，是本文努力的一个方向。

二、"寻日"母题在中国壮族布傣人与越南岱族史诗中的传承与比较

中越跨境侗台语民族的史诗演述内容丰富，笔者在长期的调查过程中发现，"寻日"及其衍生母题在其史诗演述中占据重要地位。"寻日"母题常在"射日"母题后出现，太阳往往是在英雄射日之后躲了起来，这是"寻日"必要之所在。"射日"与洪水神话形成了较为稳定的叙事结构，由此又演绎出了较为稳定的衍生内容，即"公鸡唤日""鸭驮鸡过河、鸡帮鸭孵蛋"等母题。这在中国布傣人与越南岱族史诗中都有传承。

中国文山布傣人的创世史诗片段中就有独立的"射日""鸡为鸭孵蛋"母题。史诗中描述，当时"远古世沉没，水落才创世"，兄妹俩把父王捡到的葫芦籽种下，长出了大葫芦。发洪水时候，兄妹俩在葫芦中躲过一劫，繁衍人类。洪水退去之后，天上出现了七个太阳，被兄妹俩用弓箭射掉六个。而在洪水来临之前，"雀声叫雨水，鸭听见鸡哭，鸭叫鸡别哭，我们认姊妹，等到水洪来，我背你上天。鸭在水上游，我肚里冰冷，我不会孵蛋，鸭叫鸡孵蛋"①。这样的细节虽然看似毫不起眼，在侗台语民族的信仰中却占据着一席之地，这源于鸡在侗台语民族仪式中的特殊功用。如祝寿仪式的诵词中曾提到用鸡来

---

① 云南省文山市壮学会编著：《文山市壮族（布傣）诗歌》，云南人民出版社，2011年，第31—39页。

叫魂的作用:"师娘请魂神,来吃清水茶,来吃杯中酒,来吃甑蒸糕,请魂神放魂,还魂四十命,放命五十魂,献给红冠鸡,用公鸡换命,用公鸡换魂。"① 故此,在创世史诗之中要说清楚鸡的来源。

广西龙州县金龙镇的布傣人也流传着"寻日"母题的相关叙事。例如在横罗村板烟屯搜集到的"鸡孵鸭蛋有传说",讲述古代有一次大洪水,平原山谷都被淹没了。这时候,天下万物都被淹死了,只有鸡飞到山顶上,鸭浮在水面上。不久,大水把山顶也淹没了,于是鸡向鸭说:"你背我到别的高山上去,将来我帮你孵蛋,并且我叫太阳上来将洪水晒干。"于是鸭就把鸡背到另一座最高的山顶上,鸡才安全了。这只公鸡大叫三天三夜,大雨停止了,太阳也上升,把雨水慢慢地晒干。从此,世间鸡啼了天才亮。鸭子不会自己孵蛋,都是让鸡来帮忙。这样的叙事应来自创世史诗之中,可惜目前笔者还没有掌握相关资料。②

越南岱族的创世史诗中亦流传着"寻日"及相关母题,在民间宗教神职人员主持"过海"仪式时演述。史诗描述人类射日之后,太阳躲进深海不再出现。由于没有了阳光的照耀,世间万物俱灭、民不聊生。最后,鸡和鸭一起合作重新寻找回太阳,让人间重新焕发生机。由此,万物复苏,百姓安居乐业,人间再分日夜和四季。流传在越南谅山省文朗县南罗社板万村的文本是这样的:"从前天空在下,天空很低,公鸡碰耳,开门碰头,天空有星星,天上有太阳,和十二个太阳照亮世间,各地干旱严重,干旱严重,百物和牛饿死,蚁蛾哭喊虫哀嚎,

---

① 吕余生等:《中越壮侬泰族群文化比较研究》,社会科学文献出版社,2015年,第90—92页。

② 农军、谭江文:《金龙峒布傣文化》,龙州文史编委,2015年,第130—131页。

烦恼地哭诉出来，那时人逃进森林，老人真的很担心，天上男孩笨，船上姑娘笨，持弓箭在前，拿弩架出来，拿弓箭射击，十二个太阳掉进海不见，世间黑四十夜天不亮，玉帝让拿鸡鸭来问，鸡告诉南海（观音）和鸭，哥在我后背坐稳，看到洪水千万别笑，洪水来了别怕，看到洪水茫茫，鸭载着鸡过东海去，野鸭游浅，蚬鸭游深，嘴巴也滑动，眼睛看到光，水大时颠簸不定，水少时晃荡不停，这时候鸡鸣三声，太阳东边升照耀云朵人间，人间才分白和黑，分四季春夏秋冬，（如）今鸡帮鸭孵蛋报恩，它们以前同过河，从前鸭过海有功，（如）今鸡帮它孵蛋报恩。"

通过比较上述"寻日"及相关母题的史诗内容及其演述，可以发现中国布傣人与越南岱族史诗传承的一些共同特性，包括与仪式共生、汉文字体系的使用、演述人的仪式主持身份以及韵文形式的采用等。

首先，这些母题的传承与仪式之间存在密切关系。这些叙事在仪式中具有特定的阐释性功能，成为与仪式行为相伴生的口头表达。故此，这些史诗内容并不是可有可无的点缀，而是仪式中必不可少的篇章。除了中国的布傣人与越南的岱族以外，同样生活在中越边境的中国壮族侬支系与越南的侬族在仪式中亦有类似的史诗演述。中国云南文山州侬人为逝者赎魂的仪式上，布麼以鸡祭祀时要唱"鸡之源"的创世史诗篇章，讲述仙人造鸡、洪水淹天下、鸭驮鸡过河后鸡帮鸭孵蛋的内容。笔者曾在文山州麻栗坡县杨万乡下者勒村观摩过布麼张廷会老先生主持的丧葬仪式，为逝者赎魂。当时，设在房屋外①的祭桌下放了一把谷穗和一只鸡。张老解释说那是要把鸡拴到稻把上，鸡有吃的，才能引来魂。因为仪式中要用到鸡，所以要讲述鸡的来源。这段史诗

---

① 因为此次赎魂的对象在医院病逝，故此要在屋外设置祭桌，以接魂"回家"。

并没有经文抄本,内容说原来大水淹天下,淹到最高的山顶,鸡无法渡水,鸭子帮忙驮它过来,从此鸡为鸭孵蛋。

流传在云南文山西畴县上果村侬人的《祭太阳歌》则以"寻日"母题为叙述重点。至今,每年农历二月初一正午,村中18岁以上的女性要到河里沐浴更衣,着盛装到当地太阳落下的太阳山祭祀太阳神树,并由年长者领唱《祭太阳歌》。歌中讲述,远古时天上十二日并出,大地被烤得一片焦黄。那时昼夜不分,人们认为是太阳在作怪,去请教布洛陀。布洛陀提出让人们把太阳射下来。众人推举郎星去射太阳,射落了十一个。剩下的那个太阳害怕得躲了起来,天地一片漆黑。妇女们聚众商量,要推举一位身强力壮的妇女去找回剩下的那个太阳。身怀六甲的乜星主动承担了去找太阳的任务。她顺着鸡叫的方向(西方)去寻找太阳,翻山越岭,并在途中生下一个女孩。她又带着女儿寻找了二十年,终于找到了躲着的那个太阳。她们请求太阳返回天上照亮大地,太阳却说自己没有衣服,无法上天。在母女的百般央求下,太阳被请回到村头的树林中,还是不愿上天。乜星又去请教布洛陀,布洛陀说:"你们叫太阳带上金针、银针上天,谁看她就用针戳他的眼睛。"于是,太阳带着针上天了,从此世上又有了白天和黑夜。人们想偷看太阳女神那美丽的胴体,她就会用针戳眼睛。另外一个异文《乜星与太阳》则说太阳是男性,他化身为壮族小伙子躲在歌场,壮族首领鸟母乜星找到他后,托着他飞到空中。从此,只要郎星变成的雄鸡一叫,她就托着太阳准时地在空中翱翔。乜星的女儿,则变成月亮,追随着她的情人——太阳。①

由此看来,在仪式的不断复现与史诗的复诵之中,射日、寻日、

---

① 王明富:《乜星与太阳》,内部资料。

唤日及其变形的母题也在各族群之中广为流传，广为人知。然而，随着时代的发展与民间信仰的衰退与弱化，这类叙事原本所具有的神圣性特质却不断地被弱化，以散体叙事的形式在民间继续传承。

其次，中国布傣人与越南岱族史诗传承的演述人均为民间宗教神职人员，两个族群的信仰内容颇多重合。中国布傣人在"求务"（祭天）等各类仪式中，主持仪式、吟诵相关史诗内容的均为民间宗教神职人员。这些神职人员的称呼虽然在当代各有不同，但他们的文化都根植于侗台语民族早期的"mo"信仰之中，并在所信仰的神祇等方面有一定共性。如中国布傣人的各类仪式上要请到乜积歌、呵积帝、舜皇、伏羲、神农、人皇、李逵等，越南岱族人在仪式中经常请到的神祇有祖师、天界兵马，玉皇大帝、佛祖、土地爷、城隍老爷、灶君、列祖列宗以及各位将军（天军）等，还有森林神、水神、火神、太阳、囊嗨（月娘）等，体现出这两个中越跨境民族受到道教、佛教的深刻影响，故在信仰体系中出现了玉皇大帝、佛祖等神祇。与此同时，他们也保持着本民族的传统信仰，包括对祖先的崇敬，对日月之神等的信仰。

再次，中国布傣人与越南岱族史诗传承手抄本所使用的文字均来源于汉字系统，是侗台语民族借用汉字偏旁部首表达本民族语言发音与含义的结晶。无论是布傣人所使用的方块壮字，还是越南岱族手抄本所使用的岱喃字，都是在汉字系统下催生的文字表达方式。在民族语言基本词汇的表达上，二者所使用的字形与中国壮族北部方言地区所使用的方块壮字区别并不大。根据相关研究，"越南喃字是受到邻近的广西地区广泛使用的古壮字的影响才产生的。……相信在越南喃字在国中流传之时，越南岱侬族的喃字已经开始萌芽。尽管相传岱侬族的喃字是15世纪末由闭文凤和农琼文两人创制的，并以他们遗留下来的喃字作品为证，但我们相信，夹处在广泛使用方块壮字和越南喃字的环境中，岱侬族的喃字出现的时间应该更早些。"① 由此可见，中国布傣人与越南岱族所使用的方块文字，其产生是侗台语族群自身文化发展的结果。虽然越南岱族的方块文字曾受到越南喃字的影响，但总体来看，侗台语民族不同地方所使用的方块文字共性大于个性，尽管字形会根据方言发音而有所区别。

最后，中国布傣人与越南岱族史诗的格律保持着脚腰韵的民族传统审美范式，诗行字数有五言、六言、七言、八言、九言、十言（四六言）等多种。梁庭望先生曾对"脚腰韵"进行过归纳："多见于壮侗语族民族民间诗歌，其格局是上行的末尾字与下行的中间第三字押韵，即0000 A，00A00。"② 有的学者也称这种押韵方式为"腰脚韵"③、"腰韵"④ 等，由于押韵方式是先末字，后中字，笔者采取了"脚腰韵"⑤ 的说法，以便于更直观地认知。根据相关材料，中国布傣人的史诗篇章依然保持了传统的五言句式为主，兼有其他句式的情况。相较之下，越南岱族的史诗演述或由于以口头传承为主，则呈现更为句式字数不等的情况。如笔者搜集到的"射日""寻日"史诗篇章，句式从四言到十言均有出现，并没有哪种句式占据了绝对优势。由此可见，中国布傣人仍延续着《越人歌》所展示出的古越人歌谣所具备的"脚腰韵"

---

① 吴小奕：《跨境壮语研究》，广西民族出版社，2013年，第176-177页。
② 梁庭望：《中国诗歌通史（少数民族卷）》，人民文学出版社，2012年，第16页。
③ 欧阳若修等编著：《壮族文学史（第一册）》，广西人民出版社，1986年，第209-228页。
④ 过伟：《岭南十二枝花》，广西人民出版社，1990年，第75-76页。石林：《侗台语比较研究》，天津古籍出版社，1997年，第60-61页。
⑤ 黄革：《广西壮族民歌概略》，《广西大学学报》（哲学社会科学版）1989年第1期。

与五言的特征,① 而越南岱族的史诗则呈现出自由诗体的发展趋势。

通过比较中国布傣人与越南岱族的史诗演述及其文本,可以看到中越跨境侗台语民族在"寻日"及相关母题的演述与活态传承方面具有较大共性,从仪式的操持、史诗演述者、信仰的神祇、手抄本文字的使用、史诗格律等方面都存在较大共性。与此同时,存在的一些差异也展示出新的文化生长点。

三、"寻日"母题在侗台语民族叙事中的普遍性

壮族及其他侗台语民族中颇多"寻日"的母题及其变形。它不仅在史诗演述中出现,在民间的神话等叙事中也很常见,包括壮族的"找天边"以及上面提及的"鸡帮鸭孵蛋"等母题。以往学者的研究也关注了"寻日"与"射日"母题的结合。例如,"需要说明的是,类型变体二新发展出的情节,亦即后半部的'太阳藏匿——公鸡唤日出'部分,是一个在壮侗语族、苗瑶语族、藏缅语族、台湾高山族广为流传的神话母题,往往也作为单独的神话故事出现。比如壮族和侗族就有许多单纯的'公鸡叫太阳''公鸡请太阳''救月亮'等神话。是射日神话和该母题粘合形成了类型变体二呢?还是在类型变体二形成后,此母题从原神话上脱落,成为单独的神话故事呢?这已不是本文所要讨论的问题。"② 在此,笔者所要关注的就是作者在文中没有继续讨论的这个问题。

---

① 欧阳若修:《关于〈越人歌〉研究的几个问题》,《广西师范大学学报》(哲学社会科学版) 1987 年第 4 期。

② 高海珑:《中国壮侗语族射日神话形态结构分析》,《民间文化论坛》2010 年第 5 期。

"射日"与"寻日"母题在侗台语民族中普遍存在。流行在广西都安一带的壮族《特火请太阳》叙述特火带着乡亲们和妻子的嘱托，出门寻找太阳、找回天下的亮光。他跋山涉水，路过十万大山，打败了饿虎和蟒蛇，才来到昆仑山向天神爷爷问出太阳的去处。原来，太阳（雄鸡）被天上的天神特很射死了十一个，剩下的一个躲到了东海底下。特火吃下仙桃，变成雄鸡，唤出了太阳。布依族神话《射太阳》说，相传在古老年代，天上有十二个太阳，分别以十二地支命名。它们喷涂烈焰，大地被晒得天地龟裂，花草树木枯萎，人们不堪其苦，神箭手勒戛决心射日拯救人类。他跋山涉水，历尽千辛万苦，最后登上高入云天的大榕树，挽弓搭箭，射落了十个太阳，剩下的两个，一个钻进云层，一个跳进天河，再不肯露面，但人们又因没有太阳照耀而陷入黑暗之中，于是又请公鸡去叫太阳，公鸡在神仙的指点下，又得鸭子帮助，渡过大海，终于请出了太阳。跳进天河的太阳被天河水泡冷，变成了月亮。此后，每天公鸡引颈高唤，太阳才肯出来，公鸡也因此而得到太阳赠送的云衣，永远披上了一身五彩斑斓的羽毛。① 有的版本说从此"鸭子只管下蛋，鸡来管孵蛋"②。仡佬族的射日神话说，从前有七个太阳，七个月亮，一天晒得没有个完，只有山洞里头的水没有干。后来，有一个勇敢的汉子，从山上一棵最大的树爬到天上，用竹竿打掉了六个太阳和六个月亮。这一打之后，剩下的那个太阳和月亮也不敢出来啦！天底下到处黑漆漆的。人们就打发牛去接太阳和月亮。牛去了，太阳和月亮不出来。又打发羊去接，太阳月亮还是不肯出来。

---

① 布依族文学史编写组：《布依族文学史》，贵州民族出版社，1992年，第27—29页。

② 王玉贵、刘衍芬：《布依族摩经——"王母圣经"精华选编》，望谟县民族和宗教事务局，2012年，第74—75页。

最后叫大红公鸡去接,太阳月亮还是不出来,公鸡急了,"喔,喔,喔——"一叫,太阳才从东边山口慢慢露出头来,到了晚上,月亮也就出来了。①

"寻日"母题衍生出的"访天边"母题在壮族地区家喻户晓。流传在桂西的《妈勒访天边》②说,由于大家好奇天的边在哪里,就打算派人去寻找天边,看看它到底是个什么样子。一个孕妇主动请缨说,自己就算找不到天边,剩下的孩子还可以继续找。大家觉得她说的有道理,就同意她去找天边。她一直向着太阳升起的东边走去。后来,她生下了一个男孩,男孩子长大了之后,继承妈妈的愿望,还继续走下去找天边。

"鸡为鸭孵蛋"常常与"寻日"母题结合在一起,但也有不少独立成篇的散文叙事,以此解释日常生活中"鸭子不孵蛋"这一独特的自然现象。傣族花腰傣支系也保留了"鸭驮鸡"的母题,不过变成了揭示动物习性的故事:

> 鸭子只下蛋,不孵蛋,说起来还有一段故事哩。
>
> 很早很早的时候,地上发了大水,洪水把大地变成一片汪洋大海。鸭子见到处是它的乐园,高兴极啦。它"呷呷呷"地叫着,自由自在地游来游去。洪水中,有一棵大树的树梢上,歇着一只母鸡,它听到叫声后,伸长脖子,焦急地向鸭子呼救:"鸭妹妹,你快来救救我吧!"鸭子远远地看见它那失魂落魄的样子,也觉得十分可怜,便很快地游到鸡跟前:"来,母鸡大嫂,我背着你走吧!"于是,鸡跳到鸭背上,鸭驮着鸡到了安全的地方。

---

① 中国作家协会贵州分会、贵州省民族事务委员会:《苗族布依族侗族水族仡佬族民间文学概况》,贵州人民出版社,1987年,第25页。

② 农冠品编注:《壮族神话集成》,广西民族出版社,2007年,第205-208页。

后来，洪水退去了，大地上恢复了平静。鸡鸭生活在一起，和睦相处，亲如姐妹。鸡很懂感情，受恩必报，为了酬谢鸭子的恩惠，它对鸭说："好妹妹啊，我能活下来，全靠你的帮助呀。今后，你生下来的儿女就交给我抚养好啦。"鸭子觉得鸡的话是诚心诚意的，从此就放心地把儿女交给鸡孵了。①

云南省普洱市孟连傣族拉祜族佤族自治县的傣族傣绷支系从缅甸的邦康往上迁徙而来，笔者曾经在那里采录到"鸡为鸭孵蛋"的神话母题。据说，鸡和鸭是朋友，他们要一起过河，那时候鸡不会游泳，于是请鸭子驮她过河。作为回报，她将世代为鸭子孵蛋和保护小鸭子。云南省德宏州芒市盈江县支那乡曼中寨也流传着"鸡为鸭孵蛋"的神话母题，据说古时候鸡鸭是好朋友，它们要过一条河，鸡不懂凫水，于是请鸭子驮它过河，承诺从此以后会帮鸭子孵蛋，以此报恩。如今，鸭子生蛋，母鸡为它孵蛋。陇川县傣族的"鸡为鸭孵蛋"母题说：古时候，鸡和鸭一起过河，但是鸡不会游泳，她请鸭子驮她过河，但是公鸭说鸡是母鸡，他不愿意驮。母鸡承诺以后如果公鸭有了母鸭，生下蛋后母鸡就为他们孵。所以公鸭就驮她过河了。侗族的起源之歌《鸡之原》里唱："芝优河头又出现鸭背鸡，鸭背着鸡紧紧相靠难分开，'如今你们想得周到背着我们来过河，日后我们报答帮助你们去孵仔。'"②毛南族的神话说鸡帮鸭子孵蛋是为了答谢鸭子驮它们过河。③

---

① 陶贵学：《中国云南花腰傣民间文学作品集》，中国民族摄影艺术出版社，2007年，第71页。
② 杨权、郑国乔：《侗族史诗——起源之歌》，辽宁人民出版社，1988年，第202页。
③ 袁凤辰等：《毛南族、京族民间故事选》，上海文艺出版社，1987年，第345页。

东南亚的侗台语民族中也常见"鸡为鸭孵蛋"的母题。越南奠边府Liang村的黑泰人韦文哲（男，82岁）讲述过大洪水的故事：很久以前，天下落起暴雨，把人都淹没了。鸡过不了河，鸭子将鸡驮过河去，鸡感激鸭子救了自己一命，从此为鸭孵蛋。① 老挝佬族的神话《公鸡报晓》说，天神在天空中造了十个太阳、九个月亮以及许多星星。由于所有的太阳、月亮并出照耀大地，大地被烧得龟裂，人类饱受煎熬。有一个青年砍下大树制成强弓和利箭，射掉了太阳和月亮。剩下的最后一个太阳和月亮，吓得躲进东方的天边，大地变得漆黑寒冷。这时，有一只大公鸡伸长脖子引吭高啼。躲在天边的太阳忍不住悄悄露出脸来，想看个究竟，听一听那只公鸡高昂嘹亮的叫声。于是，太阳的光芒又照耀着大地，大地充满着光明和温暖。公鸡也得到了一顶大红帽子作为感谢，那就是它今天漂亮的鸡冠。② 老挝琅南塔省Nanfa村的泰央人ＬＣ（男，65岁）曾叙述了一个带有此母题的射日神话。从前，天上有七个太阳，晒得动物、植物、人类都要死光了。有一个英雄，他制作了弓箭，就拿去射太阳，射得只剩下一个。剩下的太阳十分害怕，就躲起来了。最后，只有公鸡啼叫的优雅声音把太阳唤了出来。直到现在，太阳有时候睡懒觉，还是公鸡把它叫出来的呢！③

"寻日"与"访天边""鸡为鸭孵蛋"等衍生母题在侗台语民族中的广泛传承令人印象深刻，结合对中国布傣人与越南岱族的史诗个案分析，笔者认为这些母题是从仪式叙事中脱落出来的。由于传统的信仰仪式演述在侗台语民族中曾普遍存在，故其内容随仪式而广为传

---

① 2012年7月15日搜集，阮氏梅香翻译。
② 张玉安：《东方神话传说》第六卷（上），北京大学出版社，1999年，第116页。
③ 2012年7月11日搜集，屈永仙翻译。

播,甚至在仪式衰减甚至消失之后依然留在人们的记忆之中,并不断得到复述。

四、对侗台语民族"寻日"母题的文化探索

从侗台语族群早期文化整体的角度出发,可对侗台语民族"寻日"及公鸡唤日、鸭驮鸡、鸡替鸭孵蛋等母题进行更深层次的文化探索。这些母题映射出侗台语民族先民早期稻作农耕的丰富生活与思维模式特征,并与传统的太阳信仰一脉相承。

侗台语民族先民是世界上最早进行人工水稻栽培的族群之一,"寻日"及相关母题的存在是他们从事稻作生产与生活的映射。他们很早就已经进行鸡、鸭的人工养殖。"鸡"在侗台语大部分语言中都属于同源词,梁敏曾构拟出原始侗台语 *qiɛi,而韦树关则认为侗台语民族在分化前就已经人工养殖家鸡,汉语"鸡"是从侗台语中借入的。同时,"鸭"在各侗台语中都可对应,被认为是源于台语或南亚语的一个词。① "鸡为鸭孵蛋"母题的广泛存在或与侗台语民族先民干预动物自然习性的行为有关。在自然界,鸭子是会孵蛋的,但鸭子孵化鸭蛋历时较长,还会停止下蛋,影响体重。人们为了自身营养补给等需要,中断了家鸭孵蛋的行为,让鸡来替鸭子孵蛋。侗台语民族先民运用神话的思维,以母题"鸡为鸭孵蛋"对这一现象进行了合理解释。这也从侧面印证了他们或许是较早完成这一驯化转变的族群,并在叙事中留下了相关记忆。从此,口头叙事与语言学的证据,再次为侗台语民族早期先进的稻作农业生态链添加了佐证。

---

① 陈孝玲:《侗台语核心词研究》,巴蜀书社,2011年,第35–36页。

侗台语族群"寻日"及相关母题中"鸡"的形象大量出现,来源于"鸡"与"日"文化内涵的重合。叶舒宪曾有研究,"神话思维在'日出而作'和'鸡鸣而起'这两种由来已久的作息活动模式中早已找到了将鸡同太阳相类比的逻辑根据,一种是诉诸视觉的时间信号,一种是诉诸听觉的时间信号,传递信息的方式虽异,所传达的时间信息却是一致的。因而鸡与日被归为同类事物"①。在侗台语族群中,日与鸡的关系也可以被如此解释。在前述的"太阳鸟母"神话中,乜星驮着太阳(雄鸡),乜星的女儿(月亮)追随着太阳,"日"与"鸡"是一体的。甚至壮族的神祇布洛陀与姆洛甲,其所带有的"鸟"(鸡)的动物崇拜特征,也来源于壮族先民早期的太阳崇拜。② 由此,侗台语民族叙事中频繁出现有关"鸡"的母题,与他们对于太阳的崇拜息息相关。这些族群祭祀太阳的各类仪式,则根植于他们被称为"mo"(巫)的民间信仰传统。

侗台语民族"寻日"及其他母题的存在,再现了他们坚忍不拔、锲而不舍的追求精神,是稻作农业民族思维模式的呈现。稻作农业生产要求侗台语民族先民具备足够的耐心,要有百折不回的精神。水稻植株娇贵,种植阶段繁杂,历时较长,必须有毅力给予它精心的护理。在日积月累的生产劳作过程之中,侗台语民族先民养成了做事持之以恒、绝不气馁的精神,并形成了"劳有所获""有劳才有获"的思维模式。这使得他们在祈求太阳重新再现天日时,就要经历漫长的"寻日"过程,以辛苦的付出来获得红日最终的喷薄而出。这类叙事看似简单,其实蕴藏着侗台语民族先民吃苦耐劳、温和内敛、耐心忍性、绵里藏

---

① 叶舒宪:《中国神话哲学》,中国社会科学出版社,1992年,第264页。
② 吴晓东:《"布洛陀""姆洛甲"名称与神格考》,《百色学院学报》2020年第4期。

刚的民族性格特征，为了理想敢于付出，敢于争取，敢于斗争。总的来看，作为民族生存根本的稻作农业生产生活，潜移默化中塑造了侗台语民族先民的性格特征，培养了他们特有的思维模式，并使"寻日"及相关母题得以不断传颂，成为强化侗台语民族人民理想与信念的重要内容。

俗语"癞蛤蟆想吃天鹅肉"的月神话缘由探析

吴晓东[*]

"癞蛤蟆想吃天鹅肉"是目前依旧流传的一句俗语，比喻人没有自知之明，一心想谋取不可能到手的东西。为什么比喻不切实际的说法单单落到了癞蛤蟆身上？这句俗语的形成当有其月亮神话的缘由，本文想就此问题做一点探讨。

一、为什么是蟾蜍、狗或乌吃日月

"癞蛤蟆想吃天鹅肉"这一俗语起源于什么时候，已经难以考证。《诗·邶风·新台》的最后一节为"鱼网之设，鸿则离之。燕婉之求，得此戚施。"被认为已经含有这一俗语的意思。这句诗说的是卫宣公设渔网本想捕小鱼，结果捕获了齐姜这一天鹅，鸿即天鹅；而齐姜这

---

[*] 作者简介：吴晓东，湖南凤凰人，中国社会科学院民族文学研究所研究员，研究方向为神话学。

一美女本想嫁给公子伋,最后却嫁给了卫宣公这个癞蛤蟆,戚施即癞蛤蟆。

关于癞蛤蟆想吃天鹅肉的俗语来源,鲜有学者进行探讨,龚维英1989 年在《嫦娥·癞蛤蟆·天鹅及其他——"癞蛤蟆想吃天鹅肉"探源》一文中认为:"奔月化癞蛤蟆(蟾蜍)的嫦娥(玄妻、纯狐、洛嫔)曾于谋杀羿后食羿之肉(《左传》"家众杀而亨之"和《天问》"交吞揆之")。这当是'癞蛤蟆想吃天鹅肉'一语的源头(更早的尚未发现)。"①用月亮神嫦娥吃后羿的肉来阐释这一俗语的来源,颇有新意,但不是很有说服力。虽然嫦娥即蟾蜍(癞蛤蟆)没有问题,但把后羿说成是天鹅,却缺乏证据。不过,这一阐释已经将视角指向了与月亮有关的事项,具有一定的合理性。

蟾蜍除了想吃天鹅肉这一说法比较奇怪,还有一种说法也令人不解,就是蟾蜍吃日月。日月有一种现象很引起人类的好奇,即日食月食。好好的太阳、月亮,为什么会突然黑了一块,或全部黑了,而且黑了之后又会重新恢复原样。在中国,民间目前最常见的解释就是天狗吃日月,但在古文献中,也出现蟾蜍、乌吃日月的记载,而且目前在一些少数民族中,也依然保留有蟾蜍(或蛙)吃日月的神话传说。那么蟾蜍吃日月与癞蛤蟆想吃天鹅肉有什么关联吗?为了回答这个问题,我们先来看看狗、蟾蜍、乌吃日月的神话传说,再分析一下它们的成因是怎么回事。

有一则传说是玉皇大帝不满意人们给他的贡品,就不仅让雷神不下雨,还要让太阳神与月仙子不露面,使百姓无法干活。好在太阳神与月仙子抗旨不遵,"玉皇很恼太阳神与月仙子,就命天狗去把他们

---

① 龚维英:《嫦娥·癞蛤蟆·天鹅及其他——"癞蛤蟆想吃天鹅肉"探源》,《人文杂志》1989 年第 1 期。

吃掉。黑天狗领了圣旨，找着太阳神和月仙子把他们吃了。天下的百姓一看黑天狗吃了太阳神和月仙子，赶紧从家里拿出来锅碗瓢盆儿敲起来，把天狗吓得赶紧把太阳神和月仙子吐出来"①。民间另有传说：二郎神的母亲被玉帝贬到地狱，变成一只狗，这只狗后来去天上找玉帝报复，没找到玉帝，就咬太阳和月亮，这就是日食与月食的来源。

有一则神话将天狗吃月亮与后羿嫦娥联系起来：嫦娥遵照后羿的嘱托把从王母娘娘那里得到的仙药煮熟，本想等后羿回来一起吃，但馋嘴的她闻到仙药煮熟的香味，便忍不住把仙药都吃掉了。后羿的"猎狗黑耳，见嫦娥偷吃灵药，独自升天，就叫唤着扑进屋里。一闻到香味，一爪扒翻锅，舔了剩下的人参汤，朝天上的嫦娥追去。嫦娥听见黑耳的叫声，又惊又怕，慌慌张张，一头闯入月亮中。黑耳根根狗毛竖起来了，身子越长越大，一下子扑上去，连嫦娥带月亮吞了下去"。这个神话是嫦娥奔月的异文，不仅解释了嫦娥为什么居住在月宫里，顺带也解释了天狗为什么吃月亮："老天爷和王母正在天堂赏月，一见天色昏暗了，忙派一天神出来看看。夜游神跑来禀报：一条大黑狗吞吃了月亮，老天爷命天兵天将去拿那条黑狗。拿来黑狗，王母娘娘一看，是后羿的猎犬黑耳，就发慈悲了，封它为天狗，让它守护南天门。天狗黑耳得了王母娘娘的恩封，怒气消了点儿，吐出了肚中的月亮。"②

蟾蜍吃日月的神话目前在汉族地区虽然不普遍，但在汉文献中也有出现。《史记·龟策列传》云："月为刑而相佐，见食于虾蟆。"③《淮

---

① 张振犁编著：《中原神话通鉴》第四卷，河南大学出版社，2017年，第1216页。
② 同上书，第1217页。
③〔西汉〕司马迁撰，（南朝宋）裴骃集解，〔唐〕司马贞索隐，〔唐〕张守节正义：《史记》，中华书局，1982年，第3237页。

南子·说林训》云:"月照天下,蚀于詹诸。"① 唐代卢仝《月食诗》云:"传闻古老说,蚀月虾蟆精。"② 可见以前汉族民间是有蟾蜍吃月亮的传说的。

蟾蜍(或蛙)吃日月的故事,目前依然存在于一些少数民族中,傣族《蛙王衔日、蛙王衔月》说:"在最古老的时候,有两夫妻,雇了一个长工,非常虐待他。长工实在经受不住,就去寻死,死后变成一个蛙王。后来,夫妻俩也老死了。女的死后变成月亮,男的死后变成了太阳。后来蛙王知道了,见了月亮追月亮,见了太阳追太阳。如果被他追到哪个,就将它衔在口里,表示羞辱一番给世人看,然后又放掉。"③ 土家族也有蛙吃太阳的口头传说:"在马桑树上呷蚊子的青蛤蟆,见这样晒下去,样样会断子绝孙,缘着齐天高的马桑树,爬到天上去,一口吞下一个太阳,当吞了十一个时,有人怕它把太阳全吞光了,就一棒把马桑树打弯,哪晓得剩下的这个太阳,也被打落到海里去了。"④

阳乌食日的神话记载不算多,不过在汉代就已经出现了。《史记·龟策列传》中记载:"神龟知吉凶,而骨直空枯。日为德而君于天下,辱于三足之乌。月为刑而相佐见食于虾蟆。"⑤ 这里三足乌食日与蟾蜍

---

① 〔汉〕刘安著,刘少影译注:《淮南子》,中国工人出版社,2016年,第152页。
② 管仁福主编:《苏轼徐州诗文辑注》,中国矿业大学出版社,2014年,第246页。
③ 中国民间文艺研究会云南分会等编:《云南民间文艺源流新探》,云南民族出版社,1986年,第251页。
④ 《六月六给太阳祝生》,《中国民间故事集成湖南卷·湘西土家族苗族自治州分卷》(下册),内部发行,1989年。
⑤ 〔西汉〕司马迁撰,(南朝宋)裴骃集解,〔唐〕司马贞索隐,〔唐〕张守节正义:《史记》,中华书局,1982年,第3237页。

食月相提并论。另外,明代诗人陈邦瞻《行路难三首》中有"金乌啄日日为瞽,虾蟆吞月不肯吐"的诗句。① 可见民间有金乌吃太阳的传说。

人们为什么用乌、狗或蟾蜍吃日月来解释日食月食呢?原因可能是复杂的,但有一点值得注意,就是乌、狗与蟾蜍是居住在日月里的动物。一般大家只听说乌居于太阳里,蟾蜍居于月亮里,少有听说狗在月亮或太阳里,其实也有狗居住在月亮里的文献,《枢要历》云:"天狗者,月中凶神也。"② 在汉画像里又出现狗与乌同处于太阳之中。如下图:

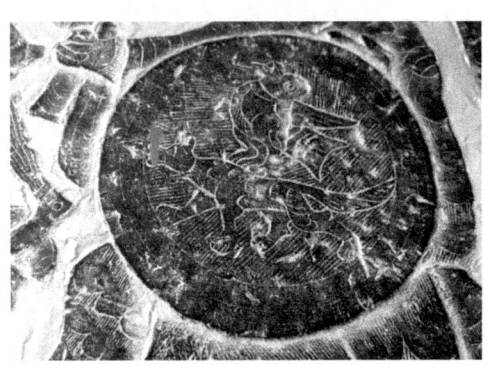

图1 狗与阳乌一起出现在汉画像的太阳里

吃太阳月亮的是乌、狗或蟾蜍,而这三种动物同时也被说居住在日或月里,这应该不是一种巧合。也就是说,吃日月的,与居住在日月的,应该有某种关联,而不是随机偶然。那么,为什么会传说蟾蜍、

---

① 〔明〕陈邦瞻:《荷华山房诗稿》卷八《行路难三首》,明万历四十六年牛维赤刻本,第194页。

② 谢路军主编,郑同点校:《四库全书术数三集·钦定协纪辨方书》,华龄出版社,2009年,第77页。

兔居住在月宫里，而狗与阳乌一样居住在太阳里？

笔者在一篇叫《月亮里有兔、蟾蜍、桂而太阳里有乌的神话起源》[①]的论文里探讨过相关问题。首先，诸多以日月为原型的对偶神，如伏羲女娲、后羿嫦娥、大禹涂山、娥皇女英等，其语音是对应的，比如羲对羿，娲对娥；其次，羲与娲又是同语源的，因为羲的声符是义，而义的声符是"我"，与"娲"同音；最后，"我"是第一人称代词，与其他第一人称代词言、余、台、寡、俺等，有一个共同的来源，语言学家们认为这个共同的来源又分化为 [ŋ]、[k]、[l] 三个系列。以日月为原型的神灵名称，当与第一人称代词同语源，目前两者的读音依然能对应，如下：

后羿 yi	嫦娥 wo	禹 yu	女英（匽）yan	伏羲 yi	女娲 wo、gua
台 yi	我 wo	余 yu	言 yan	台 yi	我 wo 寡 gua

这个语源是什么呢？宋金兰在《汉藏语"日""月"语源考》中提出："汉语和藏缅语言的'日'和'月'均来源于'眼睛'一词。"[②] 古人一开始把太阳与月亮都视为天的眼睛，都称为眼，后来"眼"的原始音再分化出"日""月"来。在"日""月"漫长的语音演化过程中，演化出这些对偶神来。同时日月的语音还与蛙、桂、蟾、蜍、乌、狗等语音在某一个时期雷同，语音的雷同为神话的产生提供了基础，再综合其他外部因素，便产生了月亮里有兔、蟾蜍、桂而太阳里有乌、

---

① 吴晓东：《月亮里有兔、蟾蜍、桂而太阳里有乌的神话起源》，《中原文化研究》2021 年第 2 期。

② 宋金兰：《汉藏语"日""月"语源考》，《汉字文化》2004 年第 4 期。

狗的观念与神话来。这种演变如下：

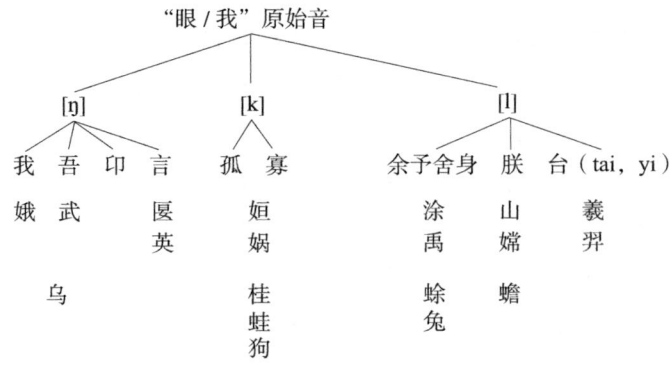

在建立起这样一个演变框架的基础上，关于月亮上为什么有蟾蜍、兔，太阳里有乌、狗，便可从以上的语音演变找到其根源，也就是说，首先这些动物的名称在语音上与日月演变出的语音正巧交错，出现雷同，再综合其他的社会原因，最终导致了这些说法的产生。

先来看看蟾蜍的"蟾"。"蟾"的上古音构拟为 [djam]①，与第一人称代词"余"的上古拟音 [djag]② 非常接近。另外，"蟾"以"詹"为声符，同样以"詹"为声符的"檐"字目前读 yan，与第一人称代词"言"目前的读音一样，所以"蟾"可纳入第一人称代词与日月神名系统语音之中。"言"的上古音构拟为 [ŋan]，而"月"上古音构拟为 [ŋod]，虽有小的差别，但相差不远了，正是第一人称代词"俺"西北话读音与第一人称代词"我"川方言读音的差别。再往上追溯，不难推测其

---

① 本文的上古音拟音除了特别说明外，均皆采用郑张尚芳的拟音，参见《汉典》，https://www.zdic.net。

② 此处是董同龢的拟音。

同源性。

再来看看蟾蜍的"蜍"。"蜍"与"蟾"一样,也是"蟾蜍"的省称,清代陈维崧《风流子》有"天边蜍兔,去我堂堂"①之句。"蜍"以"余"为声符,它的上古音构拟是 [la],②可见"蜍"在上古音的时候与"余"同音,"余"为第一人称代词,所以"蜍"的语音也在第一人称系统之中。

"蟾"的上古音与"余"接近,而"蜍"恰恰又以"余"为声符,郑张尚芳将其上古音构拟是 [la] 或 [filja],后者与第一人称代词"舍"的上古音构拟 [hlja:s] 十分接近。可见"蟾"与"蜍"在语音上也是同源的,所以蟾、蜍都是指同一种动物,只不过分化为不同的音之后,人们才将两个音组合成一个双音节词,依然指同一种动物。也正是这一原因,"蟾蜍"可以倒过来称为"蜍蟾"。

神话中一般都说月亮上有蟾蜍,没说月亮里有蛙,目前人们认为蟾蜍是蛙的一种。但从语音上来看,wa 音与 "yue 月"可转换或同源: "䟽"字读 wa,但它以"月"为声符,关于"䟽",《集韵》云:"鱼厥切,音月。"③另外,wa 与第一人称代词"我""寡"都具有演变关系: wa 与 wo(我)的关系从"呙"的读音可证,它既可念 wa 也可念 wo。"女娲"也可写成"女絓",四川简阳鬼头山汉代崖墓中的伏羲女娲画像上,在右上方的榜题便将女娲写作"女絓",④可见女娲的

---

① 〔清〕陈维崧:《迦陵词全集》卷二十四,清康熙二十八年(1689 年)陈宗石患立堂刻本,第 208 页。

② 也有音韵学家将"蜍"的上古音构拟为 [filja],这就与第一人称代词"舍"的上古音构拟 [hlja:s] 接近。

③ 参见"汉典网"对"䟽"的解释。网址:https://www.zdic.net/hans/%E4%9A%B4。

④ 周保平:《汉代吉祥画像研究》,天津人民出版社,2012 年,第 395 页。

"娲"不仅目前与"蛙"同音,汉代的时候读音也应该相同。wa(蛙)与 gua(寡)的演变关系可以通过以下的过渡看出:

Gua(卦)kua(絓)hua(耆)ua 蛙①
Gua(剐)kua(骸)hua(調)ua 娲

可见 ua(蛙)也可以纳入日月神名系统。蛙的名称一定与它的叫声有关系,即呱呱(gua gua)声,后来才演变为 wa。由此可见,"wa 蛙"与"chan 蟾""chu 蜍"是同源的,古人一开始没有区分蛙与蟾蜍,至少在名称上没有区分,只是后来才将蟾蜍指身上长有疙瘩的蛙。

我们再来看"狗"这一名称的语音,并通过上文分析的"呙"作为中介来分析狗与日月的关系。《说文解字》解释"狗"道:"从犬句声。"狗上古音构拟为 [koːʔ],与"锅"川方言目前的读音 [ko] 一样,这说明"呙""狗"以前同过音。"犬"和"狗"是一组同义词,"狗"字不见于甲骨文,而"犬"字在商周甲金文字里就已经大量使用,这说明"犬"字比"狗"字悠久,估计"狗"字是"犬"音演变到与"句"音相同的时候才创造的新字。"犬"上古音构拟为 [kʰʷeːnʔ],"呙"上古音构拟为 [kʰʷroːl],非常接近。所以,"呙"无论是与比较早的"犬"还是与稍晚的"狗",其语音都很相近。由此可见,狗、犬至少在某一段时期与日月的语音相同。

乌,目前与第一人称的"吾"同音,都读 wu,所以"乌"可纳入日月神名与第一人称代词系统语音之中。wu 与 wo(我)的转变在"渥""楃""握"等字可体现。这些字目前读 wo,但其声符"屋"读 wu。如果把 wo 与嫦娥的"娥"联系起来,我们容易联想起月亮,

---

① 此处拼音当记为 wa,但实际是 ua,是零声母。

但月亮与太阳在早期是不分的，所以 wo 音既可指月亮也可指太阳。日本在中国的东边，在中国人看来，这里是太阳升起的地方，所以称其为日本。日本人被称为倭，读 wo，这个音指太阳。日本人又称大和，"和"其实是"倭"的不同文字记录，原来读音一样。"和"以"禾"为声符，这个字在汉语西南官话读 wo。由此可证，"乌"是太阳的称呼，说太阳里有乌，首先是"日"与"乌"同音，"乌"早期只是太阳的名称，到了后来，人们便将其与乌鸦的"乌"联系起来了。

这一现象说明，之所以说乌、狗或蟾蜍（蛙）吃日月，并不是简单的巧合，而是与它们和日月的同音关系有关。那么，这三种居住在日月中的动物，怎么反而成了吃日月的动物了呢？

二、月亮的圆缺盈亏与不死药观念

日食月食的阐释，从理论上说，可以有很多种，比如被某个神装进了口袋，用某种东西挡住了，但流传下来的解释都是狗、蟾蜍或乌吃了。这里的关键词是吃，这一吃的观念，当与月相变化有关，是月相的变换让人产生了月亮吃不死药的观念，再演化出蟾蜍吃月亮的说法。

只要没有云的遮挡，夜晚便可看见明月当空。令人迷惑不解的是，月相每晚都会有一点点变化，会从月初的月牙慢慢变成月圆，再慢慢一点点变回月牙，正所谓"月有阴晴圆缺"。人们现在已经十分清楚这种月相盈亏是由于月亮、地球、太阳三者的相对位置造成的，地球会遮挡住照向月球的光芒。但对于早期人类来说，这是一种难以理解的现象，只能用一些神话来解释。

月相的盈亏让人产生这样一种观念，即月亮可以起死回生。这是一种普遍现象，世界各地很多民族都有这种观念。中国对月相有生霸、死霸之说，"霸"亦作"魄"，指月光之明。生霸是指月生光明，死霸指月亮由明转晦。古人将每个月的月相变化顺次称为：初吉，既生霸；既望，既死霸。这是古人把月亮看作是有生命的物体，有魂魄，可以生死，且可以起死回生。唐朝李峤有诗云："桂满三五夕，蓂开二八时。"相传月亮里有桂树，所以桂是月亮的别称，桂满三五夕指月亮在阴历十五的晚上为满月；蓂是古时传说中的一种瑞草，相传唐尧时有草荚降而生，随月亮生而生，随月亮死而死，每月从初一到十五，每日结一荚，从十六到月末，每日落一荚，至月底落尽。从荚的多少可以知道是一月中的哪一天。澳大利亚阿伦塔人流传这样一则月亮神话："最初有一个奥波萨姆部落的男人死了被埋葬，但不久又变成一个孩子复活了。人们看到他从地下出来，吓得逃命。这个孩子则追在后面喊：'不要怕，不要跑，不然你们都会死掉的。我会死亡，但会再次升到天空。'以后他长大成人，再次死掉，又作为月亮再次出现。从此他就周期性地死而复生。"①

　　月亮为什么可以起死回生？这注定是古人要思考的一个基本问题。屈原在《天问》里就提出了"夜光何德，死则又育"②的疑问。最简单的答案便是想象月亮拥有不死药。不仅中国如此，印度同样认为月亮神具有不死药，印度有一个搅乳海的神话，说的是毗湿奴让天神（Deva）和阿修罗（Asura）齐心协力搅乳海，以便取得不死甘露。这种不死甘露的名字叫苏摩，而苏摩又是月亮神的名称，可见古代印度人也想象月亮拥有不死药。

---

　　① Louis Herbert Grary, *The Mythology of All Races of the World*, Vol.9, Mashall Jones Company, 1916, p.278.
　　② 〔汉〕王逸章句,〔宋〕洪兴祖补注：《楚辞》卷三，四部丛刊景明翻宋本，第69页。

仅仅拥有不死药还不够，还得吃下这不死药才行。月亮是一个物体，它自然不可能吃不死药，不过，古人相信万物有灵，月亮也被相信和其他动物一样有灵性。月亮吃不死药，在古人的表述中，自然会以神话故事来呈现，也就是月亮神吃不死药。在中国，有人们所熟知的月亮神嫦娥吃不死药奔月的神话。月的上古音为 [ŋod]，这个音正好与嫦娥的"娥"目前川方言的读音相同，也就是说，"娥"以前就是月亮的意思，现在"月"的读音变了，而"娥"这个名称依然保留了月亮原来的读音。可见，嫦娥吃不死药，其实就是月亮吃不死药。

嫦娥吃不死药，又等于蟾蜍吃不死药，因为嫦娥就是蟾蜍，不仅有嫦娥化为蟾蜍的传说，在语音上也能证明嫦娥与蟾蜍具有语源关系。

上文已经论述了"娥"这一名称源于月，这里就说说嫦娥的"嫦"与"蟾"的关系。嫦娥也称为姮娥，大多学者认为"嫦"是为了避讳汉文帝刘恒的名字而由"姮娥"的"姮"改的，其实不然。"蟾"的上古音构拟为 [djam]，而"嫦"的上古音构拟为 [djaŋ]，嫦即蟾。上文已经论证了"蟾"与月亮的语源关系，既然"嫦"即"蟾"，那么"嫦"也就源于月。就目前"嫦"与"蟾"的读音来说，也只是前鼻音与后鼻音区别的关系，目前有很多地区依然 chan、chang 不分，比如晋语不区分，南方很多地方也不区分，chan 即 chang，所以"嫦"应该不是从"姮"改过来的，而是源于月。

那么"姮"是什么意思呢？"姮"的上古音构拟为 [gɯːŋ]，上文已经说明了，日月神名系统源于"眼"，"眼"的声符"艮"的上古音为 [kɯːns]，与 [gɯːŋ] 很接近，g 是 k 的浊音，很容易演变。"眼""姮"的声符"艮""亘"目前同音，都读 gen。所以说，这个"姮"在语音上当源于"眼"的原始音，很可能曾经与"月"同音，是对月亮的称呼，它与同样源于"月"的"娥"一起组合成了月亮神嫦娥的名称。

从以上分析可以看出，无论是娥、嫦，还是姮（恒），都与月的语音同源，也就是说，月亮神之所以叫嫦娥或姮娥，就是因为名称来自月的古音。月亮与嫦娥同音导致嫦娥吃了不死药的故事，即嫦娥奔月。嫦娥吃不死药，其实就是月亮吃不死药。《淮南子》云："譬若羿请不死之药于西王母，姮娥窃以奔月，怅然有丧，无以续之。何则？不知不死之药所由生也。"① 之后民间传说一直秉承这种说法，《后汉书》卷一百天文志第十云："羿请无死之药于西王母，姮娥窃之以奔月，将往，枚筮之于有黄，有黄占之曰：吉，翩翩归妹，独将西行，逢天晦芒，毋惊毋恐，后其大昌。姮娥遂托身于月，是为蟾蜍。"②

三、从蟾蜍吃月到癞蛤蟆想吃天鹅肉

月亮的圆缺盈亏现象除了让古人产生死而复生的观念之外，也有别的产物，比如息壤息石，即可以自己生长的土壤或石头，曾经被鲧偷来治水；被砍了可以自己恢复原样的月桂树；还有《神异经》中记载的"无损之兽"，此兽"人割取其肉不病，肉复自复"，③ 这种兽传说也叫视肉，是昆仑山上的神物。许慎在注释"嫦娥奔月"时说："恒娥，羿妻。羿请不死之药于西王母，未及服之，恒娥盗食之，得仙奔入月中，为月精也。奔月或作埊肉，药埊肉，以为死畜之肉复可生也。"④ 月亮的圆缺盈亏观念之所以会演变成动物的肉被割了又长，可能和许

---

① 〔汉〕刘安撰，许慎注：《淮南鸿烈解》卷第六，四部丛刊景钞北宋本，第75页。
② 〔南朝宋〕范晔：《后汉书》，百衲本景宋熙绍刻本，第1319页。
③ 〔明〕朱谋㙔撰，〔清〕魏茂林训纂：《骈雅训纂》卷七下训纂十六，清道光有不为斋刻本，第344页。
④ 〔汉〕刘安撰，许慎注：《淮南鸿烈解》卷第六，四部丛刊景钞北宋本，第75页。

慎的这一解释有关，"奔月或作坌肉"，奔通坌，月通肉。在中国西北，有一个民族叫大月氏，"月氏"在中国史书中首次明确出现在《史记·匈奴列传》中："东胡彊而月氏盛。"① 宋朝释适之的《金壶字考》一卷曾记录，"月氏……月音肉，支如字。亦作氏"。张西曼就此在《西域史族新考》中考证，因为在中国的古代文字里，"月"和"肉"的写法十分类似，大月氏当是大肉氏的误写。② 可见这无损之兽的传说很可能是因为"坌肉"一词而产生的。

这些月亮演化出来的东西，往往会成为月亮的象征。兔是因为与月同音，才被等同于月亮，并被传说玉兔居住在月宫里。古代文人写诗作词，常常以玉兔来象征月亮，成了月亮的代名词，如辛弃疾的"问云何，玉兔解沉浮"，张可久的"秋风玉兔寒，野树金猿啸"，以及白居易的"照他几许人肠断，玉兔银蟾远不知"。其中的"玉兔"都是代指月亮。如果有了蟾蜍吃不死药的说法，而不死药也像玉兔那样成了月亮的象征，蟾蜍吃不死药自然也就等同于蟾蜍吃月亮了。

古人有了蟾蜍吃月亮的说法，就会很自然地过渡到蟾蜍吃天鹅，这是因为"月"的读音与"鹅"的读音曾经相同。"鹅"上古音构拟为 [ŋa:l]，"月"上古音构拟为 [ŋod]。上文已经证明了，嫦娥的"娥"与"月"同音，而"娥""鹅"的声符都是"我"，那么，蟾蜍吃月，自然会说成蟾蜍吃鹅。其演变逻辑如下：

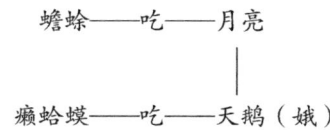

---

① 〔西汉〕司马迁：《史记》卷一百十，清乾隆武英殿刻本，第1056页。
② 张西曼：《西域史族新考》，山西人民出版社，2015年，第1—19页。

诚然，日月不仅只有狗、乌、蟾蜍，还有兔，为什么只流传乌、蟾蜍、天狗吃日月，而不见兔吃日月的神话，这大概有其他的社会原因。

综上所述，"癞蛤蟆想吃天鹅肉"这一俗语当有其神话故事的背景，即用来解释月食的蟾蜍吃月亮神话，原来"月"与"鹅"同音，后来"月"的语音变化，人们便不再明了蟾蜍吃"鹅"是指蟾蜍吃月，于是逐渐只剩下蟾蜍吃鹅的说法，而且意思发生改变，演变成"癞蛤蟆想吃天鹅肉"的俗语。

论汉画像"日月神话"图像的时间观[*]

朱存明[**]

中华民族在历史形成的过程中,建立了自己对世界的认识,构造了自己的时间观念,不仅仅解释了世界、历史与社会,而且建立了自己的一套信仰模式、制度系统、民俗习惯。中国有五千多年的文明史,对时间的历史性认识与实践性操作系统,就是中国对人类文明史的贡献。

神话往往是民族精神形成的直接现实,在历史的进程中发挥着文化基因的作用。神话不仅仅是一个民族的历史传说故事,更重要的是神话表现了其背后的科学的、历史的、文化的认识论价值。

日月图像是汉画像中的典型图像,它受到了学术界的广泛研究。但是,这些神话故事背后反映的时间观念,则很少有人注意到。本文

---

[*] 项目来源:国家社科基金重大项目"《汉学大系》编纂及海外传播研究"(项目编号:14ZDB029)。

[**] 作者简介:朱存明,男,江苏徐州人,江苏师范大学文学院二级教授,江苏省高等学校重点研究基地汉文化研究院院长,博士,台湾辅仁大学客座教授,兼任中国汉画学会副会长。研究方向为艺术学、文艺学、美学等。

将在汉画像日月神话图像研究的基础上,探讨日月神话图像背后的时空类型、时间塑形,及其文化时空建构中的审美主义特色。

一、汉画像日月神话的图像之境

中国人的世界观就是建立在他们对自然与人类社会的观察思索与知识的不断建构上的。从神话思维、形象思维、灵感思维到科学世界观的形成,就是一个漫长的时间过程。日月图像在汉画像中有许多表现,不少的研究成果,确定了汉画像日月图像的神话内容。

汉画像中众多的日月神话的图像,可以追溯到史前的时代。早期人类没有科学的世界观,他们相信"万物有灵",太阳与月亮都是有生命的存在物,因此创造了不少日月的神话。神话虽然表现了原始人心灵的一种幻想,今天看上去有些荒诞不经,但当时却发挥着沟通天地、整合社会、维护礼仪、传授知识的功能。

自然神话学派的提倡者麦克斯·缪勒是太阳神话理论的阐释者与捍卫者,他在《比较神话学》中认为,一切神话均起源于太阳[①]。古往今来,人类首先面对的最大天体就是太阳,太阳出来了,光芒四射,灿烂辉煌,给人以温暖,照亮了世界。太阳由东到西巡视天空,永不停歇。太阳是一切光明的来源,秩序的象征。人类怎么会不崇拜太阳?当太阳的伟大与人类中的英雄相比较时,那些建立人类文明秩序的英雄就成了太阳神的子孙。一些神话学家认为,中国古代也经历过太阳崇拜的时期,中国远古的英雄都是太阳神的后裔。

[①] [英]麦克斯·缪勒:《比较神话学·序言》,金哲译,上海文艺出版社,1989年,第2页。

尼采在《悲剧的诞生》中论述了希腊人的日神精神与酒神精神，日神是光明、秩序、理想的化身，是一切造型艺术的基础。[①] 实际上中国上古时代的日月崇拜形成的伏羲女娲神话，《周易》的阴阳观念，《老子》的"道"的学说等，都与日月崇拜相关。日月崇拜构成了中国时间观念的原型。中国远古正是在对日月运行及变化规律中形成他们时间理念的。

在考古中国的视野下，在中国史前史中，甚至到了"三代"，古人一直都把太阳作为一种神灵来崇拜，所以在考古文化中留下了许多日月的图像。从仰韶文化彩陶上的太阳图像，到山东省莒县陵阳河陶尊上的日月山纹饰；从广西花山岩画日神图像到连云港将军崖岩画的日月符号；从浙江河姆渡骨刻"双鸟负日图"，到山东大汶口文化"太阳鸟图腾柱"；从三星堆的"日轮"到金沙遗址的金箔阳鸟纹饰等等，都记录了原始人对太阳的崇拜及其图像表现。这种表现可以是图画的，比如把太阳提炼成一个圆形，并且放着光芒；也有的用"十字"符号来表现太阳；也有的在圆的周围，画上四芒或者八芒的光芒，在下方刻画上拟人的身体。

具体来看，在云南沧源的岩画中，就有太阳神图案，有一个人，张腿伸臂，在人头部画一个大圆圈，圆圈周围有四射的光芒，圆中的人一手持弓，一手持棒状物，第二个画了一个人头，周围一个大圆点，四周是放射的光芒，一手持盾，一手持棒状物。

这些岩画、图案与符号，虽然刻画了太阳的形象，但是要想证明其作为太阳神被崇拜则是证据不足的。只有把图像与文字的记载互证，

---

① ［德］费里德里希·尼采：《悲剧的诞生》，孙周兴译，商务印书馆，2012年，第19页。

才能使这个结论得到确证。从文字记载看，早在殷商甲骨卜辞中已经有了太阳崇拜的记录，卜辞载殷商人每天早晚均有"宾日""出日""入日"的礼拜仪式。① 考古学家陈梦家根据卜辞中"东母""西母"的记载，认为"东母""西母"大约就是指日月之神。② 丁山则确定"东母"就是生十日的羲和，也就是太阳神。③《尚书·尧典》记载：

> 乃命羲和，钦若昊天，历象日月星辰，敬授人时。

《山海经·大荒东经》：

> 东南海之外，甘水之间，有羲和之国。有女子名曰羲和，方浴日于甘渊。羲和者，帝俊之妻，生十日。

《山海经·海外东经》：

> 汤谷上有扶桑，十日所浴，在黑齿北，居水中。有大木，九日居下枝，一日居上枝。

《山海经·大荒东经》："汤谷上有扶木，一日方至，一日方出，皆载于乌。"《楚辞·九歌·东君》："暾将出兮东方，照吾槛兮扶桑。"王逸注："日出，下浴于汤谷，上拂其扶桑，爰始而登，照曜四方。"《世本》曰："黄帝使羲和作占日。常羲作占月。"羲和与常羲在神话中就是日神与月神，实际上反映的是古代天文观测的民族记忆。

《礼记·郊特牲》说："祭日于东，祭月于西。"《史记·封禅书》

---

① 郭沫若：《殷契粹编》，科学出版社，1965年，第354—355页。
② 陈梦家：《殷墟卜辞综述》，台北大通书局，1971年，第574页。
③ 丁山：《中国古代宗教与神话考》，上海文艺出版社，1988年，第72页。

也说:"祭日以牛,祭月以羊彘特。"据《仪礼》记载,周天子有南门外祭日,北门外祭月的礼俗。《仪礼》郑玄注:"天之神,日为尊。""以日为百神之王。"孔颖达注疏也认为:"天之诸神莫大于日。祭诸神之时,日居群神之首,故云日为尊也。"

除了太阳被古人崇拜以外,月亮也是古人崇拜的天体之一。夜晚,月亮以她的圆缺变化的周期性引起了人们的注意,古人把月亮的周期性的变化,看作生命的轮回,成了不死、再生、大地、农耕及女性的象征。有学者认为,月亮神话才是最基本的神话,早在15000年前,巴比伦人就开始观察月亮的圆缺变化,并且把它与生产结合在一起。美国学者M.艾瑟·哈婷有《月亮神话——女性的神话》①,台湾的杜而未认为,中国古代的神话,是"月亮崇拜一体论"的神话系统。

在出土文物中,大汶口文化的陶尊上已经有日月山纹。在神话化传说中则出现了在月亮中有玉兔、蟾蜍与桂树的神话。有学者认为,中国神话传说中的西王母、女娲、常羲(后来演化为嫦娥)都是月神。

中国的历史经过史前文明及夏商周的发展,到秦汉时期,民族历史的统一性精神形成,遂开辟出一个历史大一统的新时代,形成了"汉文化"的模式。这个统一性始于秦的政治统一,从文化上讲是在汉代完成思想观念的统一。汉文化是由民族认同、文字工具、语言传播、价值认可奠定基础的文化,是在汉代多民族血缘与文化交流过程中逐渐形成的,在历史的长河中形成一种民族的凝聚力,认同感是一个民族形成的基础。英国专家马丁·雅克就曾表示,中国不仅仅是一个国家,更是一种"文明"类型。这个文明类型就是海外汉学家十分注重研究

---

① [美]M.艾瑟·哈婷:《月亮神话——女性的神话》,蒙子、龙天、芝子译,上海文艺出版社,1992年。

的问题。

汉画像是指两汉时期汉画像石、画像砖、帛画、汉镜、漆器装饰等媒介上的图像,汉画像真实、具体、生动、直观地描绘了汉代人的生活与想象、世俗与神圣、现实与超越,历史学家翦伯赞称赞汉画像是一种汉代的"绣像史"。近年形成的视觉文化研究、图像学研究、图—文关系研究,为我们解读汉画像的"图像世界"的神秘提供了理论基础与多媒介传播基础。汉画像研究也成了艺术学界研究的热点。

汉代实行厚葬,留下了无数的汉墓,随着考古学的发展,我们科学地发掘了一些汉墓,在其中发现了许多日月神话图像。信立祥、巫鸿、邢义田、杨爱国、郑岩等学者对汉画像进行了探讨。其中台湾学者刘惠萍著有《图像与神话:日月神话研究》[①],广泛收集了汉画像中的日月神话图像,据其统计,汉画像中的日月图像有一百余种。实际上汉画像中的日月图像比这还要多,近年随着考古学的发展,又出现了一些新的材料。这些图像分布在汉画像广泛存在的六大区域内。

汉画像中的"日、月"图像表现形式多样、形态各异,我们按照文化符号学的理论,可以对其进行分类。有的是以单纯的日轮月轮图像显现,有的是以和动物或神仙结合的形式表现为一种图式。根据其构图内容和组合形式,我们将汉画像"日、月"图像的表现分为四种:一、日轮、月轮;二、日与三足乌(鸟)、月中蟾蜍玉兔;三、伏羲日轮、女娲月轮;四、日月羽人神兽图式。以上分类在具体的图像中也有很大的重合性,并不具有严格的界限。

举例说明一下。陕西汉墓出土的门楣画像石上,常在画像两端刻绘两圆轮以饰日、月。如陕西榆林古城滩墓门楣画像,画面中间内容

---

① 刘惠萍:《图像与神话:日月神话研究》,陕西师范大学出版社,2019年。

为迎宾、出行和狩猎,两端左右上角日月高悬。绥德墓门楣东汉画像石上左右两上角也以圆轮饰日、月(图1)。

图1　陕西榆林绥德墓门楣日月图(东汉画像石)

以动物形象和日月的搭配组合来象征日月天体的图像在汉代帛画、画像石、画像砖上都有表现。通常用三足乌和日轮的结合来表示日,其表现形式是日中三足乌和金乌负日,而月亮则用月中蟾蜍或玉兔来表示。

长沙马王堆一号与三号汉墓出土于著名的"T"型帛画,其最上方的两边绘有日月图像。帛画用以象征天上世界的部分就用内绘有金乌的日轮和绘有蟾蜍的月轮来表示。

南阳宛城区英庄墓出土的前室盖顶石上,一太阳神鸟背负日轮展翅飞翔,周围云气缭绕。有人称之为"金乌负日",它也常与内有蟾蜍的月轮共处一幅画面上。我称此图像为"日月同辉",表达的正是太阳与月亮的运行过程,一日一月构成昼夜的轮回。日月都是在云气

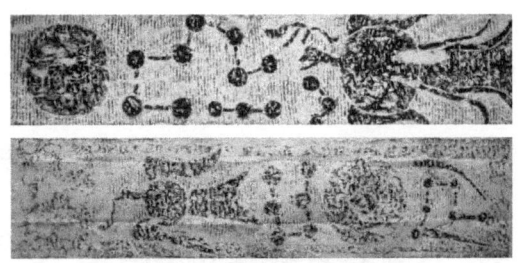

图 2 "金乌负日"图(河南南阳)

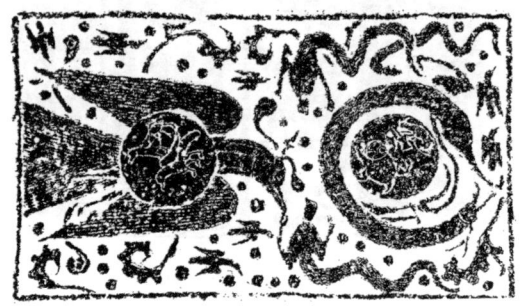

图 3 金乌负日图(山东滕州)

中运行,夜晚又有星座作为背景。

山东滕州市博物馆藏的一块画像石也颇为特殊,画面上刻一月轮,内有蟾蜍和玉兔,月轮外绕一龙;下刻一金乌背负日轮,而日内还有一只三足乌;日月轮外布满云气、群星和神鸟。日月是天空中最大的星体,其余的星空只是作为日月运行的背景而出现。伏羲女娲在空中,代表阴阳两种力量在相合与相对中发挥着作用。

关于汉画像日月神的研究中,有一种观点把一些人首蛇躯,相对或交尾,手举日、月的画像命名为"羲和捧日、常羲捧月",其依据主要是《山海经》中记载有羲和生日、常羲生月的神话。也有学者认为此类画像应为"伏羲主日、女娲主月"。

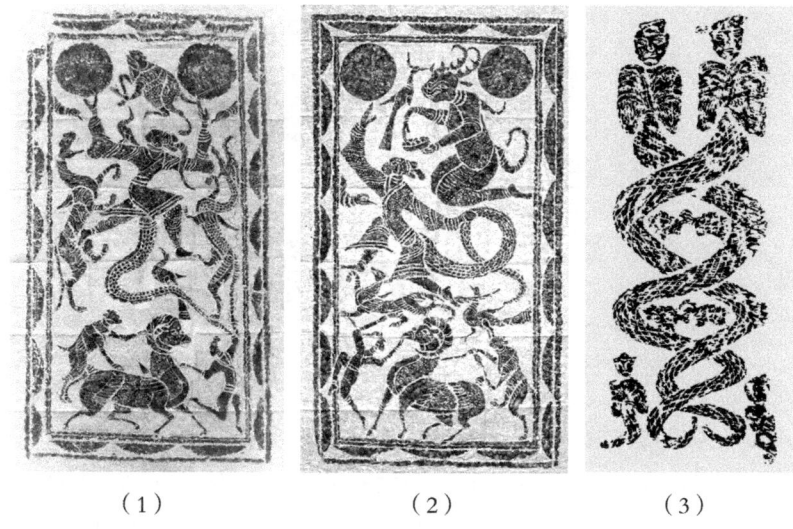

图 4　徐州出土伏羲女娲图
（1）女娲日月图；（2）伏羲日月图（徐州汉文化景区藏石）；
（3）伏羲女娲交尾图（徐州汉画像石艺术馆藏石，睢宁双沟出土）

徐州出土的伏羲女娲汉画像石，伏羲与女娲分别刻在两块汉画像石上，其各持日月，在日月之间，女娲的头上有蟾蜍，伏羲持的日月之间有一牛头、鹿角、人身、兽蹄、手持珠盘，朱浒考证为是"受福"。汉魏时期，"受福"与"舍利"是在佛教影响下产生的一对神兽。[①] 睢宁双沟出土伏羲女娲，人首蛇身，作交尾状，其身体下方一侧有一儿童，也作人首蛇身，表现了伏羲女娲作为主宰生殖的阴阳之神具有的创生力。

伏羲抱日、女娲抱月画像在今天的山东、河南至陕西一带都有发现。山东临沂白庄出土的东汉画像石上，图上部为女娲，腹部刻月轮，

---

① 朱浒：《东汉佛教入华的图像学研究》，科学出版社，2020 年，第 151 页。

图 5　伏羲、女娲持日月图（四川成都市郊出土）

内有玉兔捣药和蟾蜍，左手执矩；下部有树，树顶二鸟衔鱼，树下左一人执杆捣鸟巢，右一人推树。与之相对的是伏羲抱月画像，画像上部为伏羲，右手执规，腹部刻一日轮，轮中有三足乌和九尾狐；下部为山形斗拱，拱间各有兽面图，柱两侧为相连蛇尾神人形象。

我们把先秦的关于日月的神话内容与汉画像中的日月神话图像进行比较，可以确定汉画像中日神、月神有关的神话传说故事。如日中

图 6　伏羲抱日、女娲抱月
（山东临沂吴白庄汉墓出土，作者摄）

图 7 南阳出土伏羲女娲四神

图 8 陕北榆林出土伏羲女娲图

图 9 安徽萧县出土伏羲女娲图

三足乌（鸟）、月中蟾蜍玉兔、伏羲女娲手持日月等等，另外有学者考订了汉画像中的羿射十日、嫦娥奔月等神话故事。

在学术界确定了汉画像中的日月图像的神话内容以后，我们要进行进一步的深入思考，为什么在汉代的图像中，出现日月神话的图像，而且是几乎遍布有汉画像存在的所有地区。这些日月的神话图像，大量出现在汉代墓葬艺术中，都有着先秦源远流长的文化传统，在新的大一统的时代精神中，起到文化原型的作用，构成了民族文化精神的底色。

古代神话在其神秘的背后，却有其原始科学的基础。神话不仅仅有人文的价值，也有科学的价值。在科学理性发展的今天，重新审视汉画像中的日月图像，其中在符号象征的方面，是中国时间观念的存在依据，又是时空观念的生活形式，构成了汉文化对存在与消亡、永恒与短暂、生命与死亡、对立与统一、回忆与回归等文化观念的神话思维。

二、日月神话图像的时间观塑形

时空是人类生存直观的外在形式，一切生命都在时间中存在与消亡。我们的感觉好像时间是应手的，我们一来到这个世界上，就存在于时间之中了，日复一日，年复一年，直到我们告别了此生。但是，时间不是从一种经验引发的，时间并不附属于对象本身，康德认为"时间只有一度。不同的时间不是同时的，而是先后的"，"因为时间本身是不变的，变化的是在时间中的东西"。[①] 今天时间仍然是最神秘的，我们仍然不了解时间的真相，科学家与哲学家还在寻找时间的秘密。世界上各个民族对时间的认识，形成了不同的时间观念，构成了不同民族的独特民族性，他们就是在长期形成的对世界时间的知识建构中存在、生存、奋斗、发展、死亡。在宗教信仰中，把时间流逝的永恒性加以消解，幻想一个不受时间流逝影响的世界，就是不死升入天堂的神话，死亡是不存在的，死只是另一种生命形式的开始。这样看来，时间观就是世界观、天地观、宇宙观、死亡观、宗教观。

《周易·系辞上》曰："悬象著明莫大乎日月。"日月是人类最

---

① ［德］康德：《纯粹理性批判》，王玖兴主译，商务印书馆，2018年，第86-87页。

容易观察到的自然天体，古代和现代都是如此，因此日月对人类的生活产生了巨大的影响，每个民族早期的神话都是在日月观察的基础上形成的。远古的历史真实已经消失在时间的长河之中，留下的只有种种考古学发现的遗迹，在这些遗迹中，留下了古代人类生活的蛛丝马迹。对太阳的崇拜的遗存经常以符号、器物或者图像的形式表现出来。但是，图像是一回事，对图像的阐释是另一回事。符号与图像是相同的，阐释者的阐释则是各有特色的。

时空既然是生命直观的存在形式，又是我们的栖身之所在，对时间与空间的认识与形成的文化观念就是最根本的人的问题。中国古代独特的时间意识，就是在人的生命的过程之中而逐渐由存在的现实所决定。这个过程，表现为人的出生是无中生有的，人一诞生就存在于时间的流逝之中，对时间的感觉，完全是根据日月的运行形成的，每时每刻都在消失的时间之流中。

西方现代科学对时间的研究，愈发使时间问题显得神秘。霍金的《时间简史》影响巨大，但是奇怪的是他论述的根本不是时间的历史，他说的都是"宇宙"的历史。宇宙如何在一个奇点出现，"时间之箭"开始了它永恒的飞逝，形成了一个不可理喻的时间构成的世界。一切都在时间中生成，又在时间中消亡。相信进化论的人强化了这个观念，他们相信，一切都在进化过程之中。物理学认为时间有一个本源的结构，事物都有其产生发展转化消亡的过程，而且是不可逆转的。哲学家则反思时间是一种文化的时间，时间是我们生命的尺度，时间是存在者存在的存在，是不存在者不存在的存在。奥古斯汀在《忏悔录》中较早思考了"时间究竟是什么"。[①] 他认为时间是人对过去、现在及

---

① [古罗马]奥古斯汀:《忏悔录》，周士良译，商务印书馆，1982年，第242页。

将来的一种体验,你根本找不出时间在哪儿。海德格尔在《存在与时间》中把奥古斯汀的时间观念具体化了,倒是伯格森的"时间是一种绵延的意志"更可以被艺术家、文学家所接受。文学与艺术就是在对时间与空间的历史回忆中来描述与创造,当我们在描述一个氏族部落或者古代王国神话故事的时候,难道不是在绵延的观念下的一个历史性的民族记忆与回忆吗?胡塞尔从现象学出发论述时间,他不是从客观出发来研究时间,而是从时间对人的自明性现象出发来论述"关于人时间体验的现象学内容"[①]。爱因斯坦与柏格森曾经面对面论辩了他们对时间的认识,爱因斯坦的科学时间容易被科学家理解,而柏格森的时间观才是艺术家相信的真实。人们对时间的感受,包含着"用时钟无法解释的内容:回忆、预兆、期盼和预见"[②]。中国学者吴国盛认为"对原始时间经验的寻求,不是关于时间的发生学的实证研究,而毋宁说是关于时间的现象学的哲学探究"[③]。

中国人对时间的认识体验与西方是不同的,有着自己民族性的传统。这个传统表现在,中国人根据自己所生存的时间和空间,反思出一套对自然的认识,按照自己所建立的这种经验来安排自己的生产、生活甚至社会礼仪。

这是符合马克思主义的唯物史观的,也就是说中国人是在自己的劳动过程当中,在和自然环境打交道的过程当中,建立了自己对这个世界的认识,所以中国文化是一种建立在"天人合一"基础之上的时

[①] [德]埃德蒙特·胡塞尔:《内在时间意识现象学》,杨富斌译,华夏出版社,2000年。

[②] [美]吉梅纳·卡纳来丝:《爱因斯坦与柏格森之辩——改变我们时间观念的跨学科交锋》,孙增霖译,漓江出版社,2019年,第5页。

[③] 吴国盛:《时间的观念》,中国社会科学出版社,1996年,第3页。

间结构的文化。

汉代的画像石当中,为什么有这么多的日月图像并且把它神灵化,这完全表现了汉以前在一个历史的古老的时期对日月的观察,崇拜及其所建立起来的一个时空观在汉代形成一种时代的观念,并被广大生活在这一地域的人所信奉。

人生活在世界上,首先感受到的就是白天和黑夜,白天其实就是能看到太阳的时候,夜晚就是太阳落山以后,有时候可以看到月亮的时候,这构成了最基本的人类的体验的第一感觉,然后再观察日月星辰的运行过程当中形成了对世界的认识。《周易·系辞》曰:"仰以观乎天文,俯以察于地理,是知幽明之故。"《老子》:"人法地,地法天,天法道,道法自然。"

在汉代形成了天文学上的盖天说、浑天说、宣夜说的宇宙论的学说,他们都是建立在对日月观察的基础之上。叶舒宪《中国神话哲学》[①]一书,认为中国人对于空间的划分,时间的划分,比如一年四季、东西南北都是建立在对日月运行的天道的观察的基础之上。《周易·系辞上》曰:"通乎昼夜之道而知""一阴一阳谓之道""阴阳之意配日月"。可以说,《周易》就是从日月运行的时间反思中得出的认识智慧。《周易》预测的就是在时间不断流逝的变易中,如何根据时空的时势来把握对未来时间出现事物的预言,以便顺应自然,利于人为,预测未来,占卜吉凶。

从文字学上来看,中国人表现白天的称谓叫"日",一日就是一个日月轮回;中国人表达月的观念,是因为月亮有其阴晴圆缺的变易,又根据这样的一个月相的变化周期,产生了一个月份的时间的划分,

---

① 叶舒宪:《中国神话哲学》,中国社会科学出版社,1992年。

"时"字就是对日的运行测试的结果。长期的天文观察，中国人认识到了地球的自转与公转，于是就发现了一个自然冷热变化，植物生长与成熟的周而复始的过程，把这样的一个回归就称为一年。《说文解字》曰：时，四时也；《管子·山权数》说：时者，所以记岁也。

太阳是一个发光体，太阳一出来照亮了大地，人站在大地上会有影子，随着人的影子的转移，太阳就从东到西完成了它一天的远行，人类发现把影子记录下来，可以把一天划分为不同的时段，这样就发明了立竿见影的计时法以及后来的日晷计时。

时间真正被人所理解，是在对时间测量的基础上所形成的，由白天黑夜这样一个大的循环，对太阳、日影的这个刻度的记录，对月亮的周期的变化的记录，就产生了一个时间的长度，或者说一个个计时单位。时间就成了被人控制的力量，成了为人服务的空间。中国古代讲："日出而作，日落而息"，又说："不违农时，衣食可以无忧。"

《周易·系辞上》曰："《易》以天地准，故能弥纶天地之道。"孔子把自己编的纪年的书称为《春秋》，另外有《晏子春秋》《吕氏春秋》《春秋繁露》等书，都有春秋二字，这里不仅仅是指季节，而是指时间观念，春秋是纪年的时间单位，故用以代表"历史"，历史就是时间进程。在先秦至汉，年月日就是时间，时间构成了历史。

对日月的观察崇拜所建立的历法，对于中国的文明制度也产生了影响，比如在四季要举行相应的仪式来向天神、地祇献祭。再比如，中国人认为这个生的世界和死的世界是相类似的，死以后要到另一个世界去，而另一个世界也有日月在运行，所以在汉代的陵墓里，墓室、祠堂、棺椁都会再现生时宇宙的一个图式。在天穹上刻画日月星辰，特别是日中三足乌（鸟）和月中的蟾蜍玉兔，表达的是时间不断的运行轮回和一个历史的过程。因此中国的汉画像石艺术被巫鸿在中国传统礼仪的观念下阐释为"纪念碑性"的艺术。①

在日月之间,古人还刻画了很多的云气,这正是对古代神灵观念的想象和图像再现。在山东武梁祠,徐州铜山区洪楼祠堂画像的顶盖石上,刻画有拟人化的风师、雨伯、雷公、电母。汉代的天神,是对天象的意象构造,不被人们所掌握的超自然力都被认为是神。《礼记·礼运》注:"山林川谷丘陵,能出云为风雨皆曰神"。《易·系辞》:"阴阳不测之谓神"。《易·说卦》:"神也者,妙万物而可为言者也。"孟子曰:"圣而不可知之谓神。"《说苑·修文篇》:"神灵者,天地之本,而为万物之始也。"神从示申,申,电也。电变化莫测,故称之曰神。

在中国古代文化的创造,与天地的观念,日月运行的规律息息相关。比如说天圆地方,圆璧礼天、苍琮礼地,四方八卦、河图洛书、九州分野等等。再如,营造城市,建造礼制建筑,包括商朝到汉朝的一些陵墓,做成申、甲、中字形;把天空划分为"四象"或"四神"——就是苍龙、白虎、朱雀、玄武。汉镜纹饰、六壬式盘、辟雍明堂等等,都是日月崇拜基础上产生的。

汉画像中的伏羲女娲,是生命的来源和创造人类的祖先神,伏羲女娲手持日月,显然是太阳神、月神的化身,其来源于更古老的日月崇拜。伏羲女娲手持规矩,规矩是制造方圆的工具,所以就代表了法律、正义、规划、设计、创造及生产。在神话中,伏羲女娲就是文化创造的始祖,传说八卦符号与文字,都是伏羲仰观俯察创造出来的。而伏羲仰观的天文,正是日月的运行与灿烂的星空。

---

① [美]巫鸿:《礼仪中的美术》,郑岩、王睿等译,生活·读书·新知三联书店,2016年。

中国人的崇拜天崇拜日月，是与崇拜祖先联系在一起的。天文观念最后落实到人文的观念上。天地君亲师是古代崇拜的对象，天上的太阳是万物的本源，万物本乎天，人本乎祖，所以在崇拜自然神的时候就生发出对祖先的崇拜，祖先的崇拜，是和天上的太阳联系在一起的，所以有学者认为中国古代的王权笼罩下那些部落的酋长、氏族的英雄，建立王权的国王就成了太阳神的化身。看看他们的姓氏上，都有"日"神的标记。中国古代三皇五帝，都是太阳神的子孙。① 如黄帝、炎帝、太昊、少皞、始皇。在时间的长河中，像秦始皇、汉武帝这样位高权重的一代帝王，毕竟也是生活在时间流逝的历史长河中，是向死而生的，他们幻想出升入天界的神话，也不过是幻想超越摆脱时间的限制而进入未来时间的一种期盼，但是进入未来的时间之门是不会向任何人开启的。人类幻想的神仙世界只能是一个空幻的世界。所以秦汉时代造出"不死升仙的神仙世界"，汉画像中的日中三足乌，月中的蟾蜍玉兔，伏羲女娲手持日月阴阳交尾，就是生命永恒，不死升仙的象征。

三、文化时间中的审美主义

中国古代人认识到，人是活在日复一日，年复一年的轮回之中的。日月的对转是其最基本的时间的感觉。中国的最古老的智慧，就是对日月崇拜的历法化、数术化、仪式化所形成的，这就是一种文化时间的建构，就是从混沌中创造秩序，无序中寻找规律，消亡中看到回归，

---

① 参见何新：《诸神的起源》，生活·读书·新知三联书店，1986年；萧兵：《中国文化的精英——太阳英雄神话比较研究》，上海文艺出版社，1989年；叶舒宪：《英雄与太阳——中国上古史诗的原型重构》，上海社会科学院出版社，1991年。

死亡中幻想再生。依照文化时间的建构，创造了"文明"，建立了"文化"，化成了一个"天地人神"和谐统一的世界。这就是一个美学的问题，在古代中国天地是大美的，宇宙是和谐的，文明是文化创造的，生命是生生不息的。我们把这个思想称之为"审美主义的"。

（一）日月崇拜，确立文明

中国传统文明思想的要义是古代宇宙观建立与制度的建立。何谓文明？先民对日月天文的观察形成的宇宙观就是文明。《周易·乾·文言》："见龙在田，天下文明。"孔颖达《正义》："阳气在田，始生万物，古天下有文章而光明也。"伏羲女娲手持日月，创造了人类的文明，文化的创造，就沐浴在其光环中。《周易》与《老子》中的思想，就是日月崇拜形成的哲学方式，最能表现中国的文化观念。

《周易》这本书，时历"三古"，成于"三圣"，他是中国古代观天察地创造出来的。其立论的基础就是日月运行的符号概括。周易的"易"字，有三义："日月相衔为易"，不易为"易"，"简易"为易。都是从日月运行的时间中推论出来的。日月为易，指的是昼夜变化，这是时间的进程，永远在变化中，周易就是讲变化的。不易为易，是指日月相衔的变化又是不变的，昼夜的交替是恒定的，在中国的时间观念中叫"永久""永恒"，故可以测定其尺度，在老子哲学中就是"道"，易哲学中就是"太极"，汉代把其神灵化，就成了"太一"神。"简易"是指日月运行变化无穷，人类为了更好地认识它，提炼出"阴阳"的两个符号来表示日月的相衔，《周易·系辞上》："阴阳之义配日月"，"一阴一阳之谓道"。韩康伯注云："在天成象，在地成形，阴阳者言其气，柔刚者言其形，变化始于气象而后成形，万物资始乎天，成形乎地，故天曰阴阳，地曰柔刚也。"时间进程中的无穷的变化，形成了两种对立统一的性质被我们把握。人类根据时间的运行规律，创造万事万物。物质的生产就构成了物质文明，精神的生产构成精神文明。

我们称中国古老的文化是"审美主义"的，这里的审美主义不是康德哲学流行以后的"艺术自律"理论产生下的审美主义，而是本于中国传统日月崇拜观念下产生的天地一体，生生不已，阴阳和谐，道法自然的审美传统。当人们把基于日月观察建立的"观象授时"与人的行为模式合乎时序时，就逐渐树立了人文的精神。礼制就是在不同的季节用不同的礼器与之交通，文化就是根据天地运行的大道进行教化。人类按照时序的变化来安排"五礼"就是道德的根源。人模仿天道的行为就成为阳刚，在西方美学中就是崇高的审美范畴，模仿大地的生产就是制造阴柔，就是西方美学中优美的范畴。

其中一个典型的例子就是汉武帝时，在冬至之日祭祀"太一神"时，使用的《青阳》《朱明》《西颢》《玄冥》之歌。这是古老的祭祀太阳神仪式在汉代的复活与再造。诗歌乐舞一体的艺术形式，就成了我们文明观念的一种形式。中国古老的礼制建筑"明堂"，也是建立在日月崇拜的基础之上。

在这个基础上，还产生了"文化"的观念。《周易·贲·彖》曰："刚柔交错，天文也。文明已止，人文也。观乎天文，以察时变。观乎人文，以化成天下。"张岱年主编的《中国文化史》解释说："日月往来交错纹饰于天，即天文，亦即天道自然规律。""治国者需观察天文已明了时序之变化，又需观察人文，使天下之人均能遵从文明礼仪，行为止于其当止。"[①] 中国古代在一年不同的时序中建立的岁时节令文

---

① 张岱年、方克力主编：《中国文化概论》，北京师范大学出版社，2008年，第4页。

化,就是最好的教化,此时人们按照古老的历法来祭祀祖先,答谢神灵,载歌载舞,合家团聚,大吃大喝,达到了人与天地的和谐统一。

(二)太极之美,大道永恒

恩斯特·卡西尔认为,神话不仅仅是一个故事,神话是一种思维方式。他说,当我们考察中国宗教时,发现出另一种同样重要的时间观念。道家伦理也以静止和无为学说为最高原理,因为静和寂是道本身的基本性质,道生万物却不占有万物,道生万物却舍弃万物,此即道之玄德;生而不有。所以,无为成了中国神秘主义的一个原则,"为无为,事无事"是其最高律条。"这种神秘主义极力否定、消除的,并非时间本身,而是时间中的变易。借助于时间性的否定,他希望达到纯粹的持久、无尽、恒等的生存。"[①]康德说所有现象的变化都必须在其中,被思考的时间是持久延续,绝不变异的,因为时间是连续和共存,唯一能在其中被表现为现象本身属性的东西。中国人的思想,以苍天及其重复性构造的形象去思考和具体的想象,构成一切变化之基础的不变的时间,上天和而无为决定万物而不离,自身不离其始终统一的形式和法则。

纯粹的统一的永恒性是时间和上天为人规定的法则,正如天和时间不是现在创造出来的,而是源于绝对永恒性,并将永久持续下去。《老子》十四章曰:

> 视而不见,名曰夷;听之不闻,名曰希;搏之不得,名曰微。此三者不可致诘,故混而为一。其上不皦,其下不昧,绳绳兮不可名,

[①] [德]恩斯特·卡西尔:《神话思维》,黄龙宝、周振选译,中国社会科学出版社,1992年,第141页。

复归于无物。是谓无状之状，无物之象，是谓惚恍。迎之不见其首，随之不见其后。执古之道，以御今之有。能知古始，是谓道纪。

老子在这里描述了时间开始时的本体特性。

孔子也强调大道和小道的稳定特性，他塑造了一个信而好古的道德信念，倡导持古之道以治今，知古之道以御古。所以崇拜和尊敬祖先就成了中国道德的基本要求，是中国宗教的基础。尊崇祖先，就是尊崇传统，就是尊崇时间的自然秩序。在这个时间的系列中，宗族与家庭要保证绵绵不断，必须生儿育女，因此儒家提倡"孝道"，孝文化从时间的系列来认识，是最符合自然法则的。中国的汉族成为占据世界第一的民族，与这种理念密切相关。个体的生命是有限的，种族的绵绵不绝则是永久的。这样家族就摆脱了时间流逝造成的存在虚无而得以永生。

日月崇拜表现出一种天道观，天道与人道是浑然一体的。天道只有对人道来讲才有意义。"日月运行，一寒一暑。"落实到"生生之谓易"上才有生命的道德价值。

人首先要吃饭，然后才能生存。食物最主要的是植物和动物，植物由采摘或农耕得来，动物来源于狩猎、驯化与养殖。因此，太阳照射与动植物的成长之间的关系，就造成了农耕社会对天文历法的重视，因为它和人的生存密切相关。

中国古代特别是汉代形成了一种"天人合一""天人感应"的思想，这个哲学观念就来源于人的生存和对日月观察形成的自然天道。在司马迁的《史记》中，有《天官书》就描述了天和人之间的对应关系；董仲舒在《春秋繁露》一书中提出的"天人感应"思想，是汉代思想家对这个问题的哲学概括。

从理论上来讲，中国从战国时期就形成的阴阳哲学，或者说阴阳五行的哲学，阴阳观念的产生，都是和日月崇拜联系在一起的。日月崇拜还生发出中国哲学中的辩证法，就像老子《道德经》中所描绘的万物负阴而抱阳，冲气以为和，其图像表现就是太极图。太极图就是原始天文图的图式概括。阴阳相互关联、相互转化、相互依附，太极图其实就是日晷记载太阳一天影子变化的轨迹，是可测量时间变化的符号表达。当时间有了刻度、有了"间"性，无法认识的时间本身就成了被感知的对象，成为生命"时间"的直观的时间性。

人类繁殖是人类生存和社会存在、种族繁盛的基础，生命的最奇妙的现象就表现在它要通过两性的结合才能得以繁衍，DNA的双螺旋结构已经表现阴阳相交的生物学基因，阴阳结合与对转在生殖中的作用。所以古代的男女、自然中的雌雄等，都被置于阴阳学说的概念下来反思。

（三）天地之美，人文之丽

文字发明以后，有关日月的神话与故事得以记载。中国的汉字的起源还是一个学术的难题，一般认为文字与图画有着天然的关联。文字是一个符号，其意义的形成构成了人理性掌握世界的能力。美国学者丹尼丝·施曼特-贝瑟拉在《文字起源》中，引用了哈·罗德·英尼斯的观点："个体把他们的智慧运用在了象征，而不是物品上面，然后他们就走出了具体的经验世界，走进了概念关联的世界，后者是由扩大了的时间和宇宙空间创造出来的时间，世界不断延伸，超越了记忆的范围，空间世界无限扩大，超越了已知的天地。"[1]

---

[1] ［美］丹尼丝·施曼特-贝瑟拉：《文字起源》，王乐洋译，商务印书馆，2021年，第137页。

中国古代的审美观念不在"美"字上,而是在"文"的观念上。《说文》释"文"为"纹"。文明、文化、文字、文心等构成了中国文明的核心,天文就是天空显现的自然的图像,这个图像对人来讲是美的。《庄子·知北游》曰:

> 天地有大美而不言,四时有明法而不议,万物有成理而不说。圣人者,原天地之美而达万物之理。是故至人无为,大圣不作,观于天地之谓也。今彼神明至精,与彼百化。物已死生方圆,莫知其根也。扁然而万物,自古以固存。

这就是日月神话图像中典型的"日月同辉","日月相衔","日月合璧"或者伏羲女娲手持日月图的审美意象,表现了中国时间观念中永恒、久远、两元对立、神秘莫测的时间特性。任何时间中的存在物与永恒的时间比都是短暂的,时间的永恒性就是一切神性存在的基础,文学的诗性就是表现这种神秘性的言说方式。

天地的审美属性在于它的至高无上,日月在天空对转运行中充满着元气,今天称之为空气,所以汉画像中伏羲女娲总在云气中前行。伏羲女娲代表了宇宙中的阴阳两种力量,其互为存在的图像表现已经孕育出太极图式的哲理内涵与方圆互渗的道德理念,日月的"易"与"不易"就是太极与道的原型展现。

学术界一般把日月神话视为一种空间结构的认识,日月的运行划分了天地、空间,如"四象",二十八宿对应于地面上的区域,如四方与九州。但这是时间中的空间生成,这里的空间存在的前提仍然是时间。正是时间的流逝,才划分出了时间的间隔与实地测度几何与数理模式,时间便表现为一种空间了。人对时间认识的现实性是时间的存在是通过时间间隔的划分而被我们所体验的。这就是记时,我们可以通过日影、漏壶、沙漏、钟表,以及一切可以振动与有节奏衰退的物体来记时。就如考古学的碳 14 测年法,还有石英钟利用石英晶体通电后的震动来记时。但是,记时不是时间本身,只是时间的间隔。

太极与道的本源都是时间的永恒,时间的起源是不可言说的,只能用图式的符码来象征。中国美学对时间的审美,正是一种不变的,永恒的长久,是一种周而复始,始终如一,生命死而复生,万物绵绵不绝的关照与期盼。生命死而复生,万物绵绵不绝,在人就是祖先崇拜,子子孙孙永宝用,儿孙满堂,孝道伦理。日月流逝代表的时间的永恒性是不能被人们的经验所认识的,只能靠人的想象来把握,因此表现的是超验的观念,超验的事不能讲清楚,这就是万物的"神性"所在。《易·系辞》曰:"阴阳不测之谓神。"《文心雕龙·原道篇》论述了今天我们称为文艺的本质,是"文以载道",《文心雕龙·原道第一》曰:

> 文之为德也大矣,与天地并生者何哉?夫玄黄色杂,方圆体分:日月叠璧,以垂丽天之象;山川焕绮,以铺理地之形。此盖道之文也。仰观吐曜,俯察含章,高卑定位,故两仪既生矣。惟人参之,性灵所钟,是谓三才。为五行之秀,实天地之心。心生而言立,言立而文明,自然之道也。
>
> 人文之元,肇自太极,幽赞神明,《易》象惟先。庖牺画其始,仲尼翼其终。而《乾》《坤》两位,独制《文言》。言之文也,天地之心哉!若乃《河图》孕乎八卦,《洛书》韫乎九畴,玉版金镂之实,丹文绿牒之华,谁其尸之?亦神理而已。[1]

---

[1] 〔南朝梁〕刘勰著,周振甫注:《文心雕龙注释》,人民文学出版社,1981年,第 1 页。

文艺的不被理念所把握的全部要义，就在于人有自己的灵性可以直觉到天地之心，可以通过"易象"与"意象"把握自然之道，"言立而文明"。

世界上的万事万物都是在时间中生成。用《周易》的图示表示，就是太极生两仪，两仪生四象，四象生八卦，八八六十四卦而形成测定了的时间与空间。老子哲学的图式则是"道生一，一生二，二生三，三生万物，万物负阴而抱阳，冲气以为和"。所以日月崇拜，伏羲女娲手持日月的图像表现，其背景仍然是中国哲学中的时间观，一切都是在时间中生成，在时间中成长，在时间中消亡。

综上所述，我们可以得出这样的结论：汉代画像中的日月神话图像是中国人时间观念的神话表现，最能体现先秦中国神话思维的特性，表现了中国文化的原型内涵，又是汉代形成汉文化统一性的时空基础。中国秦汉时的时间观是在观天察地基础上形成的一种文化建构模式。在经典中表现为"太极"与"道"的图式。中国人就是按这种实践中创造的直观知识来安排自己的生存与生活。天地运行，瞬息万变，变化永恒，人必须在政治、经济、文化、生活中适应这一时间节奏，这是一切礼仪的基础、道德的基础，也是文学艺术直觉表现的永恒的内涵。这种观念是中华民族生生不息存在的文化基因，带有审美主义的特性，是我们"协和万邦"实现"人类命运共同体"的价值基础。

神话记忆中的"日中无影"与"天下之中"

张 云[*]

一、引言

日与月是天空中最耀眼的两个星体,世界各地对日月的崇拜十分常见,有关日月的神话也数不胜数。在我国,无论是古籍文献,还是现当代各民族口头传统中,皆保存有丰富的日月神话,这些神话以其独特的形式反映了古代先民对自然天象的朴素认识,对所处生活环境的认识以及对自我的认识,在一定程度上是先民们对宇宙空间的科学探索,饱含了他们的生活情感。

日月给人带来最直观的印象便是东升西落与光芒四射,无论是太阳的耀眼,还是月光的皎洁,日月运行形成自然光影变换,"光"与"影"的关系最为密切,常言道"形影不离""如影随形""光影""身影"等等,是一种常见的物理现象。"影"在古籍文献中一般作"景",

---

[*] 作者简介:张云,男,云南大学文学院2019级古代文学专业博士研究生。

《说文解字》卷七《日部》释"景"曰:"日光也。"① 即表明"景"之本义与"日光"关联。但在古代神话叙事中,"无影"的"非正常"现象多有记载,甚至一些传说故事有同样的叙事母题。"无影"主要是指自然界的具体实在物没有影子,如人、草木、鸟兽等,以建木"日中无影"的神话叙事较为古老。

前贤对建木"日中无影"话题的涉及主要围绕"十日"神话之"圭表"测影说②以及洛阳测影,"天下之中"的地理观念等③。对建木"日中无影"的关注主要是其测影的功能以及建木作为宇宙"天梯"的解说。不可否认,这些观点都有一定的道理,但多数讨论主要围绕"是什么"的问题,而较少讨论"如何成为"的问题,而且多数论述只是关注到建木的具体位置,从而忽略了建木所在整体空间各部分的内在联系。本文拟从文化记忆的角度,重点讨论建木"日中无影"神话文本所蕴含的时间与空间记忆,以及这样的文化意义如何生成。

---

① 〔汉〕许慎撰,〔清〕段玉裁注:《说文解字注》,上海古籍出版社,1988年,第304页。
② 参见闻一多:《天问疏证》,上海古籍出版社,1985年,第42页;何新:《解开九歌十神之谜》,《学习与探索》1987年第5期;李道和:《释"巫"》,《民间文学论坛》1997年第3期;张碧波:《"十日神话"别解》,《学习与探索》2000年第1期;等等。
③ 参见王邦维:《关于"洛州无影"》,《文史》2000年第3辑;《"洛州无影"与"天下之中"》,《四川大学学报》(哲学社会科学版)2005年第4期;《"都广之野""建木"以及"日中无影"》,《中华文化论坛》2009年11月;刘长东:《武王周公作洛原因考论》,《第三届中国俗文化国际学术研讨会暨项楚教授七十华诞学术讨论会论文集》,2009年,第327—359页;孙英刚:《洛阳测影与"洛州无影"——中古知识世界与政治中心观》,《复旦大学学报》(社会科学版)2014年第1期;张强:《"天下之中"与周公测影辨疑》,《自然辩证法研究》2013年第7期;等等。

二、日中无影：作为神圣时间的文化记忆

上古神话叙事中，"日中无影"较早与"建木"联系，最初或是用以表现特殊地域中的自然怪异现象，但"建木"与"无影"之间或也暗含着先民朴素的天象认知、地理认知与宗教认知。也就是说，古老神话叙事中的"日中无影"具有一定的文化意蕴，神话文本形塑了这一意义的回忆空间。

（一）建木"日中无影"的巫祝视角

万物"有影"是最常见不过的自然现象，但建木却"日中无影"，给人一种怪异非常之感。所谓"怪异"，主要是指人物、事物、事件异于平常，表现出怪异、奇怪的特点。《说文解字》卷十下"心部"释"怪"为"异也"。[①] 唐应玄《一切经音义》卷六释《妙法莲华经》"怪"为："怪，异也。惊，怪也。凡奇异非常皆曰怪。"[②]"奇异非常"正是《山海经》叙事的典型特点。

"日中无影"的神话叙事最早与《山海经》"建木"联系。《海内南经》载，"其名曰建木，在窫窳西弱水上"。晋郭璞注曰："建木，青叶紫茎，黑华黄食，其下声无响，立无影也。"清人郝懿行疏曰："郭说'建木'本《海内经》及《淮南子》。"[③]《海内南经》虽未直接表明"建木"立日中无影，但郭注暗含其树有"无影"的"非常"现象。

在郝懿行看来，郭璞所注建木"日中无影"依据《海内经》与《淮

[①]〔汉〕许慎撰，〔清〕段玉裁注：《说文解字注》，上海古籍出版社，1988年，第509页。

[②] 徐时仪校注：《一切经音义三种校本合刊》，上海古籍出版社，2008年，第136页。

[③]〔清〕郝懿行撰，栾保群点校：《山海经笺疏》，中华书局，2019年，第281页。

南子》。《山海经·海内经》曰:"西南黑水之间,有都广之野,后稷葬焉。"郝懿行据东汉王逸注刘向《九叹》"绝都广以直指兮"引《山海经》语认为,"其城方三百里,盖天下之中,素女所出也"为古本《山海经》经文而误入郭注。① 郝说甚是。但《海内经》此处并无建木"日中无影"的叙说。《淮南子·地形训》则云:"建木在都广,众帝所自上下,日中无景,呼而无响,盖天地之中也。"② 早在《淮南子》之前,《吕氏春秋·有始览》则曰:"白民之南,建木之下,日中无影,呼而无响,盖天地之中也。"③《山海经》各部分撰写年代各有不同,内容多有散佚也为学界公认。西汉末年刘向、刘歆父子删校古书,《山海经》其时三十二篇,由刘歆删定为十八篇。刘歆《上〈山海经〉表》云:"所校《山海经》凡三十二篇,今定为一十八篇,已定。"④ 那么刘向《九叹》"绝都广"应该指的就是《山海经》"建木"所在"都广之野"。因而"建木之下,日中无影"的神话叙事最初或见于古本《山海经》。

仅从文献记载来看,我们似乎无法确定建木"日中无影"的具体所指,这就需要我们回归到《山海经》的文献性质。作为"古今语怪之祖"(胡应麟语),《山海经》神话叙事具有明显的巫祝视角。鲁迅先生早已注意到《山海经》祠神"多用糈"⑤,袁珂先生注意到"禹本身就

---

① 〔清〕郝懿行撰,栾保群点校:《山海经笺疏》,中华书局,2019年,第380页。
② 刘文典撰,冯逸、乔华点校:《淮南鸿烈集解》,中华书局,1989年,第163页。
③ 许维遹:《吕氏春秋集释》,中华书局,2009年,第283页。
④ 〔汉〕刘歆:《上山海经表》,〔清〕严可均校辑:《全上古三代秦汉三国六朝文·全汉文》卷40,中华书局,1958年,第346页。
⑤ 鲁迅:《中国小说史略·外一种:汉文学史纲要》,商务印书馆,2011年,第18页。

是巫师"①,李道和先生注意到《山海经》广泛存在"禁御巫术"②。这样我们就更为清楚,建木"日中无影"的神话叙事或是基于巫祝的"非常"视角,借用美国宗教史学家伊利亚德(Mircea Eliade)的观点,可称这种与众不同的现象为"神显",它充满着"巫术—宗教"的力量③。

  首先,"建木"是远方异域中的一棵奇特之树,有作为树的外形特点,"其状如牛,引之有皮,若缨黄蛇,其叶如罗,其实如栾,其木若蓲"④;但也有作为树的"神显"特征,"呼而无响""日中无影""天下之中"。

  其次,"建木"所处的地理环境同样较为特殊。除"天下之中"的特殊地理位置外,《海内南经》中"建木"处于"窫窳西弱水上",而"弱水"则在昆仑。《海内西经》载,"海内昆仑之虚,在西北,帝之下都","弱水、青水出西南隅"。⑤《大荒西经》又载"西海之南,流沙之滨"有"昆仑之丘","其下有弱水之渊环之"。⑥昆仑在《山海经》里多有所载,刘宗迪先生认为:"《海经》昆仑说早于《山经》昆仑说,而其中又以《海内西经》所载为昆仑说之原始,因此,

---

  ① 参见袁珂:《〈山海经〉盖"古之巫书"试探》,《社会科学研究》1985年第6期。

  ② 参见李道和:《〈山海经〉文献性质综论》,《中国俗文化研究》第5辑,2008年,第220-236页。

  ③ [美]伊利亚德:《神圣的存在:比较宗教的范型》,晏可佳、姚蓓琴译,广西师范大学出版社,2008年,第17页。

  ④ [清]郝懿行撰,栾保群点校:《山海经笺疏》,中华书局,2019年,第280-281页。

  ⑤ 同上书,第287、290页。

  ⑥ 同上书,第357页。

探讨昆仑真相只能从《海内西经》入手。"① 不难看出，弱水正在昆仑之下四周环绕，那么"建木"自然也在昆仑之上，而"昆仑"在神话世界中的"神圣"地位自不必赘述。

再次，"建木"周边的日光环境更为特殊。前引《吕氏春秋》载"建木"所在的另一个关键周边位置便是"白民"。《山海经·大荒东经》曰："大荒中有山，名曰明星，日月所出。有白民之国。"② 另外，《淮南子·地形训》"建木"所在又载，"扶木在阳州，日之所曊"，"若木在建木西，末有十日，其华照下地"。③ "扶木"也即"扶桑"，同样是《山海经》神话叙事中的日出日入之所。如《海外东经》曰："汤谷上有扶桑，十日所浴。在黑齿北，居水中，有大木，九日居下枝，一日居上枝。"④ 综合以上，我们似乎可以得出这样的位置关系，即建木居中，其东为汤谷，西为若木，北为明星，三方皆有日月出入的自然现象，尤其有"十日"出现的"非常"现象。

这样一个身处"殊方异域"中的"非常"之树进入上古神话叙事绝非偶然，它的存在有明显的"神显"特点。也就是说，建木"日中无影"显然是被"刻意"挑选出来的，或是巫祝方士之流以自我为中心讲述他们宗教世界的宗教故事或宗教经验，"日中无影"的神话文本成为承载集体记忆的神圣空间。

---

① 刘宗迪：《失落的天书：〈山海经〉与古代华夏世界观（增订本）》，商务印书馆，2016年，第488页。
② 〔清〕郝懿行撰，栾保群点校：《山海经笺疏》，中华书局，2019年，第329页。
③ 刘文典撰，冯逸、乔华点校：《淮南鸿烈集解》，中华书局，1989年，第163页。
④ 〔清〕郝懿行撰，栾保群点校：《山海经笺疏》，中华书局，2019年，第269-270页。

（二）建木"日中无影"的时间记忆

以当下为时间基点，过去的总会成为历史。我们要强调的是与建木相关的东方汤谷、西方若木、北方明星，正是对建木所处位置周边日月出入（主要是太阳）的长时间观察。这种观察是在"时间实践"中发生的，基于一种实用主义，相对世俗时间而言它成为"神显"，给集体以时间上的启示。

"日中无影"最初是一个历史"时间实践"中的既定事实，因为这种"非常"现象总不是仅发生过一次，而是集体长时间的经验积累。"日中无影"渲染了它神树的特性，同时表明建木是在"有日"的情况下才会出现"无影"现象，前文我们也指出建木东西北三方皆有"十日"现象。相比万物"有影"的日常习惯而言，建木之下最容易引起注意的便是"日中无影"，"十日"在建木之上似乎变成了"一日"。

建木所在地理空间最初或就是时间的意义所指，"日中无影"的历史事件也就成为时间的历史记忆。西汉早期的天文著作《周髀算经》曰："夏至南万六千里，冬至南十三万五千里，日中立杆无影。"[①] 多位学者在讨论"十日"神话等相关问题时已旁及建木"日中无影"与夏至测影的关系，如闻一多《天问疏证》曰："直立如建表，故曰'建木'，表所以测日影，故曰'日中无影'。"[②] 但有一个问题需要明确，即建木"日中无影"先是自然现象，再由这一"非常"现象推断出"夏至日"的存在。如《山海经·大荒西经》有"寿麻之国"，"寿麻正立无景，

---

① 钱宝琮校点：《算经十书》，中华书局，1963年，第26页。
② 闻一多：《天问疏证》，上海古籍出版社，1985年，第42页。

疾呼无响。爰有大暑，不可以往"。郭璞注曰："言热炙杀人也。"①此处寿麻为人，但其"正立无景"以及其地"热炙杀人"实际上或也是对夏至炎热天气的夸饰。

另外我们注意到建木之南似乎并无日月出入的神话叙事，特别是"十日"现象，也即缺乏日月出入的历史时间实践，这同样或与其地理位置有直接关系。就更广阔的地理空间而言，"昆仑山和建木是重合叠加的"②，实际就是建木在昆仑之上。然而昆仑之南的地理环境却较为特殊。《山海经·海内西经》曰："昆仑南渊，深三百仞。"③《海内北经》又曰："昆仑虚南所有，氾林，方三百里。从极之渊，深三百仞，维冰夷都焉。"④"冰夷"也即神话传说中的河伯。由此看来，建木之南当为广阔的百仞深渊，这样的地理环境缺少明显的参照物，自然不适合观察日月运行之轨迹。

这就是说"建木"在神话叙事中可以是"无影"的，但在世俗世界中也可以不是"无影"的，而是在观察太阳周年运行轨迹的过程中看到的"非常"天文现象，"无影"只是相对"有影"而言。正如郑文光先生在《中国天文学源流》中指出："古代天文学正是从测量日影开始的。追随着太阳的运行，不断测量太阳的影子，直至日落西山。"⑤"无影"与"有影"成为特殊的时间记忆，其时间意义便是"夏至日"的确立。立表测影是古代天文历法确定二分二至日的基本方法，

---

① 〔清〕郝懿行撰，栾保群点校：《山海经笺疏》，中华书局，2019年，第358-359页。
② 李道和：《释"巫"》，《民间文学论坛》1997年第3期。
③ 〔清〕郝懿行撰，栾保群点校：《山海经笺疏》，中华书局，2019年，第290页。
④ 同上书，第299页。
⑤ 郑文光：《中国天文学源流》，科学出版社，1979年，第38页。

在测量范围之内，固定的地点一年之间只有夏至正午才会有"日中无影"的现象，而且持续的时间较为短暂。

由此看来，建木"日中无影"的周而复始确定了"夏至"测影理论，是从特殊的历史"时间实践"走向普遍的时间规律，也成为这一特殊时间节点的神话记忆。神话文本因此成为开启过去时间大门的钥匙，而时间记忆的信息正隐藏在那些零散的神话片段中。

三、天下之中：作为神圣空间的文化记忆

德国文化记忆研究专家阿莱达·阿斯曼（Aleida Ass manns）认为："地点本身可以成为回忆的主体，成为回忆的载体"，"被认为神圣的地点，在那里可以感知神祇的存在"。[①] 建木的神圣性还体现在"其下声无响"或"呼而无响"的特点上，以表明都广之野"城方三百里，盖天下之中"的特殊地理位置。"天下之中"只是结果，而"天下之中"自然有表示自身成为的神圣景象。

（一）建木外部的"天梯"景象

建木以树的形态身处都广之野连接上天和人间，成为所谓的"天梯"，最典型的外部景象便是"高耸入云"以及众神从此"上下"。就更广阔的立体空间而言，"昆仑山和建木是重合叠加的，巫所登的天梯就是宇宙的中轴即宇宙树和宇宙山"。[②] 那么由上而下的"建木—都广之野—昆仑"结构实际上也暗含了"中心"空间的同一性。

[①] ［德］阿莱达·阿斯曼：《回忆空间：文化记忆的形式和变迁》，潘璐译，北京大学出版社，2016年，第344、349页。

[②] 李道和：《释"巫"》，《民间文学论坛》1997年第3期。

无论是树还是山，它们"高耸入云"的外部特征成为"神显"，因为它们有更接近于"天"的可能。《山海经·海内经》载建木"百仞无枝，（上）有九欘，下有九枸"。① "百仞"显然只是虚数，用以表明建木之高；而"上有九欘，下有九枸"不就是勾连天地的神话表达吗？《山海经·海内西经》又曰："昆仑之虚方八百里，高万仞。"② 王逸注《离骚》"遭吾道夫昆仑兮"引《河图括地象》曰："昆仑在西北，其高万一千里，上有琼玉之树也。"南宋洪兴祖补注引《河图》曰："昆仑，天中柱也，气上通天。"③《神异经·中荒经》更说："昆仑之山有铜柱焉，其高入天，所谓天柱也。"④ 皆表明昆仑之山其高万仞与天相通，更不用说是处于其上的建木之树。

　　建木的另一个外部景象为众神所自"上下"，较"高耸入云"更为神圣。《山海经·海内经》载建木"大皞爰过，黄帝所为"。郭璞注曰："言庖羲于此经过也。"⑤ "大皞"即"太皞"，也即"庖羲"或"伏羲"。《淮南子·天文》曰："东方，木也，其帝太皞，其佐句芒，执规而治春。"东汉高诱注曰："太皞，伏羲氏有天下号也，死托祀于东方之帝也。"⑥《山海经·海内西经》亦云："（昆仑）百神之所在。"⑦《淮南子·地形》也说"建木在都广，众帝所自上下"，高诱注曰："众帝之从都

---

① 〔清〕郝懿行撰，栾保群点校：《山海经笺疏》，中华书局，2019年，第383页。
② 同上书，第287页。
③ 〔宋〕洪兴祖撰，黄灵庚点校：《楚辞补注》，上海古籍出版社，2015年，第64页。
④ 王国良：《神异经研究》，文史哲出版社，1985年，第104页。
⑤ 〔清〕郝懿行撰，栾保群点校：《山海经笺疏》，中华书局，2019年，第383页。
⑥ 刘文典撰，冯逸、乔华点校：《淮南鸿烈集解》，中华书局，1989年，第105页。
⑦ 〔清〕郝懿行撰，栾保群点校：《山海经笺疏》，中华书局，2019年，第288页。

广山上天还下,故曰上下。"① 众神无论是自"建木"上下,还是"都广"上下,实则一事。西晋葛洪《抱朴子内篇·地真》又载,昔日黄帝"南到圆陇,荫建木,观百灵之所登"②,也即黄帝于建木之下观众神自"建木"上下。

这里上下天梯的"众神""百灵"实即众"巫"。《山海经·大荒西经》云:"大荒之中有山,名曰丰沮玉门,日月所入。有灵山,巫咸、巫即、巫盼、巫彭、巫姑、巫真、巫礼、巫抵、巫谢、巫罗十巫从此升降,百药爰在。"③ 可见"灵山"同样与日月运行有关,而且是众巫活动的"中心"。《说文解字》卷一"玉"部释"灵"曰:"巫也,以玉事神。"④ 王逸注《九歌·东皇太一》"灵偃蹇兮姣服"曰:"灵,巫也。楚人名巫为灵子。"⑤ 尤其是巫"以玉事神"或与众神"上下"有关,暗示着他们的宗教祭祀活动,也体现出《山海经》的巫祝视角。

同时我们注意到建木"大皞爰过"以及众神从建木"上下"抑或与太阳运行(天文历法)有关。何新先生曾论证:"中国古代神话中的伏羲—太昊—高阳—帝俊—帝喾—黄帝,实际上都是同一个神即太阳神的变名。"⑥ 西汉司马迁在《大宛列传》中引《禹本纪》

---

① 刘文典撰,冯逸、乔华点校:《淮南鸿烈集解》,中华书局,1989年,第163页。
② 王明:《抱朴子内篇校释(增订本)》,中华书局,2018年,第323-324页。
③ 〔清〕郝懿行撰,栾保群点校:《山海经笺疏》,中华书局,2019年,第351页。
④ 〔汉〕许慎撰,〔清〕段玉裁注:《说文解字注》,上海古籍出版社,1988年,第19页。
⑤ 〔宋〕洪兴祖撰,黄灵庚点校:《楚辞补注》,上海古籍出版社,2015年,第87页。
⑥ 何新:《诸神的起源——中国远古神话与历史》,生活·读书·新知三联书店,1986年,第34页。

又曰:"昆仑其高两千五百余里,日月所相避隐为光明也。"①《禹本纪》与《山海经》之名同时最早出现在《大宛列传》,而且二者性质多有相似之处,"日月所相避隐为光明"恰是对光影变换测定时间的形象说明。

换个角度不就可以认为"大皞爰过"或"庖羲于此经过"是太阳运行过程中在建木的掠影象征。太皞"执规而治春"也正是对春季太阳运行规律的测算,因为在古代历法测定与都城建造过程中,"圭、规、晷均为测日影之器"②。而黄帝"荫建木,观百灵之所登"又象征着众巫对太阳的祭祀。

(二)建木四周的"守护"景象

尽管有不同的学者曾致力于或正在致力于《山海经》所见地名的在地化研究,试图将其中的地点与当下中国山川地理相对应,但在我们看来,这样的论述或许会因过于求证而丧失历史的"真实"。圣地的确定往往是因为那里有圣物的存在、众神的存在等等与"神显"相关的种种,哪怕这样的存在只是基于想象的存在。

都广之野之所以为"天下之中",还在于以都广为中心的四周有形态各异的守护者,这些守护者的含义很清楚:"永生得之不易;它包含在一棵生命树(生命泉)里面,位于某个难以抵达的地方(在大地的尽头、大海的深处、黑暗的地域、高山的顶峰,或者一个'中心');

---

① 〔西汉〕司马迁:《史记》卷123《大宛列传》,中华书局,2014年,第10册,第3858页。
② 李道和:《释"巫"》,《民间文学论坛》1997年第3期。

有妖怪（或蛇）守卫这棵树。"① "守卫这棵树"实际上也是守卫"宇宙山"或者说守卫作为"天下之中"的圣地。

建木处于"窫窳西弱水上"，而昆仑之丘"其下有弱水之渊环之"，"环"字表明弱水以昆仑为中心，那么弱水则象征着昆仑的"护城河"。就大多数的水而言，"天下之多者水也，浮天载地，高下无所不至"，② 但神话叙事中的"弱水"却是例外。《山海经·大荒西经》郭璞注"弱水"曰："其水不胜鸿毛。"③ 郭璞《玄中记》又曰："天下之弱者，有昆仑之弱水焉，鸿毛不能起也。"④ "鸿毛"为至轻之物，所谓"不胜鸿毛"即指弱水毫无浮力，这同样是弱水的"非常"之处。

弱水"不胜鸿毛"的神话母题在古籍文献中多有叙述，主要意指"沉溺"而难以抵达。如《海内十洲记》曰："凤麟洲在西海之中央，地方一千五百里。洲四面有弱水绕之，鸿毛不浮，不可越也。"⑤ 我们虽不能确定"凤麟洲"与都广之野或昆仑是否有重叠关系，但其地是"西海之中央"，同样有弱水守卫。另外从字形来看，"溺"与"弱"不仅相似，而且含义基本相同。《说文解字》卷一一《水部》释"溺"曰："溺水，自张掖删丹西至酒泉合黎，余波入于流沙。"⑥《尚书·禹贡》曰：

---

① [美]伊利亚德：《神圣的存在：比较宗教的范型》，晏可佳、姚蓓琴译，广西师范大学出版社，2008年，第284页。

② [晋]郭璞：《玄中记》，鲁迅校录：《古小说钩沉》，齐鲁书社，1997年，第234页。

③ [清]郝懿行撰，栾保群点校：《山海经笺疏》，中华书局，2019年，第357页。

④ [晋]郭璞：《玄中记》，鲁迅校录：《古小说钩沉》，齐鲁书社，1997年，第235页。

⑤ 王国良：《海内十洲记研究》，文史哲出版社，1994年，第68页。

⑥ [汉]许慎撰，[清]段玉裁注：《说文解字注》，上海古籍出版社，1988年，第520页。

"导弱水,至于合黎。"孔《传》曰:"合黎,水名,在流沙东。'弱',本或作'溺'。"①《淮南子·时则》又曰:"西方之极,自昆仑绝流沙、沉羽。"高诱注曰:"流沙,盖在昆仑之西南尔。"②不难看出,"溺水"显然指"弱水",也即"沉羽"。《楚辞·大招》又曰:"东有大海,溺水浟浟只。"王逸注曰:"言东方有大海,广远无涯,其水淖溺,沉没万物,不可度越。"③南宋大儒朱熹集注曰:"溺,一作弱。"④清人王夫之又曰:"溺与'弱'通,水无力,不能浮物也。"⑤欲从建木"上下",必然先渡"弱水",试问这样的环境正常人孰能渡过?这就说明"弱水之渊"的确有守护"天下之中"的实际意义。

除"弱水之渊"的外部条件,昆仑诸山还有神兽的守卫,它们外形多半人半兽,往往能"食人",有的甚至掌管生死。首先是处于"弱水"之中的"窫窳"。《山海经·海内南经》曰:"窫窳,龙首,居弱水中,在狌狌知人名之西。其状如龙首,食人。"⑥其次是处于昆仑山上的神兽。《山海经·西次三经》载昆仑之丘,"神陆吾司之","其神状虎身而九尾,人面而虎爪。是神也,司天之九部及帝之囿时。有兽焉,其状如羊而四角,名曰土蝼,是食人。"⑦"陆吾"半人半兽虽

---

① 杜泽逊主编:《尚书注疏汇校》第3册,中华书局,2018年,第781-782页。
② 刘文典撰,冯逸、乔华点校:《淮南鸿烈集解》,中华书局,1989年,第223页。
③ 〔宋〕洪兴祖撰,黄灵庚点校:《楚辞补注》,上海古籍出版社,2015年,第356页。
④ 〔宋〕朱熹撰,黄灵庚点校:《楚辞集注》上海古籍出版社,2015年,第181页。
⑤ 〔清〕王夫之撰,杨新勋点校:《楚辞通释》,上海古籍出版社,2018年,第240页。
⑥ 〔清〕郝懿行撰,栾保群点校:《山海经笺疏》,中华书局,2019年,第280页。
⑦ 同上书,第59页。

不食人，但也承担守护昆仑之重任；而"土蝼"直接食人。《山海经·海内西经》又载，昆仑之虚"面有九门，门有开明兽守之，百神之所在"，"开明兽身大类虎而九首，皆人面，东向立昆仑上。"① 明确指出开明兽守护昆仑之虚。

再次是处于昆仑诸山上的神人，以西王母为主。《山海经·大荒西经》载昆仑之丘，"有人，戴胜虎齿，有豹尾，穴处，名曰西王母"，而西王母"司天之厉及五残"。郭璞注曰："主知灾厉、五刑残杀之气也。"② 可见西王母掌管生死，实际也是对昆仑山的守卫。《西次三经》还有三危之山，"三青鸟居之"，是山"广员百里"，"其上有兽"，而且"食人"。③ "三青鸟"即"为西王母取食"者，"在昆仑虚北"。④《海内西经》又载开明东有"巫彭"等六巫，"夹窫窳之尸，皆操不死之药以距之"，郭璞以为"为距却死气，求更生。"⑤ 实则非也，从他们"夹窫窳之尸"以及"操不死之药"的动作行为来看，或是为距守卫昆仑。《西次三经》另有槐江之山，"实惟帝之平圃，神英招司之，其状马身而人面，虎文而鸟翼，徇于四海"，"有天神焉，其状如牛，而八足二首马尾，其音如勃皇，见则其邑有兵"。郭璞注"平圃"曰："即玄圃也。"又注"徇"曰："谓周行也。"⑥ 那么神"英招"自然在昆仑四周进行巡护，而天神"见则其邑有兵"或暗指"有兵"

---

① 〔清〕郝懿行撰，栾保群点校：《山海经笺疏》，中华书局，2019年，第288、291页。
② 同上书，第358、63页。
③ 同上书，第68—69页。
④ 同上书，第294—295页。
⑤ 同上书，第292页。
⑥ 同上书，第56—58页。

守护昆仑。因此，以昆仑为中心的"海—陆—空"皆有超自然力量守护，这样的景象不也正说明其"天下之中"的圣地意义吗？

要之，"日中无影"赋予都广之野"天下之中"的圣地意义，而那些圣地的神秘景象又是对"天下之中"的显现与固化。通向都广之野或昆仑山的路途充满艰险，而要想成功"上下"建木，就必须有超出常人的意志。那些象征着困难的艰难险阻不仅仅是灵巫的修行境界，同样也是普通人超越自我的必经之路，正如屈原所谓"路曼曼其修远兮，吾将上下而求索。"①

四、结语

文化记忆的空间形式多样，有文字、图像、身体、地点等不同形态，而神话以其特有的形式同样可以成为回忆空间。神话是蕴藏集体文化记忆的宝库，一些神话故事看似较为久远，但回忆与类比又无时不在。建木"日中无影"的神话文本蕴含了深刻的文化记忆，都广之野体现了一种文化记忆空间，即"时间—地理空间—圣地"三位一体，尤其时间在其中充当了重要角色。

人的存在是建木"日中无影"神话叙事的潜藏，那些曾经看似平常的生活事项经过规律性总结成为象征，成为与世俗经验的不同。一些神话故事能长久续存，说明的正是长久以来神话的代际传承，日常生活经验的代际传承。可能最初的"神话"蕴藏着丰富多彩的生活内

---

① 〔宋〕洪兴祖撰，黄灵庚点校：《楚辞补注》，上海古籍出版社，2015年，第37页。

容,但遗忘将其固化。我们讲述神话、传写神话的目的是为了防止遗忘,但同时又在选择性遗忘,因为留下的总是经过了精心挑选。

  与时间的记忆、文本的记忆相比,有时候那些存在于想象中的"地点"所蕴含的文化记忆甚至会远远超过历史地点,就像都广之野的立体空间那样。因为对地点的想象越生动细致,就越会使其得到固定和证实,也就越神圣,而且"它们还体现了一种持久的延续,这种持久性比起个人的和甚至以人造物为具体形态的时代的文化的短暂回忆来说都更加长久"①。但不管怎样,神话就像一个巨大的"密码箱",我们从中可以看见能看见的,也可以不断探索那些非显而易见的文化记忆。

---

  ① [德]阿莱达·阿斯曼:《回忆空间:文化记忆的形式和变迁》,潘璐译,北京大学出版社,2016年,第344页。

关于少昊为日神若干问题的讨论

孙宇飞 *

少昊于今天最为人所熟知的是他的西方之帝①的属性,然而对少昊的记载作稽索的话会发现,他西方之帝的属性是层累造史的后果。关于少昊的资料,史籍中最早且最常见的是《左传·昭公十七年》郯子的一段对话:

> 秋,郯子来朝,公与之宴。昭子问焉,曰:少皞氏鸟名官,何故也?郯子曰:吾祖也,我知之。昔者黄帝氏以云纪,故为云师而云名;炎帝氏以火纪,故为火师而火名;共工氏以水纪,故为水师而水名;大皞氏以龙纪,故为龙师而龙名。我高祖少皞挚之立也,凤鸟适至,故纪于鸟,为鸟师而鸟名。②

---

* 作者简介:孙宇飞,中国社会科学院大学2019级民俗学硕士。

① 本文对于"帝"与"神"的称呼暂不做区别,帝是放在五行说的体系而言,神只针对其神祇属性。

② 杜预注,孔颖达疏:《春秋左传正义》,清嘉庆二十年南昌府学重刊宋本十三经注疏本,第1051页。

另有少昊鸟官司分、至、启闭一段记载。从常见的记载中我们只能看出少昊的鸟崇拜属性。鸟与日在很早的时候就发生了关系，这在文献记载与文物出土中一再得到印证，少昊恰恰是兼二者于一身的古帝王，有鉴于此，少昊的太阳神属性受到学者的广泛关注，顾颉刚就曾说过"太昊、少昊是处在相近地方的两个太阳神"[①]，又说"太暤、少暤者，非人名也，犹曰大太阳神，小太阳神耳，是两族之图腾也"，[②]随着傅斯年、蒙文通到徐旭生、唐兰等学者的研究推动，东方部族奉少昊为始祖神的概念逐渐取得共识。溯本追源起来，少昊终究是太阳神，它经历了"由神向人"的一个历史化进程。历来研究对少昊的太阳神属性多数是从"昊""暤"等字作古文字学的阐释，较有代表性的有徐旭生先生《中国古史的传说时代》，他说道："在《说文》中白部内无'皞'字，日部内有'暤'字，解释为'皓旰'也，各注多斥皞为暤的俗体"[③]。唐兰先生释大汶口文化的象形符号为"炅"，且唐兰先生提出了"大汶口文化是少昊氏的文化"，该观点虽然在当时引起强烈的争议，但是随着时间的推移，这种观点逐渐被人重新接纳。后来对这一符号的阐释更加多样化，但总归离不开"日"，除此以外，从龙山文化、大汶口文化等出土文物看东方的太阳崇拜的研究不胜枚举。在古籍文献中，《路史》"云阳氏"下赫然写着"云阳氏，阳帝也"，这确是说明少昊为日神的一个重要的证据，目前相关研究很少注意到此内容。但是在讨论云阳氏之前，我们先要针对《路史》中少昊的整理做一个说明，即《路史》中的"少昊"帝是罗泌整合古史以后的结果，

---

① 顾洪：《顾颉刚学术文化随笔》，中国青年出版社，1998年，第68页。
② 同上。
③ 徐旭生：《中国古史的传说时代》，文物出版社，1985年，第209页。

其中有自古流传下来的不变的质地，也有罗泌纵贯古今，横贯东西的加工成分。

一、《路史》中少昊的东西矛盾

我国的古史神话纷繁杂乱，到了南宋时，罗泌作《路史》以整合当时流传的古史神话，"罗泌不光是神话传说的研究者，更是神话传说的编造者"，① 仅从书中关于少昊的记载就可略知其研究与编纂的双重身份。少昊本为东方部族的太阳神，后成为东夷始祖神，而源出东方的秦族西迁后作西畤祠少昊，再加上五行学说的渗透，少昊便身兼东、西二神属性。

早期与少昊相关的地点在东方，其后裔皆处于东方，《尸子》中有"少昊金天氏，邑于穷桑，日五色，互照穷桑"，《左传》中说他的四子"世济穷桑"，《鬻子卷下》又有"曲阜之地，方七百里，少昊之墟，是鲁周公所封之邑，以周公禅益政礼，故称之以为篇耳"。《史记》注云："穷桑在鲁北，或云穷桑即曲阜也。"不管穷桑与曲阜是否为同一地，他们都是处于东，这是毋庸置疑的。《路史》引《启筮》曰："空桑之苍苍，八极之既张，乃有羲和，是主日月，职出入以为晦明。"空桑是羲和所处之地，《山海经·大荒南经》记载其地为"东南海之外，甘水之间，有羲和之国，有女子名曰羲和，方浴日于甘渊"。《山海经·大荒东经》有"有甘山者，甘水出焉，生甘渊"。综上，空桑处东，与甘山、甘渊密切相关，与日出相关。穷桑与空桑皆具有东方的属性，且穷、空属于音转，古人已有说明，李慈铭《越缦堂读史札记》即说"穷

---

① 陈泳超评陈嘉琪《南宋罗泌〈路史〉上古传说研究》。

桑即空桑"①，乾嘉学派大师钱大昕亦有言："予谓空桑者，穷桑也……少昊之墟，故称穷桑，空、穷，古书通用。"②近代闻一多《神话与诗》说："空桑一作穷桑。"③另外，袁珂注《山海经》说："所谓甘渊、汤谷、穷桑，盖一地也。"《大荒东经》中还描述了"少昊孺帝颛顼于此，弃其琴瑟"，《山海经·东山经》"空桑之山"注曰"此山出琴瑟材"，《周礼》曰"空桑之琴瑟是也"。琴瑟产于空桑，或琴瑟即空桑，少昊弃琴瑟之地在甘渊，由此亦可知空桑即穷桑。然而罗泌却将穷桑与空桑作出明确区别，因为他发现了少昊的东、西神的属性，且在他所引的《启筮》中，空桑与日出东方是如此的密切，所以为了解决这个矛盾，他说：

空桑在东，穷桑在西。④

又说：

穷桑在西，小颢之君。⑤

并且他引了《拾遗记》：

穷桑者，西海之滨也，地有孤桑千寻，盖在西垂，少昊之居，梁雍之域。⑥

---

① 李慈铭：《越缦堂读史札记》，民国本，第325页。
② 钱大昕：《十驾斋养新录》，清嘉庆刻本，第220页。
③ 闻一多：《神话与诗》，江西教育出版社，2018年，第119页。
④ 罗泌：《路史》，清文渊阁四库全书本，第17页。
⑤ 同上。
⑥ 《路史》，第18页。

因此他说：

> 而所谓穷桑则非此矣……盖在西垂，少昊之居，梁雍之域……西皇所居，西海之津。①

可是《拾遗记》后还有一段话他给忽略掉了，原文是：

> 及皇娥生少昊，号曰穷桑氏，亦曰桑丘氏，至六国时，桑丘子著阴阳书，即其余裔也，少昊以主西方，一号金天氏，亦曰金穷氏。②

《拾遗记》中的这段话紧挨着少昊感生的故事，很明显在引用时罗泌是有意忽略此句，因为其中所有的地名都指向东方，而且在后面几章的文本撰写中又出现了相关的内容，这与他有意将少昊整合为西帝完全相悖。首先是"桑丘氏"，古人以地命名，《路史》中就说"空桑氏，以地纪"。《拾遗记》说战国时候的桑丘子是少昊的后裔，属于阴阳家，有著说，今不见。《汉书·艺文志》阴阳家下列"乘丘子，五篇"注曰"六国时"，③桑与乘，字形相通，当为是。我们先看"桑丘"的地名，《史记》载"七年伐齐至桑丘"④，桑丘在齐地；至于"乘丘"，《春秋》中说其在鲁，这二者与西方毫无关系。也就是说，关于少昊东西归属的矛盾在《拾遗记》中就有所体现，王嘉一方面说穷桑在西，但"亦曰桑丘氏"的桑丘却处于东。少昊的东西矛盾是一个由来已久

---

① 《路史》，第18页。
② 王嘉：《拾遗记》，明汉魏丛书本，第3页。
③ 班固：《汉书》，清乾隆武英殿刻本，第522页。
④ 〔西汉〕司马迁：《史记》130卷，清乾隆武英殿刻本，第583页。

的问题,《拾遗记》中已经尝试解决,但没解决完。到了《路史》中,罗泌通过简单的省略掉有争议的内容,已经差不多快解决这个问题了,可是只能说是在《路史》"空桑氏"条目下解决了这个问题,在叙说"小颢"的内容时,矛盾复现,他说道:

> 都于小颢,以宇穷桑,故亦曰穷桑氏,或云曲阜,卤,是亦云小昊之虚。①

按照罗泌的观念,曲阜在东,穷桑在西,何以"或云"?在说到少昊之后时又补充道:

> 及西方桑丘、空桑、龙丘、五鸠,有偃之氏。②

他这可谓是直接将所有和少昊相关的地点都一股脑地往西丢去,也不管自己前文说的"空桑在东"了。但是在后来的《国名纪》中需要单独说明穷桑所在地时,分明是知道有穷桑在东的说法,可是与西不符,于是他又在鲁地前加了"宜在梁雍之域",并在最后说"非始穷桑国":

> 宜在梁雍之域,说咸以为鲁,盖以传谓,伯禽之封,为少昊之虚,或其后所徙,非始国穷桑也。③

"梁雍之域"在后文会解释其产生的原因,这段中的"宜"字实在是值得玩味,在罗泌的古史神话观里,少昊明明已经坐稳西帝的位置,

---

① 罗泌:《路史》,清文渊阁四库全书本,第142页。
② 同上书,第148页。
③ 同上书,第293页。

所以他的穷桑就应该是西方的梁雍之域,于是他解释《左传》的穷桑是后来的穷桑,最开始的穷桑位处西。由此可见少昊的西帝属性到了南宋的时候是多么深入人心,基于当时的学理思考,罗泌没办法调和东西矛盾,所以关于少昊的记载在整本书中都充斥着东西对立,难能可贵的是,罗泌已经意识到了这个问题并且尝试做出解答。

二、对金天氏的再认识

相较完备的少昊记载有《帝王世纪》《路史》《拾遗记》等,这些都成书于汉代以后,经历了汉代五行思想的熏陶,少昊已经具有了金的属性,因此在这些书中无一例外地都将少昊的金天氏的号归于金德。《路史》载:"以金宝历,色尚白,故又曰金天氏。"[1]《拾遗记》载"少昊,以主西方,一号金天氏,亦曰金穷氏。"[2]《帝王世纪》:"位在西方,主秋令,有光明,居小阴位,故称少昊号金天氏。"[3]孔颖达给《礼记》作疏更是直接说:"称金天氏,与少皞金位相当,故少昊则金天氏也。"以上种种皆表明少昊的金天氏源于西方尚金,其白帝的身份也被认为是西方主白的缘故。对此,徐旭生先生曾说道:"'皋''昊'本义为白,尊少昊作白帝,不需要等待五行家的配合。"[4]这是极对的,同样,称少昊为"金天氏"也不需要五行家的配合,历来古书之"故曰金天氏"是本末倒置了。关于少昊的太阳神的属性上

---

[1] 罗泌:《路史》,清文渊阁四库全书本,第139页。
[2] 《拾遗记》,第3页。
[3] 皇甫谧撰,宋翔凤集校:《帝王世纪》,清光绪贵筑杨氏刻训纂堂丛书本,第6页。
[4] 徐旭生:《中国古史的传说时代》,文物出版社,1985年,第209页。

文已略有论述,少昊本身就是太阳的化身,人们最初用少昊指代太阳,慢慢地少昊成为太阳神。顾颉刚说他是"小太阳神",段宝林说"少昊是指日出、日落时的太阳",① 无论是何种太阳,它总是从东方的山海之间升起,② 具体为嵎夷、旸谷、甘渊、扶桑等地。我们可以想象,在东方的山海之间,初浮于水面的太阳将金色的光芒洒在海面上,一望无际的波光反过来将天空映成金色,少昊的金天氏描述的就是这样的一种场景,陆思贤先生亦有云"'少昊以金德王''金天氏'均形容金色的太阳,少皞是太阳神",③ 但是光凭想象是不够的,从历史文献中能够找到相关线索。

体系完整的五行学说生成是一个漫长的过程,杨宽先生在《战国史》中说:"这样有系统的说法,并不是一时所创造出来的,五神配合五行之说,春秋之时晋太史蔡墨已经谈过,五神配合五行、五色、五虫之说,在春秋时也早已存在……五帝配合五行、四方、五色之说,也早有成说……四方和十日、五色相配之说,也早已有了。"④ 杨宽先生在列举五帝配合五行时引用的是《史记·封禅书》的两则内容,其一为:

秦襄公既侯居西垂,自以为主少昊之神,作西畤,祠白帝。⑤

其二为:

---

① 段宝林:《神话与史诗·上·中国神话博览》,民族出版社,2010年,第139页。
② 太阳从山脉中升起,或利用山脉来观测太阳的说法,《山海经》中东西各七座山的记述体现得尤为明显,详见吴晓东《〈山海经〉语境重建与神话解读》,刘宗迪《失落的天书》。
③ 陆思贤:《神话考古》,文物出版社,1995年,第72页。
④ 杨宽:《战国史》,上海人民出版社,1998年,第579页。
⑤〔西汉〕司马迁:《史记》,清乾隆武英殿刻本,第363页。

栎阳雨金，秦献公自以为得金瑞，故作畦畤，栎阳而祀白帝。[1]

他认为早在秦襄公时，少昊和西、白已经有关，到了秦献公时，金又介入到白与西中。其实这两则材料尚可说明少昊与西、白之间的关系，但还不能解决金的问题，因为太史公说的是"金瑞"，天人感应的思想固然早在周代就有，与五行相关的瑞应不会早于秦汉之际，这则材料体现的是司马迁所处的汉代的思想，所以第二个记载不能用来当五帝合五行的材料。五帝合五行的时间应当是战国晚期的事情，首先"五帝"概念出现较晚且说法不一，如《帝系》《大戴礼记》中的五帝没有少昊，因此在给五帝配五行的时候，少昊很可能不是最初的金德，随着古史人物的地位的层累叠加，少昊便被再次搬出来，因其金天氏与白帝的属性，刘歆便将他安插于五帝之中。[2] 其次，先秦文献中几乎没有五帝配五行的记载，有的只是五色、五方（四方）、四季、五神等元素之间的相互搭配，如《尸子》[3]中的四方配四季：

春为青阳，夏为朱明，秋为白藏，冬为玄英。
东方为春……南方为夏……西方为秋……北方为冬。

同时，《尸子》中还有少昊金天氏的一则记载：

少昊金天氏，邑于穷桑，日五色，互照穷桑。

---

[1] 〔西汉〕司马迁：《史记》，清乾隆武英殿刻本，第367页。
[2] 详见顾颉刚：《五德终始说下的政治和历史》，《古史辨》第五册下，上海古籍出版社，1981年，第404页。顾氏依着黄帝之子的身份来解释少昊被安插进五帝的原因，且这一段颇有疑古过盛的势头，他直接否定掉《左传》《国语》中的相关材料。
[3] 尸佼:《尸子》，清平津馆丛书本，第13页。

由此记载也可窥见日出霞光铺满天空的金天情形。《尸子》一书，今已亡佚，现存是清代辑本，《史记》中说尸佼和商鞅是同一时期的人，其成书时间尚存争议，一说秦庄襄王即位（前249）前，[①] 一说秦庄襄王即位到始皇统一（前249—前221）。[②] 在没有更多确凿的证据之前，还是遵史，认定其为战国中前期作品。除了《尸子》以外，金天氏还见于《左传·昭公元年》，可见早在春秋时期，金天氏已经为人所知，这也是笔者目前所见最早的有关金天氏的记载：

> 昔金天氏有裔子，曰重、该、修熙。[③]

保存大量神话的《山海经》与《楚辞》中也不见少昊的金德，只略微体现出少昊与西有些关系，且蓐收被认为是少昊的佐神。《楚辞》中记载五帝配四方的雏形：

> 凤凰翼其承旗兮，遇蓐收乎西皇。
> 指炎神而直驰兮，吾将往乎南疑。[④]

庞朴认为《楚辞》中的这一段记载正是后世五帝形成的范本。至于《山海经》中的少昊记载，除了东海大壑的甘山之外，他还在西方的长留山同蓐收一起主司反景。值得一提的是，与后世五行学说中秋

[①] 胡鹏：《〈尸子〉成书年代辨正——与寇志强先生商榷》，《四川职业技术学院学报》2016年第4期。
[②] 寇志强：《〈尸子〉成书年代考》，《江苏开放大学学报》2015年第1期。
[③] 杜预注，孔颖达疏：《春秋左传正义》，清嘉庆二十年南昌府学重刊宋本十二经注疏本，第903页。
[④] 王逸章句、洪兴祖补注：《楚辞》，四部丛刊景明翻宋本，第133页。

神为少昊不同，刘宗迪在《失落的天书》中认为《山海经》里"伏羲是春天的象征，女娲是秋天的象征"，①这更能说明秋神的少昊与金德之少昊产生较迟，刘氏在该书中对比了《管子·幼官图》与《月令》之间的关系，指出："在《幼官篇》中五帝还只是天神，而没有像《月令》那样被历史上的五位圣王黄帝、伏羲、祝融、少昊、颛顼相捏合。"②我们看到，《管子·幼官图》中五味、四方、五色、五声等多种元素已经搭配完毕，唯独完整的五帝没有包含在内：

> 君服白色，味辛味，听商声，治湿气，用九数，饮于白后之井，以介兽之火爨。
>
> 旗物尚白，兵尚剑，刑则绍，昧断绝。③

《管子·五行》中的五神也与五方相互对应：

> 昔者黄帝得蚩尤而明于天道，得大常而察于地利，得奢龙而辩于东方，得祝融而辩于南方，得大封而辩于西方，得后土而辩于北方。④

但这并不意味着《管子》中没有五帝，《管子》中的五帝只不过是另一套称呼，唤作"黄后""青后""赤后""白后""黑后"，而《月令》出于《幼官图》，《月令》中少皞为西帝，主秋，与金相合，《管子》无，至少可以说明，在《管子》成书时代，五行配五位圣王的观念还不深入，

---

① 刘宗迪：《失落的天书》，商务印书馆，2006年，第216页。
② 同上书，276页。
③ 管仲撰，房玄龄注：《管子》，四部丛刊景宋本，第28页。
④ 同上书，第154页。

少昊还不属金。

至于《左传》和《国语》中的搭配关系，已有前人研究过，现将表格转引于下：

表 1

五行	金	木	水	火	土
天干	庚辛	甲乙	壬癸	丙丁	戊
地支			子午亥		
五色	白	青	黑	赤	黄
五方	西	东	北	南	中
四时			冬		
五行之神	蓐收	勾芒	玄冥	祝融	后土
五帝			颛顼	炎帝	

《左传》与《国语》中并不是没有少昊的记载，但是却丝毫不见其金的属性。《左传·昭公元年》又确实写着"金天氏"，战国中期的《尸子》也明言金天氏。在五行配五帝体系没完备前已经出现这种称谓，所以少昊的金天氏与金德之间不存在因果关系，恰恰相反，其金天氏的称谓更能说明少昊的太阳神属性，少昊成为西帝，其中固然有秦族西迁的原因，但作为太阳象征的"金天氏"与"白帝"才是刘歆将少昊安排为西方之帝的主要原因。有鉴于此，当我们回过头来看完备的五帝配五行系统中其他几位古史帝王的名号更能发现问题：即以某种德王与帝王的号之间没有关系。以高诱注的《吕氏春秋》为例，其原文为：

> 其日甲乙，其帝太皞……其日丙丁，其帝炎帝……其日戊己，其帝黄帝……其日庚辛，其帝少皞……其日壬癸，其帝颛顼。①

---

① 吕不韦撰，高诱注：《吕氏春秋》，《四部丛刊》景明刊本，第 1、25、39、45、65 页。

与之对应的高诱注曰：

> 甲乙，木日也，太皞伏羲氏，以木德王天下之号，死祀于东方，为木德之帝。
>
> 丙丁，火日也，炎帝，少典之子，姓姜氏，以火德王天下，是为炎帝，号曰神农，死托祀于南方，为火德之帝。
>
> 戊己，土日，土王中央也。黄帝，少典之子，以土德王天下，号轩辕氏，死托祀为中央之帝。
>
> 庚辛，金日也，少皞，帝䰽之子，挚兄也，以金德王天下，号为金天氏，死配金，为西方金德之帝。
>
> 壬癸，水日，颛顼，黄帝之孙，昌意之子，以水德王天下，号汤氏，死祀为北方水德之帝。

以上五帝，除了少昊的金天氏以外，无论是伏羲、神农、轩辕与汤，① 与对应的五行之德都没有直接的因果关系，其号的来历正如张晏给《史记》作注时所说："少昊之前，天下之号象其德，颛顼以来，天下之号因其名，高阳、高辛，皆所兴之地名，颛顼与喾，皆以字为号。"也就是说较早的古帝王的名号是因其德而来，这里的德虽然旨意模糊，但必然不是五行之德，笔者倾向其为帝王之象，如杨向奎在《宗周社会与礼乐文明·氏族篇》中，从郭沫若先生的说法，将黄帝的"轩辕"阐释为"天鼋"，"即水族动物鼋蛇的崇拜"；② 另有古文字学家等认为其为天之象，虽然对不同学者对该氏号的解释莫衷一是，但都可以理解为帝王之象；古史帝王氏号分歧较少的是炎帝神农氏，其神农氏

---

① 汤氏的名号实则是"颛顼高阳氏"，而不是与水有关的汤。
② 杨向奎：《宗周社会与礼乐文明·氏族篇》，人民出版社，1992年，第19页。

即来自于炎帝对农业作出的贡献。如此说来，少昊的金天氏与金德之间存在因果关联的可能性也不大，他金天氏的号应当是源自于临山靠海的东夷部族人所见日出日落时，金光映照半边天的景色。

三、少昊云阳氏辨析

通过对《路史》中东西矛盾的说明与"金天氏"之阐释，少昊的太阳属性越发明显，而在《路史》卷三"云阳氏"条内容中有"云阳氏，是为阳帝"的记载，其太阳神的属性显而易见，那么《路史》中的"云阳氏"究竟和少昊有没有关系呢？从《路史》的撰写结构来看，"云阳氏"同少昊并不存在关联，在罗泌《路史》所构建的古史世界中，"云阳氏"是循蜚纪的人，少昊是疏仡纪的人，二人不在同一时代，因为少昊的东西矛盾与纷繁多变的名称，所以罗泌有意将所有和少昊的名号全部区分开，并且作《辨玄嚣青阳少昊》，但是细看《路史》的多处文本就能发现二者实为一人，关于云阳帝所处的云阳山地望，存在湖南茶陵与陕西咸阳两种说法，这两种说法皆不可靠，各有所本。

（一）湖南茶陵云阳的不可知性

《路史》中对"云阳氏"记述如下：

> 云阳氏，是为阳帝，盖处于沙，亦著甘泉，以故黄帝以来，大祀于甘泉，云丹徒，绛北者非也。
>
> 遁甲经云，沙土之福，云阳氏之虚也，可以长往，可以隐处，云阳之山，在衡山之阳，只今茶陵之云阳山也……然考之皇甫纪，实为少昊之封，云阳氏之踪，固在甘泉，甘泉之山，本曰云阳……

> 虽然丹阳曲阿，亦秦世之云阳岭也，《异地记》录曲阿，正秦代之云阳岭，太史时，言东南有天子气，在云阳间……①

在这一部分，罗泌对少昊所在的"云阳山"做了一番考证，列举出历史上诸多有云阳之称的地点，并否定了镇江丹阳、陕西、甘肃等说，而采用了湖南茶陵一说，具体原因在《后纪》"尊卢氏"条下解释道：

> 于衡湘得云阳之从……于云阳得少昊之瑜。②

但是他又不能十分肯定云阳的墓冢是否为少昊的葬所，所以在"小颢"里说到"少昊葬云阳"注曰：

> 见《世纪》《遁甲开山图》，盖归葬于始封之国，今在茶陵之露水乡，攸县界，生铁成坟，予游炎陵访之，《图》《谍》俱云是黄帝陵，乡俗谓为轩辕皇帝坟，不知也。③

可见他认为的少昊之墓在乡俗中被认为是黄帝之陵，另"空桑氏"条中有：

> 西皇者，少昊之称，而小颢者，少昊之正字也，宜为咸阳，故咸阳曰云阳，而少昊一曰云阳氏，云阳县，今曜汉甘泉宫，即

---

① 罗泌：《路史》，清文渊阁四库全书本，第14页。
② 同上书，第50页。
③ 同上书，第141页。这段文字是以注文的形式出现，《路史》的注文是由罗泌罗萍父子二人共同完成，笔者倾向于认为此段出自罗泌本人之手，因该注中用了第一人称，并提到游炎陵一事，这与《路史》整本书偏重炎帝是一脉相承的。

武帝之太畤也。①

从以上几则记载可以知道，云阳作为地点另有三个别名：咸阳、青阳、甘泉。因少昊只有青阳氏与云阳氏的名号，所以此处只关注青阳与云阳。首先是青阳，青阳在古代有春天的意思，象征太阳初升，后来与太昊合并。《路史》说"胙土于清，是为青阳"，以封地清为氏。《路史·国名纪》中云："古有五地称青阳，以东汉地名谓：俊仪、东阿、清丘、闻喜、乐平。"刘庞生则认为"这五地全是青阳氏后裔迁居之地"，"尽在《禹贡》兖、豫、冀州间"，即古代东夷部族的大部分区域，青阳氏的名号在大致方位上与少昊日出东方的属性相吻合。陈嘉琪在《南宋罗泌〈路史〉上古传说研究》中也说，"不论是'昊'的字义还是青阳、穷桑则皆具有太阳的表征"，徐旭生在论述太昊之为青帝时认为其源于东方的青州，所以就着顾颉刚"小太阳神"的说法，少昊的青阳氏解释为青州（东夷地区）的小日神也不无可能。

至于"葬于云阳"的云阳，《路史》引自《帝王世纪》，皇甫谧没有给出具体地点，罗泌搜集材料四方游历时于"衡湘得云阳之从"，又于云阳得少昊之墟。而对于湖南茶陵的少昊归葬地，当地人更倾向于认为是黄帝的墓，所以罗泌也表示"不知也"。在方位上，湖南茶陵不在东西，其地的云阳山更是有"小南岳"的别称，它的总体方位在南方。更为重要的是，罗泌又说"盖归葬于始封之国"。少昊之墟或少昊的封地，在史书中均言之凿凿地说为曲阜，别无他地。如《鹖子》说：

---

① 罗泌:《路史》，清文渊阁四库全书本，第18页。

> 曲阜之地方七百里少昊之墟。①

《水经注》

> 曲阜之地，少昊之墟。②

《帝王世纪》

> 少昊邑于穷桑，都曲阜，故或谓之穷桑帝，地在鲁城北。③

所以湖南茶陵的云阳断然不是少昊葬地，既然归葬于所封之地，那么就应该还是在曲阜。恰巧《嘉靖山东通志》中有：

> 云阳山，按〈史记〉，少昊葬云阳，颜师古注云："云阳，山名，在曲阜"，今曲阜县北有少昊墓墟址，而无此山，惟土石隐然起平地者，或□所谓，云阳世久，陵谷变迁，失其山形耶，姑存其名。④

这段文字的真实性有待商榷，以笔者目前所见的资料来看，《史记》中没有"少昊葬云阳"的字样，况且颜师古只给《汉书》做过注，而《汉书》中也没说"少昊葬云阳"，倒是《汉书》中"上幸甘泉"后颜师古注曰"甘泉在云阳，本秦林光宫"，颜师古根本没有说过云阳山在曲阜，相比较而言，云阳山在曲阜的说法直到明才产生。因是地方志书中有此内容，

---

① 鬻熊撰，逢行珪注：《鬻子》，明正统道藏本，第6页。
② 郦道元：《水经注》，清武英殿聚珍版丛书本，第336页。
③ 皇甫谧撰，宋翔凤集校：《帝王世纪》，清光绪贵筑杨氏刻训纂堂丛书本，第7页。
④ 陆釴撰：《嘉靖山东通志》，明嘉靖刻本，第78页。

疑心是作者撰写志书时依着"归葬于所封之地"的原则，给曲阜添了一座云阳山，但是曲阜境内又实实在在没有这座山峰，于是一座大山又凭空消失了。

颜师古的"甘泉在云阳，本秦林光宫"一句颇为明朗，说的是汉代的甘泉宫在秦朝林光宫基础上扩建而成，甘泉宫又有云阳宫一名，《三辅黄图》卷二记云："甘泉宫，一曰云阳宫。"云阳宫、林光宫、甘泉宫是为一处还是三处历来说法不一，姚生民撰《云阳宫·林光宫·甘泉宫》一文辨析，引洪亮吉文：

> 今考《汉书·外戚传》及服虔、师古等注与《开山图》诸说，则是甘泉宫外又别有林光、云阳二宫。师古等注《汉书》皆云"云阳，秦离宫名"。疑汉甘泉宫实兼秦林光、云阳二宫之地。故合言之则曰甘泉宫，分之则甘泉宫外又别有林光、云阳宫也。①

也认为"云阳、林光、甘泉三名各有其宫"，并认为"云阳宫最早，战国时期就有了……甘泉宫为汉武帝时期在秦遗址的基础上增广后的宫殿群……甘泉宫是宫之总名，其中楼观不知凡几"。② 不过，虽然三个宫殿各不相同，但正是因为它们三者的互通，才衍生出咸阳作为云阳的别名以及少昊"宜在梁雍之域"的说法。因篇幅问题，略举两则记载简要说明。《史记》载"秦王乃迎太后于雍而入咸阳，复居甘泉宫"，③可见甘泉宫位处咸阳，又《史记·孝武本纪》《正义》引《括地志》云："汉云阳宫，在雍州云阳县北八十一里。"④ 据以上两条略知云阳又在

---

① 姚生民：《云阳宫·林光宫·甘泉宫》，《文博》2002年第4期。
② 同上。
③ 《史记》，第121页。
④ 〔西汉〕司马迁：《史记》，清乾隆武英殿刻本，第239页。

雍州地域，这也是上文所说的穷桑在"梁雍之域"的由来。云阳宫是秦族所建的宫殿，姚文认为云阳宫早在战国中期就已经存在，彼时少昊已是西方之帝。《长安志》引《开山图》说古云阳是"先王之墟"，①秦族奉少昊为祖，古云阳即是少昊之墟之处，这与《路史》所说的"归葬始封之国"意思一样，都可说明与少昊相关的云阳原本是东方之地，秦族西迁，将少昊神与他东方始初地一并带过去了，原本东方少昊所在之山成为西方之云阳山，并声势浩大地将原本西方可能存在的云阳山给挤下台，将少昊的属性赋予其上。

（二）始封之国的云阳山为甘山

曲阜没有云阳山，茶陵的云阳山又不是，那么少昊又葬在何处呢？解决这一问题的关键在于"盖归葬于始封之地"，上文已经说到，少昊的封地在曲阜是没有争议的，那么少昊的归宿就应当还是曲阜的山，或者至少是曲阜附近的山，云阳山是曲阜及其周边的某座山的别名，且按照云阳氏是为阳帝的属性，这座云阳山理应是阳山，它所依附的山必定与日有着千丝万缕的关系。在先秦的文献中是有这么一座山存在的，即《大荒东经》中所言的甘山：

> 东海之外大壑，少昊孺帝颛顼于此，弃其琴瑟，有甘山者，甘水出焉，生甘渊。②

郭璞注曰"水积则成渊也"，这座甘山中出甘水，积甘水成甘渊，甘渊与甘山之间的关系是十分密切的，另《五岳山人集》中有诗曰：

---

① 宋敏求：《长安志》，清文渊阁四库全书本，第28页。
② 郭璞：《山海经传》，四部丛刊景明成化本，第63页。

> 少昊息甘山，于此弃琴瑟，羲和浮甘渊，朝朝弄红日，将升明星上，运转送之出，始自八极张，神化安可述。①

可见在文学作品中，甘山与甘渊作为一种并列的意象出现，而甘渊作为羲和浴日的地方为人熟知，《山海经》中载：

> 东南海之外，甘水之间，有羲和之国，有女子名曰羲和，方浴日于甘渊。②

袁珂先生在校注《山海经·海外南经》"东南海之外，甘水之间，有羲和之国，有女子名曰羲和，方浴日（原作日浴，据宋本改）于甘渊。羲和者，帝俊之妻，生十日"时曾说：

> 经文"东南海之外"，北堂书抄卷一四九引无南字，无南字是也。大荒南经此节疑亦本当在此经"有甘山者，甘水出焉，生甘渊"之下，乃简策错乱，误脱于彼也。此经甘渊实当即大荒南经羲和浴日之甘渊，其地乃汤谷扶桑也。海外东经云："汤谷上有扶桑，十日所浴。"即此，亦即少昊鸟国建都之地。《尸子》（孙星衍辑本）卷上云："少昊金天氏邑于穷桑，日五色，互照穷桑。"谓此也。则所谓甘渊、汤谷（扶桑）、穷桑，盖一地也。③

甘渊同崦嵫、旸谷、扶桑、穷桑等名一样，在神话中是太阳升起的地方。然甘字本无太阳之意，亦无太阳的表征。甘山的记载最早出

---

① 黄省曾：《五岳山人集》38 卷，明嘉靖刻本，第 54 页。
② 郭璞：《山海经传》，四部丛刊景明成化本，第 67 页。
③ 袁珂：《山海经校注》，上海古籍出版社，1980 年，第 340 页。

现于《山海经·大荒东经》中，汉刘歆校订《山海经》时作《上〈山海经〉表》说《山海经》所写："皆圣贤之遗事，古文之著明者也。"①经过"隶古定"成为隶书作品，在甲骨文、金文和传抄古文字中，"甘"与"日"字高度相似：②

 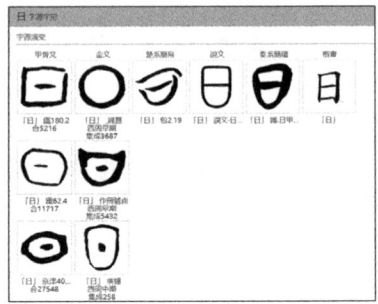

"甘"很可能是隶定过程中"日"的讹误，所以少昊所息的"甘山"是"日山"的变体，为了统一，日水与日渊成为甘水甘渊。甘山虽然只在《大荒东经》中出现，但是甘水在《山海经》中多次出现，且在更具地理性的《山经》中有见，不同于《大荒经》，《山经》部分多被认为是纪实之书，其中次四经有曰：

> 厘山之首曰鹿蹄之山，其上多玉，其下多金，甘水出焉，而北流注于洛。③

---

① 转引自陈连山：《〈山海经〉学术史考论》，北京大学出版社，2012年，第48页。
② 来自《汉典》网站，甘：https://www.zdic.net/hans/%E7%94%98，日：https://www.zdic.net/hans/%E6%97%A5。
③ 郭璞：《山海经传》，四部丛刊景明成化本，第77页。

此甘水在洛水南,与东方的日渊毫无关联,《水经·甘水》有云:"甘水出弘农宜阳县鹿蹄山",郦道元注:"山在河南陆浑县故城西北。"①《大荒南经》《大荒北经》《海内西经》均有甘水的记录,《大荒经》中的甘水与太阳有关,《海内经》与《山经》的甘水与太阳无明显关系,可知说的不是同一甘水,不过正因如此,相对而言西方的甘水也具有了东方甘水的属性,这主要表现在甘泉的问题上。真正具有甘水之名的是有迹可循的那一条水系,由日水演变来的甘水,即作为日水的甘水只在东,需要说明的是,《大荒南经》中的甘水也是东方的甘水,其文献内容与东夷部族有着密切关联,现将其原句与前后句转录如下:

> 北旁名曰少和之渊,南旁名曰从渊,舜之所浴也。
> 又有成山,甘水穷焉。
> 有季禺之国,颛顼之子,食黍。②

甘水的前后句,有几个专名,其中少和不知所云,与后文舜对照来看或许为人名,但"少和"一人不见经传,而与舜、颛顼二位古圣王并列,少和之渊又紧邻甘水,因此笔者认为少和是少昊的音变,少和之渊说的就是甘渊。颛顼佐少昊,颛顼也被认为是东方之神;③至于舜为东夷人,《孟子》更明言曰:"舜生于诸冯,迁于负夏,卒于鸣条,东夷之人也。"少昊为东方神更是无须多言,因此,即便此段内容是《大荒南经》的部分,也足见其东方的文化因素,当是东南方为妥。

---

① 对于此甘水的位置,诸家莫衷一是,王国维认为在周、郑之间;顾颉刚认为在河南洛阳西南,钱穆认为在河南原武县西北。
② 郭璞:《山海经传》,四部丛刊景明成化本,第66页。
③ 刘宗迪:《失落的天书》,商务印书馆,2006年,第424页。

日山又可称为阳山，在没有文字以前，信息口耳相传，云阳山一词的产生或许是古人口述转录时"云：阳山"的句读问题，在写成文本后便被附会于南北西各自的云阳山上。但是需要说明的是，古人对"云"与"雲"二字在书面文本上的区分十分明确，所以口述转录的改变只能是作为一种解释的可能，并无确凿的证据。再退一步来讲，即便不存在字形讹误或转录错误的可能，根据甘渊的属性也可知道少昊的甘山与太阳之间也是有着密切关系的。将少昊、甘山与云阳氏、云阳山对比起来，可见二者之间十分吻合。少昊为东方太阳神，处甘山，有"少和之渊"即甘渊，号曰云阳氏；而云阳氏也为阳帝，太阳之帝，云阳山为阳山，处于云阳氏所封之地，即少昊封地。

　　梁雍之域的云阳之名是少昊后裔将东方的甘山带过去的，但并不是说原本西方没有云阳的地名，所谓的带过去只是将东方甘山的相关太阳的属性与少昊的神格带去，正如秦族西迁仍然祭祀少昊一样，到了西方以后，如果有山名曰云阳，那便不用赋名，如果没有云阳山，便找一座无名山峰赋上名号。这种赋名方式在汉代颇为常见，"每辟一地，汉帝都要设立郡县，并'案古图书'为新开之地命名，其为国土命名所依据的'古图书'正是《山海经》，《大荒经》中的地名，就是在汉武帝时代被大量地坐实于天下地理的"[①]，原本的西方的云阳或许只是一座山，没有任何神性，随着少昊后裔西迁，其云阳山便具有了太阳之山的特点，而它的根就是甘山，这可以从云阳又叫甘泉这一名称看出。云阳山是为甘山，甘渊之水来自甘山，相对应的，西方云阳山的山里出的水自然也是甘渊，但是甘渊一词的指涉十分局限，所以甘渊便经过语音演化称为甘泉。在古代诸多记载中"泉""渊"

---

① 刘宗迪：《失落的天书》，商务印书馆，2006年，第389页。

音近意近，可同用，《尸子》有文：

> 黄金龙渊有玉英。①

有注曰："渊作泉"，《尸子》另有：

> 犬成群而入泉。②

注曰："泉作渊。"渊与泉意思相近，《史记》载：

> 磻磎中有泉，谓之兹泉，泉水潭积自成渊渚，即太公钓处。③

洪兴祖补注《楚辞章句》"旋入雷渊"说道：

> 旋，转也，渊，室也，渊，《文选》作泉。④

唐代避高祖讳，渊作泉使用，《一切经音义》：

> 渊，水深也，从水，□□声，避讳，呼取泉音。⑤

可知泉与渊二字通用，而同名的山水亦可互相指代，司马贞《索隐》有云：

---

① 尸佼：《尸子》，清平津馆丛书本，第21页。
② 同上书，第30页。
③ 〔西汉〕司马迁：《史记》，清乾隆武英殿刻本，第421页。
④ 《楚辞》，第152页。
⑤ 释慧琳：《一切经音义100卷》，日本元文三年至延亨三年狮谷白莲社刻本，第1418页。

> 又顾氏按邢承宗《西征赋》注云：甘泉，水名，今按：因地有甘泉以名山，则山水皆通也。①

司马贞说有水，名甘泉，又说有山，名甘泉，甘泉既可指山又可指水，相对应而言，指水的时候，甘泉即理解为甘渊，指山的时候，甘泉山就是甘渊山，即出甘渊的山——甘山。上文已对"少和之渊"略做说明，认为其就是少昊之渊，少昊感生神话中的"华渚"一地，"稚华之渚"或"华渚"因为出现较少且无注疏，所以很难理解它指涉的大概位置，哪怕是后人附会的地点也都很少，仅在谈论太昊（伏羲）的华胥中会将二者当成一个地方，《说文》中对渚的解释有二，一为具体的丘逢山中的渚水；另一为引《尔雅》的"小州曰渚"，华渚已经是一个地名了，所以这儿的渚就是小州的意思。"华"在《说文》中作"花"理解，那么华渚就是长满花的水中陆地，如此理解并无矛盾，因为如今作为旅游胜地的无锡鼋头渚就是长满花的水中陆地，但是在检索资料时出现以下字样，"据古本《淮南子·地形训》《楚辞·天问》：华即日，太阳也"，②如果确实有这样的内容，那么对华与太阳之间的关系不需要做出过多的解释，但在翻阅了若干版本的《淮南子》与《楚辞》都没有在原文及注疏中明见到以上的说法，仅在景以恩于1998年发表在《民间文学论坛》的一期文章中出现这种"华"即"日"的解释，

---

① 〔西汉〕司马迁：《史记》，清乾隆武英殿刻本，第218页。
② 王尹成主编；中国先秦史学会、山东省新泰历史文化研究会编：《杞文化与新泰——全国首届杞文化研讨会文集》，中国文联出版社，2000年，第488页；杨冠丰、黄淼章：《点解姓羊 祥和广州与华夏羊文化》，羊城晚报出版社，2007年，第62页；孙玉红、杨恒海：《中华文明起源初探 伏羲文化》，光明日报出版社，2012年，第153页。

作者认为"'华'之古义，本为太阳的专称，但《说文》已失之，仅作'花'讲，唯加日旁的'晔'字作'光'讲，尚存太阳发光的本义。"①他列举了三个证据来证明华即太阳，第一个证据是《水经注·若水》引《淮南子》"若木在建木西，木有十华，其光照下地"，该引文与今本《淮南子》存在一字之别，今本《淮南子》相关记载为"若木在建木西，末有十日，其光照下地"；第二个证据是秦汉之际的中间绘日形的瓦当，其铭文为"与华无极"；第三个证据《楚辞·天问》有"羲和之未扬，若华何光"。据此他认为华就是太阳，在翻阅景以恩所引的《淮南子》"若木"片段时，笔者还发现《淮南子·地形训》中紧接着若木的一段话是有关"渚"的记载："九州岛之大，纯方千里，九州岛之外，乃有八殥，亦方千里。自东北方曰大泽，曰无通；东方曰大渚，曰少海。"②可见"大渚"在东方，另许慎注《淮南子》"遭回，蒙汜之渚"时说"遭回，犹尚洋也，蒙汜，曰所出之坠也，池决复入为渚，渚，小渊也"。③如果把以上若干条材料合并在一起，"华"为日，东方有大渚，释为渊，所以"华渚"为东方日出之渊，那么很难不联想到羲和浴日及少昊的甘渊，当然，华渚为甘渊暂时还不能够找到更为充分的证据，仅作笔者一时猜想。总的来说，少昊的云阳山既不是南方的茶陵，也不是西方的咸阳，他所归葬的云阳山是少昊之墟的一座山，又名甘泉山，甘泉二字源于甘渊，甘渊出自甘山，甘泉山即甘山的演变结果，云阳山又是甘山，因此云阳山便一名曰甘泉山。

　　东夷部族的太阳神话极为丰富，刘敬源在《台湾"原住民"与大陆东夷太阳神话之比较》中说道："东夷民族的太阳神话在大陆同类

---

① 景以恩：《太阳神崇拜与华夏族的起源》，《民间文学论坛》1998年第1期。
② 刘安撰，许慎注：《淮南鸿烈解》，四部丛刊景钞北宋本，第42页。
③ 同上书，第71页。

型神话产生是比较早的,从现存最早、最完整的古代神话文献《山海经》的记载来看,关于太阳最典型和普遍的多日型神话,就产生于古代的东夷民族。"[1]以往已经有学者提出少昊为太阳神,本文前段的深入探讨强化了少昊之为东夷部族的日神,其原型就是太阳的说法。经历了若干年的演化后,在《遁甲开山图》《帝王世纪》中开始出现"葬于云阳"的记载,但是仅仅只有这五个字而无其他内容或情节做更多说明,那究竟如何去理解"少昊葬云阳"呢?

本文认为"少昊葬云阳"的神话原型是太阳从东向西运行一整天后又回到东方,精疲力竭的一个状态。古人已经知道太阳在白昼的运动轨迹:从东方升起,到西方落下。根据《淮南子》《山海经》等文献还原出来就是早晨一个太阳从东方旸谷沿着扶桑树升起,傍晚沿着榣木从天上降落到昧谷。[2]在西方落下的太阳第二天又是如何从东方升起的呢?屈原在《天问》中早就提出了这个问题"角宿未旦,曜灵安藏?"对此,贾雯鹤总结了古人的两种认识,"一种认为太阳夜晚行于地中,到达东方……一种认为太阳夜晚不行于地中。"[3]这是两种宇宙认知模式,前者为"浑天说",后者为"盖天说",叶舒宪在《中国神话哲学》中持浑天说,他根据旦、昏等古文字解释古人观念中太阳的循环模式,江林昌承袭并扩充其说,认为《楚辞·东君》的"操余弧兮反沦降,援北斗兮酌桂浆;撰余辔兮高驰翔,杳冥冥兮以东行"说的是太阳夜晚向东行,贾氏一文予以否认。不过两种运行的方式有一共同点,都

---

[1] 刘敬源:《台湾"原住民"与大陆东夷太阳神话之比较》,《贵州文史丛刊》2004年第2期。

[2] 详细论述见贾雯鹤:《太阳循环神话及其相关问题》,《思想战线》2004年第1期。

[3] 同上。

意在说明太阳需要在夜晚回到其东方日出之处，也就是少昊大致所在地（穷桑、甘山附近的甘渊）。太阳的运行规律在《山海经·大荒南经》中表述为"一日方至，一日方出"，① 反过来理解这句话就是旸谷内的太阳轮流"值班"，天上只有一个太阳运行，剩下的多（九）个太阳在"休息"。一旦太阳开始爬出旸谷后，它就需要不停歇地运动二十四小时，白昼在人们看见的地方运行，晚上在人们看不见的地方向东返回，看不见指的是太阳夜行无光。对此，贾氏一文予以解释，"可能古人看到太阳的光芒由早晨的微弱到正午的极盛，然后就逐渐衰弱，直到落入西方，从而认为太阳在白昼已耗尽了精力，自然夜晚光芒全无"。少昊为太阳，云阳山为日出附近的甘山，少昊葬云阳说的是太阳经历一整天的运行后精疲力竭地回到甘山附近，之所以用葬字，是因为太阳本身已经丧失了光芒。

结　语

少昊以鸟官为世所熟知，其本为东夷部族信奉的太阳神，后成为始祖神，随着秦族西迁而到西方受祀，但是即便是在西方也仍然保留其日神的原初属性。本文围绕少昊相关的文献资料进行初步分析探讨，指出金天氏与金德无关，原意实为太阳初升之景象，又以少昊是太阳为中心，主要论述了少昊神话演变过程中产生的东西矛盾问题，并通过词源字源演变，解释云阳山的原型，指出少昊的云阳山即为《山海经》中的甘山，对少昊葬于云阳从神话原型的视角做出解读。

---

① 郭璞:《山海经传》，四部丛刊景明成化本，第65页。

天狗食日月与盘瓠型神话的共同意识[*]

王　晴[**]

中国长江以南地区是水稻的主产区，南方各省均以稻米作为主食；日本也主食水稻，水田耕作是日本民族文化的核心。20世纪四五十年代，日本学术界提出了"照叶树林文化论"说，中尾佐助在前人的基础上提出了"农耕文化复合体"概念，为分析照叶树林文化下的"文化整体"提供了路径。他认为从西面的喜马拉雅南坡的中部地区，到中国南部、东至日本本州岛南半部，大部分地区为山岳地带，几乎没有开阔的大平原，诞生于这个地区的照叶树林文化具有非常鲜明的山岳性格，以山地生活的形态出现。在这个文化下产生的农耕文化显然与大平原农耕文化有很大差异。"要进一步研究这个地带所产生的具有当地特色的农耕文化复合体的要素是否具有共通性，需要对文化遗留进行深入理解。"①

日本国土森林覆盖率达67%，其中54%是天然林，只木良也、吉良龙夫提出"日本文化就是木材文化"的观点，认为"木材支撑着日

---

[*] 本文为"少数民族民间文学搜集整理与中华民族共同体凝铸（1949—1966）"（项目编号：BZKY2021070）阶段性成果，由中央民族大学研究生科研实践项目资助。

[**] 作者简介：王晴，陕西咸阳人，中央民族大学中国少数民族语言文学学院在读博士，研究方向为民间文艺学、民俗学。

① ［日］中尾佐助：《照叶树林的农业文明之光》，赵玉蕙译，《农业考古》2009年第4期。

本历史的发展";①梅原猛直接指出树木是日本人"生命信仰的核心",②森林是日本的骄傲,而日本保留大面积森林的原因是引入了不附带畜牧的水稻农业(养猪除外)。③中国长江以南与日本西南部地区同为气候温润、土壤潮湿的自然环境,在生产活动和生活习俗上有许多共同点。④可以说中日两国一衣带水,包括文化在内的诸多方面联系颇深。日本学者为了查明日本文化的源流,寻找文化之根,以云贵高原为中心的中国西南地区民族传统文化的研究成为他们关注的重点,从20世纪初至今,赴中国民族调查以追寻民族文化之根的脚步从未停止,盘瓠神话相关的实物与仪式也得到了日本学者的关注。

中国盘瓠神话随苗瑶畲等民族人口的跨地区、跨国流动,流传至世界各地,与各地的宗教、风俗、节日融为一体,情节愈加丰富、文本变体愈多,涉及的客观实在物、仪式行为也不尽相同。研究者将这类叙事母题大同小异的盘瓠神话统称为"盘瓠型"神话。⑤本文为方便

---

① [日]只木良也、吉良龙夫编:《人与森林——森林调节环境的作用》,唐广仪等译,中国林业出版社,1992年,第1页。

② 梅原猛:《森林思想——日本文化的原点》,卞立强、李力译,中国国际广播出版社,1993年,第37页。

③ 同上书,第116页。

④ [日]佐佐木高明:《照叶树林文化之路——自不丹、云南至日本》,刘愚山译、张正军审校,云南大学出版社,1998年,第10页。

⑤ 岑家梧1949年在《盘瓠传说与瑶畲的图腾制度》中提及盘瓠型神话,"现在尚保留着狗人配偶而生其族的槃瓠型传说的,只有徭畲二族了",认为"狗人配偶而生其族"的主题是盘瓠型的代表。(岑家梧:《西南民族文化论丛》,岭南大学西南社会经济研究所专刊甲集第七种,内部资料,1949年,第57页。)吴晓东认为,盘瓠型神话是指包括盘瓠神话在内,以及与盘瓠神话为同一类型的神话,其故事结构、基本情节相同,但故事主角名称有所差异,比如故事主角是狗但不称为盘瓠,或故事主角是马、蛤蟆等等。(吴晓东:《盘瓠神话与盘瓠型神话》,《黔南民族师范学院学报》2017年第6期。)

讨论，暂将日本流传的"犬婿故事""天狗故事"等含有盘瓠神话典型主题的故事统称为"盘瓠型"神话进行情节比较，暂且不考虑神话、故事、传说的民间文学分类问题。当下，国内关于盘瓠神话及天狗故事的讨论形成了两个系统，即"盘瓠神话系统"和"天狗故事系统"，实际上，从更广泛的"盘瓠型神话"概念给予观照，可以进一步讨论这类神犬故事之间的根源性联系。

一、星宿下凡：天狗降临与人类的回应

天狗作为"兽"出现得很早。据《山海经·大荒西经》记载，"大荒之中……有赤犬，名曰天犬，其所下者有兵"[①]。郭璞注《山海经》时，备注了《周书》的记载："天狗所止地尽倾，余光烛天为流星，长数十丈，其疾如风，其声如雷，其光如电。"首次将作为兽的天狗与流星联系起来。清代学者郝懿行则认为"赤犬名曰天犬，此自兽名"，郭璞备注大狗星"似误也"，且《周书》没有关于天狗的记载。袁珂也认为"天狗食月，盖为后起之说"。然而郭璞以后，天狗与星宿的联系更为密切。清代择吉典籍《钦定协纪辨方书》卷四列举了月中天狗为凶神或善神的两种说法：

> 《枢要历》曰："天狗者，月中凶神也。其日忌祷祀鬼神、祈求福愿。"[②]

---

① 郭璞注，郝懿行笺疏，沈海波校点：《山海经》，上海古籍出版社，2015年，第364页。
② 《钦定协纪辨方书》收于《四库全书》第811册（子部）。由允禄、梅毂成、何国栋等三四十人奉敕编撰，乾隆亲制序文。此处引用自谢路军主编，郑同点校：《四库全书术数三集·钦定协纪辨方书》，华龄出版社，2009年，第77页。

这里明确提及天狗是月中凶神，满月日禁止祭祀。

  曹震圭曰："天狗者，月中御卫之犬也，祛除私邪之神，无使敢侵，故居建前二辰，是御于门首也。"①

天狗又是月中守卫犬，能够祛邪，与前述的凶神形象产生矛盾。

  按："顾同一满日也，忽又谓之天狗；同一《枢要历》也，又云忌祷祀鬼神、祈求福愿，诚不可解矣。"②

编者的结论是"乃曹震圭以天狗为祛除私邪之神，夫天狗本妖星，如彗孛之类，从未有被以嘉称者，其说不类"，表示天狗"凶神说"更可靠。

清毕沅的《续资治通鉴》载："司天监奏：'天狗星坠地，血食人间五千日，始于楚，遍及齐、赵，终于吴，其光不及两广。'后天下之乱，皆如所言。"③天狗星降落被认为与兵乱、血光之灾相联，农耕时代遇"天狗食日月"，民间更以为灾难降临，试图敲锣打鼓吓跑天狗，祈福禳灾。《周礼·地官·鼓人》有"救日月，则诏王鼓"之说，知此俗由来已久。袁珂曾介绍过河北保定的天狗食月神话：

  每年八月十五夜深，天上有所谓天狗神者，常于此时张口吞月。说也奇怪，这天狗神原来有口无喉，虽然口大能够含月，终于不能咽下肚去，所以它含而又吐，吐而又含，一而再，再而三，轻

---

① 谢路军主编，郑同点校：《四库全书术数三集·钦定协纪辨方书》，华龄出版社，2009年，第77页。
② 同上书，第78页。
③ 〔清〕毕沅：《续资治通鉴》，内蒙古人民出版社，2008年，第271页。

易不肯罢休。月神不堪其扰,乃指示下界万民,为种种大声以惊之,使之速去。以故每遇是夜,民间或燃爆竹,或鼓铁锅、敲铜盆、击大鼓者,盖欲惊骇天狗,使之速逃耳。①

含又吐,吐又含,神话中描述的天狗吞日月动态景象正是天体运动所现。当月球运动至地球与太阳之间,会出现日食;当地球运动到月球和太阳之间,会出现月食。日月食现象以天体被遮掩的程度为运动过程。在农耕社会,日照是农作物生长的必要条件,日食现象发生时,农民害怕影响收成,从而高声呼喊,以燃爆竹、敲铜盆铁锅的方式试图吓走天狗,爆竹声便是人声的延伸。因为人听到震耳欲聋声音会感到不适,认为鬼神也同人一样害怕喧天炮声,最终达到驱邪的效果。汉族及哈尼族、傈僳族、佤族、畲族等少数民族广泛流传着天狗食日月的神话,哈尼族还有祛除天狗食日月的葬礼歌等。②

在天狗食日月的神话中,天狗是不祥的凶兆,现代影视剧、动漫作品中(如《宝莲灯》中二郎神的哮天犬)食日月的"恶天狗"形象也频频登台,郭沫若曾作诗《天狗》曰"我是一条天狗呀!我把月来吞了,我把日来吞了",借天狗抒发吞噬痛恨的封建旧事物的决心。而在天狗降临神话中,"善天狗"的助人行为与"盘瓠型"神话母题十分契合。中原地区《帝喾高辛氏的故事》讲帝喾遭到了火山国和开荒国两个"国家"的侵略,帝喾想尽办法也无法战胜这两个强大的敌人。危难之际,一只五彩天狗降临,吞没了火山国发出的火焰,用吼声驱

---

① 袁珂:《中秋日故事的传说》,该篇文章以笔名冰鱼发表在《北京大学研究所国学门周刊》1926年第2卷第13期。

② 普学旺主编,云南省少数民族古籍整理出版规划办公室编:《云南民族口传非物质文化遗产总目提要·史诗歌谣卷·上卷》,云南教育出版社,2008年,第300页。

散了开荒国驱使的野兽,最终帮助帝喾战胜了敌人。于是,帝喾将女儿许配给了这只天狗,以感谢它的帮助。① 降临的五彩天狗就是史书记载的盘瓠。《狗儿元年的由来》讲述了该故事的后续:"之后,皇姑与狗就不在朝里,外出远走。两年之后,狗与皇姑来父亲这里走亲戚,皇姑抱着自己的儿子,吃得还挺胖。帝喾王疼爱自己的女儿,说,'你不要走了,留在这里多住一些日子吧'。没用多长时间,帝喾王就死了,皇姑的儿子就登基坐位,改年号为'狗儿元年'。"② 这里讲盘瓠登上王位,改年号为"狗儿元年",暗示了星象与国家纪年的糅合,盘瓠王成为新的"中央王朝"。此外,帝王张榜,盘瓠揭榜,最后成功咬下敌人头颅从而娶到公主的叙事,流传更加广泛,充满了汉族文化色彩。中原地区的盘瓠积极地参与征战,以"善天狗"的面貌出现在人类世界,成为"天狗降临"神话母题的叙事表达。

表 1 天狗的两种表现

神话母题	天狗形象	影响人类的方式	与盘瓠形象契合程度
天狗食日月	恶天狗	兵乱,灾难	不契合
天狗降临	善天狗	帮助战胜敌人	十分契合

史书记载的盘瓠神话,从内容上可视为"天狗"下凡帮助人类的后续情节。在中国古典文献中,最早记载盘瓠神话的据载是东汉应劭的《风俗通义》,但后来通行的《风俗通义》并未收录盘瓠神话。此外,《玄中记》《魏略》《搜神记》《后汉书·南蛮传》《水经注》《桂阳志》《天下郡国利病书》《区域民族志》等史书、志怪、笔记、类书等均有记载,其中对盘瓠神话故事情节存录较为完备、也是较早的文献典籍当数《搜

---

① 贾若晨:《从商丘走出的盘瓠》,《京九晚报》2016 年 7 月 1 日。
② 刘秀森:《盘瓠后裔诸姓与商丘》,《京九晚报》2013 年 12 月 13 日。

神记》，其情节单元为：

（1）老妇耳疾，有虫茧；（2）虫化为盘瓠；（3）高辛帝发出悬赏，欲灭敌国；（4）盘瓠成功咬下敌国首领的头颅；（5）盘瓠为畜，立功是否能获赏引起争议；（6）帝女愿意嫁与盘瓠；（7）帝女与盘瓠生活于山中，生育六男六女；（8）盘瓠后代自相婚配繁衍，身着五色衣；（9）盘瓠后代获得免于赋税的特许；（10）后世子孙定期祭祀盘瓠。

老妇耳疾的原因有很多，其中一种便是"星宿下凡"。2003年石奕龙等人在福建罗源八井村调查时搜集整理的《龙鳞传说》，提及高辛帝的正宫娘娘刘德成皇后梦见娄金星降凡，惊醒后耳痛，三年后从耳中取出蚕虫，蚕虫变为满身花斑的龙，取名龙鳞，号曰盘瓠。[1] 孟令法2012年畲族调查时也发现了盘瓠"娄金星转世"的情节，《高皇歌》中："变作金龙凡间落，钻入皇后耳朵内"[2]"二十八宿先变虫，以后变人结头对"[3] 等，可以说，畲族盘瓠神话反映了星宿原型的民族记忆。[4] 盘瓠神话的情节单元十分丰富，艾伯华的《中国民间故事类型》将其归于"41 狗的传说"；丁乃通编著的《中国民间故事类型索引》将干宝《搜神记》盘瓠神话归入 201E"义犬舍命救主人"，与其他犬救助主人的故事等同。可以说犬的神奇出生和助人（立功）是盘瓠型

---

[1] 石奕龙、张实主编：《畲族：福建罗源县八井村调查》，云南大学出版社，2005年，第344页。

[2] 钟雷兴主编，雷志华等编：《闽东畲族文化全书·歌言卷》，民族出版社，2009年，第3页。

[3] 同上书，第26页。

[4] 参见孟令法：《畲族图腾星宿考——关于盘瓠形象传统认识的原型批评》，温州大学硕士学位论文，2013年。

神话的核心母题，比较世界各地流传的盘瓠神话，有情节单元增减的差异和叙事重点、篇幅上的差异，而以犬为中心的出生、立功、婚配母题最为流行。

从天狗兽、天狗星，到天狗下凡帮助人类，再到民间祭祀、供奉的天狗神，天狗似乎逐步"降临"人间，进入人类的日常生活中，反映出民间叙事传统渐进构合的奇妙过程。另外，中国盘瓠神话的叙事具有韵散结合、图文结合的特点，受中国道教、佛教、儒家思想的影响而变迁；日本流传的"盘瓠型"神话，同样受到神道、日本佛教以及民间祭祀文化的影响。比如中国盘瓠神话中的犬多是在征战、杀敌中立功，日本犬婿故事则出现了犬帮人治病、打扫卫生而立功，这一点很像中国的"田螺姑娘""羽衣女"故事。当下的盘瓠神话被置于各民族文化实践的具体语境中予以具体化、多样化阐述，"成为各民族、各地域'文化真实'的特殊展示"[①]，盘瓠神话的典型母题分类也为盘瓠型神话的跨国、跨语言、跨文化比较研究提供了分析框架。世界各地流传的盘瓠神话内容情节丰富、文本变体较多，笔者在这里将日本流传的"犬婿故事""天狗故事"等含有盘瓠神话典型主题的故事统称为"盘瓠型"神话，为进行情节比较，暂且不考虑神话、故事、传说的民间文学分类问题。

二、立功与嫁女：日本犬婿故事的"盘瓠型"母题

日食、月食的自然现象被人类认为是凶煞的天狗在吞食日月，流星划过象征着天狗降临人间。来到人间的"恶天狗"会带来战乱与不

---

① 毛巧晖：《盘瓠神话研究学术史》，学苑出版社，2021年，第3页。

幸,"善天狗"则为人类征战和治病,它同人类一样经历着事业的成功、结婚生子、死亡等生命历程。随着时代的发展,神话故事中的天狗不再是高高在上的星象,而是融入人类社会和世俗生活。第二次世界大战后,众多研究者和学生对西南诸岛特别是对冲绳的故事做了调查研究,获得了飞跃性的进展。日本学者稻田浩二提及,故事学者们至今仍认为冲绳地区的民间故事是溯清日本故事历史的关键。比如"狗耕田"同系的故事,在冲绳变成了"母亲的猫",在日本大陆则采用了兄弟纠葛的形式。另一方面,冲绳虽然流传着许多蛇与人婚配的故事,但在日本大陆常见的"女儿退蛇"主题几乎没有。① 冲绳国际关系大学的远藤教授写作了《冲绳民间故事与白族民间故事的比较研究》,认为冲绳的民间故事比日本其他地区更像中国的民间故事,并在大阪的学术交流会上发表演讲,将已编印的调查报告和书刊赠送给贾芝一行人,希望他们能够到冲绳访问。② 日本冲绳地区受中国文化影响较多,冲绳曾被称作"琉球",琉球群岛在历史上与中国大陆有很深的渊源,曾有大批的中国南方移民迁居至此,琉球的文化——建筑、音乐、宗教、民俗具有浓郁的中国色彩。明代福建省一次曾有三十六姓的人归化冲绳,每年琉球向中国朝廷进贡两次,每次贡船载有一二百人。③ 因而许多中国学者也赴日交流,关注冲绳、北海道地区的民间文学。

中国学者已翻译的日本"盘瓠型"神话出自柳田国男的《远野物

---

① [日]稻田浩二:《日本故事研究史略——兼及现状与课题》,《民族文学研究》2001年第4期。

② 贾芝:《和君岛久子相处的日子》,《播谷集》,人民文学出版社,1994年,第620页。

③ 郎樱:《盘瓠神话与日本犬婿型故事的比较研究》,《民间文学论坛》1985年第3期。

语》,稻田浩二、小泽俊夫主编的《日本昔话通观》,古代故事集《今昔物语》(周作人校)等等,其中立功、婚配(繁衍后代)的神话母题与中国盘瓠神话如出一辙。郎樱认为日本犬婿故事就是中国盘瓠神话在日本的流传和变异,传播路线为中国东南沿海—冲绳—日本本土,在传播的同时失去了神话特点,逐渐故事化,其始祖意义也变淡乃至消失。① 她将日本各地的犬婿民间故事依内容划分为冲绳型、山梨型、复仇型三类,认为冲绳型犬婿民间故事与中国盘瓠神话最为相近。冲绳犬婿故事提及的宫古岛位于琉球群岛最南端,与中国东南沿海隔海相望,据史料记载,明代洪武年间(14世纪)宫古岛居民中多数人不通冲绳语。② 此时,中国的瑶、苗、畲等民族在天灾人祸下数次迁徙,频繁活动于沿海一带,至今还流传着渡海的神话和古歌。郎樱认为,可能有一部分东南沿海民族迁徙到冲绳定居,冲绳人将宫古人视为犬后代的观念便合乎逻辑。日本学者梅原猛将"日本人"分为阿伊努、冲绳型的人和朝鲜、中国型的人两种类型,冲绳保留着绳文语(日本绳文时代的语言)的残存,③ 近畿的人基本上属于朝鲜、中国型,语言表现尤为突出(关西方言受中国语重音的影响)。④ 冲绳岛与中国的文化交流颇深。郎樱得出关于故事流传的结论主要基于《日本昔话通观》所记载的几则犬婿故事,这些故事已被译为中文,并收录于周翔的《盘瓠神话资料汇编(增订版)》中,下面将这些故事做情节的比较:

---

① 郎樱:《盘瓠神话与日本犬婿型故事的比较研究》,《民间文学论坛》1985年第3期。

② 真境名安兴:《冲绳千年史》,转引自郎樱:《盘瓠神话与日本犬婿型故事的比较研究》,《民间文学论坛》1985年第3期。

③ 梅原猛:《森林思想——日本文化的原点》,卞立强、李力译,中国国际广播出版社,1993年,第30页。

④ 同上书,第19页。

表2　7则日本冲绳犬婿故事^①情节比较

情节\主角	立功	许诺	嫁女	渡海	变人	来历的附会	故事名称
家犬阿卡	叼回草药治好母亲的病	会给你想要的东西	脱去女儿内衣成为夫妻	搭船来到宫古无人岛	狗头，身体已经变成人	宫古八重山犯人犬的后代；宫古山洞里供奉着女人和狗的照片，有祭拜行为	日本冲绳犬婿故事
狗	击败敌军	满足愿望	爪子搭在武士女儿肩上	搭船来到宫古的洞里	被妻子寻到，变人失败	宫古人都屈身睡觉	相同故事类型1
家犬阿卡	叼回草药帮裁判官妻子治好了病	满足任何愿望	钻入裁判官女儿被窝，女儿怀孕	搭船到宫古白滨	一周之内姑娘找了狗，变人失败	宫古人是狗的子孙	相同故事类型2
游泳回来的家犬	帮村长找到水源	满足狗想得到女儿的愿望	女儿怀孕	船到达宫古	未提及	人睡觉姿势像狗	相同故事类型3

---

① 原题：《宫古人是犬的后代》，稻田浩二、小泽俊夫主编：《日本昔话通观》（日文），26卷，冲绳篇，日本株式会社同朋舍，1983年，第281-285页。由中国社会科学院民族文学研究所莎日娜译为汉文，于周翔：《盘瓠神话资料汇编》（增订版），学苑出版社，2019年，第492-497页。这7则故事为《日本冲绳犬婿故事》的相同故事类型，异文以序号标注，如"相同故事类型1""相同故事类型2"……

续表

情节\主角	立功	许诺	嫁女	渡海	变人	来历的附会	故事名称
大将由于只有三个女儿和一条狗，即将战败	叼回敌人首级	满足愿望	三女儿同意成为狗的媳妇	搭船到宫古八重濑的巨大岩石上	英俊青年留有狗尾巴，生了孩子	三餐中放入狗尾熬成汤，叫作"jiu"；后代建造了宫古岛	相同故事类型4
家中的公狗	吃掉女儿的粪便	姑娘主动想和狗在一起，向狗抛石子	结婚生子			宫古人的祖先	相同故事类型5
可爱的小狗	杀掉敌人	满足嫁女愿望	女儿接受，变人后生下一男一女		消失7天，结果第6天被妻子找到，留有狗尾巴		相同故事类型6

如表格中所示，这7则故事基本符合中国盘瓠神话常见的5个情节（立功、许诺、嫁女、渡海、变人），并与当地民俗事象糅合，如"三餐中放入狗尾熬成汤，叫作'jiu'""宫古山洞里供奉着女人和狗的照片，有祭拜行为"；与族源相联系，"宫古人是狗的子孙"；附会于地方景观之上，"（狗的）后代建造了宫古岛"等。涉及人犬类奇特的婚姻、变形与禁忌、渡海、祖先的来历等盘瓠神话主题。上述故事中，只有《相同故事类型1》《相同故事类型4》《相同故事类型6》

这三则故事犬立功的方式是征战,其他四则故事中,犬通过为帮人治病、找水源、吃粪便实现"立功"情节,完全服务于人类生活。在犬的身份方面,有六则故事的主角都是家中公狗,只有"相同故事类型4"是大将的犬,将读者带入战争环境的背景中。总体来讲,相对中国的盘瓠神话及天狗故事,其故事主体——犬的英雄形象表现在打败敌人和帮助人治病等方面,甚至可以以"可爱的小狗"面貌出现,神圣性降低。

此外,日本还流传着"蛇女婿""野猪女婿""猿猴女婿"等以其他动物为主体的同类故事。"蛇女婿"故事讲天旱田地干枯,农夫许愿谁能帮他浇水灌田就将三个女儿中的一个嫁与他。一条蛇帮他浇了水要求农夫实现诺言,只有小女儿出于孝心嫁给了蛇,但很快用计杀死了蛇,并逃回家。"蛇婿"故事只不过将主角由"犬"替换为"蛇",如同中国蚕马神话因"神奇出生"的情节被纳入"盘瓠型"神话,"蛇女婿""犬女婿"也可一并纳入"盘瓠型"神话系统之中。日本女作家多和田叶子援引昔话"狗女婿"故事表达对日本当代女性主体性的思考,借用民间故事的框架创作出《狗女婿上门》的小说结构。有比较文学专业的研究者提出"狗女婿"是日本昔话"蛇女婿"的变体,从另一个维度阐释犬婿故事,未提及盘瓠型神话的情节影响。[①] 吴晓东总结出盘瓠神话立功的方式可划分为立战功、治病、取得谷种三种,认为治病型盘瓠神话可能是蚕破茧而出的变异,即把蚕茧当作被医治的肉瘤,是故事早期的情节。

由于关注的文本不同,学者们纷纷从不同视角对其进行阐释。从

---

① 郭雪妮:《从一则日本昔话看〈狗女婿上门〉的三重性结构》,《九江学院学报》2009年第2期。

平行研究出发，食日月的天狗不仅可与盘瓠神话中的盘瓠进行比较，又可以与地藏菩萨的谛听（经案下伏着的通灵神兽）、目连救母的佛教故事、南方的祸斗联系起来。本文仅将犬婿故事归于"盘瓠型神话"系统，以盘瓠为中心进行观察和阐释。

三、融入人类社会：日本天狗故事母题分析

最早天狗作为上古神兽或一类星宿现象而存在。日本最早的敕撰编年史、奈良时代早期的《日本书纪》记载：

> 九年春二月丙辰朔戊寅，大星从东流西，便有音似雷。时人曰流星之音，亦曰地雷。于是僧旻僧曰："非流星，是天狗也。其吠声似雷耳。"①

有观点认为这是天狗在日本的最早记载。这里已出现天狗与星宿的联系，且由僧人言，想必与这一时期佛教传入日本有关。在平安时代末期（1180—1185）形成的《今昔物语》当中，有日本天狗幻化为佛僧、圣人的母题，这一时期由中国唐代传入、圣德太子开创的日本"南部六宗"出现；中国天台宗、真言宗传入；最澄、空海开创了新的日本佛教，受日本宗教变革的影响，天狗神话与佛教、神道、民间信仰相糅合。镰仓时代日本兴起了许多佛教流派，这一时期的《是害坊绘卷》画了是害坊天狗与天台宗僧侣大战，结果败退的故事，天狗在那时的基本形象是佛教的对立者。由于日本天狗同中国盘瓠一样，常幽居于深山，人类怀着对森林的神秘想象，认为天狗吸收了森林之灵气，赋

---

① ［日］舍人亲王：《日本书纪》，四川人民出版社，2019年，第325页。

予其具有超人神通力的苦行僧形象。天狗崇拜与森林思想、山神信仰糅合，逐渐成为山神的化身。佛教僧侣为了传播教义，也常以天狗来叙事。天狗逐渐变成长鼻子红脸、威严怒目，手持宝槌或团扇，身穿僧服或盔甲，脚踏木屐，配有武士刀的日本人形象。修行高的天狗被认为具有神怪之力，能够读懂人心，控制人的情绪，使用幻术，穿越，力大无穷，无所不能。① 与之相关的功能有"神隐"（天狗抓走森林中行走的人类）、"天狗倒"（天狗将人类放到山上或树上）、"天狗笑"、"天狗砾"等，有些天狗还有隐身的法宝蓑衣。

相较于中国广泛流行的天狗食日月神话，日本流行天狗在圆月时于深山吃人的传说，小孩被要求不能在"十五"月圆之夜到山谷里乱跑。而天狗作为乱世之象征，在中日文学中成为较普遍的意象。柳田国男在《远野物语》中发表了其搜集整理的几则日本山野地区广泛流传的天狗故事：

表3 《远野物语》中的5则天狗故事② 情节比较

故事名称	环境	邂逅方式	天狗的特征	邂逅结果
远野物语六十二	山	人在大树下打盹，将可以避邪的绳子绕着自己和树缠了三圈	深夜见到和尚模样的大汉落在树上，红色的法衣像翅膀	开枪结果大汉飞走，人恐惧

---

① 参见王新禧：《日本妖怪奇谭》（第2版），陕西人民出版社，2013年，第178—179页。

② 这5则故事被柳田国男明确标注为"天狗"。见柳田国男：《远野物语》，张琦、刘晗译，西南师范大学出版社，2017年，书后故事索引。

续表

故事名称	环境	邂逅方式	天狗的特征	邂逅结果
远野物语二十九	鸡头山/前药师	人上山	三个大汉和无数金银	人被送回山下
远野物语九十	松崎村天狗森	人上山	红脸大汉	推过去被反弹至空中。后再次上山，肢解
远野物语拾遗九十八	出羽的羽黑山和南部的严鹫山、早池峰山等	稗贯郡的铅之温泉泡澡的一家人	脸又红又大的高个子男人称自己是天狗，登山速度极快	天狗每年留宿一两次泡温泉、喝酒、留下钱，最后一次说寿命已尽，留下薄薄的、有巨大花纹的、无针脚痕迹的、类似狩衣夏季衣服（暗示这是天狗的皮）
远野物语拾遗九十九	山	只说有户人家，家有祖传天狗衣物	清六天狗，花卷人，自称人中之王，登山速度快，爱喝酒留下酒钱。天狗后代是一个妓女	祖传天狗衣物：小袖子织有十六瓣菊纹样，衣身部分花纹则是葫芦形中含着同样的菊花，衣料轻薄，还有木屐

　　《远野物语》书中还有些故事并未被柳田国男标注为"天狗"，但同样提及了天狗的相关活动，饱含对天狗的想象。《远野物语拾遗·一百六十四》中讲，人在深山里搭小屋，听到巨树被砍倒的声音、敲击太古的声音、感觉到风，这叫作"天狗倒树"，结果不出三天，山会荒芜。《远野物语拾遗·一百六十五》两位青年去山里玩，看见奇怪东西在爬树，回家后对别人说这件事，两位青年都死了。

　　在20世纪搜集整理的"天狗故事"中，天狗完全降临人间，变身为拥有长鼻子的红脸大汉，天狗与人类的关系也有所缓和，天狗下凡不再仅仅是灾难来临的象征。天狗被日本人视为活动于山林之中、具有特殊能力的、一种神秘的危险的存在，人类邂逅天狗的结果可能是命丧黄泉，也可能是互帮互助、和平相处，如上述文本中天狗与人喝酒、泡温泉、留给人类钱财等情节。相比而言，天狗故事中的"犬人相助"强调人与犬的互惠，而史书记载的盘瓠神话强调犬首先要为人"立功"才能获得报酬；天狗故事中人与犬的邂逅，是直接见到犬的人形，而非盘瓠神话中的婚后才变人；另外故事的基调也不同，天狗故事叙事充满着一种神秘、邪魅的氛围，具有较强的幻想色彩，中国古典文献、民间文献所记载的盘瓠神话更多与史实相联系，与民族、姓氏的由来相联系；从形象上看，天狗的人类形象主要是红衣或红脸大汉，而非狗面人身。黎族的治病立功型盘瓠神话《五指山传》的主角为天狗，在祭祖仪式之中以韵文形式吟诵，又被称为黎族的"祖先歌""黎族史诗"等。神话中说，天狗在南蛇和蜂王的帮助下治好了天帝之女——婺女的脚伤，二人下凡成婚，生一男一女。在打猎中，儿子扎哈误杀年老体衰的天狗（黑狗）。临死之际，天狗的两只手变成了大小五指山，它的衣衫变成了石头和石板，眼睛和鼻子变成了三亚的大小洞天。扎哈又与母亲成婚，生下一双儿女阿弹和阿寒。阿弹和阿寒生了九个孩子，过着游牧生活，他们是黎族人的祖先。这里天狗在"天上"时就已帮人治病，具有了"善天狗"的属性，打破了前文"恶天狗""善天狗"分别对应"天狗下凡"与"盘瓠神话"的二元认识。

另外，《远野物语》中提及的"祖传天狗衣物"是天狗神秘形象的延伸，留下的衣物是某种颜色鲜艳的带花纹的服饰，类似盘瓠后代穿五色衣的母题，又如中原盘瓠神话的"五彩天狗降临"。天狗故事与盘瓠神话是否具有同源性不敢妄断，但存有大量的互文痕迹。我们再看下面一则故事。

　　京里年轻男子到北山一带游玩，寄宿荒山里的小茅庵，一个眉清目秀、二十岁上下的年轻女子为他开门，告诫男子见到自己的丈夫（她称自己丈夫为"怪物"）时候要说是自己的哥哥。夜晚，大逾寻常的白狗回来了，与女子同寝。女子告诫男子不要说出，男子破戒，逢人便说。后来与年轻好事的其他鲁莽小伙共一二百人，各执箭兵刃，再次进山，想要射杀狗，抢回女人。结果未能射中，狗和女子逃走。男子回家后便嚷"心里难受"，躺了两三天死去。故事发生在近江国。①

这则故事中山狗一开始就以犬的形象示人，并且与人类女子共处，为"人犬类奇特的婚姻"主题。年轻女子为年轻男子设下禁忌（不要告诉他人这里发生的事），年轻男子打破禁忌，最终死亡。这则故事可视为盘瓠与公主一起过山地生活的后续情节，将完成"立功""婚配"后的犬与公主之田园般山地生活，与外界的干扰（人类的侵入）联系起来，将远古社会与封建社会连接起来，丰富了盘瓠型神话的叙事。故事表现出人类对世界上物种最丰富、结构最繁杂的，无法掌控的森林自然系统的恐惧。另外，盘瓠神话有一类渡海母题，讲述十二姓瑶人在盘王帮助下顺利渡海的故事，浮世绘画家歌川国芳笔下的《赞岐院遣眷属搭救为朝图》则讲述了鸦天狗们（日本天狗的一种类型）

---

① 参见北京编译社译，周作人校：《今昔物语（浮世绘插图珍藏版）》，新星出版社，2021年，第1468-1470页。平安王朝末期形成的《今昔物语》，是日本古代文学史中短篇故事集成，共三十一卷，分为天竺、震旦、本朝三部，收录了印度、中国、日本的民间故事一千多则。卷三十一"本朝及宿报"的第十五篇为《北山狗娶人为妻》。

在风暴中救下出海的源为朝一行人的故事,①日本天狗与中国盘瓠在渡海母题上又十分相近。

如此一来,"天狗—盘瓠—山狗—犬婿",中日围绕犬的叙事由此连为一体,构成丰盈的一个以盘瓠(或神犬)为中心的叙事系统。有学者认为盘瓠神话传入日本后其神圣性降低,最后衍变为生活故事,这种说法有一定根据,但天狗神话传入日本可能更早。天狗与盘瓠原属两个不同的神话系统,由于都与犬相联系,必定在传播中经历了碰撞与融合。另外,盘瓠神话从东南沿海传入日本的说法也有一定道理,但是从中原地区传入日本也有可能,中原地区流行天狗与人婚配的叙事,吴晓东、苑利等学者还提供了盘瓠出自北方、中原一带的论证。

总之,在提倡"绿水青山就是金山银山"的当下,对传统稻作文化圈生发的神话故事进行学理分析能够更好地理解人类认识自然之过程,为合理处理人与自然的关系提供思考。人类的生产生活围绕森林和土地展开,对赖以生存的自然资源十分珍视:神犬帮助人类征战是为守护疆土;找水源是为了保证农作物收成;"天狗食日"出现时,人们敲锣打鼓试图赶走天狗,也是为了保证农作物的光照强度。中日两国部分地区同属照叶树林文化带,在稻作农业的文化表现上蕴含的共同意识,及其表达艺术的相似性由此可见。

结 论

不同研究领域的学者在讨论天狗故事时,常以射线的思考方式运作,拘于自己熟悉的框架、系统中进行剖析。若改变思维模式,以团

---

① 歌川国芳等绘,杨雪编著:《日本妖怪图鉴》,万卷出版公司,2019年,第16—17页。

状的思考方式，引发在学术话语中隶属不同讨论范畴的各结构之碰撞、摩擦，也许能产生更富创新性的思考。随着20世纪80年代中日学术交流的频繁往来，中国学者发现盘瓠神话与日本犬婿故事之间有某种联系，将犬婿故事视为一类"盘瓠型"神话；另一方面，研究日本文学作品的学者发现了天狗、山狗形象与中国古典文献中盘瓠形象的相似性。通过文本细读和主题学分析，"盘瓠"与"犬婿""天狗"可能具有同源关系，但究竟是由中原传入日本，还是从东南沿海传入日本，它的传播时间和路径是很难考证的。若从"天狗"来看日本盘瓠型神话的流变，《日本书纪》早已记载了天狗的信息，初传到日本的天狗形象与中国汉代之后的相差无几，是代表不祥征兆的星象。但诸如盘瓠神话、天狗神话在传入日本时都受到了佛教传入的影响，佛经故事杂糅于民间叙事之中，使得后来的"天狗"形象在日本具有反抗佛法和王权的意味。

文章将中国、日本的天狗神话，日本犬婿、山狗故事均视为"盘瓠型"神话，以便进行历时与共时的比较分析，反映神犬由"兽"到"星象神"，再到历史人物或神奇英雄，逐渐贴近人类形象的转变过程，体现了稻作农业文明、"照叶树林文化"中人类的共生、共存、共往。"盘瓠型"神话作为一种概念工具，提供了对不同国家、不同语言、相似情节的神犬故事以平行研究的有效方法。而中日"盘瓠型"神话不断交流、交往与融合，在现代语境中生发着新的时代价值：从盘瓠神话到小说《南总里见八犬传》，再到同名动漫；从犬婿故事到小说《狗女婿上门》，诸如此类的"盘瓠型"神话，可以形成无限的阐释维度，无以穷尽。

后 记

2017年，中国社会科学院启动了学科建设的"登峰战略"，此学科建设计划分为优势学科、重点学科与特殊学科三类，民族文学研究所承担的重点学科为"中国神话学"。此重点学科的学术团队在头一个周期以盘瓠神话为集体的研究对象进行研究，经过几年的努力，取得了一定的成果，除了发表诸多学术论文外，还出版了一套盘瓠神话丛书。在下一个五年的研究中，此学术团队将以日月神话为主要研究对象，并推出一套相关丛书，即日月神话丛书。

"中国神话学"学术团队的研究力量是有限的，为了团结本学界的研究力量，让更多的学者参与进来，"中国神话学"项目组与云南大学文学院神话研究所计划于2021年7月底联合举办一个日月神话研讨会。抗战时期，中国学术重心西移，云南为人类学的发展提供了肥沃的土壤，云南大学也继承了优秀的学术传统，在神话学方面长期占有重要的学术地位，时至今日，云南大学依然拥有许多优秀的神话学者，这为双方的合作奠定了坚实的基础。云南大学文学院神话研究所为会议的举办做出了诸多努力，在此表示诚挚的谢意！

遗憾的是，因为疫情的缘故，会议没能在原定时间如期举行，只能推迟。不过，拟参会学者如期提交了完整的学术论文。这些论文除了来自本"中国神话学"学术团队的成员与云南大学文学院的师生之外，还来自华东理工大学、中央民族大学、云南师范大学、江苏师范大学、长江大学、平顶山学院、廊坊师范学院、中国科学院、中国社会科学院大学等多所科研院所的学者，极大地丰富了会议论文集的内容，在此一并感谢各位学者的积极参与！

吴晓东
2021 年 8 月